Exodus

Julian M. Draco

Julian M. Draco
c/o AutorenServices.de
König-Konrad-Str. 22
36039 Fulda

www.kultux.com
E-Mail: jmd@kultux.com

Vorwort

Exodus lat. der Auszug. Synonym für eine massenhafte Emigration. Bezeichnet in der Bibel im Buch Mose den Auszug der Israeliten aus Ägypten. Eine Befreiung aus der Knechtschaft, den Aufbruch ins gelobte Land.

Wo Menschen keine Zukunft für sich und ihre Angehörigen mehr sehen, wo Menschen vor Krieg und Verfolgung flüchten, wo Menschen aus Not und Hunger nur noch diesen einen Ausweg sehen, dort kommt es zum Exodus.

Wie schon in der Bibel zogen zu allen Zeiten Menschen aus, um ein „gelobtes Land" zu finden. Sie ziehen dorthin aus, wo das Leben wieder einen Sinn zu machen und eine Perspektive zu haben scheint. Wo sie ein Leben in Frieden und Freiheit erwarten. Wo sie von ihrer Hände Arbeit leben und abends satt zu Bett gehen können.

Beim Auszug aus Ägypten ging Mose den Israeliten voran, wohl wissend der Verantwortung, für ein ganzes Volk eine geeignete neue Heimat finden zu müssen. Bei der großen Emigrationswelle zum Ende des 19. Jahrhunderts wartete ein ganzer, riesiger Staat auf der anderen Seite des Atlantischen Ozeans mit offenen Armen auf neue, dringend benötigte Arbeitskräfte. Was aber, wenn niemand organisierend vorausgeht? Was wenn am Ziel der Reise kein großes, weites Land mit offenen Armen wartet? Was, wenn sich das „gelobte Land" als Illusion herausstellt? Was wenn eine Rückkehr genau wie ein Ankommen ausgeschlossen sind?

Betroffen sahen die meisten Europäer, am Anfang des 21. Jahrhunderts, in ihren Nachrichtensendungen die Bilder von den Flüchtlingslagern in denen Hunderttausende von Menschen perspektivlos dahinvegetierten. Sie sahen Boote voller Menschen, die ihr Leben auf der gefährlichen Überfahrt über das Mittelmeer riskierten. Sie sahen gestrandete Familien an geschlossenen Schlagbäumen, vor Kälte zitternde Kinder - und sie sahen den Tod.

Doch alles was die „zivilisierte Welt" versuchte um der humanitären Katastrophe Herr zu werden, scheiterte an ihrer Uneinigkeit. Nationale Interessen, wirtschaftliche Interessen und der Populismus machtbesessener Politiker zeichneten damals bereits den Weg in eine Welt voraus, die zu dieser Zeit niemand für möglich gehalten hätte und in der diese Geschichte spielt.

Wir befinden uns in einer nicht all zu fernen Zukunft. Die lokalen Konflikte, welche anfangs - vor allem im Nahen Osten den großen Massenexodus verursacht hatten, hatten sich lange beruhigt. Doch die globale Schere zwischen Armut und Wohlstand klaffte immer weiter auseinander. In den Staaten der westlichen Welt und in Asien drehte sich die Schraube der technischen Entwicklung immer schneller. Dies bescherte den Menschen immer noch mehr Wohlstand und Bequemlichkeit. Währenddessen sorgte die voranschreitende Klimaerwärmung dafür, daß in einem schleichenden Prozess immer größere Teile der Welt unbewohnbar wurden. Die Wüsten breiteten sich langsam immer weiter aus, die Küstenregionen wurden immer regelmäßiger von Orkanen heimgesucht. Immer häufiger auftretende Regenfälle ertränkten vielerorts Weide- und Ackerland. Dies traf überall auf der Welt natürlich vor allem die Menschen, welche ohnehin schon am Existenzminimum lebten und beraubte diese damit ihrer Perspektive.

So entwickelte sich unaufhaltsam ein neuer Exodus. Ein Exodus wie ihn die Welt noch nicht gesehen hatte.

Waren es anfangs nur ein paar Wenige, die versuchten über die Grenzen nach Amerika, Europa oder auch nach China zu gelangen, so wurden es von Tag zu Tag, von Woche zu Woche immer mehr. Bald bildeten sich an vielen Grenzen gigantische Flüchtlingslager. Niemand war mehr in der Lage diese Menschen zu versorgen. Nahrungsmittel konnten nur noch mit dem Hubschrauber abgeworfen werden. Es herrschte dort Chaos und Anarchie. Wer mehr als nur die Kleider am Leib besaß und sei es auch nur eine Armbanduhr, lief Gefahr, dafür von jemand anderem umgebracht zu werden.

Auf der gegenüberliegenden Seite der Grenzen standen längst schwer bewaffnete Soldaten. Anfangs war der Aufschrei in der „zivilisierten Welt" noch groß gewesen, als die ersten Länder anfingen, ihre Grenzen mit scharfen Waffen gegen die ärmsten der Armen zu verteidigen. Doch diese Stimmen verstummten schnell angesichts der immer weiter anschwellenden Flüchtlingsströme und der Erkenntnis, daß es schlicht nicht möglich war diese ganzen Menschen irgendwo sinnvoll unterzubringen oder gar zu integrieren.

Die Amerikaner waren die ersten, die damit anfingen die Soldaten an der Grenze zu Mexiko mit Kampfdrohnen auszustatten. Anfangs sahen diese noch aus, als hätte sie ein übereifriger Nerd aus einem Computer und einem Kinderspielzeug gebastelt. Doch diese High-Tech „Kameraden" sahen von oben, spürten Grenzüberquerer mit Infrarot und Wärmebildkameras auf, sendeten hochauflösende Bilder und waren auch noch in der Lage das „Ziel" auf Knopfdruck anzuvisieren und mit einem Schuß „unschädlich" zu machen. Die Kampfdrohnen waren anfangs noch anfällig, konnten mit Störsignalen zum Absturz gebracht werden und bei schlechtem Wetter nicht starten. Doch bereits die zweite Generation hatte die meisten dieser Kinderkrankheiten abgelegt, und war ihren Vorgängern in jeglicher Hinsicht überlegen. Ab der dritten

Generation waren die einzelnen Drohnen untereinander vernetzt und mit einem Satellitenuplink versehen. Sie flogen schneller und weiter als alle Vorgänger. Ihre künstliche Intelligenz erlaubte es ihnen, Ziele selbständig zu erkennen und zu bekämpfen. Soldaten waren nahezu überflüssig geworden, man benötigte nur noch ein paar Techniker.

Die Combots, wie sie bald genannt wurden, avancierten zum Exportschlager. Die europäische Allianz, zu der sich die ehemaligen Nationalstaaten nach dem Zerfall der Europäischen Union zusammengeschlossen hatten, setzte sie entlang ihrer gesamten Süd- und Südostgrenze ein. Zäune wurden überflüssig. Jeder Bürger bekam einen winzigen subkutanen ID Chip in den Nacken gesetzt. Dieser Chip diente als Ausweis bei jeder Art der Identifikation und vor allem wurde sein Signal von den Combots empfangen und verhinderte, daß diese bei einem Grenzübertritt auf ihn schossen.

Mit einiger Mühe schafften es die Europäer, bereits an der nordafrikanischen Küste mit den Combots einen Perimeter zu errichten. Er reichte von der Atlantikküste bis nach Israel. Die Israelis hatten mit Hilfe der Combots längst den alten Konflikt mit den Palästinensern zu ihren Gunsten entschieden und führten den Perimeter an ihrer Grenze entlang und weiter nach Norden, entlang der syrischen Küste bis zur Türkei. Dort führten die Russen die unsichtbare Grenze fort, entlang des gesamten Nahen Ostens bis hin zum Himalaya. Die Ölstaaten und Südafrika organisierten sich als Enklaven und schützen sich ebenso mit Hilfe der Combots. So waren nahezu der gesamte afrikanische Kontinent und weite Teile des Nahen Ostens vom Rest der Welt isoliert. Der große Exodus ließ sich jedoch nicht aufhalten. Er endete nur an den Grenzen, wo die Combots dafür sorgten, daß kein Emigrant den Kontinent verlassen konnte. Die nordafrikanischen Küstenstaaten brachen

5

bald unter der Last der Menschenmassen zusammen. Die ehemals lebendigen Städte mutierten zu grausamen Molochen, regiert von gesetzlosen Banden und weitgehend alleine gelassen von einer Welt, die sich um ihre eigenen Probleme drehte....

Warnung:

Im Verlaufe der Geschichte kommen eventuell verstörende, erotische Phantasien des Helden vor. *Diese sind* **kursiv** *gedruckt und können bei entsprechender Abneigung der Leserin oder des Lesers ohne wesentliche, inhaltliche Versäumnisse übersprungen werden.*

Achtung:

Die Geschichte ist für Minderjährige und besonders empfindsame Gemüter ungeeignet.

Allen anderen: Viel Spaß!

Es lebe der Präsident!

Rumpelnd öffnete sich die Türe des Fahrstuhls. Mit dynamischem Schritt trat sie heraus. Tack, tack, tack... klapperten die Absätze ihrer königsblauen Highheels über den Marmorfußboden des Ganges. Tack, tack, tack - Wie der Takt eines Militärmarsches. Unaufhaltsam wirkend, mit eisernem Blick, die Arbeitsmappe unter dem Arm, näherte sie sich ihrem Ziel. Wie aus dem Ei gepellt sah sie aus. Die langen, blonden Haare trug sie konservativ nach hinten gekämmt. Ihr königsblaues, kurzes Kleid wirkte fast schon zu aufreizend für Ihre Position. Sie sah auf die Uhr. In 5 Minuten würde die Ansprache des Präsidenten beginnen. Sie hatte seine Rede sorgsam geprüft und die Wortwahl hier und da noch ein wenig an das Bild angepaßt, daß sie von ihm vermitteln wollte. Alle Punkte hatten sie mehrfach durchgesprochen. Der Präsident war gut. Ein Politprofi durch und durch. Er würde das schon machen - so wie immer. Und dennoch haßte sie es, daß er darauf bestand seine Wahlkampfreden stets live zu halten. Jeder zu tief geratene Blick, jeder laute Atemzug bescherte Ihr hinterher wieder Kopfzerbrechen und erforderte es, in seiner Wirkung analysiert und in der Folge eventuell korrigiert zu werden.

Jessica Slade hatte es weit gebracht mit ihren 36 Jahren. Beraterin und Wahlkampfmanagerin des Präsidenten der europäischen Allianz. Ihre konsequente Art, Ihr Stil und das Talent ihre weiblichen Reize stets so einzusetzen, daß Männer ihr keinen Wunsch abschlagen konnten, hatten Ihr dabei mit Sicherheit geholfen. „Kommen Sie Mrs. Slade, es geht gleich los!", machte sich der Lackei wichtig, der ihr die Tür zum Presseraum öffnete. Im Presseraum des Eurotowers - des Regierungssitzes der europäischen Allianz in Genf - herrschte geschäftiges Treiben. Als amtierender Präsident hatte Strauss den Vorteil seine

Wahlkampfreden von hier aus halten zu dürfen. Gleich drei Visagistinnen sorgten gerade dafür, daß seine eigentlich fahle und etwas zerfurchte Haut wie ein gesunder Babypopo strahlte ohne dabei im Licht der Scheinwerfer zu glänzen. Ein Friseur stupste vorsichtig jedes der kurzen, grauen Haare welche die Halbglatze des Präsidenten umrahmten zurecht - mit einer Akkuratesse, als ob sein Leben davon abhinge. „Merrde!", fluchte er, als Präsident Strauss abrupt den Kopf drehte. Das markante Klappern von Jessica Slades Absätzen hatte er sofort erkannt. „Jessica!", begrüßte er sie freudig. „Mr. President!", nickte sie ihm erwidernd zu. „Heute werden wir es ihnen mal wieder zeigen!", grinste der Politiker seine Wahlkampfmanagerin an, „und dank Ihrer Hilfe werden mich hoffentlich nicht nur die Manager und Seniorinnen mögen, die mich ohnehin wählen. Ich werde auch versuchen heute nicht so hölzern zu wirken - genau wie Sie es immer von mir verlangen!" Der Präsident mußte lachen. Jessica versuchte, ihm ein Lächeln zu schenken, doch sie war zu aufgeregt dafür. „Noch eine Minute", quakte der Regisseur dazwischen, „sind alle so weit?!" Die Visagistinnen und der Friseur packten eilig zusammen und verschwanden. Jessica drückte Präsident Strauss noch mal beide Daumen und trat dann ebenfalls zurück. Die Bild- und Tontechniker riefen Kommandos durch den Saal. Alles war bereit. Der Regisseur zählte den Countdown: „3, 2, 1 und ab!"

Kreischend setzte sich das mechanische Mahlwerk des altertümlichen Kaffeeautomaten in Bewegung. Kaffee! Ein echter Kaffee, aus echten gerösteten Kaffeebohnen! Nicht so ein durchgestyltes, synthetisches Zeug wie man es heutzutage überall nur noch bekam. Ja! Kaffee! Er war verdammt teuer geworden in den letzten Jahren, doch Krieger wollte auf diesen Luxus auf keinen Fall verzichten. Nichts anderes half ihm, nach einer anstrengenden Nachtschicht und ein wenig Schlaf am Vormittag wieder auf die Beine zu kommen. Er haßte Nachtschichten. Aber es traf nun mal jeden in der Abteilung irgendwann - und ihn als leitenden Ingenieur noch viel häufiger. Er hatte das Gefühl, immer wenn irgendjemand etwas nicht hinbekam, mußte ER es ausbügeln. Und wenn das eben die Nachtschicht betraf, dann war eben auch mal eine Doppelschicht fällig. Na ja - aber so war das eben, wenn man Verantwortung hatte. Und außerdem war die Arbeit bei der EDCO ja außerordentlich gut bezahlt. Wenn er sich vorstellte, so wie viele andere seiner Kommilitonen damals im Informatikkurs seines Ingenieurstudiums, heute in irgendeiner mittelmäßigen Softwareschmiede zu sitzen und langweilige Algorithmen für noch langweiligere Anwendungen zu entwickeln ... „Nein, nein mein Freund - nicht mit mir!" Kopfschüttelnd ob dieser grausamen Vorstellung nahm Krieger die Kaffeetasse von der Maschine, warf noch einen Zuckerwürfel hinein und rührte um. Danach leckte er den Kaffeelöffel ab und beförderte diesen mit einem eleganten Wurf, in hohem Bogen ins Spülbecken wo er scheppernd einschlug. „Tadaaa!", kommentierte er die Kinderei. „Oh, sorry Che!" Krieger mußte lachen, weil sein schwarzer Kater mit der weißen Schwanzspitze, ob des Getöses von Kriegers Löffelwurf, fürchterlich zusammengezuckt war. Zur Entschuldigung streichelte er dem Tier ein paar mal über den Kopf und machte sich gemütlichen Schrittes mit seiner Kaffeetasse auf den Weg ins Wohnzimmer. Die warme Junisonne schien hell durch sein großes Südfenster. Er setzte sich auf die Couch, gähnte und befahl dann: „TV ein! Nachrichten!"

„Panasonic Television" huschte ein bunter Schriftzug über seine weiße Wand, bevor sich die dreidimensionale Darstellung eines Nachrichtenstudios aufbaute. Eine Uhr im Hintergrund zeigte die Sekunden bis zum Beginn der Sendung an. „Oh mein Gott Dana, was ist mit deinen Haaren passiert?", kommentierte er spontan den Anblick, „Das sieht ja scheiße aus! Oh Mann!" Dana Grau-Schiffmacher, die Nachrichtensprecherin vom Tagesschaukanal hatte Ihre rotbraunen, langen Haare an diesem Tag tatsächlich zu einem etwas eigenwilligen Knoten geformt, der nicht ganz mittig über ihrer Stirn drapiert war. Krieger konnte sich gar nicht einkriegen: "Hoffentlich kommt das nicht in Mode! Na ja, wenn man schon `Grau-Schiffmacher´ heißt, was will man da erwarten? Eben! Die kann froh sein, daß sie dieses Barbiepuppengesicht und diese geilen Titten hat, sonst könnte sie mit dem Namen höchstens noch Politikerin werden." Er schüttelte noch mal grinsend den Kopf, dann nahm er einen Schluck heißen Kaffees. Die Sekunden waren heruntergetickt und die bekannte Fanfare ertönte. „Guten Tag meine Damen und Herren", säuselte Dana mit dem Temperament eines Leierkastens, „Willkommen zu den Tagesschau Nachrichten um 15.00 Uhr. Wir schalten gleich live in den Eurotower in Genf, wo Präsident Strauss ein Statement zu seiner erneuten Präsidentschaftskandidatur abgeben wird." Das Bild wechselte und Krieger fand sich virtuell im Presseraum des Eurotowers wieder.

„Meine lieben europäischen Mitbürgerinnen und Mitbürger," begann der Präsident seine Rede, „Vor bald 5 Jahren haben Sie mich zu ihrem Präsidenten gewählt. Sie haben mich gewählt in einer Zeit großer Veränderungen in der Welt. Einer Zeit die von Ängsten, aber auch von großer Hoffnung geprägt war. Heute stehe ich voller Dankbarkeit vor Ihnen. Dankbar dafür, daß Sie mir Ihr Vertrauen geschenkt haben und ich die Möglichkeit hatte unserer Allianz zu dienen und sie voranzubringen. Viele Projekte konnten in dieser Zeit angegangen und zum Abschluß gebracht werden. Mit unseren Partnern in der Welt pflegen wir freundschaftliche und konstruktive Beziehungen. Wirtschaft und Handel haben sich erholt, Arbeitsplätze wurden geschaffen, aber das Wichtigste ist: Wir können wieder in Frieden und Sicherheit leben."

Krieger nahm erneut einem Schluck Kaffee und kommentierte: „Na klar, das war ja auch einzig und allein dein Verdienst, du Pappnase!" Der 38 jährige Ingenieur mit den kurz geschnittenen, braunen Haaren machte sich nicht viel aus Politikern. Erst wollten sie an die Macht, weil sie glaubten, alles besser zu können, als die Anderen. Und dann klebten sie an Ihren Posten wie ein alter Kaugummi an der Schuhsohle!

Präsident Strauss fuhr mit einer Aufzählung dessen fort, was er insbesondere für die Leistungen seiner Regierung in den letzten Jahren hielt. Fasziniert fiel Krieger, in seiner Eigenschaft als Ingenieur und Informatiker auf, wie gut die Simultan-übersetzungsmatrix mittlerweile geworden war. Man mußte schon sehr genau auf die Lippen des Präsidenten schauen um wahrzunehmen, daß dieser in seiner Muttersprache Französisch sprach und nicht auf Deutsch, wie es bei Krieger aus den Lautsprechern drang. Nachdem der Präsident mit seiner Aufzählung fertig war, ging er dazu über, was er in den nächsten 5 Jahren einer möglichen, weiteren Amtszeit angehen wollte. Krieger spitze die Ohren. Die Wahlversprechen von Politikern waren schon immer das beste Futter für seinen notorischen Hang zu sarkastischen Kommentaren gewesen.

Der Präsident holte gelassen Luft, um dann fortzufahren: „...so sehen wir es als unsere primäre Aufgabe für die kommende Legislaturperiode an, den inneren Zusammenhalt unserer Allianz zu stärken. Es gibt noch immer zu viele Menschen, die sich in erster Linie als Franzosen, Deutsche oder Engländer sehen. Oder aber als Schweizer, Polen, Tschechen - ganz egal - in allen Mitgliedsstaaten unserer Allianz sollten wir gelernt haben, daß wir nur als Europäer in Frieden und Wohlstand leben können. Deshalb ist es Zeit, nationale Sonderwege weiter konsequent abzubauen, strukturschwache Regionen gezielt zu fördern und ewig gestrigen Populisten entschlossen entgegenzutreten. Global gesehen wird es die vordringlichste Aufgabe sein das geplante weltweite Freihandelsabkommen voranzutreiben. Außerdem sollten wir nicht länger die Augen vor den katastrophalen Zuständen in den ärmeren Regionen dieser Welt verschließen. Wir Europäer sollten gemeinsam mit unseren Freunden in Amerika und Asien nach Wegen suchen um das große Leid auf der Welt zu lindern und langfristig zu bekämpfen. Nur so wird es irgendwann den weltweiten Frieden geben, den wir uns alle wünschen....".

„Super!", ätzte Krieger, „weltweiter Friede? Und dann? Bin ich arbeitslos?! Vielleicht solltest du mal öfter ein paar Combot Übertragungen anschauen, du Phantast! Zuschauen wie die Menschen in Afrika in den Städten vor sich hin siechen und sich gegenseitig abschlachten, um sich aufzufressen! Währenddessen glauben sie in anderen Regionen immer noch nur überleben zu können, wenn jedes Paar mindestens 10 Kinder in die Welt setzt. Von denen krepiert dann die Hälfte und die andere Hälfte sieht man irgendwann in den Städten. Cool - Frischfleisch! Nene, mein verehrter Herr Präsident, nicht nur zu deiner Amtszeit, auch nicht zu einer nächsten Amtszeit, nicht mal zu deiner Lebenszeit wird es möglich sein diese Menschen wieder in eine zivilisierte Gesellschaft einzugliedern! Wäre ja schön, aber - vergiß es! Und ohne Zivilisation wird es keinen Frieden geben!"

„Na, wie war ich?" Zufrieden räkelte sich der Präsident auf seinem Sessel und zwinkerte Jessica zu. Die ganze Anspannung der letzten Tage fiel in diesem Augenblick von ihr ab. Sie zwinkerte zurück und zeigte ihm die Gewinnerfaust. „Perfekt!" Der Präsident stand auf und winkte einem Lakeien: „Kaffee für Mrs. Slade und mich - in meinem Büro!" Der Präsident schritt voran. Jessica folgte ihm. Sie nahmen den Lift. Das Amtszimmer des Präsidenten befand sich im Penthouse. Es war gemütlich eingerichtet. Modern, aber doch mit vielen edlen Materialien. Boden und Wände waren mit hellem Marmor und dunklem Granit verkleidet. Edle Teppiche und schwere, weinrote Vorhänge verliehen dem Raum die Würde, die einem Präsidenten angemessen war. Der Raum war hell. Eine riesige Fensterfront, welche vom Boden bis zur Decke reichte, gab den Blick auf den Genfer See und im Hintergrund auf das mächtige Massiv der Schweizer Alpen frei. Vor der Fensterfront war eine ausladende Sitzgruppe positioniert. Dort konnten sich gut und gerne 12 Personen gemütlich zusammensetzen. In der Mitte der Sitzgruppe stand ein Tisch, auf dem in diesem Moment bereits von einer der Sekretärinnen der Kaffee für den Präsidenten und seine Wahlkampfmanagerin angerichtet wurde. „Kommen Sie, Jessica, setzen wir uns", forderte der Präsiden sie auf, während er bereits selbst in der Mitte der Sitzgruppe Platz nahm. Die angesprochene nahm zu seiner Rechten Platz, schlug die Beine übereinander und zupfte ihr Kleid zurecht. Der Präsident musterte sie unwillkürlich. Ihre schlanken, gerade Beine, optisch noch verlängert durch ihre extrem hohen, klassischen Pumps waren ein Anblick, dem sich kein männliches Wesen entziehen konnte. Doch das reife Staatsoberhaupt hatte gelernt sich von solchen Reizen in seiner Arbeit nicht beeinflussen zu lassen. Er war tatsächlich viel mehr an Jessicas Fähigkeiten interessiert, die Stimmung der Menschen zu verstehen und zu manipulieren. Sie war ein helles Köpfchen, wenn er sie insgeheim auch für etwas kühl und emotionslos hielt. Aber vielleicht wirkte es auch nur so, denn sie war durch und durch professionell.

14

„Was denken Sie?", sprach er sie an, „werden wir mit unserer Kampagne Erfolg haben?" Er hatte ihr diese Frage schon zig mal gestellt und Jessica wußte, daß er mit dieser Frage nicht wirklich an ihrer Meinung interessiert war. Viel mehr interessierte ihn die Wirkung seiner letzten Aktivitäten auf die Stimmung der Europäer.

„Wir sind ein gutes Stück weiter gekommen", antwortete sie ihm, „ich denke, Sie werden von den meisten Menschen als eine Art väterlicher Freund wahrgenommen. Eine verlässliche Person, der man vertraut. Ihre Rede eben hat genau das verkörpert und genau das haben Sie auch ausgestrahlt - genau wie wir es geplant hatten. Die Roten werden es schwer haben - sie haben personell nichts Adäquates aufzuweisen und die Grünen haben keinen Rückhalt in der Wirtschaft. Aber das Wesentlichste ist: Es geht den Menschen gut! Sie sind der Präsident, der nach der Krise Wohlstand und Ordnung wiederhergestellt hat. Der mit Besonnenheit und Weitblick die richtigen Entscheidungen getroffen hat." „Na ja", antwortete der Präsident, „das ist ja nun nicht gerade nur mein Verdienst. Genau genommen ist mein persönlicher Anteil an dieser ganzen Entwicklung eher gering, oder? Die wesentlichen Entscheidungen hat das Parlament gefällt oder bestätigt und ohne meinen Stab wäre ich heillos verloren." Jessica schätze die demütige Sichtweise des Präsidenten. Sie war sogar der Meinung, ein klein wenig mehr Arroganz könnte ihm hier und da mal ganz gut tun und sein Profil schärfen. Doch sie wußte sehr gut, daß ein Politprofi wie er nicht an dieser Position sein konnte, ohne sich zuvor mit Kampf und Schweiß, Intrigen und Bestechung, Drohungen und Versprechen gegen alle anderen durchgesetzt zu haben. Hinter seinem väterlichen Lächeln mußte er es faustdick hinter den Ohren haben, denn ansonsten wäre er tatsächlich heillos verloren. „Sie geben der Entwicklung ein Gesicht!", bekräftigte Jessica ihre Aussage, „die Menschen sehen Sie als Motor und

Garant für ihren Wohlstand." „Ja, es geht den Menschen gut", entgegnete Strauss, „aber genau darin sehe ich auch eine Gefahr. Kommen Sie mal mit, ich zeige Ihnen, was ich meine!"

Der Präsident stand auf und ging zur rechten Seite des Büros, wo sich die Türe zum Balkon befand. Jessica folgte ihm. Er öffnete die Türe und der warme Juniwind blies in den Raum. Jessicas Haare flogen wild durcheinander und sie mußte sie sich aus dem Gesicht streichen. Strauss lachte: „Ja, wir sind im 30. Stockwerk - da bläst immer eine `steife Brise´. Kommen Sie! Sehen Sie!" Der Präsident schritt auf den Balkon hinaus und zeigte hinunter auf das Büro der Vereinten Nationen. „Die Vereinten Nationen? Was sehen Sie da für eine Gefahr?", schrie Jessica gegen den Wind an. „Sehen Sie genau hin!", schrie er zurück. „Die Menschen?", rätselte Jessica. „Die meine ich", bestätigte Strauss, „aber was sind das für Menschen?" „Demonstranten?", mutmaßte Jessica. „Genau, es sind Demonstranten", bestätigte der Präsident, „kommen Sie, gehen wir wieder rein!" Die beiden verließen den zugigen Balkon und setzen sich wieder. Während sie an ihrem Kaffee nippte und versuchte ihre durcheinandergeratene Frisur wieder in Ordnung zu bringen, fuhr er fort: „Heute sind es noch irgendwelche Weltverbesserer. Man muß sich ja nur fragen, wer an einem Arbeitstag um diese Tageszeit Zeit hat sich dort hinzustellen und blöde Transparente zu schwenken. Aber es werden jeden Tag mehr, jeden Tag! Religiöse Gruppen, Aktivisten, Gewerkschafter. Mittlerweile berichtet schon das Fernsehen darüber. Und da fängt es an, gefährlich zu werden! Denn ja, verdammt, es geht den Menschen wieder gut - zu gut! Zu Zeiten der großen Krise war alles ganz einfach. Wir Europäer sind hier drinnen auf unserem Kontinent. Ihr bösen Invasoren seit da draußen und wollt ihn uns wegnehmen. Die Augen der Menschen waren nach innen gerichtet, sie waren um ihr eigenes Wohl besorgt. Aber jetzt, wo es Ihnen wieder besser geht, fangen sie an Fragen zu stellen nach `denen da draußen´." „Aber es müßte den Leuten doch klar sein, daß wir heute genau so wenig wie damals die Möglichkeit haben den gesamten afrikanischen Kontinent zu ernähren oder gar bei uns aufzunehmen", schüttelte Jessica den Kopf. „Pah!", schnaufte der Präsident, „*müßte! Da haben Sie wohl Recht, aber ihr Konjunktiv deutet schon an, daß Sie genau wie ich wissen, daß es hier nicht um Rationalität, sondern um Emotionen geht. Und genau deshalb müssen wir diese Menschen auch mit Emotionen wieder einfangen, bevor sie zum Problem werden." „Was schwebt Ihnen vor?", erkundigte sich Jessica. „Wir müssen unsere Kampagne um eine humanitäre Komponente erweitern! Etwas Plakatives! Etwas das den Menschen zeigt, daß der `Vater der Nation´ nicht nur an seine, sondern barmherzig auch an die Kinderchen der anderen denkt." „Sie wollen Carepakete oder sowas in Afrika verteilen?", zweifelte Jessica, „die zerreißen Sie entweder in der Luft, oder sie zerreißen sich gegenseitig in der Luft oder Sie sind gezwungen mit den Combots ein Massaker anzurichten - keine besonders gute PR!" Der Präsident schenkte ihr einen vielsagenden Blick und erklärte: „Mir ist die Problematik wohl bewußt, liebe Jessica, deshalb habe ich Werner und Cristobal bereits gebeten, sich da etwas einfallen zu lassen. Ihre Aufgabe wird es sein, das Ganze optimal zu inszenieren und hinterher PR-mäßig auszuschlachten. Seien Sie darauf vorbereitet! Ich lasse Sie wissen, wenn es etwas Neues gibt. Ansonsten sehen wir uns dann wieder wann?" „Übermorgen 18.00 Uhr in Ihrer Speiselounge. Abendessen mit dem Stab und anschließendes Meeting.", antwortete Jessica prompt ohne dafür ihren Terminkalender bemühen zu müssen. „Voilà - dann sehen wir uns dort", beendete Präsident Strauss die Unterhaltung und nickte Jessica noch ein Mal freundlich zu. Diese nickte ebenfalls, strich im Aufstehen ihr Kleid glatt und verließ den Raum mit den gleichen, zielstrebigen, klappernden Schritten, mit denen sie das Gebäude betreten hatte.

Der Preis des Friedens ist ewige Wachsamkeit

„Übertretung in Planquadrat Delta zwölf!", rief der Spezialgefreite Heger laut durch das „Kino" genannte Kontrollzentrum im Herzen der EDCO - der „Europäischen-Drohnen-Kontroll-Organisation". Der Raum wurde nicht nur deswegen so genannt, weil er groß war und keine Fenster besaß, sondern vor allem deshalb, weil er wie ein Kino gestaffelt war. In den Rängen saßen die Soldaten. Jeder hatte vor sich ein Kontrollterminal und war für einen Abschnitt zuständig. Jeder hatte ein Headset auf dem Kopf und konnte sich so live auf jede gewünschte Drohne in seinem Abschnitt aufschalten. Oben, sozusagen in der Loge des „Kinos", saßen die kommandierenden Offiziere und konnten je nach Bedarf jeden der Terminals auf die großen Bildschirme in der Mitte - wenn man so wollte die „Leinwand" des „Kinos" schalten. Rechts neben den drei ständig anwesenden Offizieren gab es noch Plätze für weitere Befehlshaber. Links neben ihnen saßen zwei Techniker und der technische Leiter. Auch diese Plätze waren rund um die Uhr zu jedem Zeitpunkt in Betrieb und besetzt. Ganz hinten - durch eine Glaswand getrennt waren drei Besprechungsräume angegliedert. Im Mittleren war ein 1:1 Modell eines Combots ausgestellt.

Der wachhabende Offizier, Oberst Schulz, schaltete sich auf Hegers Headset auf: „Wie viele Personen, Specialist?" „Bisher drei", antwortete der Soldat, „sehen aus wie Fischer, aber sie haben noch kein Netz und keine Angel ausgeworfen". „Blödsinn, Specialist!", belehrte ihn der Offizier, „dort gibt es schon lange keine Fische mehr und das wissen die ganz genau! Warnung schicken, bei Nichtbefolgen Feuerbefehl!" „Jawohl, Herr Oberst!", antwortete der Soldat knackig und gab den entsprechenden Befehl in sein Terminal ein. Oberst Schulz schaltete Hegers Bild groß. Der

Combot hatte ein schmales Ruderboot im Bild in dem zwei dürre Farbige und ein Araber saßen. Aus dem Druckkammerlautsprecher des Combots tönte die Warnung. Erst auf Englisch, danach auf Französisch und Arabisch. Die drei Männer starrten still gerade aus und versuchten krampfhaft den Eindruck zu machen, nichts gehört zu haben. Plötzlich begannen sie wie wild das Boot aufzuschaukeln, so daß es kenterte. Die Männer tauchten unter das Boot. Vermutlich dachten sie, der Combot könne sie dort nicht mehr sehen. Tschum, Tschum, Tschum - löste Heger befehlsgemäß drei Schüsse aus. Mehr waren nicht notwendig. Kurz darauf konnte man erkennen wie die drei Leichen, mit blutenden Löchern in ihren Schädeln, von der Strömung abgetrieben wurden. „Diese Idioten!", murmelte Schulz dem neben ihm sitzenden Offizierskollegen zu und schüttelte den Kopf, während er das große Bild wieder auf Übersichtsmodus zurückschaltete. In diesem Moment wurde die Jalousie an der Glasscheibe des mittleren Besprechungsraumes hinter ihm heruntergelassen. „Oh Mann, immer dieser Besucherscheiß - wir sind hier doch kein Museum!", dachte sich der bärbeißige Militär und verdrehte die Augen, als sich die letzten Lamellen der Jalousie schlossen.

Zum Glück für den Oberst war die Verglasung auch schalldicht, sonst hätte ihn vermutlich das kalte Grausen gepackt. Durch die hintere Eingangstür drückte sich drängelnd und lärmend eine ganze Klasse Schülerinnen und Schüler im frühen Teenageralter, gefolgt von ihrer Lehrerin und von Frau Dr. Groß aus dem Besucherzentrum. Die junge Frau hatte ein freundliches Gesicht und lockige, dunkelblonde Haare, die bis zu ihren Schulterblättern reichten. Sie trug einen weißen Kittel über ihrer Bluse, dazu eine Bundfaltenhose und halbhohe Pumps. Besuchern gegenüber versuchte man gezielt, den Eindruck einer technischen

Forschungseinrichtung zu vermitteln. Wohl wissend, daß allgemein bekannt war, daß es sich um eine Militäreinrichtung handelte. Aber die harte Realität wollte man im Sinne des inneren Friedens so weit wie möglich von der Öffentlichkeit fernhalten. Es gab auch keine Bilder von den Combots in den Nachrichten. Alles was sie aufnahmen, war per se militärisches Geheimmaterial. Darauf hatten sich alle Mitgliedsstaaten der europäischen Allianz bereits bei ihrer Gründung verständigt.

Die Schulklasse versammelte sich um das Modell des Combots herum. Die Lehrerin dirigierte sie etwas genervt in mehrere Reihen, so daß letztlich alle etwas sehen konnten. Dr. Groß - ihres Zeichens übrigens Doktorin der Germanistik, was natürlich nicht auf ihrem Namensschild stand, erhob die Stimme: „So Kinder, alle bereit? Prima! Hier in der Mitte könnt Ihr das Modell eines Combots sehen, genauer gesagt das aktuelle Modell MK3-V3. Ihr habt ja im Verlauf Eurer Führung schon einiges über die Combots und ihre Geschichte erfahren und wißt, was sie für uns alle leisten. Wer kann es mir noch mal sagen?" Ein Mädchen in der ersten Reihe streckte den Finger nach oben. „Ja du!", forderte sie Dr. Groß auf. „Die Combots sichern unsere Grenzen, damit wir in Europa in Frieden leben können!" „Gut aufgepaßt junge Dame!", lobte Dr. Groß, „und müssen wir Angst haben, daß ein Combot auch auf uns schießt, wenn wir mal in der Nähe einer Grenze sind?" „Neiiiiin", platze das gleiche Mädchen wieder heraus. „Und warum nicht?", fragte Dr. Groß weiter. Ein Junge in der zweiten Reihe rief: „Weil wir diese Chips in unserem Nacken haben und dann weiß der Combot, daß wir die Guten sind!"

„Es geht zwar nicht um Gut und Böse, aber ja, das hast du sehr gut erklärt", lobte Dr. Groß auch den Jungen. An alle gewandt, fuhr sie mit ihrer Erklärung fort: „Dann wollen wir uns den Combot mal aus der Nähe ansehen. Beim Combot handelt es sich - wie Ihr ja schon gelernt habt um eine Kampfdrohne. Der Name Combot setzt sich zusammen aus dem Wort Combat - das ist Englisch und bedeutet Auseinandersetzung bzw. Kampf und Robot - Roboter! Aber eigentlich ist es gar kein Roboter, denn die Combots werden von Spezialpiloten gesteuert. Wie Ihr unschwer erkennen könnt, ist so eine Drohne natürlich viel zu klein um darin zu sitzen, deshalb werden sie ferngesteuert. Hier hinter dieser Scheibe ist ein großer Raum, da sitzen die Piloten drin, die das können. Sie passen jeden Tag und jede Nacht auf, damit Ihr gut schlafen könnt ..."

Während Dr. Groß mit viel Übung darin fortfuhr, die harte Realität kindgerecht zu verwursten, schaltete sie das Licht um. Die Umgebungshelligkeit wurde gesenkt und ein Spot beleuchtete nun den Combot. Die Drohne war silbern glänzend. Ihr Mittelstück bestand aus einer leicht gedrungenen Kugel, von ungefähr einen halben Meter Durchmesser. Wie der Saturn war die Kugel von einem Ring umgeben. Außen durch einen Kranz geschützt, waren in dem Ring 8 unabhängige Rotoren oktagonal angeordnet. Das ganze Gehäuse bestand aus einem hightech Kunststoff. Schußsicher gegen jede Art von Handfeuerwaffen und leichten Geschützen. Jeder Combot war mit Signallampen an der Ober- und Unterseite ausgestattet. Diese begannen jetzt rot zu blinken als Dr. Groß auf einer kleinen Fernbedienung das Präsentationsprogramm für Kinder und Jugendliche startete.

Die Drohne beschrieb sich kindgerecht in der „ich" Form und erzähle erst mal einiges zu Ihrer Größe und Struktur.

Danach fuhr sie mit Informationen über ihre Leistungen und Flugeigenschaften fort. Gebannt hörten die Kinder zu, als die Drohne begann, über ihre Sensorik und ihre Bewaffnung zu berichten. Die untere Hälfte der Kugel besaß eine Art Gesicht: Die „Augen" bestanden aus zwei hochauflösenden Kameras und ermöglichten dreidimensionale Bildverarbeitung. Sie konnten auch das infrarote und ultraviolette Lichtspektrum wahrnehmen - Nachtsicht- und Wärmebilder inclusive. Die „Ohren" waren von außen nicht sichtbare hochempfindliche Mikrophone. Sie konnten sogar die Schwingungen von Fensterscheiben wahrnehmen und damit hören, was in Räumen gesprochen wurde. Die „Nase" bestand aus einem extrem lauten Druckkammerlautsprecher, der auch als Sirene eingesetzt werden konnte. Der „Mund" schließlich war die Mündungsöffnung des eingebauten Zwillingsgeschützes. Daraus konnten jeweils bis zu 50 Schuß Kaliber .305 einzeln, oder in schneller Folge abgefeuert werden. Zusätzlich waren die Combots mit je 4 kleinen, panzerbrechenden Luft-Boden Raketen ausgestattet. Ein Laserzielsystem sorgte dafür, daß alle Waffen mit der Präzision eines Chirurgen eingesetzt werden konnten. Seit dem letzten technischen Update waren die Combots auch in der Lage Funksignale aller Art zu empfangen und weiterzuleiten. Zur Steuerung und Kontrolle verfügten die Combots über interne Computer mit hoher Rechenleistung, Satellitenantennen zur Kommunikation mit dem Kontrollzentrum, Satellitennavigation sowie Breitbandkommunikation zur Vernetzung untereinander. Zur Wartung und zum Nachladen der Munition, konnten die obere und untere „Rückseite" der Combots geöffnet werden. Wer dies jedoch ohne das benötigte, codierte Spezialwerkzeug versuchte, lief Gefahr, von der explosiven Selbstzerstörungsfunktion des Combots in den Tod gerissen zu werden.

Zum Aufladen der Hochleistungsakkus, mit denen die Combots betrieben wurden, mußten sie nicht geöffnet werden. Sie waren in der Lage selbstständig, rechtzeitig zu ihrer jeweiligen Basis zurückzufliegen und eine der induktiven Ladestationen anzusteuern.

Nachdem der Combot seine Präsentation beendet hatte, fuhr Dr. Groß das Licht wieder hoch. Zum Abschluß erklärte sie den Kindern: „All das was die Combots können und wie sie funktionieren, ist natürlich jedem Piloten, der sie bedient genauestens bekannt. Jeder einzelne von ihnen ist ein Spezialist. Sie sind bestens geschult und trainiert. Daher sind sie in der Lage die beeindruckenden Fähigkeiten der ihnen anvertrauten Waffe, hoch konzentriert und in ebenso beeindruckendender Perfektion zu unser aller Sicherheit zu nutzen. Vergessen wir auch nicht all die Ingenieure und Techniker, die rund um die Uhr dafür sorgen, daß die Combots einsatzbereit sind und sogar noch weiterentwickelt werden. Vielleicht werden ja einige von Euch, wenn Ihr groß seit, in ihre Fußstapfen treten und auch hier bei uns im Kontrollzentrum, oder auf einer der Basisstationen im Mittelmeer arbeiten. Wir freuen uns auf Euch! Am Ausgang bekommt jeder von Euch noch ein kleines Modell eines Combots, das Ihr mit nach Hause nehmen dürft. Erzählt Euren Eltern, was Ihr hier gesehen habt. Vielleicht wollen sie ja auch mal hier vorbei kommen? Zu unseren kostenlosen Führungen kann man sich jederzeit anmelden! Hat´s Euch gefallen?!" „Jaaa!", brüllten die Kinder wild durcheinander. „Dann wünsche ich Euch jetzt noch einen schönen Tag! Kommt gut nach Hause und vergeßt nicht, am Ausgang Eure Combot Modelle mitzunehmen. Auf Wiedersehen Kinder!", verabschiedete sich Dr. Groß und schüttelte auch der Lehrerin noch die Hand, die sich freundlich bedankte. Lärmend und kreischend machten sich die Kinder auf den ausgeschilderten Weg Richtung Ausgang. „Wenn ich mal groß bin, will ich auch Combot Pilot werden, das ist so cool!", jauchzte ein Junge, bei dem die organisierte Indoktrination offenbar großen Erfolg gehabt hatte.

Im Allgemeinen ganz gut

„Prost Martin!", Schiller grinste von einem Ohr bis zum anderen, „gewonnene Getränke schmecken schließlich immer am besten - selbst wenn es nur ein Zitronen-Energizer ist". Die beiden Freunde saßen an der gemütlichen Bar des Fitnessclubs, wo sie sich zwei mal in der Woche zum Squash trafen. „Jaja", grinste Krieger verlegen zurück, während er mit ihm anstieß, „das Glück war heute ganz eindeutig auf deiner Seite." „Findest du nicht, daß das Glück - wenn wir gegeneinander spielen - ziemlich oft `nicht auf deiner Seite` ist?", neckte ihn Schiller weiter. „Heh, ich habe eine scheiß Doppelschicht hinter mir und nachher geht es gleich weiter", bemitleidete sich Krieger selbst. „Tja, das hast du selbst so gewollt, mein Lieber! War wohl nichts mit ´ruhige Kugel schieben´ im Dienste von Vater Staat?!", ätzte Tom und beide mußten lachen. „Dafür", feixte Krieger zurück, „habe ich *ICH* niemals Schwierigkeiten, meine Miete oder mein Schnitzel auf dem Teller zu bezahlen." „Haha", nörgelte Schiller. Der freie Journalist ließ sich nur sehr ungern daran erinnern, daß sein Einkommen zwar manchmal sehr einträglich, zuweilen aber auch sehr dürftig ausfallen konnte. „Ein `Schiller` muß nun mal schreiben!", brachte Tom, der mit vollem Namen Thomas Schiller hieß, seinen alten Spruch an. Er fuhr gleich mit einer ebenso ollen Kamelle fort: „Mein Geschäft könnte deutlich einträglicher sein, wenn du mich hier und da mal mit ein paar winzigen Informationen aus der EDCO versorgen könntest!" „Da kann ich dir nur eines raten", antwortete Krieger und machte dabei ein bierernstes Gesicht: „Es gibt bei uns eine Dame. Sie heißt Nora Groß. Sogar *Doktor* Nora Groß. Die hat ein niedliches Gesicht und einen entzückenden Hintern. Sie kann dir wirklich alles bis ins Detail erzählen, was du wissen möchtest!"

„Oh, da schau her! Jetzt wird´s interessant", frohlockte Schiller und strich sich dabei seine fast schulterlangen, dunkelblonden Haare aus dem Gesicht. „Arbeitet sie beim Stab"? „Aber nein", informierte Krieger immer noch bierernst, und schaute sich um, als ob er feststellen wollte, ob sie jemand beobachtete. Dann lehnte er sich zu Schiller hin, als ob er ihm ein Geheimnis verraten wollte, und flüsterte bedeutungsvoll: „Sie arbeitet im Besucherzentrum, macht Führungen und beantwortet Fragen!" „Du Arsch!", meckerte Schiller, und mußte dabei selbst lachen, während Krieger sich köstlich darüber amüsierte wie er seinen Freund dran gekriegt hatte. Als er sich wieder beruhigt hatte, schob Krieger nach: „Die Groß hat übrigens tatsächlich einen geilen ´Knackarsch´. Leider sehe ich sie nur ab und zu in der Mittagspause. Ich arbeite ja im geschlossenen Bereich, da hat sie keinen Zutritt." „Na dann lad sie doch mal zu einem Drink ein", schlug Schiller vor, „ich mache sie dir sicher nicht streitig, du weißt ja, mit Frauen hab ich´s nicht so." Wie viele kreative Geister fühlte sich Schiller eher zum eigenen Geschlecht hingezogen, woraus er auch seit geraumer Zeit keinen Hehl mehr machte. Innerlich war er froh, daß es seiner Freundschaft zu Krieger keinen Abbruch getan hatte. Einige andere Freundschaften waren daran zerbrochen, aber der groß gewachsene Individualist hatte gelernt, damit zu leben. „Das sollte ich vielleicht tatsächlich mal machen", griff Krieger Schillers Idee auf, „ich glaube, sie mag mich. Aber ich habe keine Ahnung, ob sie vielleicht vergeben ist." „Na dann, ran an den geilen Arsch!", zwinkerte Schiller seinem Freund zu, „wenn du es nicht versuchst, wirst Du´s vermutlich nie erfahren!"

Ungefähr zur gleichen Zeit verließ Jessica Slade in Genf den Eurotower. Sie hatte noch kurz in ihrem Büro vorbei geschaut und ein wenig Korrespondenz erledigt. Aber nach dem anstrengenden

Tag und nachdem die Anspannung, aufgrund der positiv verlaufenen Rede des Präsidenten, von ihr abgefallen war, hatte sie beschlossen, für heute Feierabend zu machen. Sie hatte den großen Springbrunnen vor dem Gebäude noch nicht passiert, da piepte auch schon ihr Handy. Sie kramte es im Laufen aus ihrer - bestens auf Kleid und Schuhe abgestimmten Handtasche, und sah auf das Display. „Mathieu Calling" verkündete das Gerät. Jessica verdrehte die Augen. „Schon wieder!", stöhnte sie und nahm das Gespräch entgegen: „Hallo Mathieu?!" „Allo Cherie!", quäkte es aus dem Telefon, „es ist so schön, dein Stimme su öhren!"

Obwohl er wußte, daß Jessica fließend Französisch sprach, zog er es vor, in ihrer Muttersprache zu Jessica zu sprechen. Und *dabei* hatte der braungebrannte Sonnyboy aus der französischen Schweiz einen grausamen Akzent. Jessica spürte förmlich, wie ihr der Schleim aus dem Hörer ins Ohr tropfte. Allein ihre gute Erziehung verbot es ihr einfach aufzulegen oder das Handy auf direktem Wege in die nächste Mülltone zu befördern. Doch dann würde er vermutlich hinter der nächsten Hausecke mit einem Blumenstrauß auf sie warten. Warum hatte sie sich nur je auf den Typen eingelassen?! Entnervt antwortete sie, so gelassen sie es konnte: „Hör mal, Mathieu, ich habe dich jetzt mehrfach gebeten, mich nicht ständig sofort anzurufen, wenn ich hier das Gebäude verlasse. So nett du bist, aber ich schalte dir jetzt meine Trackingfreigabe aus!" „C´est ne pas nécessaire, mon amour!", quäkte es weiter aus dem Handy, „das brauchst du nischt su tun. Isch abe disch nischt getrackt. Isch *sehe* disch!"

Jessica hatte schon gedacht, es könne nicht schlimmer kommen, da winkte er ihr von einem der Tische des „Café des nations Européen", welches auf der anderen Seite des „Platzes der europäischen Einheit" vor dem Eurotower lag entgegen. Unter einem Sonnenschirm hatte er es sich offenbar mit einer Zeitung gemütlich gemacht und auf sie gewartet. Jessica steckte das Handy zurück in ihre Tasche und kam zu ihm an den Tisch. Augenblicklich rief er ungeduldig dem Kellner zu: „Garçon, einen Cappuccino pour Madame, sil vous Plaid!"

Mathieu stand auf und wollte Jessica Begrüßungsküßchen geben, doch diese wich, so gut sie konnte aus. „Was ist los, Cherie? Geht es dir nischt gut, attest du einen arten Dag?", reagierte der südländisch aussehende Charmeur mit den kurzen, schwarzen Locken und der geschmackvoll legeren Kleidung leicht pikiert. Jessica setzte sich ihm sehr aufrecht gegenüber. Sie holte Luft und wollte schon loslegen, da versank sie wieder um ein Haar in seinen kastanienbraunen Augen. Wie er da saß mit seinem Hundeblick! Dieser Kerl erreichte beim Aussehen und beim Charme eine glatte 10 von 10. Er war nett, aufmerksam, ein guter Liebhaber und er war - nervtötend! Jessica riß sich zusammen und startete einen zweiten Versuch: „Lieber Mathieu, du bist ein netter Kerl, aber ganz ehrlich - es wird mir im Augenblick ein Bißchen zu viel! Ich habe den Wahlkampf des Präsidenten zu leiten, das weißt du! Ich muß ständig 1000 Dinge im Kopf haben und kann es mir nicht leisten mich laufend von dir ablenken zu lassen. Du rufst mich ständig an und erwartest Aufmerksamkeit von mir, die ich dir im Moment nicht geben kann. Das geht so nicht weiter!" „Aber Cherie, liebst du misch ...", wollte Mathieu entgegnen, doch Jessica schnitt ihm den Satz ab. Sie konnte kein Einziges, schmalztriefendes Wort mehr ertragen: „Laß es bitte! Ich möchte dir nicht weh tun, aber nein - Liebe ist für mich mehr als ein paar kühle Drinks und ein paar heiße Nächte. Liebe hat in erster Linie etwas mit Vertrauen und Verständnis zu tun. Insbesondere am Verständnis hapert es bei dir leider enorm, deshalb kann und wird bei mir auch keine Liebe entstehen." Jessica stand auf und hängte sich ihre Handtasche um. „Du bist wie ein Maschine!", stammelte

Mathieu ziemlich kleinlaut und völlig fassungslos fügte er hinzu: „Wie kannst du nur so kalt sein?" „Ruf mich bitte nicht mehr an!", ermahnte ihn Jessica noch mal und drehte sich um. In diesem Moment kam der Kellner mit dem Cappuccino an und Jessica währe um ein Haar mit ihm zusammengestoßen. Gekonnt balancierte er sein Tablett wieder aus, bevor es ihm der plötzlich wild gestikulierende Mathieu endgültig aus der Hand schlug: „Aber Cherie ...!" Doch Jessica verließ unbeirrten Schrittes die Szenerie. Es fiel ihr wie ein Stein vom Herzen, diese unerfreuliche aber unausweichliche Sache hinter sich gebracht zu haben. Sie kramte wieder ihr Handy aus der Tasche und öffnete den Kontakt, dann befahl sie der Sprachsteuerung: „Mathieu Lassalle für alle Dienste sperren, Kontakt löschen!" „Sind Sie sich..?", kam die Sicherheitsabfrage vom Handy. „JA!", bestätigte Jessica barsch, noch bevor die Abfrage zu Ende gestellt war. Festen Schrittes und mit leicht gesenktem, kalten Blick setzte sie ihren Weg fort.

Eine knappe Stunde später erklomm Jessica die letzten Stufen zu Ihrem Appartement. Es war eine geräumige Altbauwohnung in der Nähe des Zentrums. Das Treppenhaus war groß und mit Marmor gefliest, wie man es in Jugendstilbauten gerne antrifft. Jeder Schritt hallte durchs ganze Haus, vor allem Jessicas. Es gab nicht wenige Hausbewohner die Jessica schon das ein oder andere mal am liebsten mit ihren eigenen Stilettoabsätzen erdolcht hätten. Deshalb zog sie manchmal, wenn sie sehr spät nach Hause kam, schon im Hauseingang ihre Schuhe aus. Jessica hatte nicht viel Zeit für Hobbys.

Auch Luxusgüter waren nicht ihre große Domäne. Sie legte natürlich Wert auf eine schicke und gepflegte Garderobe. Sie besaß auch eine ganze Menge Taschen und sogar ein paar Hüte. Ihre einzige tatsächliche persönliche Leidenschaft jedoch befand sich in ihrem langen Flur in einem riesigen, stylischen Regal, das sie sich extra anfertigen lassen hatte. Dort lagerten - fein säuberlich nach Farbe und Stil sortiert - ungefähr 250 Paar Schuhe. Vor allem Pumps und klassische Highheels. Ansonsten war Jessicas Wohnung eher spartanisch eingerichtet. Die hohen Wände waren verputzt und weiß gestrichen. Die Möbel waren modern und funktionell, jedoch geschmackvoll. Zwei mal die Woche kam Marie, Jessicas Putzfrau und kümmerte sich um den Haushalt.

Als Jessica gerade ihre Wohnung aufschließen wollte, öffnete sich die Türe vom Nachbarappartement und Sarah Augstein, ihre Nachbarin, trat auf sie zu. Jessica war immer schon eine Einzelgängerin gewesen. Das mochte dran liegen, daß sie als Tochter eines hochrangigen, britischen Diplomaten schon im Alter von 10 Jahren ihre Heimatstadt London hatte verlassen müssen und fortan in einem Diplomatenviertel in Berlin aufgewachsen war. Nach ihrem Abitur hatte es sie dann nach Paris verschlagen, wo sie Psychologie und Politikwissenschaften studiert hatte. Ihre kühle, distanzierte Art hatte es ihr schon immer schwer gemacht, neue Bekanntschaften zu knüpfen und wenn, dann hielten diese meist nicht lange. Von allen Menschen, die sie hier in Genf kannte, kam Sarah dem, was man eine Freundin nennen konnte am nächsten.

Sarah Augstein war verheiratet und hatte einen Sohn im Teenageralter. Sie arbeitete vormittags bei einer Bank in der Verwaltung. Besonders gerne erzählte sie Jessica davon was sie gerade so bewegte: Zum Beispiel den neuesten Klatsch aus dem Haus, der Straße, dem Viertel und natürlich aus der Regenbogenpresse - Sarah war immer bestens informiert. Vielleicht verstanden die zwei sich deshalb so gut, denn Jessica hatte nicht viel, was sie ihr erzählen konnte oder durfte. Dennoch hatte Sarah gelernt, daß Jessica nicht immer in der Stimmung für diese Art der Unterhaltung war und heute sah sie irgendwie niedergeschlagen aus. Sarah hatte ihre Begrüßung schon begonnen, als sie es merkte:

30

„Hallo Jessi, hast du schon gehört ...?" Sie unterbrach ihre Frage, als sie in Jessicas ausdrucksloses Gesicht schaute und fragte stattdessen besorgt: „Was ist los, Süße? Alles o.k. mit dir?" „Hallo Sarah! Keine Sorge, es geht mir gut" stöhnte Jessica, „ist nur ganz schön stressig zur Zeit." Sie holte Luft, bevor sie hinzufügte: „Außerdem habe ich vorhin Mathieu Adieu gesagt." Sarah war baff: „Ist nicht wahr! Mathieu? Adieu? Mon Dieu! Der sah doch so gut aus! Und charmant war er auch! Das mußt du mir unbedingt erzählen! Darf ich rein kommen? Oder ...", fragte Sarah etwas leiser nach, „möchtest du lieber alleine sein?" „Ach was", antwortet Jessica und rappelte sich auf, „komm rein! Willst du ´nen Kaffee oder ´ne Orangina?" „Danke, au ja - ´ne Orangina gerne, für Kaffee ist es mir heute schon zu spät", bedankte sich Sarah und folgte Jessica in ihre Wohnung. Diese stellte im Flur ihre Sachen ab, zog ihre Schuhe aus und schlüpfte in Ihre Sandaletten, die sie zu Hause trug. Eigentlich haßte sie ja Keilabsätze, aber mit flachen Schuhen konnte sie schon lange nicht mehr laufen. Mit Rücksicht auf die Nachbarn unter ihr hatte sie diesen Kompromiß gefunden. Fluchs holte sie für Sarah und auch für sich selbst eines der markanten, kleinen Fläschchen im Retrolook aus dem Kühlschrank. Sie reichte es ihr und ging dann noch mal zu ihren Sachen. „Kleinen Moment, kommentierte sie, „ich muß das hier noch kurz wegräumen." Jessica haßte es, wenn etwas herumlag. Unerledigte Dinge verschafften ihr Alpträume. Sarah wußte das und grinste. Jessica leerte ihre Handtasche in eine Schublade des Sideboards das neben der Eingangstüre stand. Dann packte sie ihre Tasche in den Garderobenschrank zu den anderen. Zuletzt wandte sie sich der Einkaufstüte zu, die sie außerdem mitgebracht hatte. Sie hob sie hoch und zeigte sie Sarah: „Da, ich war schon ´Frustshoppen`!" „Laß mich raten!", kicherte Sarah. „Vergiß es! Du hast eh schon gewonnen!", antwortete Jessica und grinste zufrieden, während sie den Karton aus der Tüte nahm und und ein Paar glänzende Highheels daraus hervorholte. Sie hatten einen interessanten Farbverlauf von Weinrot an der Spitze zu tiefem Schwarz an der Ferse. Jessica konnte es nicht lassen und mußte noch mal hineinschlüpfen. Es kostete sie etwas Mühe, dann fragte sie Sarah: „Na, wie findest du sie?" „Cooles Design", befand Sarah, „aber sind die dir nicht ein Bißchen zu eng?" „Solche Schuhe müssen straff sitzen, sonst brichst du dir damit die Knöchel", klärte Jessica sie auf, „zu groß gekaufte Schuhe sind die häufigste Ursache, wenn Frauen selbst glauben, sie könnten keine hohen Absätze tragen. Probier's doch mal aus!" „Oh, nein", wehrte Sarah ab, „das ist nichts für mich. Ich sterbe schon fast, wenn ich zu irgendwelchen Feiern meine schwarzen Pumps anziehe - und die sind nicht mal annähernd so hoch." „Vielleicht ganz gut so", stichelte Jessica, „sonst kämst du womöglich noch auf die Idee, dir bei mir welche ausleihen zu wollen! Meine Babys gebe ich nicht her!"

Beide mußten lachen, während Jessica ihre neuen Errungenschaften ins Regal einsortierte. „Wie war das nun mit Mathieu?", bohrte Sarah und nippte ungeduldig an ihrem Getränk. „Er hat mich genervt!", erklärte Jessica knapp. Natürlich gab sich Sarah mit dieser lapidaren Antwort nicht im Geringsten zufrieden. Die beiden machten es sich am Küchentisch gemütlich und Jessica erzähle ihr alles. Angefangen davon, daß er sie ständig angerufen hatte, sobald sie den Eurotower verließ, bis hin zu dem Punkt wo sie im Augenwinkel noch gesehen hatte, wie er dem verdutzten Kellner versehentlich den Cappuccino um die Ohren geschlagen hatte. Bald hatten sie eine Flasche Wein geöffnet und quatschen in den Abend hinein.

Fehler im System?

19.50 Uhr - noch 10 Minuten bis zum Beginn seiner Schicht. Krieger war pünktlich. Bei der EDCO, der Europäischen Drohnen Kontrollorganisation, wurde in 4 überlappenden Schichten gearbeitet. Jeder wichtige Arbeitsplatz war dabei nahezu doppelt besetzt, so daß dessen Betrieb auch in den Pausen, bei Urlaub oder Krankheit stets gewährleistet war. Frisch geduscht und gut gelaunt stellte sich Krieger an einer der Sicherheitsschleusen an. Er hatte zu seiner Jeans ein frisches Hemd angezogen und wie immer die obersten Knöpfe offen. „Tekkie-look" nannte er seine légère Kleidung gerne, als kleinen Seitenhieb darauf, daß die meisten Mitarbeiter als Militärangehörige ihren Dienst in Uniform bestreiten mußten. Mit zwei Fingern grüßte er beiläufig einen Technikerkollegen, der zufällig gerade gegenläufig auf seinem Weg in den Feierabend durch eine benachbarte Schleuse gekommen war. Noch zwei Leute waren vor ihm. Krieger schaute sich um, ob er zufällig noch irgendein bekanntes Gesicht sah, aber dann war er auch schon an der Reihe und er betrat die Schleuse. Hinter ihm schloß sich die gläserne Schiebetür und der Körperscanner wurde aktiviert. Ein bläuliches Licht erhellte kurz die Schleuse. Dann ertönte eine computergenerierte Stimme: „Identifikation positiv: Krieger, Martin, Bereich Technik. Gesundheitszustand: Positiv. Bitte nehmen Sie Ihre Identplakette!" Es piepte und eine Identplakette kam aus dem Ausgabeschlitz. Es handelte sich um eine Art digitales Namensschild. Darauf wurden Name, Mitarbeiternummer und der Tätigkeitsbereich angezeigt. Ein roter Balken ganz oben zeigte an, daß Krieger über die Zutrittsberechtigung „A" verfügte, gültig für alle Bereiche. Eigentlich hätte man auf die Plakette auch verzichten können, da ohnehin an jeder Bereichstüre standardmäßig die persönliche ID vom subkutanen Identifikationschip im Nacken jeder Person ausgelesen wurde. Aber vor allem die Militärs wollten immer einen Namen und auf den ersten Blick sehen, mit wem sie es zu tun hatten bzw. ob die Bereichsberechtigung gegeben war. Krieger nahm seine Plakette und heftete sie sich an die Brust. „Willkommen bei der EDCO!" Quittierte die Computerstimme und die Schleuse gab den Weg frei. Der Ingenieur trat aus der Schleuse heraus und lief durch die Gänge in Richtung „Kino". Alle Eingänge zu diesem innersten Bereich der EDCO waren noch mal durch eine Doppeltürenkonstruktion gesichert, die niemals gleichzeitig geöffnet werden konnten. Krieger durchschritt die Erste, welche sich sogleich hinter ihm schloß. Ein grünes Licht leuchtete kurz auf und die zweite Türe öffnete sich. Krieger konnte eintreten. Er erklomm die seitlichen Treppen bis ganz nach oben, wo sie direkt bei den drei „Technik" Plätzen endete. Zwei der Techniker waren in ihre Arbeit vertieft. Der technische Leiter, an dem Platz den Krieger jetzt übernehmen würde, schaute zu ihm auf und begrüßte ihn: „Hallo Martin, na alles klar?" „Hallo Erkan", begrüßte Krieger den türkischstämmigen Kollegen seinerseits, „logo, du weißt ja, wie es mit den schlechten Menschen ist - denen geht's immer gut!" Erkan schmunzelte. „War irgendwas Besonderes", wollte Krieger wissen, „seit Ihr bei der Suche nach diesem Bug im Steuerungssystem weiter gekommen?" „Ne, alles im grünen Bereich", antwortete ihm der Kollege, „das mit dem Bug ist auch nicht noch mal aufgetreten - vielleicht doch ein technischer Defekt. Morgen kriegen wir die betroffene Drohne zur Untersuchung rein." „Hmm, wann morgen? Nein! Sag's nicht! Ich sehe mich schon wieder ne Doppelschicht schieben! Irgendwann mache ich mal drei Monate Urlaub am Stück, dann kann mich die Welt mal kreuzweise!", ätzte Krieger.

„Tu nicht immer so, als ob du der Einzige bist, der hier etwas arbeitet!", maßregelte ihn sein Kollege leicht vergrätzt. „Du hast Recht, sorry", entschuldigte sich Krieger, „aber ich gehe jede Wette ein, daß ich demnächst eine entsprechende Memo vom Chief kriege." Der „Chief", so nannten sie freundschaftlich ihren Vorgesetzten Professor Schneider, den technischen Direktor der EDCO. Dieser saß nicht im „Kino", sondern hatte ein schönes, helles Büro im Verwaltungstrakt - mit Vorzimmer und Sekretärin. Genau so konnte sich Krieger seine Zukunft vorstellen. Deshalb war er auch insgeheim nicht wirklich böse, daß seine Leistung sehr gefragt war. Professor Schneider war mit seinen 73 Jahren langsam in einem Alter, in dem er an die Pension denken konnte. Krieger tat alles dafür sich als eine gute Wahl für dessen Nachfolge ins Gespräch zu bringen. Aber heute hatte er sich getäuscht. Es kam kein Memo und Kriegers Schicht verlief ohne besondere Vorkommnisse. Erst am nächsten Morgen, so gegen 10 Uhr, klingelte Kriegers Handy.

Er fühlte sich zwar noch nicht richtig ausgeschlafen, aber Professor Schneider war wohl der Ansicht, daß Krieger nunmehr genug geruht hatte. Er war persönlich am Apparat: „Guten Morgen Krieger, na ausgeschlafen?!"

„Ähm...", brabbelte der Ingenieur noch etwas schlaftrunken. Doch Schneiders Frage war rein rhetorisch gewesen und er kam gleich zur Sache: „Die Drohne mit dem mysteriösen Fehler im Steuersystem wird in Kürze bei uns eintreffen. Ich möchte, daß *sie* die Untersuchung leiten. Finden sie heraus, wie es sein kann, daß ein Combot sich selbständig von der Schwarmsteuerung abkoppelt und ganze drei Minuten nicht angesprochen werden kann. Das hat oberste Priorität! Ich habe sie einstweilen von allen sonstigen Aufgaben entbunden. Nehmen sie sich so viele Leute, wie sie brauchen. Ich erwarte schnellstmöglich Ihren Bericht!" „Wissen sie schon genauer, wann die Drohne eintreffen wird?", fragte Krieger, mittlerweile etwas wacher nach. „Laut den Logistikern wird sie in ungefähr einer Stunde eintreffen. Ich lasse sie dann sofort in Labor 1 schaffen. Verlieren Sie keine Zeit!", ermahnte ihn Schneider. „Alles klar, Wiederhören Chief ... ähm.. Herr Professor!", bestätigte Krieger, doch der technische Direktor der EDCO hatte bereits aufgelegt. Krieger, der das Handy ja schon in der Hand hatte, öffnete die Fahrzeugruf Applikation. Sofort informierte ihn die App, daß heute ein schnittiger 4er BMW zum Kennenlernpreis zur Verfügung stehe. Ein dreidimensionaler Werbefilm für das Fahrzeug begann gerade über das Display zu flimmern, da würgte es Krieger mit einem Druck auf „Überspringen" ab und befahl: „Ein PKW, Typ egal, in 20 Minuten zur Heimatadresse! Fahrtziel: EDCO Zentrale, Stuttgart, Pforte, ein Passagier, kein Gepäck!" Die App antwortete mit mehreren, positiven akustischen Signalen und blinkte grün auf. „Oh man, Klappe R2!", kommentierte Krieger im Aufstehen. Er war ein Fan alter Science-Fiction Filme, vor allem der „Star-Wars" Originalfilme. Immer wieder mußte er lachen, wenn er überlegte wie sich damals die Menschen die Zukunft vorgestellt hatten - oder im speziellen Fall das Leben „vor langer Zeit in einer weit entfernten Galaxis". Das Benehmen vieler moderner Handyapplikationen erinnerte ihn spontan an den drolligen Roboter „R2-D2" mit seinem Gepfeife und Gepiepe - das irgendwie trotzdem jeder sofort verstand.

Ziemlich genau 20 Minuten später wartete Krieger vor dem Eingang des Mehrfamilienhauses im Stuttgarter Stadtteil Vaihingen, in dem er lebte, auf das angeforderte Fahrzeug. Ein schwarzer Porsche 911 bog in die Straße ein und hielt genau vor Krieger. Die Fahrertüre entriegelte sich. Krieger öffnete sie, setzte sich ans Steuer und befahl der Nobelkarosse:

„Automatikmodus, Fahrtziel: EDCO Zentrale Stuttgart, Pforte!"
„Bestätige Fahrtziel EDCO Zentrale, Stuttgart. Ihre Fahrt wird ca.
7 Minuten dauern. Bitte schnallen Sie sich an!", antwortete der
Boardcomputer und sobald Krieger den Gurt eingerastet hatte,
setzte sich das Fahrzeug selbständig in Bewegung. „Diese
Verbrecher, von der Fahrzeugruf-App!", fluchte Krieger leise vor
sich hin, „da mußte es jetzt ein Porsche sein!? Ein Golf hätte
genügt für die paar Kilometer - und hätte einen Bruchteil
gekostet!" Im Prinzip hätte Krieger auch schon lange ein günstiges
Abo auf ein Fahrzeug abschließen können - schließlich fuhr er
jeden Tag die gleiche Strecke: Vorbei am Stadtpark, vor bis zur
Hauptstraße, links der Hauptstraße folgend, unter der Autobahn
hindurch und dann war er schon fast da. Die Zentrale der EDCO
befand sich auf dem Gelände der ehemaligen „Patch Barracks".
Dort hatte sich früher das Hauptquartier der US Streitkräfte in
Europa befunden, bevor die USA sich entschieden hatten Ihre
„Überseestandorte" aus Kostengründen aufzugeben. Das gesicherte
Gelände und vieles der damals bereits vorhandenen Infrastruktur,
sowie die zentrale Lage in Europa, hatten den Europäern die
Entscheidung für diesen Standort geradezu aufgedrängt.
Annähernd lautlos fuhr der elektrisch angetriebene Wagen an der
Pforte vor und Krieger stieg aus - selbstverständlich nachdem der
Wagen sich artig für die Nutzung bedankt und ihn über die
Belastung der fälligen Krediteinheiten auf seinem Konto informiert
hatte. Der Porsche brauste wieder davon und Krieger machte sich
eilig auf den Weg zum Eingang, vorbei an zwei jungen Frauen, die
dort zufällig standen. Angesichts seiner unfreiwilligen Show mit
dem Sportwagen machten sie grinsend spitze Bemerkungen über
die vermutliche Größe seines „besten Stückes". Normalerweise
wäre sowas eine Steilvorlage für den spitzzüngigen Krieger
gewesen, aber dieser war bereits so fokussiert, daß er es nicht

einmal mitbekommen hatte. Kurze Zeit später befand er sich im Labor eins. Er hatte sich Hartmann und Fischer als Assistenten organisiert. Beide extrem versierte Ingenieure. Björn Hartmann war Mitte 50 und ein Genie, was die mechanischen Elemente und den Aufbau der Combots betraf. Annegret Fischer konnte ihn im Bereich der Elektronik und Informatik unterstützen. Die 45 jährige kannte die Steuerungsalgorithmen wie ihre Westentasche. Sie bereiteten gerade die Werkzeuge vor, da öffnete sich die gepanzerte Schiebetüre, und der Combot wurde auf einem fahrbaren Tisch hereingeschoben. Die Szenerie erinnerte ein wenig an einen Patienten, der in eine Notaufnahme gebracht wird. In der Mitte des Raumes befand sich eine Diagnosestation. Sie hatte eine spezielle Halterung, in welcher der Combot fixiert werden konnte. Die Logistiker hoben den Combot vorsichtig hinein und verschwanden dann mit samt ihrem fahrbaren Tisch wieder. Hartmann schaltete die Beleuchtung ein. Krieger reichte ihm den Spezialschrauber, welchen er gerade codiert hatte. Hartmann setzte ihn an und wartete auf die Bestätigung. Es piepte und das Display des Schraubers leuchtete grün. Hartmann schraubte vorsichtig die obere Abdeckung auf der Hinterseite des Combots ab. „Bitteschön!" Kommentierte er, während Fischer bereits den Diagnosestecker in das Interface des Combots steckte. „Na dann wollen wir mal sehen, was du für eine Überraschung für uns bereit hältst", kommentierte sie ihrerseits. Alle starrten gespannt auf Fischers Display. Das Diagnoseprogramm arbeitete seine Liste ab und setze einen grünen Haken nach dem anderen. Da plötzlich - bei der Steuerung - ein rotes Kreuz und ein kurzes Aufmerksamkeitspiepen. „Hmm", machte Fischer, „das kam nun nicht wirklich unerwartet." Sie verfeinerte die Diagnose aber sie bekam keinen Zugriff.

„Alles tot!" Informierte sie die Kollegen, „keinerlei Reaktion von der Steuerplatine". „Na dann wollen wir uns das Ding mal anschauen", sagte Krieger und nahm die Abdeckung zu den Platinenschächten ab. Es roch verbrannt. Krieger zog die Steuerplatine aus ihrem Schacht und betrachtete sie, dann wandte er sich seinen Kollegen zu: „Total verschmort! - Sowas habe ich ja noch nie gesehen." „Sowas dürfte es auch gar nicht geben", rätselte Fischer. „Eben", fügte Krieger hinzu, „die Stromkreise sind mehrfach abgesichert und die anliegende Niederspannung dürfte nie im Leben ausreichen um so viel Hitze zu entwickeln. Außerdem müßten die internen Thermosensoren ansprechen und einen Fehler melden, weit bevor es zu einem solchen Defekt kommt". „Ein Blitzschlag?", mutmaßte Hartmann. „Grundsätzlich denkbar", bestätigte Krieger, doch relativierte er sogleich: „Aber ein Blitz der, ausschließlich ins Steuersystem einschlägt? Alle anderen Bereiche scheinen ja gemäß der Diagnose intakt zu sein. Wir müssen alle Logs und die kompletten Wetter- und Telemetriedaten prüfen." „Die Telemetrie haben wir doch schon im Vorfeld überprüft und nichts gefunden, ebenso die Wetterdaten", gab Fischer zu bedenken. „Gehen Sie´s noch mal durch", wies Krieger sie an, „das hier hat einen Grund und den müssen wir herausfinden." Dann wandte er sich an Hartmann: „Sie prüfen bitte den gesamten Combot auf sonstige Defekte. Achten sie auch auf eventuelle Undichtigkeiten der Hülle und so weiter. Ich selbst werde mir die Logs vornehmen und mich, falls notwendig, mit den Entwicklern in den USA in Verbindung setzen. Vielleicht haben die ja eine Erklärung".

Strategiespiel

Die Nacht war kurz gewesen, doch obwohl Jessica noch einige Zeit mit Sarah „getagt" hatte, hatte sie zum Glück keinen Kater. Jessica wußte immer, wann sie aufhören mußte, und war niemals wirklich betrunken. Deshalb fiel es ihr auch nicht schwer, den Ausführungen Palmers zu folgen. Charles Palmer, der Stabschef des Präsidenten erläuterte gerade dem Wahlkampfteam die anstehenden Regierungstermine, um die mögliche PR Wirkung abzustimmen. Jessica machte sich fleißig Notizen um hinterher alles noch mal durchdenken und mit ihren Leuten besprechen zu können. Nachdem Palmer geendet hatte, übergab er das Wort an Werner. Dieser atmete durch, dankte Palmer und führte aus: „Der Präsident hat Cristobal und mich gebeten, eine Aktion auszuarbeiten mit der wir angesichts der immer stärker werdenden `Pro-Afrika´ Bewegung sein soziales Profil schärfen können." Er machte eine kurze Pause und fuhr dann fort: „Ja ich weiß, es gibt diesbezüglich Bedenken, aber es ist Präsident Strauss wichtig. Also: Wir werden Hilfsgüter verteilen. Punktuell natürlich. Wir haben uns umfassend Gedanken gemacht und recherchiert wie wir das machen könnten um die gewünschte Wirkung zu erzielen und niemanden zu gefährden. Wir halten uns deshalb von den großen Städten fern. Vielleicht erinnert sich noch der ein oder andere von euch an die alten Verteilzentren, die zu Anfang der Krise damals gebaut wurden. Für alle, denen das nichts sagt: In vielen Städten Nordafrikas wurden damals von den Vereinten Nationen sogenannte Verteilzentren gebaut um eine halbwegs geordnete und sichere Verteilung der Hilfsgüter gewährleisten zu können. Es handelte sich dabei um eine Art Bunker, die man meistens auf den Marktplätzen errichtet hatte. Man konnte sie anfangs mit Lastwagen, später mit Hubschraubern beliefern und die Hilfsgüter halbwegs geordnet an die Menschen verteilen. Wir haben uns überlegt tatsächlich einen davon mit einem Hubschrauber anzufliegen und Hilfsgüter vom Dach des Bunkers aus zu verteilen. Wir haben uns dazu einen speziellen Bunker ausgesucht." Werner breitete eine altmodische Karte auf dem Tisch aus. Sie zeigte den zentralen Mittelmeerraum. „Hier", Werner zeigte mit dem Finger auf das Kreuz, das er auf die Karte gemalt hatte. „Grombalia. Eine kleine Stadt zwischen Tunis und Hammamet. Nicht direkt an der Küste gelegen, aber mit dem Heli von Sizilien aus gut erreichbar. Dort wurde damals eines der letzten Verteilzentren errichtet. Der Bunker ist ungefähr drei Meter hoch und besitzt auf dem Dach ein umlaufendes Geländer. Man kann mit dem Hubschrauber darauf landen. Wir haben ihn uns auf aktuellen Sattelitenaufnahmen angeschaut. Er scheint noch in gutem Zustand zu sein." „O.k.", warf Jessica ein, „also wollt Ihr da landen und Hilfsgüter in die Menge werfen. Wie stellt Ihr euch da den Imagetransfer vor? Ich meine - da könntet Ihr ja auch einfach ein paar alte Archivbilder nehmen und einen Kommentar dazu sprechen. Der Präsident wird ja wohl kaum selbst nach Tunesien reisen wollen. Außerdem müssen wir da extrem aufpassen, daß das Ganze nicht irgendwie billig oder gar arrogant rüber kommt, sonst wird die Aktion zum Rohrkrepierer!" Werner grinste sie an: „Vielen Dank für Ihren Einwand, Jessica, denn genau *SIE* sind der Schlüssel dazu!"

Jessica haßte es, wenn er sie so instrumentalisierte. Sie machte sich innerlich schon auf irgendeine stereotype, sexistische Bemerkung bereit, wie sie diese von dem Deutschen gewohnt war. Doch diesmal ersparte sich Werner irgendeine Ausführung nach dem Motto: "Sex sells" oder Ähnlichem. Stattdessen erklärte er: „Das ganze läuft folgendermaßen ab: Zuerst fliegt ein Team zwei Tage nacheinander mit dem Heli hin und verteilt eine ganze Ladung Hilfsgüter. Am dritten Tag werden die Leute dort bereits darauf

41

warten und dem Heli schon zujubeln. Dann fliegen Sie, Jessica, mit - begleitet von einem Kamerateam. Sie werden die Aktion beobachten und dem Präsidenten live über Sattelitentelefon davon berichten. Voilà - jubelnde Menschen, ein mildtätiger Präsident, der sich sorgt und das Ganze professionell präsentiert von einer lecker anzusehenden Jessica Slade - was wollen wir mehr?!" Werner hatte es nun doch nicht ganz lassen können, aber er hatte damit erreicht, was er wollte. Alle Anwesenden grinsten und pflichteten ihm lobend bei. Nur Jessica Slade grinste nicht. Ihr gefiel die Idee, mit einem Hubschrauber nach Tunesien zu fliegen, ganz und gar nicht. Aber sie wußte in diesem Moment bereits, daß ihr gar nichts anderes übrig bleiben würde. Denn eines mußte sie Werner lassen. Der Plan war gar nicht so schlecht. Sie schluckte ihren Frust herunter und war sofort wieder die professionelle PR Managerin. Konstruktiv merkte sie an: „Wir brauchen zunächst mal eine aktuelle Combotaufklärung. Ich möchte keinen übermäßigen Dreck sehen und keine Ruinen im Hintergrund. Bei der ersten Lieferung sollen ein paar Leute mitfliegen, die dieses Bunkerdach sauber machen. Das Kamerateam und ich müssen schon beim zweiten Flug dabei sein um das ganze zu proben und die richtigen Einstellungen zu finden, damit es dann, wenn es darauf ankommt, auch wirklich klappt." Palmer nickte. „Um die Combot Aufklärung werde ich mich kümmern", sagte er zu und fuhr fort: „O.k., dann ist das so weit klar. Werner, Sie arbeiten einen Zeitplan aus und organisieren das Notwendige. Halten Sie uns auf dem Laufenden. Wir sollten das ganze so zeitnah wie möglich umsetzen, bevor unsere politischen Gegner das Feld irgendwie für sich beanspruchen können. Noch Fragen? Nein? Gut. Dann beende ich hiermit das Meeting. Nächstes Meeting nach Zeitplan. Haut rein, Leute!"

Wenig später hatte Palmer auf dem kleinen Dienstweg mit General Brandt, dem militärischen Befehlshaber der EDCO telefoniert. Und nachdem das Ganze mehrere Hierarchiestufen nach unten gewandert war, lag die Anfrage für die Drohnenaufklärung von Grombalia in Tunesien auf dem Tisch des brummigen Oberst Schulz. Dieser schüttelte mal wieder den Kopf: „Was wollen die denn *damit*?!" Aber natürlich tat er unverzüglich seine Pflicht und sorgte dafür, daß ein Combot umgehend dorthin flog und umfassende Aufklärungsbilder erzeugte. Auch Werner und sein Partner Cristobal gingen mit großem Elan ans Werk und organisierten alles, was für das Projekt benötigt wurde. So stand der Zeitplan ziemlich schnell. Bereits am übernächsten Tag würde der Hubschrauber zum ersten mal, mit Hilfsgütern an Bord, in Sizilien abheben. Jessica Slade hatte sich sofort daran gemacht einen sinnvollen Dialog für sich und den Präsidenten zu entwickeln. Mit rauchendem Kopf hatte sie in ihrem Büro gesessen und das Ergebnis danach mit ihren Mitarbeitern besprochen.

Am nächsten Tag um 10 Uhr hatte sie ein Treffen mit dem Präsidenten vereinbart um den Dialog mit ihm durchzugehen. Schon zehn Minuten vorher stand sie mit ihrer Mappe bewaffnet im Vorzimmer des Präsidenten. „Sie müssen noch warten", wurde sie von einer der Sekretärinnen informiert, „Mr. Palmer ist noch da drin und die Herren möchten nicht gestört werden. Möchten Sie einstweilen schon einen Kaffee"? „Nein, danke", wehrte Jessica ab, „Ich werde mich noch kurz frisch machen gehen."

Sie verließ das Vorzimmer des Präsidenten wieder. Die Toiletten waren nur ein paar Meter den Gang herunter. Jessica hatte sich angewöhnt, jede Minute ihrer Zeit zu nutzen, und so verschwand sie in einer der Kabinen. Wie andere die Zeitung lesen nahm sich Jessica noch mal den Ausdruck des Dialoges zur Hand, während sie ihr Geschäft verrichtete. Als sie fertig war und das Papier wieder in ihre Mappe stecken wollte, fiel Jessica ihr Lippenstift aus der Mappe, den sie dort „für alle Fälle" stecken hatte. Sie wollte ihn noch auffangen, doch sie erwischte ihn nicht richtig und anstatt ihn zu fangen gab sie dem Lippenstift noch einen ordentlichen Schubser mit. Er rollte schwungvoll unter der Toilettenwand hindurch. Nachdem Jessica fertig war und Ihr Kleid wieder zurecht gezogen hatte, suchte sie im Waschraum nach dem Lippenstift. „Na toll!" Fluchte sie leise, als sie ihn in der hintersten Ecke unter den Waschbecken erspähte. Er lag ganz an der Wand. Jessica mußte auf die Knie gehen und sich strecken um an ihn heranzukommen. In diesem Moment wurde hinter ihr die Türe geöffnet. Jessica wäre um ein Haar von der Türe getroffen worden. Doch niemand kam herein. Stattdessen wurde die Türe wieder geschlossen und jemand betrat direkt nebenan die Herrentoilette. Durch die gemeinsamen Rohrleitungen waren die Toilettenanlagen, die auch nur durch eine dünne Wand getrennt waren, sehr hellhörig. Jessica konnte hören wie auf der anderen Seite jemand zu den Waschbecken schritt. Sie angelte erneut mit ihrer Hand nach dem Lippenstift. Das Ding mußte aber auch wirklich ausgerechnet ins hinterste Eck rollen! Auf der anderen Seite wurde erneut die Türe geöffnet und ein zweiter Mann betrat offenbar die Toilette. Jessica hatte ihr Ohr genau unter dem Abflußrohr eines Waschbeckens und konnte hören, wie der zweite Mann den ersten ansprach: „So, hier ist es sicherer, man kann ja nie wissen. Haben Sie nebenan nachgesehen?" Jessica erkannte die Stimme sofort. Der Mann war Präsident Strauss. Auch den anderen Mann erkannte sie sofort, als er antwortete: „Natürlich, alles klar". Der zweite Mann war Charles Palmer, der Stabschef. „Also, was macht das Projekt Ikarus"? Kam der Präsident sofort zur Sache. Palmer antwortete: „Phase eins ist erfolgreich abgeschlossen. Ich habe meine Quellen bei der EDCO abgefragt. Sie tappen absolut im Dunkeln. Sie haben jetzt wohl ihren besten Mann darauf angesetzt, aber auch der wird nichts finden." „Gut", antwortete der Präsident, „wann starten Sie mit der Phase zwei"? „Ich werde das unverzüglich in Angriff nehmen. Sie können in den nächsten Tagen mit meinem Bericht rechnen", informierte Palmer. Jessica, die ihren Lippenstift inzwischen zu fassen bekommen hatte, war sich nicht sicher, von was sie da gerade unfreiwillig Zeuge geworden war. Sie hatte bisher eigentlich geglaubt, in alle vertraulichen Vorgänge, den Präsidenten betreffend, eingebunden zu sein. Sie verließ die Toilette und machte sich mit hektischen Schritten wieder auf den weg zum Amtszimmer des Präsidenten. Jeder ihrer Schritte hallte laut durch den Gang und auf der Herrentoilette schauten sich Palmer und der Präsident vielsagend an.

Desaster

Nervös wippte Krieger mit den Füßen, während er auf seinem Stuhl in Professor Schneiders Büro auf diesen wartetet. Er war nicht nervös, weil er glaubte, versagt zu haben, sondern aufgrund seiner Theorie, die er dem Chief gleich präsentieren würde. Die Türe öffnete sich und Professor Schneider betrat sein Büro. „Hallo Martin!", begrüßte er Krieger freudig und schüttelte ihm die Hand, bevor er sich auf dem bequemen Sessel hinter seinem Schreibtisch nieder ließ. „Hallo Chief", erwiderte Krieger, „schön wenn Sie gut gelaunt sind. Mein Bericht wird Ihnen nicht gefallen." Professor Schneiders Augen verengten sich: „Na dann lassen Sie mal hören"! „Also gut", begann Krieger seine Ausführungen mit einer Floskel, „wie Sie sich denken können haben wir das Ding komplett zerlegt und jedes Detail geprüft. Zunächst mal die Fakten: Die Hauptplatine der Steuerung war vollständig zerstört, genauer gesagt total verschmort. Einflüsse von Außen wie Blitzschlag oder Beschuß etc. können wir ausschließen. Es gibt auch keinen logisch möglichen Defekt in irgendeinem Bauteil, der so einen Schaden verursachen könnte. Die Platine ist, wie Sie wissen, wie alle Baugruppen separat abgesichert. Die Sicherung ist intakt und die Spannungsregler haben sämtliche Tests bestanden. Sie sind in Ordnung!" „Ich hoffe, Sie wollen mir damit jetzt nicht *DAS* sagen, was ich gerade denke", unterbrach ihn Schneider mit plötzlich sehr kalter Stimme. „Ich fürchte leider doch", bestätigte Krieger, „es gibt nur eine mögliche Erklärung: *Sabotage*"! Professor Schneider sank auf seinem Stuhl immer mehr zusammen, während Krieger weiter ins Detail ging: „Das Schlimme ist nicht nur, *daß* es sich um Sabotage handeln muß, sondern vor allem, wie diese ausgeführt werden konnte. Wir haben keinen Sprengstoff gefunden, keine chemischen Substanzen. Es wurde offenbar gezielt eine massive

Überspannung auf der Platine erzeugt. Unter Einbeziehung der Spannungsregler und der Sicherungen. Und das geht rein logisch gesehen nur über die Software, direkt über das Betriebssystem. Wir haben es mit Spezialisten zu tun!" Professor Schneider war kreidebleich: „Wissen wir den wenigstens inzwischen wo die Drohne während dieses `Blackouts´ gewesen ist?", fragte er leise.

„Dazu müßten wir die Navigationslogs auslesen", antwortete Krieger mit gereiztem Tonfall, „die werden auf dem gleichen Chip gespeichert wie die Steuerungslogs mit denen wir das Ganze vermutlich auch softwareseitig nachvollziehen könnten - und raten Sie mal wo der Chip sitzt - genau! Auf der Steuerplatine. Total hinüber - nichts mehr zu machen". „Das ist eine Katastrophe!", stammelte Schneider, „wir müssen sofort General Brandt informieren, am besten auch gleich den Verteidigungsminister."

Die Maschine von Genf nach Palermo setze soeben zum Landeanflug an. Mit gemischten Gefühlen saß Jessica Slade auf ihrem Platz neben Stefan Thaler, dem Aufnahmeleiter und Carlos Lopez, dem Kameramann. Es war ein ruhiger Flug gewesen, aber Jessica war genervt. Lopez hatte Angst vorm Fliegen und noch viel mehr Angst davor, in einem Helikopter nach Afrika zu fliegen. Er hatte keine Minute des Fluges ausgelassen Jessica mit seinen Ängsten und wilden Theorien zu konfrontieren, was dabei alles passieren könnte. Auch Thaler war genervt und hatte seinem Kollegen eben deutlich gesagt, daß er jetzt bitte damit aufhören sollte. Doch Lopez ließ sich den Mund nicht verbieten und fing schon wieder damit an: „Aber was, wenn sie uns mit einer Flugabwehrrakete runter holen? Mir wäre wirklich viel wohler, wenn uns ein paar Combots begleiten könnten - nur zur Sicherheit"! „Jetzt platzt mir aber gleich der Kragen!", schnaubte Thaler, „Carlos halt jetzt endlich die Klappe!" „Carlos, noch ein letztes Mal", erklärte ihm Jessica, „Wir fliegen da rein, ziehen unsere Aktion durch und fliegen wieder raus. Abwehrraketen hat in Afrika schon seit vielen Jahren niemand mehr, genau so wenig wie irgendwelche Munition für Schußwaffen. Combots können wir nicht einfach so mitnehmen und wir können sie auch nicht einfach so anfordern. Wenn die Sozis mitkriegen, daß der Präsident Combots für eine `Wahlkampfaktion´ einsetzt, dann haben wir einen handfesten Skandal! Wir werden sie auch nicht brauchen."

Jessica wünschte sich, selbst so überzeugt von dem zu sein, was sie Lopez soeben zum zigsten mal auf diesem Flug erläutert hatte. Schließlich war ihr vom ersten Moment an ein wenig flau bei dem Gedanken an diese Aktion gewesen.

Wenig später setzte der Flieger in Palermo auf und Jessica Slade und die Filmcrew fuhren ins Hotel, wo sie bereits von Werner und seinen Helfern erwartet wurden. Er begrüßte sie herzlich: „Hallo Leute, na alles klar? Wie war der Flug? Kommen Sie! Wir essen jetzt erst mal was!" Ein Page kümmerte sich um das Gepäck und Werner führte die Gruppe auf die Terrasse des Hotels, wo bereits ein Tisch für sie gedeckt war. Es war Mittagszeit und bei einer echten, sizilianischen Pizza ließ sich die anstehende Aktion bestens besprechen. Nachdem alle Platz genommen und Getränke bestellt hatten, kam Werner auch sofort zur Sache. Er wandte sich in erster Linie an Jessica, sprach jedoch zu allen: „Also, wir haben unseren ersten Flug gestern wie geplant durchgeführt. Es gab keinerlei Probleme. Auf dem Platz vor der Verteilstation gab es nicht mal besonders viele Menschen. Die Verteilstation ist wie erwartet in gutem Zustand und wir haben sie ein wenig sauber gemacht."

An dieser Stelle zwinkerte er Jessica bedeutungsvoll zu. „Dieser blöde Chauvinist!", dachte sich Jessica während sie ihm professionell lächelnd, wie immer, dankend zunickte. Werner fuhr fort: „Wir hatten fast schon Schwierigkeiten all unsere Pakete an den Mann oder die Frau zu bekommen. Ich hoffe, das wird heute anders. Aber egal, spätestens morgen sollten genügend Leute warten. Das ist ja der Grund weshalb wir sie sozusagen vorher `anfüttern´. Unser Startfenster ist für zwei Uhr geplant. Der Flug dauert ungefähr eine starke Stunde".

Nach dem Essen erklärte Werner Jessica noch das Sattelitentelefon, wobei man es ihr sowieso bereits verbunden reichen würde. Pünktlich um 14.00 Uhr saß die ganze Mannschaft in dem großen Lasthubschrauber, den Werner gechartert hatte. Jessica hatte nun wirklich ein flaues Gefühl im Magen und Carlos Lopez, der Kameramann checkte unaufhörlich sein Equipment. Wenn er das nicht gehabt hätte, hätte er vermutlich seine Fingernägel bis zu den Wurzeln abgekaut. Thaler starrte stumm geradeaus, nur Werner machte einen zuversichtlichen Eindruck. Der Hubschrauber hob ab. Zunächst verlief der Flug über Land. Doch bald ließen sie den festen Boden hinter sich und tauchten ein in die blauen Weiten des Mittelmeers. Nach einiger Zeit konnten die Passagiere über den Bordlautsprecher hören, wie der Pilot mit der EDCO funkte: „Hier ist Tango Charlie 714 mit Flugziel Grombalia, Tunesien. Erbitte planmäßigen Perimeterdurchflug bei 36,8 Nord zu 11,8 Ost." Es knackte kurz in der Leitung, dann erwiderte ein Lotse der EDCO: „Roger Tango Charlie 714. Wir haben Sie auf dem Radar. Freigabe für Perimeterdurchflug bei 36,8 Nord zu 11,8 Ost. Halten Sie Ihren Kurs". „Roger EDCO, wir halten den Kurs. Danke EDCO! Tango Charlie 714 over!", bestätigte der Pilot. Der Hubschrauber flog weiter und schon bald war die tunesische Küste zu erkennen. „Afrika", murmelte Lopez vor sich hin. Von oben sah alles ganz friedlich aus. „T Minus 5", gab der Pilot über den Lautsprecher bekannt. „Also Leute, gleich geht´s los!", rüttelte Werner die Mannschaft wach, „Jeder weiß, was er zu tun hat!" Jessica öffnete ihre Tasche und holte einen weißen Hut hervor. Perfekt passend zu ihrer Shorts und ihrem Hemd im Tropenstil. Dann stellte sie die Tasche wieder auf den Boden. „Haben Sie keine anderen Schuhe dabei?", sprach Thaler sie an, „Sie werden sich mit den hohen Hacken die Knöchel brechen, wenn Sie aus dem Hubschrauber steigen!" Er spielte damit auf Jessicas obligatorische, klassische Highheels an, die sie passend zur Garderobe in Weiß ausgewählt hatte. Jessica grinste: „Keine Sorge, Thaler, ich trage seit meinem 20. Lebensjahr ausschließlich hohe Schuhe. Wenn es darauf ankommt, springe ich damit wie eine Gazelle! Davon abgesehen - mit flachen Schuhen könnte ich gar nicht mehr laufen. Das spannt fürchterlich bei mir, da würde ich nur humpeln. Und *DAS* wollen wir den Zuschauern doch besser ersparen, oder?" Werner, der den Dialog mit angehört hatte, mußte grinsen. „Trotzdem, ich halte es für gefährlich", brummte Thaler. „Ich bin auch PR-Beraterin und keine Entwicklungshelferin oder sowas!", schnaubte Jessica, „ich habe mir das hier nicht wirklich ausgesucht, aber jetzt ziehen wir es eben durch".

„T minus eine Minute!", tönte es aus dem Lautsprecher. Der Hubschrauber drehte eine Runde über der Stadt und schwenkte dann ein, in Richtung des Verteilzentrums. „Verdammt!", ärgerte sich Werner, als er aus dem Fenster sah, „was macht denn dieser Idiot da auf dem Bunker?!" Auf dem Dach des Bunkers, genau dort wo sie mit dem Hubschrauber landen wollten, stand ein Araber. Er hielt sich die Hand an die Augen, um den Hubschrauber gegen die Sonne besser sehen zu können. „Der muß da weg!", rief Werner dem Piloten zu. Daraufhin überflog der Pilot mehrfach sehr knapp das Verteilzentrum bis der Mann offensichtlich begriffen hatte, daß er verschwinden solle. Er hatte ein Seil am Geländer festgebunden und seilte sich nach unten ab. Endlich konnte der Hubschrauber landen. Die Türen wurden geöffnet und die Helfer sprangen als erste aus der Maschine. Zwei von ihnen hatten Gewehre und sicherten den Bereich. Drei weitere Helfer begannen die Hilfsgüter aus dem Hubschrauber auszuladen. Es handelte sich um mehrere Kisten Notrationen, einzeln zu kleinen Päckchen verpackt. Jessica und das Filmteam versuchten, etwas Abstand vom Helikopter zu gewinnen. Doch die Triebwerke waren so laut, daß eine Kommunikation unmöglich war. Jessica, die ihren Hut festhalten mußte und deren Haare wild durcheinander flogen, lief zu Werner und schrie ihn an: „Es ist viel zu laut hier! Wie sollen wir da irgendwas aufnehmen?" Werner nickte und gab dem Piloten Zeichen die Turbinen abzustellen. Dieser folgte, offensichtlich fluchend, erst nach der zweiten Aufforderung. Endlich konnte das Filmteam in Stellung gehen. Thaler wollte Jessica im Vordergrund sehen, im Hintergrund die Helfer und den Hubschrauber. Die Männer mit den Gewehren wollte er überhaupt nicht sehen und schickte sie hinter den Hubschrauber. Die Menge am Fuße der Verteilstation wurde langsam unruhig. Immer mehr Menschen drängten sich zu dem Bunker hin. Es kam zu ersten Tumulten. „Na prima!", fluchte Thaler, „Werner! Die sollen anfangen mit dem Verteilen! Worauf warten die denn?!" Werner hatte die Situation ebenfalls erkannt. Auf sein Zeichen hin begannen die Helfer mit der Verteilaktion. Sie warfen ein Päckchen nach dem anderen in die tobende Menge. „Das reicht nie im Leben für alle da unten!", rief ein Helfer dem Anderen zu. Lopez versuchte einstweilen, die von Thaler geforderte Einstellung in den Kasten zu kriegen. Wie auch immer er es anstellte, irgendwas war nicht im Bild oder wurde von Jessica verdeckt. Diese wurde von Thaler und Lopez wie eine Marionette hin und her dirigiert. „So könnte es klappen!", rief Lopez plötzlich erleichtert, „Jessica stellen Sie sich bitte ganz ans Geländer so weit nach links wie es geht!" Jessica tat wie angewiesen und drängte sich an das Geländer. Lopez lehnte sich sogar über das Geländer. Endlich hatte er die passende Einstellung!

In diesem Moment versuchten mehrere Menschen an dem Seil, welches der Araber am Geländer hängen gelassen hatte, auf den Bunker zu steigen. Die Helfer mit den Gewehren konnten es nicht sehen, da sie ja auf die andere Seite, hinter den Hubschrauber verbannt worden waren. Erst versuchten es zwei, dann drei, schließlich hingen vier Mann an dem Seil. Der Erste war fast oben angekommen, als Lopez ihn im Augenwinkel wahrnahm. Doch es war zu spät: Das Geländer gab krachend nach und wurde über mehrere Meter aus seiner Verankerung gerissen. Lopez, der sich weit übergelehnt hatte, stürzte kopfüber in die Menschenmenge. Jessica bekam ebenfalls das Übergewicht. Wild mit den Armen rudernd, versuchte sie das Gleichgewicht zurückzugewinnen. Das Sattelitentelefon flog in hohem Bogen in die Menge. Geistesgegenwärtig sprang Thaler der strauchelnden Kollegin zu Hilfe. Dennoch konnte er nicht verhindern, daß sie über die Kante in die Tiefe rutschte. Im letzten Moment packte er ihre Hand. Jessica schrie von Angst und Schreck. Die Männer mit den Gewehren hatten immer noch nichts mitbekommen. Nur von Thaler gehalten baumelte Jessica an der Wand des Bunkers. Über Lopez schwappte die Menge zusammen. Endlich hatten es auch die Helfer mitbekommen, welche dabei gewesen waren die Notrationen zu verteilten und stürmten herbei. Mit vereinten Kräften versuchten sie, Jessica wieder auf den Bunker zu ziehen. Als sie gerade mit der Hüfte auf der Höhe der Bunkerkante war, sprang von unten ein Mann mit einem gewaltigen Satz empor und bekam das linke Bein von Jessicas Shorts zu fassen. Wie ein Schraubstock, hielt er den Stoff umklammert und zog Jessica erneut in die Tiefe. Ein zweiter Mann bekam ihre Hose auch noch zu fassen. Jessica schrie hysterisch. Thaler und die Helfer zogen von oben, die tobende Menge von unten. Plötzlich hatte einer der Männer unten am Bunker eine Machete in der Hand und versuchte damit, Jessicas rechtes Bein zu erwischen. Kreischend wich Jessica aus. Die Machete schlug krachend auf den Beton des Bunkers, wo der Stahl Funken schlug. Erneut holte der Typ mit der Machete aus. In diesem Moment rissen Jessicas Shorts. Die Männer, die sich daran festgehalten hatten, purzelten auf den staubigen Boden. Wie mit einem Fahrstuhl ging es für Jessica nach oben. Sie schwang ihr endlich frei gekommenes linkes Bein über die Bunkerkante und wollte auch das Rechte gerade nachziehen, da erwischte sie der letzte Hieb des Machetenmannes. Jessica stieß einen spitzen, gellenden Schrei aus. Krachend traf der Hieb ihren Knöchel und trennte Jessicas rechten Fuß vollständig ab. Der Fuß fiel in die Menge und Jessica rollte sich auf das Dach des Bunkers. Verstört sah sie an sich herunter. Aus dem Stumpf spritze schubweise Blut. „Oh mein Gott!", brachte sie noch heraus, dann wurde sie ohnmächtig. „Abbrechen, Abbrechen!", schrie Werner schockiert, als endlich auch ihm das Ausmaß des Desasters klar geworden war. Immer mehr Menschen versuchten nun, auf alle erdenklichen Arten und Weisen den Bunker zu stürmen. Die Männer mit den Gewehren schossen wild in die Menge, aber es waren einfach zu viele. Eine schier endlose Zeit schien zu verstreichen, bis endlich die abgeschalteten Turbinen des Helikopters wieder auf Touren kamen. Thaler und die Helfer zerrten Jessica an Bord und suchten den Erste-Hilfe-Kasten. Die Rotoren drehten immer schneller. Zuletzt sprangen die Helfer mit den Gewehren an Bord. Sie hatten ihre Magazine vollständig leer geschossen. Als der Hubschrauber abhob, hatten bereits mehrere Wilde den Bunker gestürmt und schafften es beinahe noch sich an die Kufen des Helikopters zu hängen.

Während der Hubschrauber abflog, landete gerade der dritte rot lackierte Zehennagel neben dem Blut verschmierten Pumps im Staub. Ausgespuckt vom zufrieden kauenden Machetenmann, der

Jessicas Fuß schon halb abgenagt hatte. Von Lopez war nichts mehr zu sehen.

Die Lage spitzt sich zu

Ein ungewohnter Anblick an den Jessica sich nicht wirklich gewöhnen wollte: Nur am Ende ihres linken Beines bildete die Bettdecke ihres Krankenhausbettes einen Hügel über ihren Fuß. Rechts lief das Bein flach aus. Jessica war selbst überrascht, mit welcher Gelassenheit sie die Situation innerlich hinnahm. Möglicherweise eine Folge davon, daß sie dem Tod tief ins Auge geblickt hatte. Angesichts dessen war sie mit dem Verlust eines Fußes eigentlich recht billig davon gekommen. Alles andere was sie sonst beschäftigte, war plötzlich ganz weit in den Hintergrund getreten. Es klopfte an der Türe. „Ja?!", reagierte Jessica wach. Die Türe ging auf und Professor Dubois, der Chefarzt der Replikationschirurgie im Universitätsklinikum Genf betrat den Raum. Der sportliche, grau melierte Mittfünfziger lächelte Jessica freundlich an: „Guten Morgen Mrs. Slade, na wie fühlen Sie sich heute? Haben Sie noch Schmerzen?" „Meine Hüfte tut mir weh.", antwortet Jessica sachlich. „Ihre Hüfte?" Professor Dubois runzelte ungläubig die Stirn. „Ja, meine Hüfte!", bestätigte Jessica und machte eine Gedankenpause, bevor sie fortfuhr: „Auf die bin ich heute Morgen gefallen, als ich nach dem Aufwachen auf die Toilette gehen wollte und plötzlich ein Fuß gefehlt hat. Als ich auf dem Boden lag, wußte ich dann auch ganz schnell wieder, wo ich bin und was ich hier mache." Jessica lächelte schief. Humor war einfach nicht ihre Sache. Für ihre Verhältnisse war diese Form der Selbstironie geradezu ein Highlight. „Na ja, dann wollen wir mal dafür sorgen, daß Sie diese Erfahrung nicht mehr all zu häufig machen müssen", beruhigte Professor Dubois sie mit väterlichem Tonfall, „das Anlegen und kodieren Ihrer Stammzellenkultur ist ausgezeichnet verlaufen. Ihr Bioreplikat wird in ungefähr drei Wochen so weit sein, daß wir es Ihnen verpflanzen können." „In drei Wochen?!", entgegnete Jessica ungläubig, „ich dachte immer, sowas geht heutzutage viel schneller!" „Mrs. Slade, Sie werden in einigen Wochen wieder einen vollständig funktionierenden, eigenen rechten Fuß haben", erklärte der Professor weiter in ruhigem Tonfall, „Ihr Knöchelgelenk ist zerstört, die Sehnen durchtrennt. Wir müssen nicht nur einen Fuß, sondern mit ihm gleich das Gelenk inclusive der Sehnen klonen. Überlegen Sie mal wie lange Ihr `Originalfuß´ gebraucht hat, um auszuwachsen. Was heute möglich ist, wäre noch vor 10 Jahren undenkbar gewesen." „Ja aber drei Wochen! Was soll ich so lange machen?", jammerte Jessica. „Zunächst mal machen Sie sich keine falschen Illusionen", warnte Professor Dubois sie vor, „wenn Sie das Replikat erhalten haben, wird es noch Monate brauchen, bis die Nerven richtig zusammengewachsen sind und sich der Fuß wieder ganz normal anfühlt. Für die Zeit bis zur Operation haben wir Ihnen eine Prothese angefertigt. Meine Assistentin wird sie Ihnen nachher anpassen. Mit dieser Prothese werden Sie wieder laufen und auch Ihrer Arbeit nachgehen können. Sie werden sicher ein wenig humpeln, aber Schmerzen sollten Sie nicht verspüren." „O.k.", bestätigte Jessica nachdenklich, „und wann werde ich dann entlassen? Heute noch?" „Voraussichtlich morgen oder übermorgen - kommt ganz darauf an, wie Sie mit der Prothese zurechtkommen. Dann machen wir noch eine Abschlußuntersuchung", informierte sie der Professor. Jessica nickte und der Professor setzte seine Visite fort.

Dicke Luft herrschte in der Krisensitzung im Besprechungsraum 1 der EDCO. Anwesend waren General Brandt, der Chief, Krieger und noch ein paar andere hochrangige Militärs. Krieger führte den technisch nicht so sehr bewanderten Teilnehmern gerade noch mal in einfachen Worten aus, was er bereits anderthalb Tage zuvor dem Chief und anschließend dem General erklärt hatte. Für den mysteriösen Ausfall des Combots kam als Grund wirklich nur eine Sabotage in Frage. Wilde Spekulationen und absurde Verschwörungstheorien waren bereits hin und her diskutiert worden. Dennoch war das Schlimmste an der ganzen Situation letztlich immer noch, daß niemand sich erklären konnte, wie das Ganze überhaupt möglich gewesen sein konnte. Plötzlich klopfte es wild an der Türe. „Was zum Teufel ... JA BITTE!", polterte General Brandt. Die Türe flog auf und ein Soldat stürzte herein. „Herr General, Herr General ...", überschlug sich seine Stimme. „Verdammt, können Sie keine ordentliche Meldung machen?!", herrschte Brandt ihn an. „Jawohl Herr General! Bitte um Entschuldigung, Herr General ..." „Mann kommen Sie endlich zur Sache! Warum platzen Sie hier so rein?", dem General platze fast der Kragen. „Der Wachhabende schickt mich", erklärte der Soldat endlich, „Wieder ein Störfall. Der Kontakt zu einem Combot ist plötzlich abgerissen". Kurz herrschte betretens Schweigen im Raum und alle sahen sich mit großen Augen an. Dann sprangen alle gleichzeitig auf und stürzten zum Ausgang. Da die Besprechungsräume keinen direkten Zugang zum „Kino" hatten, mußten sie außen herum und sich alle einzeln durch die Doppelschleusen quetschen. Endlich hatten sie sich um den Platz des diensthabenden technischen Leiters versammelt. Einer der Techniker räumte sofort für Krieger seinen Platz. Oberst Schulz, der gerade wieder Wache hatte, sprang auf und gesellte sich zu der Gruppe. „Bericht!", forderte ihn der General ungeduldig auf. „Im Planquadrat Gamma neun haben wir den Kontakt zu Combot 381 verloren. Es gab keine Fehlermeldung, kein Beschuß, keine Wettereinflüsse", antwortet Schulz knackig. „Ist die Drohne abgestürzt?" „Nein, Herr General, wir haben sie noch visuell auf dem Sattelitenbild. Sie bewegt sich Richtung Festland", informierte der Wachhabende. „Ich brauche Bilder!", verlangte der General und befahl: „Schicken sie einen anderen Combot hinterher. Perimeter reorganisieren! Ersatzeinheiten in Stellung bringen!" „Sofort Herr General" Bestätigte der Oberst zackig und stürzte zurück zu seinem Platz um die erforderlichen Befehle zu geben. Der General wandte sich direkt an Krieger: „Krieger, was haben Sie?" „Nichts, Herr General!", antwortete Krieger mindestens genau so zackig wie sein militärischer Kollege. Resigniert bestätigte er: „Es ist genau wie beim Letzten mal. Der Combot ist laut unserer Anzeigen ohne Vorwarnung offline gegangen und hat sich offenbar selbständig gemacht. Wir haben keine Erklärung." „Schon wieder Sabotage, das gibt es doch gar nicht!", verzweifelte der Chief. „Das wissen wir noch nicht", korrigierte ihn Krieger, „aber ich gebe zu, es sieht ganz danach aus." Nachdem es bei der Technik offensichtlich keine Ansätze gab, ging der General zu Oberst Schulz hinüber und setze sich auf einen der freien Plätze neben ihm. Er murmelte halb zu sich selbst: „Gamma neun, das ist nord-östlich von Marokko." Dann polterte er laut: „Wann haben wir endlich ein Bild?" Ohne weiteren Kommentar schaltete der Wachhabende ein Live-Sattelitenbild auf den großen Monitor des „Kinos" bei hoher Vergrößerung konnte man eine Drohne sehen, die gerade die Küste Marokkos überflog. Kurz darauf informierte ihn Schulz: „Ich habe Combot 401 hinterhergeschickt. Specialist Fuchs fliegt die Drohne im manuellen Modus mit maximaler Geschwindigkeit. Wir sollten in Kürze ein Livebild erhalten. Platz E12, wenn Sie sich aufschalten möchten." „Schalten Sie es auf groß, sobald 381 im Bild ist!", befahl der General. „Ist gleich so weit", antwortete Schulz, „381 hat gerade gestoppt!" Die Augen des Generals verengten sich. Auf dem Sattelitenbild war zu sehen, daß die Drohne sich über einem kleinen Fischerdorf befand. „Wir haben visuellen Kontakt!", rief Specialist Fuchs von seinem Platz aus und hob die Hand. Sofort schaltete Oberst Schulz das Bild auf die „Leinwand" des „Kinos". Die verlorene Drohne war noch ein Stück entfernt. Plötzlich konnte man sehen, wie Mündungsfeuer aufblitze und Raketen abgeschossen wurden. „381 feuert!", schrie der Oberst aufgeregt, obwohl es sowieso alle sehen konnten. „Was soll denn das jetzt?", wandte sich General Brandt hilfesuchend an Krieger. Doch dieser zuckte nur mit den Schultern und gab verzweifelt zu: „Wir haben keinerlei Kontrolle!" Die verfolgende Drohne war jetzt fast am Ort des Geschehens und Fuchs schwenkte das Bild kurz nach unten. In dem Fischerdorf brannten Häuser und tote Menschen lagen in den Gassen. „Das ist ein verdammtes Massaker!", stöhnte General Brandt. „381 feuert wieder!", rief Schulz. „Holen Sie das Ding runter! Egal wie! Sofort!", befahl der General aufgeregt. „Jawohl Herr General!", bestätigte Fuchs und nahm die abtrünnige Drohne ins Visier seiner Raketen. „Nein!", schrie Krieger dazwischen, „auf keinen Fall zerstören, wir brauchen diese Logs!" Brandt reagierte sofort: „Specialist, lassen Sie eine Rakete direkt neben diesem Combot hochgehen!" Fuchs feuerte. Die Rakete zischte los und detonierte befehlsgemäß unmittelbar neben der abtrünnigen Drohne. Diese wurde ordentlich durchgeschüttelt, ansonsten passierte nichts. „Feuern Sie nochmal!", befahl Brandt. Erneut zischte eine Rakete los und schüttelte 381 kräftig durch. „Das hat was gebracht! Wir haben Kontakt! Ich starte den Download!", rief Krieger und bearbeitet wie verrückt seine Tastatur. Auf dem Monitor konnte man sehen, wie die Drohne reagierte. Endlich bestätigte das System „Download Logs ...", augenblicklich gefolgt von einem rot blinkenden „Fail". „Verdammt!", schrie Krieger und wollte es sofort noch mal versuchen. Doch bevor er dazu kam, blinkte auf

dem Monitor erneut die Meldung „381 offline". „Was ist los?",
wollte Brandt aufgeregt wissen. „Wir haben sie wieder verloren",
informierte ihn Krieger. „381 setzt sich wieder in Bewegung",
machte sie Oberst Schulz aufmerksam. Die Drohne flüchtete mit
Höchstgeschwindigkeit. „Feuern Sie nochmal!", befahl General
Brandt. Sofort reagierte Fuchs und schickte dem abfliegende
Combot eine Rakete hinterher, doch sie verfehlte ihr Ziel. „Zu
große Entfernung für einen Präzisionsschuß", meldete der
Spezialgefreite. „Verfolgung aufnehmen!", polterte Brandt genervt.
Der abtrünnige Combot raste mit maximaler Geschwindigkeit in
südwestliche Richtung davon. Die verfolgende Drohne raste
ebenso schnell hinterher, konnte jedoch nicht aufholen. Nach einer
gefühlt unendlich langen Zeit der Verfolgung begannen beim
Spezialgefreiten Fuchs in immer schneller Folge die
Warnmeldungen aufzuleuchten. „Verflucht!", quittierte er die
Warnungen und informierte Brandt: „Wir müssen die Verfolgung
abbrechen, Herr General, wenn ich nicht sofort den nächsten
Stützpunkt anfliege, wird dem Combot die Energie ausgehen."
„Auch das noch", ärgerte sich der Befehlshaber und wandte sich an
Oberst Schulz: „Schicken Sie einen anderen Combot hinterher!"
„Das wird nichts bringen", warf Krieger von seinem Platz aus ein,
„bis der da ist, wird auch bei 381 die Energie ausgegangen sein."
„Das ist doch zum Kotzen!", fuhr der General aus der Haut und
überlegte kurz. Dann befahl er:
„Verfolgung abbrechen! Schalten Sie wieder auf die
Satellitenansicht! Wir müssen wissen, wo das Ding runter geht."
Auf dem Satellitenbild verfolgten alle atemlos, wie die abtrünnige
Drohne ihren Flug immer weiter nach Südwesten fortsetzte. Sie
näherte sich der westafrikanischen Küste. Plötzlich war 381 vom
Bild verschwunden.

Etwas später saßen der General, der Chief, Krieger und die anderen wieder im Besprechungsraum zusammen. Die Krisensitzung hatte eine neue Qualität bekommen. Schnell war man sich einig, daß man die verlorene Drohne sofort suchen und bergen mußte. Krieger äußerte die Hoffnung, daß diesmal die Steuerplatine erhalten geblieben sein könnte. Der Combot hatte vielleicht nicht mehr genügend Energie gehabt, um wieder so einen schweren Kurzschluß zu erzeugen. Die Bergung der darauf gespeicherten Logs war die einzige Möglichkeit dem Geheimnis auf die Spur zu kommen. Eine Kommandoeinheit wurde zusammengestellt. Sie sollte sich umgehend mit dem Flugzeug auf den Weg auf die Kanarischen Inseln machen und von dort aus mit Hubschraubern die westafrikanische Küste absuchen. Krieger sollte sie begleiten, falls die Drohne nicht im ganzen geborgen werden konnte. Nach einigen Telefonaten standen die Details fest. Abschließend resümierte der General: „Also, die Vorauseinheit startet sofort. Sie, Krieger, fliegen morgen früh um 0800 mit der Haupteinheit - seien Sie pünktlich!" Wie alle hochrangigen Militärs vertraute General Brandt Zivilisten in diesem Punkt nicht all zu sehr. Danach schloß er die Sitzung und murmelte zu sich selbst: „...und ich werde jetzt wohl den Verteidigungsminister informieren müssen."

Heimlichkeiten

Am späten Nachmittag saß Jessica Slade auf ihrem Bett im Genfer Universitätsklinikum und betastete die Prothese, welche ihr inzwischen angepaßt worden war. Der Kunststofffuß sah täuschend echt aus, konnte jedoch mit einer Bajonett- Mechanik abgenommen werden. Es gab dazu einen verdeckten Knopf im hinteren Bereich. An Jessicas Bein war eine Metallplatte angeschraubt worden. Es zwickte noch etwas, aber hier schien die moderne Chirurgie doch Jessicas Ungeduld entgegengekommen zu sein - zu früheren Zeiten hätte alleine die Wundheilung mehr als drei Wochen gedauert. Die Prothese fühlte sich weich an, besaß jedoch im Inneren eine ausgeklügelte Mechanik mit Federn und Dämpfern. Jessica konnte ohne Krücken damit laufen. Wenn sie mit ihrem linken Fuß nur flach auftreten könnte, würde man das Humpeln nicht mal so sehr wahrnehmen. So aber sah es, wenn sie lief, so aus, als würde sie bei jedem zweiten Schritt irgendwo drüber steigen. Trotz mehrfacher Nachfrage von Seiten Jessicas gab es wohl leider keinen „Highheels-Modus" für die Prothese. Na ja, immerhin hatte Dr. Dubois gemeint, ihre linke Achillessehne würde sich im Laufe der nächsten Tage langsam anpassen. Eine kleine persönliche Note hatte Jessica der Prothese auch schon verliehen: Sie hatte die „Nägel" mit einem roten Permanent-Marker „lackiert". Fast die gleiche Farbe wie beim Original! Jessica schmunzelte.

Es klopfte an der Türe. „Ja Bitte?", rief Jessica. Die Türe öffnete sich und Palmer kam herein. Mit seinem obligatorischen Nadelstreifenanzug und der perfekt sitzenden Frisur hätte man ihn fast für einen Mafioso aus einem schlechten Film halten können. „Hallo Jessica!", begrüßte er sie, „wie geht es Ihnen?"

„Hallo Palmer!", antwortete Jessica überrascht. Sie hätte nicht erwartet, daß sie der unnahbare Stabschef des Präsidenten persönlich im Krankenhaus besucht. „Es ging mir schon besser, aber immerhin kann ich wieder *laufen*", beantwortete sie seine Frage und ergänzte: „Tut mir Leid, daß ich das Meeting heute verpaßt habe." „Papperlapapp!", winkte Palmer ab, „Sie müssen, im wahrsten Sinne, erst mal wieder auf die Beine kommen. Der Präsident hat Sie für die nächste Zeit von allen Aufträgen entbunden." „Das ist nicht nötig", protestierte Jessica, „morgen bin ich hier wieder raus! Soll ich vielleicht sinnlos zu Hause herumsitzen und fernsehen? Das ist nicht meine Art und das weiß der Präsident auch." Palmer blieb ihr eine Rechtfertigung schuldig und trat näher an Jessicas Bett heran. Er betrachtete die Ansammlung von Blumen, die auf Jessicas Nachttisch stand. Diese kommentierte: „Den großen Strauß hat der Präsident geschickt. Der kleinere kam von Thaler - das war der Aufnahmeleiter in Tunesien. Dem Mann verdanke ich wohl mein Leben. Der blaue Strauß ist von meiner Nachbarin. Kann sich sehen lassen für die kurze Zeit, was?" Palmer grinste. Bei den Blumen stand eine transparente Pralinéverpackung. Palmer nahm sie in die Hand und betrachtete sie. Die Verpackung enthielt einen kleinen Fuß in einem weißen Pumps. Auf der Verpackung prangte ein Etikett auf dem wohl ursprünglich mal „Alles Gute zur Hochzeit" gestanden hatte. Die Hälfte des Etiketts war abgerissen worden, so daß da jetzt nur noch „Alles Gute" in geschwungenen Lettern zu lesen war. „Ist aus Marzipan!", feixte Jessica verächtlich, „raten Sie mal von wem!" „Werner?!", riet Palmer. Jessica nickte und verdrehte dabei die Augen. „Wollen wir eine Runde im Garten drehen?" „Warum nicht?", stimmte Jessica zu, „kleinen Moment!" Sie stand auf und humpelte ins Bad. Mit gebürsteten Haaren, T-Shirt und Shorts kam sie einen Augenblick später wieder heraus. Sie schlüpfte in die schwarzen Ballerinas, die sie sich von Sarah bringen lassen hatte. Sie hatte die Schuhe vor sehr langer Zeit mal im Urlaub gekauft.

Sie waren tief geschnitten und hatten hinten ein breites, mehrfach durchbrochenes Fesselriemchen, das den Schuh am Fuß hielt. Jessica hätte sich nicht träumen lassen, daß die noch mal nützlich sein würden. „Wir können!", forderte sie Palmer auf und humpelte bereits zur Türe. „Und Sie haben wirklich keine Schmerzen?", zweifelte Palmer angesichts von Jessicas „Kamelgang". „Nein, paßt schon", wiegelte Jessica ab, „kommen Sie?"

Auf dem Weg zum Garten wurde nicht viel gesprochen. Gemütlich, die Sonne genießend lenkte Palmer Jessica zu einem modernen Springbrunnen. Eine Wasserfontäne spritzte dort meterhoch in die Luft und plätscherte laut direkt auf den gepflasterten Boden, wo das Wasser in einer ringförmigen Drainage verschwand. Im Kreis um den Brunnen herum luden mehrere Bänke zum Verweilen ein. Palmer steuerte zielgerichtet eine der freien Bänke an. Das Plätschern der Fontäne war hier so laut, daß man sich kaum unterhalten konnte. Sie setzten sich hin und Palmer sprach Jessica dennoch an. Er sprach dabei so leise, daß Jessica ihn nur mit Mühe verstehen konnte. Ohne Verzögerung kam er zur Sache: „Jessica, haben Sie schon mal etwas von Projekt Ikarus gehört?" „Nein", log Jessica, ohne eine Miene zu verziehen, „um was geht es da? Sollen wir uns nicht besser irgendwo unterhalten, wo es nicht so laut ist?" Palmer fuhr fort: „Nein, hier ist es genau richtig. Projekt Ikarus ist streng geheim. Ich würde Sie nicht einweihen, wenn der Präsident und ich uns ihrer Integrität nicht vollkommen sicher wären. Da fällt mir ein - was haben Sie eigentlich Ihrer Nachbarin erzählt?" Palmer nickte in Richtung von Jessicas Füßen. Diese schaute ihn mitleidig an. Wie konnte er nur denken, daß sie irgendjemandem die wahre Geschichte erzählen würde - schon gar nicht Sarah, der alten Schwatztante. „Sie denkt, mich hätte ein Auto angefahren und rätselt, wie sowas heutzutage noch möglich sein kann." „Sehr gut", lobte Palmer, „wir werden eine entsprechende Zeitungsmeldung lancieren." „Schon verrückt, wie wir in der heutigen, vollvernetzten Welt voller Kameras immer noch in der Lage sind, uns unsere eigene Realität zu erschaffen", kommentierte Jessica nachdenklich. „Gut getroffen", nickte Palmer, „im Prinzip geht es beim Projekt Ikarus genau darum." Jessica zog eine Augenbraue hoch und spitze die Ohren. Palmer sah sich noch mal wie zufällig um und fuhr dann fort: „Seit geraumer Zeit häufen sich die Anzeichen für eine Verschwörung innerhalb der EDCO. Eine Gruppe von Leuten versucht im Geheimen, die Combots unter ihre Kontrolle zu bekommen. Wir vermuten Mitglieder dieser Verschwörung bis in die höchsten Kreise. Unter dem Codenamen `Ikarus´ haben wir eigene `Agenten´ bei der EDCO eingeschleust und hoffen so, die Verschwörung aufdecken zu können." „Was habe ich damit zu tun?", rätselte Jessica. Palmer machte eine beruhigende Geste und erklärte: „Um ein wenig Schwung in die Sache zu bringen, haben wir für einen Störfall gesorgt. Unglücklicherweise ist dabei etwas schief gegangen und ein Combot ist an der westafrikanischen Küste abgestürzt. Es wäre wichtig, eine zuverlässige Person als Beobachter bei der Such- und Bergungsaktion dabei zu haben. Leider ist es uns nicht gelungen, einen von den `Ikarus-Leuten´ für diese Aufgabe zu installieren." „Und darum soll *ICH* das jetzt machen?", zweifelte Jessica, „ich habe doch von der Materie überhaupt keine Ahnung!" „Das ist völlig unwichtig", relativierte Palmer ihren Einwand, „Man kennt Sie in der Öffentlichkeit als Vertraute des Präsidenten. Ich werde Sie ganz offiziell als Beobachterin der Regierung mitschicken. Unser Vorteil: *WIR* wissen, wie es zu dem Störfall gekommen ist. Aber das wissen die Verschwörer nicht. Sie werden alles tun, um die Sache herunter zu spielen. Es gibt zu viele Leute, denen die EDCO zu mächtig und zu undurchsichtig ist. Die Wahrheit würde unweigerlich zu einem Untersuchungsausschuß führen. Der würde bei der EDCO alles auf links drehen und die Verschwörung womöglich aufdecken - oder zumindest um Jahre zurückwerfen. Möglicherweise müßten wichtige Mitglieder ihren Hut nehmen." „Verstehe", bestätigte Jessica, „Ich wäre sozusagen das personifizierte Auge der Demokratie." „Wenn Sie so wollen", bestätigte Palmer grinsend, „sperren Sie Augen und Ohren auf! Wer sind die Wortführer? Gibt es Ungereimtheiten beim Ablauf? Wer versucht eventuell, etwas zu vertuschen?"

Jessica atmete unmerklich durch. Dieses seltsame Erlebnis auf der Toilette hatte innerlich mehr an ihr genagt, als sie sich selbst eingestehen wollte. Sie hatte nicht mehr gewußt, wem sie wirklich vertrauen konnte. Zudem hatte sie Palmer schon immer für einen eiskalten Strategen gehalten, der wenn es sein mußte jederzeit dazu bereit war, auch über Leichen zu gehen. Jetzt wurde plötzlich alles ganz klar und diese „Agentennummer" hörte sich spannend an. „Einverstanden!", bestätigte sie erleichtert, „und wann soll es losgehen?" „Sie fliegen morgen früh um 8 Uhr zusammen mit dem Großteil des Bergungsteams in Stuttgart ab. „Morgen um 8?!", japste Jessica, „ich bin doch noch nicht mal aus dem Krankenhaus entlassen!" „Das wird kein Problem sein", wiegelte Palmer ab, „ich kümmere mich darum. Ein Fahrer wird Sie nachher abholen. Holen Sie sich ein paar Klamotten aus ihrer Wohnung. Nur das Nötigste! Danach werden Sie direkt nach Stuttgart fahren. Dort wird sich die EDCO um alles Weitere kümmern. Wenn Ihnen das Laufen Probleme bereiten sollte, lassen Sie sich einfach einen Rollstuhl geben. Oh und übrigens: Die Geschichte mit dem Unfall ist gut - bleiben Sie dabei! Ein paar Details können wir nachher noch abstimmen, wenn Sie im Auto sitzen. Eines noch: Sie berichten *NUR und AUSSCHLIESSLICH* dem Präsidenten persönlich oder mir, ist das klar?" „O.k.", stammelte Jessica, ein wenig eingeschüchtert von Palmers plötzlichem, warnenden Unterton.

Palmer lächelte. Er nahm zwei Finger zum Gruß an die Stirn, stand auf und machte sich zügigen Schrittes auf den Weg, um alles zu regeln.

Kaum zweieinhalb Stunden später, saß Jessica Slade bereits im Auto auf dem weg nach Stuttgart. Sie hatte sich umgezogen. Es war nicht einfach gewesen, den richtigen Spagat zwischen formeller Garderobe und den Anforderungen der Situation zu finden. Sie wollte schließlich weder im eigenen Schweiß baden, noch den ganzen Männern zu sehr den Kopf verdrehen. Letztendlich hatte sie sich für einen halblangen, grauen Businessrock, den dazugehörigen leichten Blazer und eine kurze, weiße Bluse entschieden. Auf Schmuck hatte sie weitgehend verzichtet. Nur ein paar Ohrstecker zierten ihren Körper. Die schwarzen Ballerinas hatte sie anbehalten. Sie fand sie nicht wirklich passend - weder zur Garderobe, noch für diesen Einsatz. Jedoch besaß sie schlicht keine anderen flachen Schuhe und mit Turnschuhen hätte sie als Gesandte des Präsidenten sowieso nicht ankommen können. In ihrer kleinen Reisetasche hatte sie im Prinzip nur etwas für die Nacht und eine leichte Wechselgarderobe. Ihre Wasch- und Schminkutensilien hatte sie ja ohnehin schon von dem desaströsen Tunesien-Tripp gepackt gehabt. Schwierig war auch die Auswahl der passenden Handtasche gewesen. Jessica befürchtete, daß die Tasche auf der anstehenden Reise doch der ein oder anderen Strapaze ausgesetzt sein würde. Das konnte sie keiner Gucci oder Armani antun. Ganz unten in ihrem Garderobenschrank hatte sie noch einen kleinen, schwarzen Rucksack gefunden. Der schien ihr am geeignetsten. Allerdings sah sie damit schon fast wie eine Pauschaltouristin aus. Jessica lächelte bei diesem Gedanken während der Wagen über die Autobahn raste. „Na gut", dachte sie selbstironisch, „machen wir doch mal wieder Urlaub in Afrika - hatten wir ja schon so lange nicht mehr."

Die Suche beginnt

Hektisch packte auch Krieger seine Tasche. Er lief wie ein aufgescheuchtes Huhn in seiner Wohnung umher. Die ganze Sache wühlte ihn extrem auf. Mochte er selbst seinen Job bei der EDCO bisher als spannend und aufregend empfunden haben, so hatte dieser nun noch mal eine ganz neue Qualität erhalten. Selten hatte er bisher im Rahmen seiner Tätigkeit die „Heiligen Hallen" der EDCO verlassen. Einmal war er auf einem der Combot Stützpunkte im Mittelmeer gewesen. Man hatte eine Reihe ausgedienter Bohrinseln zu Stützpunkten für das Laden und die Wartung der Combots ausgebaut und diese in einer Kette außerhalb der drei Meilen Zone der nordafrikanischen Staaten im Mittelmeer verankert. Aber sein Besuch damals dort war eher eine Art „Studienreise" gewesen. Er sollte Verbesserungen für die automatischen Ladebuchten der Combots erarbeiten und sich gleichzeitig einmal vor Ort ein Bild von den Systemen machen. Das war nicht zu vergleichen mit dem, was ihm morgen bevorstehen würde. Eine echte Such- und Bergungsoperation und *ER* war als Spezialist für die Systeme an forderster Front mit dabei! Auf *sein* Wissen und *seine* Erfahrung würde es ankommen! „Maaaaauuu!", schrie es plötzlich und sein Kater fetzte wie von der Tarantel gestochen davon. „Um Gottes willen, Che!" Krieger war bei seiner aufgeregten Rennerei wohl versehentlich auf den Schwanz des armen Tieres getreten. „Oh weia, Che!", fiel es ihm in diesem Augenblick auf: Jemand mußte sich um das Tier kümmern. Es stand ja noch gar nicht fest, wie lange die ganze Aktion dauern würde. Krieger holte sein Handy und rief Tom an. „Schiller!?", meldete sich Tom, „Oh, Hallo Martin, du bist es! Na, alles klar bei dir?" „Hallo Tom", begrüßte ihn Krieger, „Ich brauche deine Hilfe! Kannst du dich für ein paar Tage um Che kümmern? Ich muß dringend verreisen!" „Hättest du mir das nicht ein bißchen früher sagen können?", maulte Tom, „Ich bin am Recherchieren für eine wichtige Story. Wo mußt du denn so dringend hin?" „Das kann ich dir leider nicht sagen", entschuldigte sich Krieger, „du weißt doch, Geheimhaltung. Die Sache hat sich heute erst so ergeben und ist nicht aufschiebbar." Schiller wurde hellhörig. Er konnte sich nicht daran erinnern, daß sein Freund Martin mal einen Auslandseinsatz gehabt hätte. Und dann gleich so etwas Dringendes? Seine journalistischen Instinkte waren plötzlich hellwach. „Oh, na wenn das so ist", lenkte er sofort ein, „brauchst du mich gleich?" „Nein, keine Sorge", wiegelte Krieger ab, „ich bin ja gerade selbst noch zu Hause. Aber vielleicht dauert es ein paar Tage. Che braucht morgens und abends was zu fressen. Zur Not kannst Du′s ihm auch auf ein mal geben. Das Futter steht in der Küche im linken Hängeschrank. Wenn sein Katzenklo im Bad rot leuchtet, mußt du es leeren. Hat unten so ′ne Schublade. Einfach in die Toilette kippen. Oh - und wenn du Zeit hast, streichel ihn mal. Du kannst es dir gerne mit Deinem Laptop bei mir gemütlich machen. Fühl dich wie zu Hause - du weißt ja, wo alles steht." „Kein Problem", bestätigte Schiller, „mache ich gerne. Vergiß nicht, mich für den Zutritt zu autorisieren!" „Klar, mache ich gleich - gut, daß du mich daran erinnerst. Danke dir Tom - Hast was gut bei mir!", bedankte sich Krieger. „Wie schaut′s aus, hast du Lust, noch ein Bier zu trinken?", schlug Schiller vor. Natürlich erhoffte er sich auf diese Weise doch noch einen kleinen Hinweis darauf, was bei der EDCO los war. „Keine Chance, leider", mußte ihn Krieger jedoch enttäuschen, „Ich muß morgen in aller Herrgottsfrühe los. Mein Flieger startet punkt 8 - und der wartet nicht auf mich. Wenn ich wieder da bin gerne! Ich freue mich drauf! Geht dann auch auf mich!" Krieger verabschiedete sich von seinem Freund und gab ihn gleich noch in der Zutrittssteuerung für seine Wohnung frei. Jetzt konnte ja nichts mehr schief gehen. Ohne es zu wollen hatte er Tom jedoch schon einen vermeintlichen Tipp gegeben: Während Krieger noch mal sein Gepäck kontrollierte, saß Schiller bereits vor seinem Laptop und versuchte herauszufinden, von wo nach wo morgen früh um punkt 8 Uhr Flugzeuge abflogen. Da geheime Militärflüge natürlich nirgends verzeichnet waren, stieß Schiller nur auf einen Flug nach Warschau. Was wollte Krieger denn bloß in Warschau? Ob ihnen Polen einen Combot gestohlen hatten, vielleicht sogar mehrere? Interessant! Vielleicht wollten sie ja auch in Polen einen Schwarzmarkt für Hightech-Teile aufziehen? Und wo Polen im Spiel waren, waren oft auch die Russen nicht weit! Schiller mußte unbedingt mehr darüber erfahren! Er beschloß, sich gleich morgen ausgiebig um Kater Che zu kümmern. Vielleicht hatte Krieger ja irgendwo in seiner Wohnung einen Hinweis hinterlassen.

Krieger war müde. Vor lauter Aufregung hatte er kaum geschlafen. Schon vor 6 Uhr war er aufgestanden und hatte sich auf den Weg zur EDCO gemacht. Im Labor packte er einen Koffer mit allen wichtigen Werkzeugen, Kabeln und Geräten zusammen. Er kontrollierte den Laptop, den er mitnehmen wollte und packte ihn auch dazu. Er klappte den Koffer zu und wollte schon gehen, da dreht er sich noch mal um und steckte sich zur Sicherheit noch den zweiten Spezialschrauber in die Hosentasche, den er bereits am Vortag auf Combot 381 codiert hatte. Sein Gepäck in der einen Hand, den Werkzeugkoffer in der anderen machte er sich auf den Weg zum vereinbarten Sammelpunkt. Dort warteten bereits zwei olivgrüne Militärbusse, welche die ganze Einheit gesammelt zum Flughafen bringen sollten. Es waren noch ein paar Minuten Zeit. Krieger sah sich nach bekannten Gesichtern um, entdeckte jedoch niemanden. Plötzlich fuhren zwei große Mercedes Limousinen vor.

In der vorderen saß unverkennbar General Brandt auf dem Beifahrersitz. Die Fahrzeuge parkten und neben Brandt stiegen noch ein paar andere Militärs, die er aus den Sitzungen kannte aus den Wagen. In ihrer Begleitung befand sich außerdem eine relativ hübsche blonde Frau, die einen kleinen Rucksack wie eine Touristin dabei hatte. „Wer ist *das* denn?", murmelte Krieger vor sich hin, „wie eine Soldatin sieht die aber nicht aus. Wie eine Sekretärin auch nicht. Glaubt da vielleicht irgend so ein Schwachmat, wir fliegen in den Urlaub und er könnte seine Freundin mitnehmen?" Die Gruppe kam näher. Die blonde Frau hatte einen seltsamen Gang. Es sah aus, als würde sie bei jedem zweiten Schritt irgendwie hüpfen. Einer der Militärs trug ihre Tasche. Ein schneidiger Major ging der Gruppe entgegen und salutierte vor dem General. Brandt seinerseits hatte im Vorbeifahren auch Krieger erkannt und winkte ihn herüber. Krieger schnappte seine Koffer und folgte der Aufforderung. „Morgen Krieger!", begrüßte ihn der General, „schön daß Sie pünktlich sind. Sowas schätze ich. Das hier ist Major Hofer, er leitet die Operation."

Krieger hielt dem zackigen Major mit dem kantigen Gesicht und den kurzen braunen Haaren die Hand hin: „Morgen!" Major Hofer, der offensichtlich lieber salutierte als Hände zu schütteln, erwiderte den Gruß erst widerwillig. Krieger wunderte sich nicht. Er kannte diese Militärtypen. Sie taten sich immer zunächst mal schwer einem Zivilisten zu vertrauen. „Und das hier", erhob Brandt erneut die Stimme, „ist Mrs. Slade." Er wies mit der Hand auf die hübsche Blondine mit dem seltsamen Gang. „Mrs. Slade ist offizielle Beobachterin der Regierung und eine persönliche Vertraute von Präsident Strauss. Sie wird die Operation begleiten!" „Guten Morgen!", grüßte Jessica die Herren in akzentfreiem Deutsch. Diese erwiderten den Gruß. Major Hofers Kinnlade schien um ein

72

Haar den Boden zu streifen. Krieger feixte innerlich: „Wow, dein Glückstag du Kommiss-Trottel! Nicht nur ein Zivilist auch noch eine Frau - und dann noch SO eine!" Er konnte sich nur schwer das Lachen verkneifen. Der General war noch nicht fertig: „Mrs Slade hat übrigens erst vor drei Tagen bei einem sehr unglücklichen Unfall ihren rechten Fuß verloren. Ich erwarte, daß Sie so weit wie möglich Rücksicht darauf nehmen und sie in jeder Hinsicht unterstützen." Er sah Major Hofer scharf an. Dieser schüttelte sich und bestätigte: „Jawohl, Herr General, selbstverständlich!" Brandt wandte sich noch mal an Jessica: „Meinen Respekt übrigens Mrs. Slade. Ich würde mir sehr wünschen, daß meine Männer Ihre Courage hätten, nach so einem Schicksalsschlag und in Ihrem Zustand auf so eine Mission zu gehen." Jessica lächelte und Krieger mußte sich wegdrehen, um nicht laut heraus zu lachen. Major Hofer war vermutlich der Einzige, der nicht verstanden hatte, wem dieses Kompliment in erster Linie gegolten hatte. Es wurde Zeit. Die Einsatzbesprechung war kurz. Im Prinzip war alles klar. Der General verabschiedete sich. Das Gepäck wurde verladen und die Einheit bestieg die Busse. Von der EDCO Zentrale aus, war es nicht weit zum Stuttgarter Flughafen. Sie fuhren nicht zu den Terminals, sondern umrundeten das weitläufige Areal und fuhren zu einem Tor auf der Rückseite. Krieger hatte den kleinen, militärischen Teil des Stuttgarter Flughafens bisher immer nur aus der Ferne von der Aussichtsterrasse aus gesehen. Die Busse passierten, ohne anzuhalten, eine bewachte Schleuse, wo sie offenbar schon erwartet wurden. Sie fuhren direkt zu einer wartenden Transportmaschine. Das Gepäck wurde umgeladen. In der Maschine nahmen sie auf *äußerst* bequemen Klappsitzen platz und schnallten sich an. Krieger und Jessica Slade, die beiden einzigen Zivilisten an Bord, setzten sich nebeneinander. Kurze Zeit später waren sie auch schon in der Luft. Die Motoren heulten. Mit vollem Schub ließen sie die Schwabenmetropole hinter sich und nahmen Kurs auf die Kanaren.

In der Maschine war es nicht nur unbequem, sondern auch ziemlich laut. Krieger versuchte ein paar mal, ein Gespräch mit Jessica zu beginnen, doch über ein paar Sätze kamen sie nicht hinaus. Er erfuhr, daß sie in Genf wohnte und als Beraterin des Präsidenten tätig war. Jessica erfuhr, daß Krieger in Stuttgart wohnte, als leitender Techniker bei der EDCO tätig war und einen schwarzen Kater mit einer weißen Schwanzspitze namens Che Guevara hatte - was sie ungefähr so sehr interessierte wie Tennissocken oder die Jahresdurchschnittstemperatur von Buxtehude. Jessica vertraute niemandem. Jeder konnte an dieser Verschwörung beteiligt sein - auch Krieger. Deshalb hatte sie sich vorgenommen, sich nicht all zu intensiv mit irgendjemandem zu unterhalten. Das könnte sie voreingenommen werden lassen. Außerdem war sie ja nicht auf einer Kaffeefahrt - obwohl sie so eine Heizdecke jetzt gerne gehabt hätte. Es war nicht nur laut und unbequem, sondern auch noch unangenehm kalt in der Transportmaschine. Beide waren froh, als der Pilot Stunden später endlich die baldige Landung auf Fuerteventura ankündigte. Die Vulkaninsel sah von oben braun und trostlos aus, aber es war die ideale Operationsbasis. Von dort aus war das Absturzgebiet der Drohne mit Hubschraubern erreichbar. Auf dem Flughafen hatte man eiligst einen Hangar für die Einheit geräumt. Die Vorhut hatte bereits ganze Arbeit geleistet und ein Lager darin eingerichtet. Die Transportmaschine rollte direkt vor den Hangar. Die große Laderampe am Heck der Maschine wurde heruntergelassen und den Soldaten strömte die heiße, salzige Luft der sommerlichen Kanareninsel entgegen. Während Krieger und Jessica noch ihre Knochen sortierten und versuchten, sich von den durchgesessenen Klappsitzen zu erheben, trabten die Soldaten bereits mit militärischem Drill und ihren Seesäcken über der

Schulter im Laufschritt aus der Maschine. Major Hofer warf den Zivilisten einen mitleidigen Blick zu. Er wagte aber nicht, eine bissige Bemerkung zu machen, welche ihm offensichtlich auf der Zunge lag. Als die beiden Zivilisten endlich die Maschine verließen, hatten sich die Soldaten bereits zum Appell aufgestellt. Krieger half der humpelnden Jessica die Rampe herunter. Sie war zwar nicht sehr steil, aber Jessica war doch ganz froh über seine Hilfe.

Die Soldaten bezogen das Lager. Im Hangar waren Feldbetten aufgestellt. Für Jessica hatte man aus Feldkisten einen kleinen, abgeteilten Bereich improvisiert. Eine aufgehängte Decke bildete die Tür. Jessica stellte ihre Tasche hinein. Verpflegung wurde ausgegeben. Danach stellte Jessica zu ihrer Beruhigung fest, daß der Hangar zumindest über ordentliche Toiletten und einen Waschraum verfügte. Bisher hatte sie noch nichts festgestellt, das auf irgendwelche Unregelmäßigkeiten hindeuten würde. Aber die eigentliche Suche nach der verlorenen Drohne hatte ja auch noch gar nicht begonnen.

14 Uhr. Die Sonne stand hoch am Himmel. Die Luft flimmerte über dem heißen Asphalt vor dem Hangar, in dem sich die Einheit einquartiert hatte. Die Soldaten waren angetreten. Obwohl sie die Ärmel hochgekrempelt hatten, schwitzten sie in ihren Uniformen und ihnen tropfte der Schweiß von der Stirn. Drei Helikopter standen bereit. Das Gebiet, in dem die Drohne abgestürzt sein konnte, lag im ehemaligen Grenzgebiet zwischen Marokko und dem Protektorat West Sahara. Es war größer, als zunächst angenommen worden war. Man hatte es in Planquadrate unterteilt, um systematisch vorgehen zu können. Die Vorhut hatte bereits am Vortag einen Aufklärungsflug über dem Gebiet absolviert. Sie hatten eine weite, menschenleere Fläche vorgefunden. Es gab wenig Vegetation. Alles sah nach guten Voraussetzungen aus. Es müßte mit dem Teufel zugehen, wenn sie den Combot nicht schnell bergen und wieder nach Hause fliegen könnten. Einige der Soldaten hofften schon, bei einem schnellen Erfolg hinterher vielleicht noch ein paar Stunden am Strand verbringen zu können. Hofer instruierte die Soldaten. Zunächst wollte man versuchen das Gebiet in geringer Höhe mit den Hubschraubern abzufliegen. Erst wenn man die Drohne dabei nicht finden sollte, würde man eine Bodensuche in Angriff nehmen.

Die Helikopter wurden besetzt und hoben ab. Da die Stelle bei einem Sucherfolg zunächst markiert werden sollte und keine Landung geplant war, blieben Krieger und Jessica Slade mit Major Hofer und einem Großteil der Suchmannschaft in der Basis. Der Major regelte den Perimeterdurchflug, dann warteten sie gespannt bei der Funkstation am improvisierten Kommandostand auf Meldungen von den Helikoptern. Die Teams benötigten ungefähr eine Flugstunde, um das Suchgebiet zu erreichen. Jessica hatte sich zunächst zurückgezogen. Krieger hatte seinen Werkzeugkoffer sortiert - nur um noch ein weiteres Mal sicher zu stellen, daß er auch wirklich nichts vergessen hatte und alles in gutem Zustand war. Nun mußten langsam die Meldungen eintreffen. Helikopter eins sollte im Norden des Suchgebiets beginnen und hatte daher die kürzeste Anflugzeit. Endlich kam die erste Meldung rein. Helikopter eins hatte das erste Planquadrat abgeflogen - leider ohne Erfolg. Zehn Minuten später kamen auch die Meldungen von Helikopter zwei und drei rein, die in der Mitte und im Süden mit der Suche beginnen sollten. Leider waren auch diese Meldungen negativ. Major Hofer brütete über der Karte des Suchgebiets wie über einem Kreuzworträtsel, als ob er die Absturzposition auf der Karte ausfindig machen könnte. Die Spannung stieg. Regelmäßig kamen nun die Meldungen der Helikopter über das nächste abgesuchte Planquadrat rein. Die Spannung stieg. Jessica nutze die Zeit um sich von Krieger etwas über die Technik der Combots erklären zu lassen. „Wieso ist es eigentlich nicht möglich, die abgestürzte Drohne zu orten?", fragte sie Krieger, „das müßte doch irgendwie gehen." „Ich gebe Ihnen Recht", gab Krieger zu, „normalerweise ist das auch möglich. So lange ein Combot online ist, kann man in sozusagen auf den Zentimeter genau lokalisieren. Die gesuchte Drohne ist jedoch offline gegangen und so lange geflogen, bis selbst die Notenergie verbraucht war. Die Combots haben noch einen analogen Not-Peilsender an Bord. Die Reichweite ist jedoch sehr begrenzt. Die Helikopter müßten praktisch genau darüber fliegen, um das Signal zu empfangen. Und auch das nur, wenn der Combot offen liegt. Er könnte sich aber auch beim Absturz in den Sand gebohrt haben oder in ein Gebäude gestürzt sein, oder von irgendwelchen Felsen abgeschirmt werden etc. Verstehen Sie?" Jessica nickte: „Also müssen wir die Drohne vermutlich vom Boden aus suchen?", mutmaßte sie. „Abwarten!", schaltete sich Hofer ein, ohne den Kopf von der Karte zu wenden, „noch haben wir nicht alle Quadranten abgeflogen." Eine negative Meldung nach der anderen schwand jedoch nach und nach die Hoffnung am Kommandostand, die verlorene Drohne schnell zu finden. Als die Hubschrauber zwei Stunden später auf dem Rückflug waren, wurde aus der Befürchtung enttäuschende Gewißheit.

Gewißheit machte sich mittlerweile auch bei Tom Schiller breit. Die Gewißheit, daß Krieger in seiner Wohnung absolut keinen Hinweis hinterlassen hatte, wo er hingeflogen war. Er hatte Kriegers Wohnung so weit umgekrempelt, wie er es als Freund gerade so verantworten konnte. Fast hatte er darüber hinweg vergessen, den Kater zu füttern. Die Idee, die Polen könnten irgendwas damit zu tun haben, hatte er inzwischen auch ad acta gelegt. Die Maschine nach Warschau wäre ab Frankfurt geflogen. Dazu hätte Martin das Haus zu spät verlassen - wie ihm die Befragung einer Nachbarin verraten hatte. Außerdem war Martins Wecker auf Viertel vor 6 gestellt gewesen. Leicht deprimiert setzte sich Tom ins Wohnzimmer. Sein Gewissen meldete sich und sagte ihm, daß er in der Hoffnung auf eine Story zu weit gegangen war. Er ließ sich einen Kaffee aus dem Automaten, setzte sich in der Küche an den Tisch und schaltete sein Laptop ein. Wie immer tickerten die „Latest News" seiner abonnierten Netzzeitung über den Monitor. Noch in Gedanken überflog er die Überschriften. In Genf sei angeblich eine Beraterin des Präsidenten bei einem Autounfall schwer verletzt worden. „Sowas", dachte sich Schiller, „man sollte meinen, heutzutage gäbe es keine Autounfälle mehr. Und dann noch eine Beraterin des Präsidenten? Seltsam, seltsam!" Schiller blätterte weiter. Constantinos, der designierte Präsidentschaftskandidat der europäischen Sozialdemokraten hatte irgendwo ein Waisenhaus eingeweiht. „Jaja, man merkt, daß der Wahlkampf begonnen hat", murmelte Schiller. Die nächste Meldung paßte auch gut dazu: Präsident Strauss hatte irgendwo in Nordafrika Hilfsgüter verteilen lassen und angekündigt, daß er es in der kommenden Legislaturperiode zu seiner Aufgabe machen würde, wieder mehr globale Gerechtigkeit zu schaffen. Schiller wunderte sich schon fast, daß Strauss die Aktion medial nicht mehr ausgeschlachtet hatte. Vielleicht hatte die Beraterin ja deshalb diesen Autounfall? Vielleicht hat sie ja versehentlich den Speicherstick mit dem Bildmaterial verschusselt? Schiller grinste argwöhnisch und nahm noch einen Schluck Kaffee. Krieger hatte wirklich den besten Kaffee, das mußte man neidlos anerkennen. „Martin, wo treibst du dich wohl gerade rum", murmelte Schiller und las weiter.

Der erste Tag war eine herbe Enttäuschung gewesen. Da Krieger und Jessica Slade auch nicht bei der Planung für die Bodensuche involviert waren, hatte sich bei ihnen im Laufe des Tages auch eine gewisse Langeweile eingestellt. Die blonde Regierungsbeauftragte war immer noch nicht viel gesprächiger geworden und Krieger hatte langsam den Eindruck, als ob sie ihn nicht mochte - warum auch immer. Er fand es auch affig, wie sie sich mit ihrer stylischen Sonnenbrille, wie an einem Swimmingpool in die Sonne gesetzt hatte. Immerhin war es eine Militäraktion - und sie benahm sich hier wie eine Touristin. Ein Gutes hatte es: So hatten die Soldaten wenigstens was fürs Auge. Belustigt stellte er fest, daß sie auf diese Weise eine perfekte „Wichsvorlage" für die Jungs lieferte. Ob ihr das wohl bewußt war? Krieger schmunzelte und nahm sich vor, die Brille in der diffus beleuchteten Toilette vor jeder Benutzung vorsorglich mit Toilettenpapier abzuwischen.

Auch Jessica quälte die nutzlose Rumsitzerei. Anfangs hatte sie noch versucht, die Soldaten zu belauschen. Aber immer wenn sie ihnen zu nahe kam, versuchten diese sofort, ein Gespräch mit ihr zu beginnen. Einige zeigten auch ganz unverhohlen das typische Balzverhalten, das sie von Dreibeinern mit begrenzter mentaler Kapazität gewohnt war. Sie fühlte sich zum Teil an ihre Teenagerzeit erinnert. Damals waren die Jungs im Freibad oft mit angehaltener Luft, eingezogenem Bauch, rausgestreckter, haarloser Hühnerbrust und „Rasierklingen unter den Armen" an ihr vorbei gelaufen. Lächerlich! Als ob sich davon schon jemals irgendein Mädchen hätte beeindrucken lassen, geschweige denn eine erwachsene Frau!

Also hatte Jessica ihr Vorhaben die Soldaten zu belauschen aufgegeben und stattdessen versucht, Major Hofer über die Schulter zu schauen. Doch der war davon offensichtlich so begeistert wie ein Schüler von Hausaufgaben. Im Gegensatz zu den Soldaten schien er ihre Gegenwart keineswegs zu genießen. Hatte er etwas zu verheimlichen? Jessica hatte sich daraufhin zurückgezogen, ihre völlig durchgeschwitzte, formelle Kleidung gegen eine kurze Short und ein T-Shirt getauscht. Sie hatte sich mit Sonnencreme eingeschmiert und sich so in die Sonne gesetzt, daß sie den Major unauffällig beobachten konnte. Die verspiegelten Gläser ihrer Sonnenbrille hatten ihr dabei geholfen. Er hatte jedoch nichts, auch nur im Entferntesten Verdächtiges getan. Genauer gesagt hatte er überhaupt nicht viel getan. Er hatte sich die Meldungen der Piloten angehört und ansonsten über der Karte gebrütet.

6.00 am nächsten Morgen, hieß es für die Soldaten „antreten!" Es wurden Suchtrupps eingeteilt, die jeweils von einem Unteroffizier angeführt wurden. Krieger und Jessica Slade sollten erneut im

Lager bleiben. Zu Kriegers Glück hatte Jessica jedoch nicht die geringste Lust dazu, sich den ganzen Tag zu langweilen. Sie bestand darauf, in einem der Hubschrauber mitfliegen zu dürfen. Hofer teilte sie daraufhin einem der Unteroffiziere zu, sie solle aber im Hubschrauber bleiben. Krieger hakte gedankenschnell ein: „Gut, dann fliege ich im zweiten Hubschrauber mit!" Major Hofer hatte keine Lust zu Diskutieren und nickte zähneknirschend. Hauptsache die Zivilisten nervten ihn nicht. Die Helikopter machten sich auf den Weg. Diesmal flogen Sie alle in denselben Quadranten. Sie begannen die Suche am nördlichen Ende des Zielgebiets. Die Gegend war trist. Das Meer brandete an eine über weite Strecken felsige Küste. Es gab so gut wie keine Vegetation. Der steinige Boden war grau-braun. Entlang der Küste verlief eine alte, staubige Straße. Sie führte bis zum Horizont und verschwand dann irgendwo im Nirgendwo. Je weiter sie ins Landesinnere vordrangen, desto hügeliger wurde der Boden. Graues Felsgestein erschien in der Morgensonne wie eine bizarre „Mondlandschaft". „Was für eine trostlose Gegend", kommentierte einer der Piloten über Funk, „hier möchte ich nicht begraben sein. Kein Wunder haben wir noch keine einzige Menschenseele gesehen." Um das noch mal zu überprüfen, flogen die Hubschrauber eine Schleife über dem Zielgebiet. Dann gingen die Helikopter runter und die Soldaten schwärmten aus. Die Teams bildeten, so gut es in dem Gelände ging eine Suchreihe. Jeder Soldat hatte einen Stab und ein kleines Peilgerät, mit dem das Notsignal der Drohne empfangen werden konnte. Die Sturmgewehre hatten sie über der Schulter. Man konnte ja nie wissen! Die Suchreihe setzte sich Richtung Küste in Bewegung. Mit den Stäben prüften die Soldaten den Untergrund, wo sich ein abstürzender Combot eventuell in die Erde hätten bohren können. Es gab jedoch nicht viele Stellen. Immer wieder checkten sie die Peilgeräte - ohne Erfolg. Langsam stieg die

Sonne höher in den Himmel. War es anfangs noch überraschend kühl gewesen, so heizten sich Luft und Boden nun schnell auf. Die Soldaten stöhnten unter der sengenden Sonne. Die Hubschrauber flogen abwechselnd Aufklärungsrunden und zurück ins Lager, um Verpflegung aufzunehmen. Vor allem Wasser wurde in rauen Mengen benötigt. Auch Krieger und Jessica Slade schwitzen in den Helikoptern, waren jedoch sehr froh, nicht wie die Soldaten direkt der brütenden Hitze ausgesetzt zu sein. Insbesondere Jessica war froh, daß sie sich entschieden hatte bis auf weiteres ihre légère Kleidung beizubehalten. Der dicke Stoff des halblangen Rockes und des Blazers hätten sie womöglich umgebracht. Mit irgendwelchen Paparazzi mußte sie hier wohl nicht rechnen. Gegen Mittag kam die Küste in Sicht und die Soldaten spürten die kühle Brise, die vom Meer herüberwehte. Als sie endlich die Felsen erreicht hatten, an deren Fuß die Brandung rauschte, waren alle schon ziemlich bedient. Die Männer waren zähe Hunde. Trainiert in jeder Umwelt zu überleben und ihren Auftrag auszuführen. Dennoch stand ihnen die Strapaze in die Gesichter geschrieben. Ein Verpflegungsteam hatte ein paar Pavillons aufgestellt, unter deren Dächern sich die Soldaten im Schatten erholen konnten. Auch Jessica Slade war aus dem Hubschrauber gestiegen und die paar Meter bis zur Klippe vor gehumpelt. Der unendliche, blaue Ozean lag ihr zu Füßen. So weit das Auge reichte, bis zum Horizont erstreckte sich das Wasser. Eine leichte Dünung brandete unter ihr an die Felsen. Die ganze Atmosphäre wirkte unheimlich ruhig und friedlich und hatte einen Hauch von Ewigkeit. Die Szenerie berührte die sonst so kühle Jessica. Sie breitete die Arme aus, als wolle sie davon fliegen. „Was für ein traumhafter Blick!“, rief sie sich selbst gegen den Wind zu, wohl wissend, daß sie niemand hörte. Sie genoß den Augenblick noch ein klein wenig, dann humpelte sie zu einem der Pavillons, um auch in den Schatten zu gehen. Dort hatte sich ebenfalls Krieger niedergelassen. Die Mittagssonne war schier unerträglich. Major Hofer war gerade dabei die Unteroffiziere zusammen zu stutzen. Er war keineswegs begeistert davon, daß die Männer so lange gebraucht hatten. „Bei dem Tempo suchen wir hier noch eine ganze Woche!", schnauzte er sie an, „das muß schneller gehen! Wir werden heute noch einen weiteren Suchdurchgang machen und ihn bis zur Dämmerung abgeschlossen haben! Ist das klar?!" Jessica konnte sehen, wie die Unteroffiziere verzweifelt nach Luft rangen. Einer brachte ein gestammeltes „Jawohl Herr Major!" heraus, die anderen antworteten nicht. Hofer wollte gerade richtig los legen, da unterbrach ihn Jessica mit ruhiger Stimme aus dem Hintergrund: „Wenn Sie das machen, dann haben Sie morgen nur noch die Hälfte der Männer - die andere Hälfte ist ihnen kollabiert. Und wie schnell sind wir dann noch?" Der Major lief erst rot, danach blau an. Was erlaubte sich diese impertinente Person, seine Befehle in Frage zu stellen?! Einer der Unteroffiziere nahm sich ein Herz und hakte ein: „Herr Major, die Lady hat recht. Schauen Sie sich die Männer mal an. Ein weiterer Suchdurchgang in dieser Hitze und dann noch mit erhöhter Geschwindigkeit wird mit Sicherheit zu erheblichen Verlusten führen." Hofer atmete durch. Auch wenn er es nicht zugeben wollte, die beiden hatten Recht. Vor allem würde es voll auf seine persönliche Kappe gehen, wenn er sich den Warnungen zum Trotz durchsetzen würde und es tatsächlich zu Verlusten käme. Er trat die Flucht nach vorne an: „Wir müssen die Suche dennoch beschleunigen. Unser Missionsziel, das *schnelle* Auffinden und bergen des Combots hat oberste Priorität. Hat jemand dazu einen Vorschlag?" Der Unteroffizier, welcher zuvor schon das Wort ergriffen hatte, melde sich erneut: „Herr Major, wenn Sie erlauben - Ich habe mir während des Durchgangs schon meine Gedanken dazu gemacht. Der Boden auf dem wir hier suchen ist felsig und hart. Es ist nahezu unmöglich, daß ein Combot sich beim Absturz so in den Boden bohrt, daß er vom Hubschrauber aus nicht zu sehen wäre. Er würde höchstens zerschellen und dann würden wir die Wrackteile sehen. Ich schlage daher vor, unser Suchmuster danach auszurichten, wo der Combot am wahrscheinlichsten gelandet sein könnte, sodaß er nicht vom Helikopter aus zu sehen wäre. Dort sollten wir zuerst suchen."

„Ist denn sicher auszuschließen, daß der Combot es bis ins Meer geschafft haben kann?", wollte ein anderer Unteroffizier wissen. „Dann hätten wir ihn längst", stöhnte Hofer und verdrehte die Augen. Dieser Soldat hatte offenbar beim Missionsbriefing geschlafen. Da wurde explizit auf diesen Punkt eingegangen. Krieger wiederholte - ohne daß Hofer ihn gebeten hätte - was er damals schon gesagt hatte: „Die Combots schwimmen - auch nach einem Absturz. Sie haben eine Positionslampe, die bei einer Wasserung automatisch von einer gesonderten Batterie gespeist wird. Man würde ihn nachts auf dem Meer bestens erkennen."

„Bereits zwei Stunden nach dem Absturz war eine Fregatte hier und hat den gesamten in Frage kommenden Bereich gründlichst abgesucht. Die hatten auch einen Hubschrauber dabei. Wenn er im Wasser gelandet wäre, dann hätten die ihn gefunden", informierte der erstere Unteroffizier schnell seinen Kollegen, um dem cholerischen Major den Grund für einen nächsten Ausraster zu nehmen. „Und wenn er abgetrieben wurde?", hakte der zweite Uffz nach. „Glauben Sie eigentlich Sie sind der einzige Mensch, der auf sowas kommt?", polterte Hofer nun doch los, „erst im Missionsbriefing pennen und dann hier dumme Bemerkungen machen! Maaaann! Sie machen heute Abend Latrinendienst, bis es nach Veilchen duftet - ist das klar!?"

Die Rast entwickelte sich umständehalber zu einer Art ungeplanter Lagebesprechung. Hofers „heiliger" Plan des Zielgebiets wurde hervorgeholt und so gut es ging in die Mitte gelegt. Die Hubschrauberpiloten und diejenigen Soldaten, die am ersten Tag an der Hubschraubersuche beteiligt waren, wurden hinzugerufen. Eiligst wurden ein paar Stellen besprochen, an denen ab sofort zuerst gesucht werden sollte. Um noch möglichst viel wertvolles Tageslicht auszunutzen, mußte es nun schnell gehen. Alle Soldaten halfen mit, das Camp abzubauen und in die Hubschrauber zu verladen. Mit „Ach und Krach" paßte alles gerade so zusammen mit den Mannschaften in die Fluggeräte. Insgesamt machten sich drei Teams an verschiedenen Orten auf die Suche. Nachdem sie die Teams abgesetzt hatten, flog ein Hubschrauber zum Lager zurück, um Material zu verbringen und aufzutanken. Der Zweite wurde in den südlichen Teil des Suchgebiets geschickt um weitere Gebiete für die Bodensuche auszukundschaften. Hofer setzte sich zum Piloten in den dritten Hubschrauber - sie wollten die Mitte und den Norden noch mal absuchen. Als der Tag sich langsam dem Abend zuwandte und die Dämmerung einsetzte, wurden die Suchteams wieder aufgelesen und zum Lager zurückgebracht. Hofer blieb recht lange verschwunden, doch irgendwann kam auch der letzte Helikopter am Lager an. Mürrisch verschwand Hofer im Waschraum. Auch dieser Tag war erfolglos gewesen. Außerdem stand dem Offizier noch ein langer Abend der Planung für den nächsten Tag bevor.

Krieger war froh, als er abends endlich duschen konnte. Das Wasser war zwar nur lauwarm, da die Anlage nicht für so viele Leute konzipiert war, aber das störte ihn nicht im Geringsten. Wenn er sich die Soldaten nach diesem zähen Tag so ansah, begann er doch größeren Respekt für deren Ausdauer und körperliche Fitness zu entwickeln. Auch wenn viele von dem Haufen vermutlich schon mit der Bedienung eines Taschenrechners überfordert waren, so waren sie irgendwie doch auch „sein" Team und in ihrem Bereich leistungsfähige Spezialisten.

Endlich wurde die abendliche Verpflegung ausgegeben. Die Soldaten stellten sich an. Der perfekte Augenblick! Unbemerkt machte sich eine dunkle Gestalt mit einem Sattelitentelefon auf den Weg in Richtung des Rollfelds. Sie sah sich um. Es schien ihr niemand zu folgen. An den Terminals des Flughafens standen nur zwei Maschinen. Keine davon sah so aus, als ob sie demnächst starten würde. Mit etwas Abstand zum Hangar nahm die Gestalt das Telefon und stellte eine abhörsichere Verbindung her. Auf der anderen Seite - vermutlich im fernen Europa - wurde abgenommen und eine verzerrte Stimme meldete sich. Das Gespräch war kurz, es fielen keine Namen. Die dunkle Gestalt berichtete: „... Suche weiterhin negativ. Plan B ist vorbereitet!" Als die Gegenseite antwortete, nickte die Person in der Dunkelheit noch zwei mal und bestätigte dann: "Alles klar, melde mich wieder." Das Telefon wurde weggesteckt und die Person machte sich zügigen Schrittes wieder auf den Weg zum Hangar. Friedlich lag das gedrungene Gebäude im Schein des aufgehenden Mondes. Eine laue, sternenklare Nacht zog herauf. Die gelben Scheinwerfer der Vorfeldbeleuchtung tauchten den Flughafen in ein diffuses Licht und hoben ihn aus der tiefschwarzen Dunkelheit empor. Wer die Lichtimmissionen der großen Städte gewohnt war, kam sich beim Blick in die Nacht schnell verloren vor. Nur am Strand konnte man sehen, wie die Wellen im Mondlicht tanzten. Krieger stand am Zaun und sog die ungewohnte Atmosphäre in sich auf. Jessica und er hatten ihre Verpflegung schon ein wenig früher erhalten, nun war ihm langweilig. Eigentlich war der Ingenieur müde, aber er wollte nicht in sein offen stehendes Feldbett liegen, während um ihn herum noch die Soldaten schmatzten. Hier am Zaun hatte er mit seinem Handy ein ganz gutes Netz. Er blätterte im Onlinekatalog einer Buchhandlung. Wer weiß, wie lange das Ganze hier noch dauerte? Er beschloß, sich einen Krimi herunterzuladen. Die Beschreibung klang spannend. Er würde gleich mit dem Lesen beginnen. Krieger wandte sich um und wollte gerade wieder in Richtung des Hangars trotten, da beschlich ihn ein leichtes Gefühl von Einsamkeit. Er mußte an zu Hause denken. Krieger zog das Handy noch mal aus der Tasche und schickte eine Textnachricht an seinen Freund Schiller: "Hi Tom, na was macht mein kleiner Revoluzzer? Ich hoffe, du hast bisher keine Kratzer abbekommen? Reise kann noch ein paar Tage dauern. Danke für deine Hilfe! Gruß Martin". Er wartete kurz. Schiller war immer sehr schnell mit seinen Antworten, da er sein Handy selten mehr als einen Meter von sich entfernt liegen hatte. Auch heute mußte Krieger nicht lange warten, bis Schiller reagierte: „Hallo Martin, alles bestens. Che und ich werden das schon schaffen! Hoffe, es geht dir gut? Gruß Tom". Krieger wußte, daß er sich nicht mit Schiller auf einen längeren Dialog einlassen durfte. Daher antwortete er seinerseits nur noch ein mal: „Auch bei mir alles bestens! Gehe jetzt ins Bett. Bis bald, danke und gute Nacht!"

Momente der Wahrheit

Der nächste Tag begann mit einem Eklat: Leutnant Hensen, einer der Helikopterpiloten, war nicht zum Antreten um 6.00 Uhr erschienen. Eiligst wurde der gesamte Hangar nach ihm abgesucht, doch der Leutnant blieb verschollen. Niemand hatte ihn das Lager verlassen sehen. Dennoch war er weg. Major Hofer´s Blutdruck ging schon am frühen Morgen durch die Decke. Auf dieser Mission blieb ihm aber auch wirklich nichts erspart. Zum Glück konnte der Copilot eines der anderen Hubschrauber Hensens Platz übernehmen. Mit reichlich Verspätung und einem miesen Gefühl im Bauch konnte die Suche endlich wieder aufgenommen werden. Hofer hatte auf dem Plan noch am Vorabend Ziele eingezeichnet und durchnummeriert. Diese sollten der Priorität nach von den Suchteams abgearbeitet werden. Erneut flogen auch Krieger und Jessica Slade in einem der Hubschrauber mit. Diesmal im selben wie auch Major Hofer. Dieser hatte nun wirklich andere Gedanken als sich über die Anwesenheit der beiden Zivilisten zu beklagen. Krieger und Jessica hatten ähnliche Gedanken zum Verschwinden des Leutnants. Doch sie trauten sich gegenseitig nicht genug, um auch nur ein Wort darüber zu reden. Beide hatten im Grunde genommen erwartet, daß irgendetwas seltsames geschehen würde. Aber das Verschwinden des Leutnants zu diesem Zeitpunkt schien irgendwie keinen rechten Sinn zu ergeben. Vielleicht hatte er gestern auf dem letzten Flug mit Hofer die Drohne entdeckt, aber den Major nicht informiert? Und nun wollte er der Suchmannschaft irgendwie zuvorkommen? Im Sinne der Mission überwand Krieger seine Abneigung und sprach den Major auf diese Möglichkeit an. Er erwartete schon irgendeine abfällige Bemerkung, doch Hofer zeigte sich erstaunlich aufgeschlossen: „An diese Möglichkeit habe ich auch schon gedacht. Wir werden daher unser Vorgehen anpassen. Nachdem wir den Suchtrupp abgesetzt haben, fliegen wir unsere gestrige Route in entgegen gesetzter Richtung noch mal in niedriger Höhe ab. Wenn der Combot da irgendwo ist, bekommen wir vielleicht eine Peilung." Hofer wandte sich nun auch der weiter entfernt sitzenden Jessica zu und schrie gegen den Lärm der Turbinen an: „Dann können Sie beide sich auch mal nützlich machen! 8 Augen sehen mehr als 4!"

Jessica wußte nicht, ob sie sich nun geehrt oder beleidigt fühlen sollte. Sie nickte einfach und vermied ansonsten die Kommunikation mit dem rüpelhaften Offizier. Bald hatten sie die Küste erreicht und steuerten das erste Suchgebiet an. Der Hubschrauber landete. An dieser Stelle lagen zwei ausgewählte Suchziele nah bei einander: Der steinige Wüstenboden ging hier zu einem breiten Streifen sandigen Bodens über. Etwas weiter hinten wuchsen tatsächlich ein paar Palmen und niedriges Buschwerk. Vermutlich die Mündung eines Wadis. Diese Flußläufe führten nur nach der Regenzeit im Herbst Wasser und trockneten dann über das Jahr hinweg langsam aus. Doch wenn es einer Pflanze gelang, ihre Wurzeln dort tief genug in die Erde zu bekommen, dann schaffte sie es vielleicht, die trockensten Monate bis zur nächsten Regenzeit zu überleben. Das Gebiet war nicht klein. Hier gab es doch die ein oder andere Möglichkeit, wo ein abstürzender Combot „verschwunden" sein konnte. Das Suchteam sprang aus dem Helikopter, dessen Turbinen weiter liefen. Als alle Männer draußen waren, hob der Helikopter wieder ab und platzierte plangemäß noch einen Container Wasser zwischen dem sandigen Teil und dem Wadi. Einen weiteren Container setzten sie hinter dem Wadi ab. Hofer hatte so viele Männer wie möglich für die Suche abgestellt, so blieb ihm nichts anderes übrig als die schweren, isolierten Wasserbehälter selbst abzuladen. Daß er sich nicht zu schade dazu war, selbst Hand anzulegen, wunderte Krieger: „Zumindest hat er nicht NUR negative Charaktereigenschaften", dachte er sich, sprang auf und half dem Offizier. Zurück an Bord setzte sich Hofer auf den Copilotensitz und leitete den Piloten. Krieger und Jessica saßen an den Fenstern. Sie hatten jeweils ein Fernglas und ein Peilgerät bekommen. Der Hubschrauber flog niedrig. Sie überflogen Felsen und Kanten und kurvten über vereinzelt wachsende dürre Büsche. Als sie sich wieder der Küste näherten, überflogen sie eine kleine, verfallene Hütte. Plötzlich piepte Kriegers Peilgerät kurz auf, verstummte aber sofort wieder. „Da war was!", rief Krieger laut. Sofort lies Hofer den Hubschrauber wenden. Ganz langsam überflogen sie den Bereich noch mal. Die Hütte stand direkt an der Felsenküste. Am Fuße des Felsens, der hier fast 10 Meter emporragte, brandeten die Wellen an die Küste. Da war das Piepen wieder. „Wir haben ihn!", frohlockte Krieger, da unten muß der Combot irgendwo sein!" Man konnte förmlich spüren, wie die Anspannung im Helikopter sich löste. Jessica atmete tief durch. Hofer dirigierte den Piloten ein kleines Stück weg von der Küste, wo er sicher landen konnte. Hofer und Krieger sprangen aus dem Hubschrauber. Mit geduckten Köpfen verließen sie den Bereich des Rotors und liefen Richtung Meer. Krieger hielt das Peilgerät vor sich. Es piepte nun in immer schnellerer Folge. Der Boden war rotbraun und sandig. Gezielt hielten sie auf die verfallene Hütte zu. Nur dort konnte der Combot irgendwo sein, sonst hätten sie ihn schon gesehen. Vor der Hütte verlief die staubige Straße der Küste entlang. Ein alter Schlagbaum lag abgerissen herum. Seiner Patina nach, schien ihn schon seit Jahrzehnten niemand mehr angefaßt zu haben. „Das ist wohl mal irgendeine Zollstation oder sowas gewesen", mutmaßte Krieger. Die Hütte hatte vorne eine Türe gehabt und ein großes Fenster. Beides existierte nicht mehr. Nur die entsprechenden Öffnungen waren noch im halb verfallenen Mauerwerk vorhanden. Das Dach war eingefallen und versperrte im Inneren zum Teil den Weg. Im hinteren Bereich der Hütte war ein zweiter Raum vom vorderen Bereich abgetrennt. Krieger betrachtete das Gebäude von außen. Es schien keine Einsturzgefahr zu bestehen, da das Dach ja ohnehin schon eingestürzt war. Hofer zögerte nicht lange. Er nahm vorsichtshalber sein Sturmgewehr in den Anschlag und drängte sich hinein. Ungeduldig bahnte er sich seinen Weg zu der Öffnung, wo mal die Türe zum hinteren Raum gewesen war. Krieger folgte ihm hinein. Er betrachtete zunächst die Trümmer des Daches auf dem Boden. Es sah nicht so aus, als läge der Combot da drunter. Das Dach schien schon vor langer Zeit eingestürzt zu sein. Die Trümmer waren von einer dicken Schicht aus Staub und Sand bedeckt. Hofer hatte sich schon fast zum hinteren Raum durchgekämpft. Kriegers Peilgerät gab inzwischen einen penetranten Dauerton von sich. Er schaltete das Gerät ab und steckte es ein. Vorsichtig folgte er Hofer. Dieser hatte inzwischen den hinteren Raum erreicht und stöhnte ärgerlich. An der hinteren Seite der Hütte hätte es eine Öffnung gegeben durch die sie den Raum auch direkt hätten betreten können. Die Hütte stand ungefähr zwei Meter von der Kante des steil abfallenden Felsens entfernt. Ein kleiner Rest des Daches verdeckt die direkte Sicht von oben und warf einen Schatten auf die linke hintere Ecke des Raumes. Genau dorthin war der Combot offensichtlich abgestürzt. „Da liegt das Drecksding!", rief Hofer lauthals. Die Drohne lag auf ein paar Trümmern, genau an der hinteren Wand des Gebäudes. „Kein Wunder haben wir den am ersten Tag nicht gesehen, so wie der hier liegt", knurrte Hofer und streckte seine Hand nach dem Combot aus. „Nicht berühren!", schrie ihn Krieger sofort an. Verdutzt aber grimmig sah ihn Hofer fragend an. „Ein abgestürzter Combot ist extrem gefährlich! Die Selbstzerstörungsfunktion ist aktiv und man kann nie wissen, ob die Sensoren alle heil geblieben sind. Die

kleinste Erschütterung könnte das Ding zur Explosion bringen. Und dann bleibt weder von Ihnen noch von mir oder dieser Hütte irgendwas übrig", warnte Krieger. „Das ist Ihre Baustelle", knurrte Hofer, „sorgen Sie dafür, daß wir das Ding gefahrlos bergen können. Ich rufe inzwischen die Teams zurück." Zufrieden stapfte er davon in Richtung des Hubschraubers. Krieger folgte ihm. „Ich brauche meinen Koffer", informierte er den Major. Jessica war inzwischen auch aus dem Helikopter gestiegen, der sich mit abgeschalteten Turbinen in der prallen Sonne gnadenlos aufgeheizt hatte. „Wir haben ihn!", rief Krieger ihr zu, „er liegt da hinten in der Hütte". „Kann ich ihn mir ansehen?", fragte Jessica neugierig. „Können Sie", mischte sich Hofer ein, „aber nicht anfassen, das Ding ist gefährlich!". Jessica, die beobachtet hatte, daß Krieger und Hofer von hinter der Hütte gekommen waren, humpelte los. Der sandige Untergrund kam ihr entgegen. Ihre Achillessehne hatte sich zwar inzwischen schon ein wenig gedehnt und sie konnte mittlerweile flach auftreten, aber abwinkeln konnte sie ihren Fuß immer noch nicht richtig. Ein ekliges Ziehen in der Wade begleitete sie nach wie vor bei jedem Schritt. Langsam näherte sie sich der Hütte und ging direkt zur hinteren Seite. Der Abgrund war hier sehr nah, aber es war ausreichend Platz, um gefahrlos zu der Öffnung zu gelangen wo das Gebäude einst seine Hintertüre gehabt hatte. Vorsichtig spähte sie hinein. Die Mittagssonne, die durch das größtenteils eingestürzte Dach fiel, erhellte den Raum. Nur links hinten gab es ein wenig Schatten. Genau dort lag die Drohne. Jessica ging näher heran. Sie hatte schon viel über die Combots gehört,
aber noch nie einen aus der Nähe gesehen. Von oben betrachtet sah er überhaupt nicht bedrohlich aus. Er schien auch nicht beschädigt zu sein. Vielleicht hatte die Restenergie gerade noch für eine halbwegs sanfte Landung genügt? Jessica wagte nicht, ihn zu

berühren. Der Major hatte sie ja gewarnt. Wobei sie nicht wußte, warum ein Combot ohne Energie so gefährlich sein sollte. „Sieht fast aus wie ein Spielzeug, was?", sprach Krieger sie an, als er mit seinem Koffer in der Hand von hinten an sie herantrat. „So etwas in der Art habe ich gerade gedacht", gab Jessica zu. „Leider ein Spielzeug mit scharfen Waffen und einem hoch energetischen Sprengstoff an Bord", gab Krieger zu bedenken, „Unterschätzen Sie nicht, was Sie vor sich haben. Was Sie hier sehen, ist ein High-Tech Kriegsgerät." Er drängte sich an Jessica vorbei und legte seinen Koffer auf den Boden. Er öffnete ihn, während er fortfuhr: „Sie können sich vorstellen, daß so etwas nicht in falsche Hände fallen darf. Deshalb sind alle Combots mit einer Sprengvorrichtung versehen. Wenn jemand versucht, einen Combot ohne passend codiertes und synchronisiertes Werkzeug zu öffnen, hat er vermutlich keine Zeit mehr darüber nachzudenken, was schief gelaufen ist." „Na zum Glück haben wir ja einen Spezialisten dabei, der sicher über ein solches Werkzeug verfügt, oder?", stichelte Jessica, die sich gerade wie ein Kind behandelt vorkam. „Selbstverständlich!", bestätigte Krieger, „aber bei so einem Absturz kann leicht irgendwas im Inneren beschädigt worden sein und wir können nicht wissen, ob das gute Stück noch genau so reagiert, wie es sollte. Deshalb sollten *SIE* jetzt Abstand gewinnen. Bitte gehen Sie in Ihrem eigenen Interesse zurück zum Hubschrauber, bis ich die Drohne entschärft habe. „Ich vertraue Ihnen!", wiegelte Jessica ab. Sie wollte sich jetzt auf keinen Fall abwimmeln lassen. Wenn Krieger zu den Verschwörern gehörte, dann würde er womöglich in diesem Augenblick versuchen, Beweise zu vernichten. Natürlich hatte sie keine Ahnung davon, was er da tat. Aber allein ihre Anwesenheit und, daß sie es sah, würde einen solchen Plan vereiteln. „Ich mache hier nicht weiter, so lange Sie da stehen", weigerte sich Krieger, „das ist kein Spaß!

Kollegen von mir sind bei so etwas schon ums Leben gekommen - mehrere! Ich möchte nicht daran Schuld sein, wenn Ihnen etwas passiert. Das hat sogar unser schneidiger Major Hofer eingesehen, oder?" Jessica mußte grinsen und Krieger zwinkerte ihr zu, als er seine verbale Trumpfkarte spielte: „Und unter uns - Sie sind um Welten intelligenter - enttäuschen Sie mich jetzt bitte nicht!" Jessica verdrehte die Augen. So kamen sie nicht weiter. Sie tat so, als sehe sie es ein und bewegte sich langsam ein paar Schritte zurück. Sie ging hinter die Ecke der Hütte, aus Kriegers Sichtfeld. Jessica warf einen Blick zum Hubschrauber hinüber. Hofer lief dahinter offenbar mit seinem Funkgerät auf und ab. Der Pilot saß immer noch in der Maschine. Vorsichtig schlich sie sich wieder an die Hütte heran. Krieger warf einen flüchtigen Blick nach draußen. Hoffentlich hatte sich diese Wichtigtuerin jetzt endlich entfernt. Er öffnete den Koffer und nahm den vorkonfigurierten Schrauber heraus. Der Combot lag so, daß er halbwegs gut an die Wartungsklappe herankam. Jessica hatte sich inzwischen wieder bis zur Tür herangeschlichen und spähte hinein. Krieger hatte ein Werkzeug in der Hand und wollte sich gerade an der Drohne zu schaffen machen. Er setzte den Schrauber an und wartete auf das grüne Kopplungssignal. Doch der Schrauber leuchtete rot. „Was soll das denn?", fragte sich Krieger verwirrt. Er steckte das handliche Werkzeug in seine Hosentasche und wandte sich wieder seinem Koffer zu. Zum Glück hatte er ja einen zweiten Schrauber vorcodiert. Er holte ihn aus dem Koffer, setze ihn an den Combot an und wartete auf die Synchronisierung. Doch statt des grünen Signals blieb auch dieser Schrauber rot. Plötzlich piepte es. Auch Jessica hatte das Piepen gehört. Sie machte noch einen Schritt weiter nach vorne, um besser sehen zu können. „Ich glaub' ich Spinne?!", wunderte sich Krieger. Der Schrauber sollte nur bei positiver Kopplung piepen. Auch die Art des Piepens hatte er bei einem solchen Schrauber noch nie gehört. Er wollte ihn sich genauer ansehen, da rutsche er ihm aus der Hand, fiel herunter, auf die Kante eines Steins und kullerte unter den Combot. „Auch das noch!", ärgerte sich Krieger. Das Ganze schien nicht so zu laufen, wie es sich der Ingenieur vorgestellt hatte. Er kniete sich hin und angelte mit der Hand nach dem Schrauber. Nachdem er ihn nicht sofort zu fassen bekam, beugte er sich nach unten und schaute unter die Drohne. Da lag der Schrauber - und direkt daneben eine Sprengmine mit einer Digitalanzeige. Rot leuchtend zählte der Zünder die Sekunden herunter „4, 3.." Krieger sprang auf. Er machte zwei schnelle Schritte Richtung Ausgang, wo ihm die verdutzte Jessica im Weg stand. Wie ein Tiger sprang er los, packte halb im Flug die zierliche Blondine und riß sie mit sich über die Kante in den Abgrund. Im Fallen spürten sie Wucht der Detonation in ihrem Rücken. Mit einem unglaublichen Knall verschwand die Hütte in einem roten Feuerball. Trümmerteile wurden hoch in die Luft geschleudert. Man sah es von weitem, auch aus dem zweiten Hubschrauber den Hofer offenbar angefordert hatte und der sich gerade im Anflug befand. Krieger und Jessica Slade hatten keine Zeit darüber nachzudenken, ob das Wasser am Fuße des Felsens tief genug war um ihren Fall zu bremsen. Kopfüber stürzten sie der tosenden Brandung entgegen. Einen Augenblick später landeten sie im Wasser und die Wellen schlugen über ihnen zusammen. Brennende Holzteile und Trümmer von der Hütte klatschten hinter ihnen ebenfalls ins Meer.

Hofer, den die Wucht der Detonation von den Beinen gerissen hatte, rappelte sich wieder auf. Der Hubschrauber, der weit genug von der Hütte entfernt gestanden hatte, war durchgeschüttelt, aber auf den ersten Blick nicht beschädigt worden. Der Pilot sprang heraus und half dem Major auf. „Um Gottes willen!", stammelt er, „sind Sie o.k.?" „Mir ist nichts passiert", antwortet Hofer verstört.

Sie liefen auf die qualmenden Reste dessen zu, was eben noch die Hütte gewesen war. Wo der Combot gelegen hatte, war ein beachtlicher Krater in den Fels gesprengt worden. „Verdammte Scheiße!", brüllte Hofer und kickte vor Wut ein glimmendes Holzteil über die Klippe.

.

Ungefähr 10 Meter weiter unter ihnen, am Fuße des Felsens waren Krieger und Jessica Slade inzwischen wieder aus dem Wasser aufgetaucht. Das Meer brandete mit lautem Getöse an die Klippe. Sie mußten aufpassen, nicht von einer Welle gegen den Fels geworfen zu werden. Weit und breit gab es keinen flachen Strand, wo sie einfach an Land hätten gehen können. Sie hangelten sich an den Felsen entlang. Jessica blickte nach oben. Sie schrie und winkte. Hofer mußte sie mit dem Hubschrauber irgendwie aus dem Meer fischen. Sie wollte gerade noch mal schreien, da hielt ihr Krieger unsanft die Hand vor den Mund. Er brüllte gegen das Getöse der Wellen an: Seien Sie ruhig, verdammt noch mal! Wenn die uns finden, sind wir tot!" Jessica zappelte und riß sich Kriegers Hand aus dem Gesicht. „Was fällt Ihnen ein?", erboste sie sich und stieß Krieger von sich weg. „Wir ertrinken hi ...", rief sie, bevor ihr die nächste Welle ins Gesicht schwappte. Krieger hatte ein paar Meter weiter einen Felsüberhang erspäht, der vom Meer unterspült worden war. Er angelte nach Jessicas Hand und deutete in die Richtung, so daß sie sah, was er vor hatte. Mit letzter Anstrengung schwammen und hangelten sie sich entlang der Felsen dort hin. Unter dem Überhang war das Wasser nicht sehr tief. Die Wellen brandeten zwar hinein, aber die beiden konnten zumindest sitzen und verschnaufen und - was genau so wichtig war - von oben nicht gesehen werden. Als sie endlich wieder zu Atem gekommen waren, setzte Jessica erneut an: „Was soll das Ganze hier, die müssen uns doch retten!?"

„Die werden uns aber nicht retten, die werden uns erschießen!",
brüllte ihr Krieger ins Ohr, „Das war eine Falle! Da war eine
Bombe unter dem Combot. Eigentlich sollten wir tot sein. Und wer
immer dafür verantwortlich ist, muß auch davon ausgehen. Oder
wollen Sie wirklich umgebracht werden?" „Das kann doch nur
Ihnen gegolten haben, nicht mir", analysierte Jessica, „es konnte
doch niemand damit rechnen, daß ich da stehen würde." Krieger
schüttelte den Kopf: „Das war nicht der vermißte Helipilot oder
sonst irgendwer, das kann nur Hofer gewesen sein! Als es da so
komisch gepiept hat, hat er den Zünder scharf gemacht. Und zuvor
hat er Sie doch noch ermutigt sich den Combot anzusehen." „Das
kann ich mir nicht vorstellen!", zweifelte Jessica, „was soll das für
einen Sinn ergeben? Es muß eine andere Erklärung dafür geben."
„Wollen Sie Ihr Leben darauf verwetten?", fragte Krieger
provokativ. Jessica schüttelte niedergeschlagen den Kopf. Es mußte
ihnen gelingen unentdeckt zu bleiben. Später, wenn die Soldaten
abgerückt waren, mußten sie irgendwie einen Weg nach oben
finden. Und dann? Auch Krieger gefiel der Gedanke absolut nicht
in Afrika gestrandet zu sein und den einzigen Leuten, die sie von
dort wieder wegholen konnten, nicht mehr trauen zu können.
Ungefähr 10 Meter über ihnen war der zweite Hubschrauber
inzwischen gelandet. Die Soldaten stürzten hastig heraus und
nahmen Aufstellung. Hofer deutete dem Piloten an, die Maschine
laufen zu lassen. Er informierte die Mannschaft darüber, daß der
Combot explodiert war und Krieger und Jessica Slade vermißt
wurden. Er ließ sie den gesamten Bereich absuchen. Er selbst
schwang sich zu dem Piloten in den Helikopter, um das Meer
abzusuchen. Die Soldaten schwärmten aus, doch außer ein paar
kleineren Trümmerteilen des Combot-Gehäuses fanden sie nichts
Erwähnenswertes. Von der Hütte waren nicht mal mehr die
Grundmauern übrig geblieben. Der große Krater im Felsgestein

zeigte eindrucksvoll die Wucht, welche die Detonation gehabt haben mußte. Es war unwahrscheinlich noch irgendetwas oder irgendjemanden zu finden, der oder das sich in der Nähe der Explosion befunden hatte. Der Hubschrauber schwebte inzwischen am Fuße des Felsens, in niedriger Höhe über dem Meer. Die Wasseroberfläche war von glimmenden und qualmenden Holzteilen übersät. Krieger und Jessica konnten von ihrer Position aus gerade noch erkennen, daß es Major Hofer war, der da bei dem Piloten in der Maschine saß. Sie duckten sich so gut sie konnten und hofften, daß der Felsüberhang sie weit genug verdeckte. Der Pilot des Hubschraubers gab sich Mühe, so nah wie möglich an den Felsen und die Wasseroberfläche heran zu fliegen. Etwas erregte Hofers Aufmerksamkeit. Er zeigte es dem Piloten, dann stieg er nach hinten, öffnete die Türe und enterte auf die Kufe. Er beugte sich so weit wie möglich nach unten und versuchte, etwas aus dem Wasser zu angeln. Der Gegenstand tanzte auf den Wellen auf und ab. Im dritten Versuch bekam er es zu fassen. Er zog es heraus. Es war der völlig verbogene Deckel von Kriegers Koffer. Er war vom Rest des soliden Feldkoffers abgerissen worden.

Der Major kniff die Augen zusammen und suchte noch mal den Fuß des Felsens ab. Krieger und Jessica ducken sich hinter einen kleinen Felsvorsprung, der sie in die Richtung des Hubschraubers ein wenig deckte. Hofer kletterte zurück in die Kabine und deutete dem Piloten an, daß er genug gesehen hatte. Der Hubschrauber entfernte sich und landete wieder. Mittlerweile hatte sich herausgestellt, daß der andere Hubschrauber - mit dem Hofer, Krieger und Jessica Slade gekommen waren - bei der Explosion doch beschädigt worden war. Ein Trümmerteil mußte einen Flügel des Heckrotors wie eine Kanonenkugel getroffen haben und hatte ihn zerfetzt. Außerdem war allen Beteiligten schnell klar geworden, daß es hier nicht mehr viel zu finden gab. Hofer ließ die

Leute noch ein wenig weitersuchen, dann rief er sie zusammen: „Abrücken!" Alle drängten sich in den verbliebenen Hubschrauber. Jessica und Krieger sahen, wie sich die Maschine entfernte. Jessicas Lippen waren inzwischen blau angelaufen. Sie zitterte am ganzen Körper. Das Meer war zwar verhältnismäßig warm, aber nach einer knappen Stunde im Wasser war es nun höchste Zeit für die Beiden. „Wir müssen hier raus!", schrie sie Krieger bibbernd an. Er nickte. Auch ihm war klar, daß sie erfroren oder ertrunken ebenfalls tot waren. Sie hangelten sich am Fels entlang, bis sie eine Stelle fanden, an der sie hochklettern konnten. Krieger spähte mißtrauisch nach oben an die Felskante. Was würde sie dort erwarten? War Hofer noch da oben? Es half nichts. Sie mußten aus dem Wasser. Krieger schob die gehandicapte Jessica voraus. Sie tat sich schwer. Sport hatte bisher in ihrem Leben bedeutet in einem Fitnessstudio bei angenehmer Musik und wohliger Temperatur etwas für die Figur zu tun. Das hier war etwas völlig anderes. Als sie endlich beide ganz aus dem Wasser waren, hielten sie eine Augenblick inne und wärmten sich an dem von der Sonne aufgeheizten Fels. Irgendwann rief Krieger von unten: „Geht es wieder, können wir weiter?" Jessica nickte und kletterte voraus. Immer wieder rutschte sie mit dem künstlichen Fuß ab, mit dem sie kaum Halt fand. Krieger unterstütze sie so gut er konnte. Es war anstrengend. 10 Höhenmeter konnten verdammt viel sein. Endlich konnte Jessica über die Klippe sehen. Vorsichtig streckte sie den Kopf über die Kante. Es war ruhig. Die Soldaten waren abgezogen. An einigen Stellen qualmten noch ein paar versprengte Trümmer der Hütte vor sich hin. Jessica nickte Krieger zu und kletterte über die Klippe. Krieger folgte ihr. Entkräftet legten sie sich auf den heißen Boden und atmeten durch.

Ratlos und rastlos

General Brandt saß gerade mit einigen Leuten seines Stabes und dem Chief, Professor Schneider im Besprechungsraum 1 der EDCO Zentrale. Sie trafen sich dort seit dem Beginn der Operation täglich nach dem Mittagessen, um die neuesten Entwicklungen zu besprechen. Normalerweise meldete sich Major Hofer immer weisungsgemäß punkt 13.30, um einen kurzen Bericht abzuliefern. Heute verspätete sich sein Anruf. General Brandt trommelte ungeduldig mit den Fingerkuppen auf den schweren Konferenztisch. Verspätungen waren zutiefst unmilitärisch und sahen dem schneidigen Major Hofer nicht ähnlich. Das Ausbleiben seines Anrufs konnte nur eine unvorhergesehene Entwicklung bedeuten. Alle starrten gebannt auf das stumm in der Mitte stehende Konferenztelefon. Endlich klingelte es. Der General drückt den Knopf und nahm das Gespräch an: „Brandt hier. Major Hofer? Wir erwarten Ihren Bericht!" „Hofer hier", quäkte die Stimme aus dem Apparat. Die Verbindung zu Hofers Sattelitentelefon klang etwas blechern, war aber gut verständlich. „Wir hatten ihn!", informierte er den General, so sachlich er konnte. Der Major fuhr fort: „Der Combot lag in einer Hütte direkt an der Küste. Er schien nicht beschädigt zu sein, aber dieser zivile Techniker meinte, es wäre gefährlich. Er wollte die Drohne sichern, dabei hat es eine Explosion gegeben." „Oh mein Gott!", stöhnte der Chief und auch der General seufzte. „Verluste?", fragte er zögerlich nach. „Der Techniker ist tot, die Frau - diese Beobachterin - hat's auch erwischt. Sie befanden sich in unmittelbarer Nähe der Explosion - wir haben nichts mehr von ihnen gefunden."
Es war totenstill im Besprechungsraum. Der Chief stütze sein Gesicht in seine Hände. Der General sah müde aus. Die Leute von seinem Stab wagten nicht, einen Ton zu sagen. „Die Drohne wurde

vollständig vernichtet?", hakte Brandt schließlich nach. „Wir haben noch ein paar Teile der Verkleidung vom äußeren Ring gefunden. Was nicht verbrannt ist, wurde ins Meer geschleudert. Ich werde morgen noch ein Taucherteam mit einem Boot dorthin schicken. Heute schaffen sie das nicht mehr bei Tageslicht." „Gut, halten Sie mich auf dem Laufenden - Brandt ende!" Mit diesen Worten drückte der General die Taste am Konferenztelefon und beendete das Gespräch. Er sah sich im Raum um und hob mahnend die Stimme: „Das ist nie passiert - vergessen Sie das bloß nicht! Und jetzt alle raus! Schneider, Sie bleiben! - Bitte." Wortlos rückten die Mitglieder des Stabs die Stühle und verließen den Raum. Als die Türe hinter ihnen ins Schloß gefallen war, fragte Brandt den Chief: „Können Sie sich das erklären? Ich dachte, dieser Krieger sei Ihr bestern Mann! Verdammt! Jetzt haben wir gar nichts und stehen wieder bei Null! Und nicht nur das! Wir müssen auch noch zwei tote Zivilisten erklären, von denen einer bei der EDCO gearbeitet hat und die Andere eine Vertraute des Präsidenten war." Schneider schüttelte nur den Kopf. Krieger war tot. Der einzige Mann, bei dem er sein Leben darauf gesetzt hätte, daß genau so etwas nicht passiert. „Ich habe keine Erklärung" murmelte der Professor leise. „Ich eben auch nicht", klagte der General, „nur von mir wird erwartet, daß ich eine habe. Ich habe keine Ahnung, wie ich das dem Verteidigungsminister und dem Präsidenten beibringen soll. Am besten vermutlich persönlich - und zwar gleich. Ich brauche sofort die Personalakte von diesem Krieger. Und dann drücken Sie mir die Daumen. Ich fühle mich eigentlich noch zu jung um mein Leben mit Golfspielen und Fernsehen zu verbringen." „Das ist Ihre ganze Sorge?", wurde der Chief plötzlich wütend, „daß Sie Ihren Posten verlieren könnten? Ich glaube, Ihnen ist die Tragweite des Problems, vor dem wir hier stehen, überhaupt noch nicht bewußt! Die Saboteure haben uns bewiesen, daß sie jederzeit einen Combot übernehmen und ihre eigenen Ziele damit verfolgen können - und wir können nichts aber auch gar nichts dagegen tun! Das ist keine Sabotage mehr, das ist eine verdammte Verschwörung! Was wenn die das mit mehreren Combots gleichzeitig hinkriegen? Was wenn die das auch in Amerika und in Asien hinkriegen? Wissen Sie, was die dann haben? Die Weltherrschaft! Ist das die Welt, in der Sie Golf spielen wollen? Na dann viel Spaß! Ich könnte wetten die Verschwörer haben auch etwas mit dieser Explosion zu tun. Krieger würde niemals einen Combot zur Explosion bringen. Auch keinen Beschädigten, nicht mal im Delirium! Wenn Sie mich fragen, Herr General, dann sollten Sie sich Ihre Männer gut anschauen, wenn sie von dieser Mission zurückkehren." Schneider atmete durch, dann fügte er in wieder gemäßigterem Tonfall hinzu: „Sie haben Kriegers Akte in 10 Minuten auf Ihrem Schreibtisch."

Der General machte große Augen. Noch nie hatte er den Professor, der sonst eher ein Mann der leisen Töne war, so aufbrausend erlebt. Und seitdem er selbst diese Sterne auf der Schulter trug, hatte es auch niemand mehr gewagt so mit ihm zu reden. Schneider stand auf und verließ ohne weitere Worte den Raum. Brandt war bedient. Der Chief hatte Recht gehabt. Vermutlich mit jedem einzelnen Wort. Der General saß noch ein paar Augenblicke stumm da, dann ließ er sich einen Wagen rufen und ließ sich mit dem Stab des Präsidenten verbinden.

Die Luft flimmerte heiß über dem sandigen Boden dieses westlichsten Ausläufers der Sahara. Es war gespenstisch ruhig. Nur das leise Tosen der Brandung unter ihnen durchbrach die Stille. Vor einigen Minuten noch hatten Jessica und Krieger vor Unterkühlung gebibbert, jetzt merkten sie deutlich, daß es nicht die Kälte des Meeres sein dürfte, die hier die größte Gefahr darstellte. Jessica hatte die Shorts und ihr T-Shirt ausgezogen und in die Sonne gelegt. Sie saß in der Unterwäsche da und machte eine Bestandsaufnahme der Dinge, die sie in ihrem kleinen, schwarzen Rucksack fand. Ihr Handy - war zwar wasserdicht, aber hatte natürlich kein Netz. Um den Akku zu schonen, hatte sie es ausgeschaltet. Dann war da noch ein Lippenstift, eine Haarbürste, ihr Portemonnaie - natürlich samt Inhalt völlig durchnäßt und ihr Schlüssel - sie hatte keine Ahnung, warum sie ihn überhaupt mitgenommen hatte; mußte aus reiner Gewohnheit gewesen sein. Sie fand ein Päckchen Papiertaschentücher und eine kleine Packung Kondome, die sie ganz schnell wieder in die Tasche steckte. Was würde Krieger sonst von ihr denken? Aber das war's dann auch schon. Jessica gehörte nicht zu den Frauen, die ihren halben Hausstand in der Handtasche mit sich herumtrugen. Vor allem hatte sie leider weder etwas Eßbares noch etwas zu Trinken darin gehabt. Nicht mal ein paar Pfefferminzbonbons oder sowas. Außerdem fiel ihr auf, daß sie leider ihre Sonnenbrille verloren hatte. Sie besah sich das Portemonnaie. Eigentlich brauchte man sowas heutzutage ja nicht mehr. Seitdem die subkutanen ID Chips den Ausweis, Kreditkarten und Bargeld ersetzt hatten, war es im Prinzip nutzlos geworden. Sie hatte das Portemonnaie damals von ihrer Mutter bekommen, kurz bevor diese gestorben war. Daher hatte es für Jessica noch eine sentimentale Bedeutung. Sie hatte noch ein paar altertümliche Papierfotos aus ihrer Jugend darin, ein paar Belege, einen alten Einkaufswagenchip und sonstigen Kleinkram. Sie legte es wieder weg und begann stattdessen ihre Haare zu bürsten.

Auch Krieger hatte seine Jeans und sein Polohemd ausgezogen und zum Trocknen gelegt. Seine Bestandsaufnahme war noch dürftiger ausgefallen. Er hatte den codierten Schrauber, den er kurz vor der Explosion in die Tasche gesteckt hatte. Ansonsten nur ein altes Schweizer Taschenmesser und ebenfalls ein paar

Papiertaschentücher, die allerdings völlig aufgeweicht waren. Das Peilgerät hatte er auch noch. Es schien noch zu funktionieren und irgendwie hatte er das Gefühl, als ob er es noch brauchen würde. Sein Handy hatte er, angesichts der Tatsache, daß er hier sicher kein Netz haben würde, im Lager gelassen.

Krieger war zum Hubschrauber rüber gegangen. Sie hatten ihn einfach zurückgelassen. Der Schaden, den er am Heckrotor gesehen hatte, schien mit dem nötigen Ersatzteil reparabel zu sein. Vermutlich würde es nicht allzu lange dauern, bis ein Technikerteam ihn abholen würde. Krieger hatte versucht, das Funkgerät einzuschalten. Er wollte den Tower auf Fuerteventura anfunken. Dummerweise hatten sie alle Headsets mitgenommen, was den Gebrauch des Funkgeräts unmöglich machte. Immerhin befanden sich im Hubschrauber noch die Tagesverpflegung und ein halbvoller Wassercontainer. Sie würden also erst mal nicht verhungern oder verdursten. Krieger ging zu Jessica hinüber, um ihr diese gute Nachricht zu überbringen. Sie hatte ihre Haare fertig gebürstet und auch die schnell getrocknete Kleidung wieder angezogen. Auch Krieger schlüpfte wieder in seine Klamotten. Gemeinsam setzten sie sich in den Schatten des Hubschraubers. Die Sonne stand bereits nicht mehr senkrecht am Himmel. So nah am Äquator waren die Tage wesentlich kürzer als in Europa zu dieser Jahreszeit und die Dämmerung dauerte höchstens eine halbe Stunde. Doch noch war es heller Nachmittag. Krieger füllte Jessica eine Feldflasche mit Wasser. Sie leerte sie gierig und Krieger füllte sie ihr gleich noch mal auf. Jessica sah ihn dankbar an: „Danke!" Er hatte sich selbst auch eine Flasche gefüllt und setzte sich mit ein wenig Abstand neben Jessica in den Schatten. Nach einigem Augenblick der Stille stellte Jessica die überfällige Frage: „Was machen wir jetzt?" Krieger ließ sich etwas Zeit, bevor er antwortete: „Für heute sollten wir hierbleiben. Übernachten können wir im Hubschrauber. Morgen früh müssen wir dann hier weg. Ich habe mir überlegt, daß wir nach Norden gehen sollten. Im Süden und im Landesinneren gibt es hunderte Kilometer nur Steine und Sand. Im Norden gibt es Städte und der Combot Perimeter wird dichter. Wir müssen sie irgendwie auf uns aufmerksam machen. In der EDCO kennt mich jeder - wenn ich da groß auf dem Bildschirm erscheine, müssen sie uns retten. Es gibt dann auch viel zu viele Zeugen dort, da können sie uns nicht mehr einfach umbringen."

Jessica ließ seine Worte auf sich wirken. Sie malte sich gedanklich einen Gewaltmarsch unter der heißen Sonne und ohne ausreichend Nahrung und Wasser aus. Der Gedanke gefiel ihr ganz und gar nicht, zumal sie ja im Augenblick nicht gerade besonders gut zu Fuß war. Sie klammerte sich an die einzige denkbare Alternative: „Ich bin dafür, daß wir hier beim Hubschrauber bleiben und warten. Ich glaube nicht, daß sie hier noch mit uns rechnen. Ich glaube auch nicht, daß alle Soldaten und schon gar nicht die Techniker dieser Verschwörung angehören. Das wären viel zu viele, das würde unweigerlich auffliegen." „Vermutlich haben Sie recht", stimmte ihr Krieger zu, „aber es ändert nichts an der Tatsache, daß wir wissen, daß es eine Falle war. Vor allem war es nicht der gesuchte Combot, der da zerstört wurde. Das war irgend ein anderer. Mit diesem Wissen können die uns nicht lebendig zurückfliegen lassen." „Warum nicht?", hakte Jessica ein, „Sie sind nur einer und ich habe keine Ahnung von der Technik - ich bin eine schlechte Zeugin. Sie können denen doch nichts beweisen."

Krieger hatte nun keine Wahl mehr als Jessica in die Vorgänge bei der EDCO einzuweihen: „O.K., Jessica - ich darf doch Jessica sagen? - ich muß Ihnen ein paar Dinge erzählen, die Sie eigentlich nicht wissen dürfen: Es gab schon länger Probleme bei der EDCO. Erst wurden Combots für einige Minuten gestört. Wir haben herausgefunden, daß Sabotage dahinter stecken mußte. Aber dann wurde es schlimmer. Es gelang dem oder den Saboteuren, einen Combot zu highjacken und zu steuern. Jessica! Die haben mit dem Combot, den wir gesucht haben, in Marokko ein Massaker an wehrlosen Menschen angerichtet!" „Oh mein Gott", Jessica wurde bleich und Krieger fuhr fort: „Ich sollte eigentlich wichtige Daten aus dem gesuchten Combot bergen. Daten mit deren Hilfe wir vielleicht herausfinden könnten wie sie das gemacht haben und wer dahinter steckt. So wie das Ganze hier gelaufen ist, ist mir langsam klar geworden, daß es sich nicht um Sabotage, sondern um eine Verschwörung handeln muß. Eine *mächtige* Verschwörung." „Also gut", legte Jessica nun ihrerseits die Karten auf den Tisch, „Dann will ich Ihnen auch etwas über mich erzählen: „Diese Verschwörung war eingeweihten Kreisen in der Regierung bereits bekannt. Deshalb haben sie die sogenannte `Ikarus Gruppe´ gegründet. Das sind loyale Mitarbeiter der Regierung und der EDCO, die versuchen die Verschwörung aufzudecken. Leider ist es ihnen nicht gelungen, ein Mitglied bei dieser Mission einzuschleusen, deshalb wurde ich als `offizielle Beobachterin´ mitgeschickt."

Krieger sah sie zweifelnd an: "Die Ikarus Gruppe? - Nie davon gehört. Es wundert mich, daß man da nicht auf die Idee gekommen ist *mich* anzusprechen. Ich möchte nicht unbescheiden klingen, aber ich gelte als designierter Nachfolger von Professor Schneider, dem Technikchef der EDCO. Ich denke, ich habe auch niemals einen Anlaß dazu gegeben, meine Loyalität in Frage zu stellen."

„Ich habe ehrlich gesagt keine Ahnung, wer dazu gehört und wie diejenigen ausgewählt wurden", gab Jessica zu. „Hmm", schnaubte Krieger, „das ist vermutlich bei solchen Geheimoperationen normal. So können sie schon niemanden verraten oder aufdecken.

Weder freiwillig, noch fahrlässig oder gar unter Zwang." „Genau!",
pflichtete Jessica bei.

Krieger lehnte sich gedankenverloren zurück. Langsam faßte sie
Vertrauen zu ihm. Außerdem hatte er ihr das Leben gerettet. Das
zweite Mal innerhalb kurzer Zeit, daß jemand ihr das Leben retten
mußte. Und jedes Mal in diesem verdammten Afrika. Dieser
Kontinent schien verflucht zu sein. Krieger begann vor sich hin zu
sinnieren: „Ist doch nicht zu fassen. Da arbeitet man über 10 Jahre
lang bei einem `Verein´, noch dazu bei einer
Regierungsorganisation - auch nicht gerade als `Hiwi´ oder so.
Dann gibt es eine Verschwörung und eine eigene Verschwörung zur
Aufdeckung der Verschwörung?! Und ich mache die offizielle
Untersuchung und werde nicht eingeweiht? Wie verrückt ist *DAS*
denn?" Er schüttelte den Kopf.

Jessica wurde langsam klar, daß die Sache viel größer sein mußte,
als sie gedacht hatte. Krieger hatte Recht. Ein Massaker an
unschuldigen Menschen? Ein Hubschrauberpilot verschwindet
spurlos? Ein Mordanschlag auf Krieger und sie? Und das alles nur
um zu verhindern, daß die Wahrheit ans Licht kam? Selbst wenn
man sie offiziell gerettet hätte - die hätten eine Lösung gefunden,
um sie und Krieger loszuwerden. Zur Not hätten sie einfach ihr
Flugzeug in die Luft gesprengt oder einen Unfall inszeniert oder
sonst was. Wer sollte sie daran hindern? Gleichzeitig begann die
Wut auf diese Leute in ihr zu kochen. „Wir müssen an die
Öffentlichkeit gehen!", sagte sie plötzlich mit fester Stimme, „die
Welt muß erfahren, was sich hier abspielt und die Verantwortlichen
müssen zur Rechenschaft gezogen werden!" Krieger drehte ihr
seinen Kopf zu und hob eine Augenbraue: „Also gehen wir nach
Norden?" „Morgen früh! Ich bin dabei!", antwortete Jessica, jetzt
fest entschlossen. „Werden Sie es schaffen?", fragte er nun
seinerseits.

„Und wenn ich auf den Knien bis ans Mittelmeer kriechen muß!",
grummelte Jessica. „Oh-oh, leg dich nie mit einer Frau an!",
frotzelte Krieger, der froh war, daß Jessica von selbst zu der
Überzeugung gelangt war. Beide mußten lachen. „Dann gehen wir
mit dem Sonnenaufgang los", schlug er vor, nachdem sie sich
wieder beruhigt hatten, „so wie wir unseren Major kennen, wird er
das Team - *WENN* er noch mal ein Team her schickt - um `null
sechshundert´ antreten lassen. Dann sind sie um spätestens halb
acht hier. Zu dem Zeitpunkt müssen wir schon weit genug weg
sein, daß sie uns vom Hubschrauber aus nicht sehen können."
„Ja, `null sechshundert´ - das werde ich auch mein Leben lang
nicht mehr vergessen!", pflichtete Jessica ihm bei, „der Typ ist echt
ein `Sechs-Uhr-morgens-Fetischist´".
„Genau!", lachte Krieger, „wenn der Wecker klingelt, kommt er
zum Orgasmus! Und zum zweiten Mal, wenn er hört, wie die
Truppe zum Antreten trabt." „Kann gar nicht sein", winkte Jessica
lachend ab, „dann wäre er wesentlich entspannter!" „Na wenn du
davon ausgehst", setzte Krieger noch einen drauf, „dann hatte er
seinen letzten Orgasmus vermutlich in der Pubertät!" Nochmal
mußten beide lachen. Das Eis zwischen den beiden war damit
endgültig gebrochen. Es war das Erste mal, seit er sie vor drei
Tagen in Stuttgart kennengelernt hatte, daß Krieger Jessica mit
entspanntem Gesichtsausdruck sah - und das ganz *ohne* Orgasmus.
„Apropos," hob sie die Stimme „wenn wir schon beim `Du´ sind,
wie heißt du eigentlich mit Vornamen?" „Martin", antwortete
Krieger, „wobei mich eigentlich nur meine Eltern und mein alter
Freund Tom so nennen." „Und ich jetzt", grinste ihn Jessica an.

Die Sonne war untergegangen. Mara saß vor ihrer Hütte und schaute in den klaren Sternenhimmel. In der Mitte des Dorfplatzes brannte ein Lagerfeuer. Die Flammen züngelten in die Dunkelheit und warfen flackerndes Licht auf Maras lederne, alabasterfarbene Haut. Ihre langen, gelockten schwarzen Haare, zwischen die sich schon das ein oder andere graue mischten, hatte sie mit einem Tuch zusammengebunden. Einige Männer des Dorfes hatten sich um das Feuer versammelt. Sie musizierten, lachten, rauchten Pfeife und erzählten sich Geschichten. Mara hatte Angst. Was würde die Zukunft bringen? Vielleicht war morgen schon alles anders. Nach so langer Zeit der grausamen Entbehrungen, nach all den Toten und all dem Leid, hatten sie es endlich geschafft, einen Status quo zu finden von dem aus sie optimistisch in die Zukunft sehen konnten. Sie konnten wieder aufbauen, entwickeln. Mit etwas Glück Männer für ihre Frauen finden, Kinder kriegen, eine Schule errichten und so vieles mehr. Doch dann hatten ihre Leute vor ein paar Tagen dieses Ding angeschleppt und es war ihr sofort klar gewesen, daß es Ärger bedeutet. Es war das erste Mal, daß Mara einen Combot aus der Nähe gesehen hatte. Tan, der jüngste Mann ihres Dorfes, hatte ihn am Rand der Wüste gefunden und natürlich sofort für sich beansprucht. Den ersten Streit darum gab es schon mit seinen Brüdern, nachdem sie ihm geholfen hatten, das silbrig glänzende Ding ins Dorf zu schaffen. Die Ältesten meinten dann, es gehöre sowieso ihnen und so drohte die Situation zu eskalieren. Mara mußte als Chefin des Dorfes ein Machtwort sprechen. Seit dem stand der Combot in ihrer Hütte. Sie hatte eine Decke darüber gelegt. Am liebsten wäre ihr, das Ding würde einfach verschwinden, aber den Gefallen tat ihr die Drohne nicht. Mara hatte darüber nachgedacht sie ins Meer zu werfen. Vielleicht tat sie das auch noch. Aber bis dahin sollten sich die Gemüter erst mal ein wenig beruhigen. Mara wußte nicht viel über die Combots, nur daß sie gefährlich waren und daß man sie auf keinen Fall öffnen durfte. Deshalb saß sie hier alleine vor ihrer Hütte und bewachte den Eingang, anstatt wie sonst bei den Ältesten am Feuer zu sitzen. Mara zog ihr schmuckloses, beiges Kleid über ihre Schenkel. Die Kälte der Nacht brach herein. Sie zog ihre nackten Füße ganz an ihren Körper heran. Mit den Händen umfaßte sie ihr kleines, silbernes Kreuz, das sie an einer Lederschnur um den Hals trug und begann zu beten.

Die sanfte und langsam anschwellende Weckmelodie von Jessica Slades Handy beendete die Nacht für die beiden gestrandeten Zivilisten, die es sich mehr schlecht als recht im Ladebereich des beschädigten Transporthubschraubers `gemütlich´ gemacht hatten. Der fade Geruch von Kerosin, Schmiermittel und Schweiß füllte die geschlossene Kabine. Krieger, der im hinteren Teil lag und ohnehin nicht tief geschlafen hatte, erwachte als erster. Er spähte durch die Dunkelheit und nahm wahr, wie Jessica sich bewegte. Sie hatte sich weiter vorne hingelegt und zerrte raschelnd an ihrer Isolierdecke, die sie aus dem Erste-Hilfe-Kasten des Hubschraubers genommen hatten. Auch Krieger hatte eine. Diese Isolierdecken bestanden aus einer reißfesten, reflektierenden und nicht brennbaren Folie und konnten dazu verwendet werden verletzte warm zu halten oder aber auch ein Feuer zu ersticken. Angenehm war sie nicht, aber Jessica war dennoch sehr froh darüber gewesen. So heiß es am Tag war - in der Nacht fielen die Temperaturen hier am Rande der Sahara rapide ab. Im Landesinneren angeblich sogar manchmal bis unter den Gefrierpunkt. Hier an der Küste war es zum Glück nicht ganz so schlimm. Jessica räkelte sich. Sie hatte zugegebener Maßen schon bequemer geschlafen. Plötzlich begann Krieger in der anderen Ecke laut zu schnaufen. Aus dem Schnaufen wurde ein Stöhnen. Jessica fuhr hoch: "Um Gottes willen Krieger, was haben Sie? - Ähm - Was hast du?" Nach einem letzten tiefen Stöhnen hörte er auf und kicherte: „Null-Sechshundert! Ich habe nur Hofer gespielt!" Jessica mußte lachen: „Martin, du Arsch!!" Am liebsten hätte sie ihm irgendwas an den Kopf geworfen, aber sie hatte leider nichts. Die beiden rappelten sich auf. Es war Zeit sich auf den Weg zu machen. „Wir dürfen hier keine Spuren hinterlassen, die darauf hindeuten könnten, daß wir noch am Leben sind", mahnte Krieger. Jessica hatte das ohnehin begriffen, aber so ganz ließ sich das nicht verhindern. „Was machen wir mit dem Proviant? Und mit dem Wasser?", fragte sie ihn. „Den Proviant nehmen wir natürlich mit. Wir müssen einfach hoffen, daß es ihn nicht oder zumindest nicht sofort auffällt. Das Wasser können wir ohnehin nicht ganz mitnehmen. Dafür nehmen wir die Decken mit. Vielleicht finden wir etwas, um sie uns umzubinden. Das könnte uns vor der Sonne schützen."

Sie steckten die letzten Reste des Proviants in Jessicas Rucksack und füllten ihre Feldfalschen. Sie tranken beide, so viel sie konnten, und füllten die Falschen dann ein letztes Mal auf. Krieger klebte Schlaufen aus Gewebeband, das er im Verbandmaterial gefunden hatte, so an die Decken, daß sie sie über den Kopf ziehen und am Hals zubinden konnten. Krieger nahm Jessicas Rucksack und hängte sich die Feldflaschen um den Hals, dann stiegen sie aus dem Hubschrauber. Die Sonne begann gerade am Horizont aufzusteigen. Krieger kontrollierte noch mal den Hubschrauber, dann schloß er die Türe. „Also gehen wir?", fragte Jessica - einfach nur so, um die Stille zu brechen. „Gehen wir!", antwortete Krieger und klang dabei deutlich zuversichtlicher, als er es tatsächlich war. Es war ein flaues Gefühl in der Magengegend loszulaufen, ohne genau das Ziel zu kennen und ohne zu wissen, was einen erwartete. Sie folgten der staubigen, alten Straße entlang der Küste. Ein lauer Wind blies konstant vom Meer her. Sie schmeckten die salzige Luft. Als die Sonne höher in den Himmel stieg, zogen sie sich die kupferfarbenen, Isolierdecken über die Köpfe und banden sie mit den improvisierten Schlaufen zu. Krieger fühlte sich bei dem Anblick spontan an „Obi-Wan Kenobi" aus „Star Wars" mit seinem Jedi-Umhang erinnert. Jessica gab sich große Mühe mit ihrem „Kamelgang" mit Krieger Schritt zu halten. So kamen sie gut voran. Schon nach einer Stunde hatten sie den Hubschrauber so weit hinter sich gelassen, daß sie ihn nicht mehr am Horizont erkennen konnten. Da die Soldaten aber - wenn sie kamen - erhöht im Helikopter sitzen würden und natürlich viel weiter sehen konnten, durften sie jetzt noch nicht nachlassen. Das Profil der Küste änderte sich. Die steilen Felsen wurden zunehmend flacher und mehr und mehr durch ausgedehnte Sand- und Kiesstrände unterbrochen. Endlich wagten es die beiden, eine Pause einzulegen. Sie hatten, seit dem sie gestartet waren, nicht sonderlich viel gesprochen. An einer Stelle bot ein großer Felsen direkt am Strand ein wenig Schatten und auch optische Deckung. Sie ließen sich nieder und tranken erst mal ein paar Schluck aus ihren Feldflaschen - sehr darauf bedacht mit dem Wasser zu haushalten. Krieger sah Jessica anerkennend an: „Wir sind besser vorangekommen, als ich gedacht hatte! Respekt! Geht es noch?" Jessicas linker Fuß tat langsam weh, aber angesichts der Tatsache, daß es keine Alternative zum Weiterlaufen gab, wiegelte sie ab: „Geht schon - muß ja wohl auch." Krieger nickte. Sie ließen die Blicke schweifen. Jessica mußte grinsen:

„Eigentlich ganz schön hier. Wenn da jetzt ein Hotel hinter uns wäre, mit schönem Pool und einer Bar, dann könnte man es hier wirklich aushalten!" „Stimmt", pflichtete ihr Krieger bei, „Ich würde jetzt erst mal eine Runde im Pool schwimmen, mir danach ein kühles Bier holen und mich dann mit einem guten Buch in den Schatten legen. Und mindestens zwei Wochen nicht mehr an Combots denken!" Jessica legte den Kopf in den Nacken und träumte von Kriegers Pool. „Oh", schob dieser nach, „zuvor würde ich aber noch meinen Freund Tom anrufen - er ist Journalist - und ihm zur Story seines Lebens verhelfen." „Tja," merkte Jessica an, „ein funktionierendes Telefon würde vieles erleichtern."

Ungefähr zur selben Zeit erreichten die Boote mit den Marinetauchern, die Hofer entsandt hatte, ihr Zielgebiet. Sie ankerten in ein wenig Entfernung um nicht auf Grund zu laufen oder von der Brandung gegen die Klippen gedrückt zu werden. Was da am Vortag noch an schwimmbaren Trümmerteilen gewesen war, war längst von der Strömung davon getragen worden. Auf dem Meer war nichts mehr zu sehen. Die Taucher gingen ins Wasser und der Kommandant meldete Hofer, daß sie das Zielgebiet erreicht und mit der Suche begonnen hatten. Über ihren Köpfen setzte in dem Moment auch der Hubschrauber mit dem Technikerteam auf, das den zurückgelassenen Helikopter reparieren und zur Basis fliegen sollte. Die Techniker stiegen aus und betrachteten den Schaden. Es sah so aus, als müßten sie tatsächlich nur den defekten Heckrotor austauschen. Während sich ein Teil des Teams gleich an die Reparatur machte, prüften die anderen den Rest des Hubschraubers und machten Systemchecks. Der Soldat, welcher als Wache eingeteilt war und mit dem Sturmgewehr im Anschlag parat stand, konnte in aller Ruhe in der Nase bohren. Noch immer war außer den Beteiligten keine Menschenseele zu sehen. Einige der Soldaten fragten sich ernsthaft ob es in diesem Teil Afrikas oder vielleicht sogar auf dem gesamten Kontinent überhaupt noch Menschen gab.

Die Taucher hatten mittlerweile ein paar Teile von Kriegers Ausrüstung bergen können und auch ein paar weitere Bruchstücke des Combots. Man mußte jedoch wissen, um was es sich handeln sollte um überhaupt auf die Idee zu kommen, was man da vor sich hatte. Es war bereits später Nachmittag, als das Taucherteam seine Suche für abgeschlossen erklärte. Hofer nahm die entsprechende Meldung zur Kenntnis. Mißtrauisch fragte er nach: „Haben Sie wirklich keine Spur von den Vermißten gefunden? Kleidung, Schmuck, Schuhe, irgendwas - nicht mal einen verkohlten Stofffetzen?" „Nein Herr Major", antwortet die Stimme aus Hofers Funkgerät, „Aber wenn ich mir die Bemerkung erlauben darf - Combots sind meines Wissens nach mit hochenergetischem Ultra-Pulsit Sprengstoff ausgekleidet. Ich kenne das Zeug. Wenn das hoch geht, ist es in der unmittelbaren Umgebung wie bei einer Atombombe! 6000° Celsius. Zwar nur für Sekundenbruchteile, aber es genügt, um einen Menschen vollständig zu verdampfen. Er ist dann einfach *WEG*." Hofer nahm es zu Kenntnis und beendete das Gespräch. Sein Instinkt sagte ihm dennoch, daß irgendwie alles zu einfach gegangen war. Dieser Gedanke ließ ihm keine Ruhe. Er wollte das Funkgerät gerade wegstecken, da meldete sich der Leiter des Bergungsteams, das den beschädigten Hubschrauber holen sollte: „Melde gehorsamst, Herr Major, Reparatur abgeschlossen, Helikopter bemannt und abflugbereit!" „Sehr gut!", lobte der Major, „Bringen Sie den Vogel nach Hause. Hofer Ende!"

Krieger und Jessica Slade hatten sich einstweilen wieder auf den Weg gemacht. So schön der ein oder andere Strandabschnitt auch war, die Eintönigkeit der Landschaft und das Ausbleiben irgend eines sichtbaren Zieles zehrte an ihren Nerven. Jessica hatte inzwischen große Schmerzen. Ihre Sehne machte ihr sehr zu schaffen. Außerdem fühlte es sich so an, als hätte sie sich durch die ungewöhnliche Belastung eine riesige Blase gelaufen. Immer wieder blieb sie ein wenig zurück und zwang Krieger somit langsamer zu laufen. Dann biß sie sich wieder auf die Zähne und humpelte voraus. Die Idee mit den Isolierdecken als Umhang hatte sich als ausgezeichnet erwiesen. Ohne sie wären die beiden vermutlich inzwischen rot wie die Krebse oder hätten sich einen Sonnenstich geholt. Sie achteten peinlich darauf, auch die Arme so weit es ging, verdeckt zu halten. Wo sich Ausläufer der Sandwüste bis zur Küste hin erstreckten, war die Straße zum Teil mit Sand bedeckt. Das bremste Krieger und Jessica zusätzlich immer wieder ein. Es war schon später Nachmittag geworden. Noch immer waren sie keiner Menschenseele begegnet. Plötzlich kniff Krieger die Augen zusammen und spähte angestrengt in den Horizont. Kurze Zeit später wurde auch Jessica darauf aufmerksam. Aufgeregt rief sie: „Siehst du das auch da vorne? Ist das ein Haus?" „Ich bin mir noch nicht sicher", antwortete Krieger, „es könnte auch ein großer, heller Felsen sein, oder eine Fata Morgana." Zielstrebig liefen sie darauf zu. Je näher sie kamen, desto mehr Details konnten sie erkennen. Die Küste beschrieb an dieser Stelle einen leichten Bogen nach Osten. Im Scheitelpunkt des Bogens hatte sich eine kleine Halbinsel gebildet. Diese war ringsum von wunderschönem Sandstrand umgeben. In der Mitte stand ein größerer Gebäudekomplex. Eine Hand voll Palmen umrahmten den weiß getünchten Bau. Die Straße führte daran vorbei. „Ist das ein Hotel?", fragte Jessica unsicher, als sie sich bis auf wenige hundert Meter genähert hatten. „Sieht eher aus wie eine Hotel-Ruine", entgegnete Krieger. Dann blieb er unvermittelt stehen. „Was ist los?", wollte Jessica wissen. „Es gibt da noch etwas, das solltest du wissen", erklärte Krieger und schaute ihr in die Augen um Jessicas Reaktion sehen zu können, „ich wollte es dir bisher nicht sagen um dich nicht unnötig zu beunruhigen: Wenn wir hier Menschen begegnen, dann müssen wir damit rechnen, daß die uns nicht sonderlich freundlich gesonnen sind. In den größeren Städten herrschen Banden. Ich weiß nicht, wie weit nach Süden der Einfluß dieser Banden reicht, aber ein Menschenleben zählt hier nicht viel." „Keine Sorge", entgegnete Jessica cool, „das ist mir bekannt." „Dann weißt du auch", fuhr er fort, „daß es hier durchaus zu ...", er räusperte sich, „...Kannibalismus kommen kann?" „Klar", schnaubte Jessica verächtlich und deutete auf ihre Prothese: „Frauenfüße stehen auf jeden Fall auf ihrer Speisekarte!" Krieger sah sie zweifelnd an. Sie schien ihn wohl nicht ernst zu nehmen. Daher nickte er zustimmend und dachte sich „Na warte!". Mit Inbrunst erklärte er ihr: „Frauenfüße sind ja auch wirklich lecker! Mein absolutes Leibgericht! Ich stehe da voll drauf! Am liebsten mag ich sie schön knusprig vom Grill, mit Pommes und Kräuterbutter!" „HAHA", reagierte Jessica unwirsch, „Ich finde das gar nicht lustig!" Sie machte einen Schmollmund und klärte Krieger etwas kleinlaut auf: „Das mit dem Autounfall war nur die offizielle Geschichte. Tatsächlich habe ich den Fuß bei der Vorbereitung einer Wahlkampfaktion in Tunesien verloren. Wir sollten Nahrungsmittel verteilen. Na ja - ist schief gelaufen. Zum Schluß wurden wir selbst fast zum Nahrungsmittel. Im Grunde genommen kann ich vermutlich froh sein, daß ich nur einen Fuß dabei verloren habe. Ein anderer hat´s nicht überlebt." „Oh!", reagierte Krieger etwas betroffen, „das tut mir natürlich leid zu hören." Nach einem Augenblick betretenen Schweigens schlug er vor: „Wollen wir weiter gehen?" „Mit `gehen´ ist bei mir nicht mehr viel", stöhne Jessica zerknirscht, „mein linker Fuß bringt mich fast um. Ich habe irrsinnige Schmerzen. Wir müssen dort vorne eine Pause einlegen. Ich hoffe nur, daß uns nichts Böses erwartet. Sonst bin ich am A...aaallerwertesten." „Wird schon nicht!", machte ihr Krieger Mut, „komm, ich helfe dir." Krieger stütze sie und die beiden liefen das letzte Stück bis zu dem Gebäudekomplex, der tatsächlich mal ein Hotel gewesen war.

Wie es kommen mußte

Im gesperrten Hangar auf dem Flughafen von Fuerteventura herrschte geschäftiges Treiben. Die Soldaten waren dabei, ihr improvisiertes Feldlager zu räumen. Ausrüstung wurde in Kisten gepackt, Feldbetten zusammengeklappt und Stück für Stück wurde in die bereitstehende Transportmaschine verladen. Major Hofer stand vor dem Hangar und schaute den beiden anfliegenden Helikoptern entgegen. Er hatte seinen Bericht fertig gestellt und ein paar Soldaten zurechtgestutzt, die seiner Ansicht nach beim Packen zu langsam zu Werke gegangen waren. Doch die große Anspannung der letzten Tage war auch von ihm langsam abgefallen. Sein Magen knurrte ein wenig. Präzise schwebten die Hubschrauber ein und landeten auf ihren vorgesehenen Parkpositionen. Die Turbinen wurden heruntergefahren und die Techniker stiegen aus den Maschinen. Auch die Piloten setzten die Headsets ab und lösten ihre Gurte. Hofer lief mit geducktem Kopf unter dem auslaufenden Rotor zum Piloten des geborgenen Helikopters hinüber, der die Maschine gerade noch abschließend inspizieren wollte. „Herr Major?!", grüßte ihn der Pilot im Range eines Leutnants. „Alles in Ordnung mit dem Vogel?", fragte Hofer knapp. „Ja, alles in Ordnung", bestätigte der Pilot, „keine besonderen Vorkommnisse, keine weiteren Defekte aufgefallen." „Gut", kommentierte Hofer und klopfte mit der Hand auf das Fluggerät. Durch das Fenster fiel sein Blick in die Kabine. „Diese Faulpelze!", brummte er, „ihr Werkzeug haben sie mitgenommen, aber keiner kommt auf die Idee, daß die Verpflegungscontainer auch raus müssen." Kopfschüttelnd lief er den Technikern hinterher und scheuchte sie zurück zur Maschine. Zwei ließ er den Wassercontainer ausladen, der dritte sollte sich den Verpflegungscontainer schnappen. Als dieser gerade an ihm vorbei lief, fiel Hofer ein, daß darin noch sein Erdnußriegel liegen mußte. Jedem Verpflegungspaket hatte einer beigelegen und seinen hatte er nicht gegessen. „Moment!", stoppte er den Techniker, „stellen Sie mal kurz ab." Der Techniker stellte die Box auf den Boden und der Major öffnete sie. Zu seiner Überraschung war sie leer. Nicht mal die leeren Verpackungen lagen darin. „Haben Sie meinen Erdnußriegel gegessen?", fragte er den Techniker. Dieser schüttelte vehement den Kopf: „Nein, Herr Major, ich habe den Container nicht geöffnet!" „Mitkommen!", befahl Hofer und eilte den beiden vorangehenden Technikern hinterher, die den Wassercontainer trugen. Als er sie gestellt hatte, fragte er noch mal alle drei: „Soldaten, es erwartet Sie keine Strafe, ich möchte nur eine ehrliche Antwort: Hat irgendjemand von Ihnen diesen Verpflegungscontainer geöffnet und etwas herausgenommen?" Alle schworen Stein und Bein die Box nicht angerührt zu haben. Blieb nur noch der Pilot. Hofer ließ die Techniker ausschwärmen und den Piloten suchen. Kurz darauf stand das gesamte Team, das den Hubschrauber geborgen hatte, um Hofer herum. Er wiederholte seine Frage. Doch auch der Pilot wollte die Box nicht angefaßt haben. „Gab es irgendwelche Anzeichen dafür, daß Fremde in dem Hubschrauber waren?", erweiterte der Major seine Frage. Doch auch das verneinte das gesamte Team. Hofer grübelte kurz nach. Hatten Krieger und Slade ihre Verpflegung schon vor dem Mittag zu sich genommen? Er konnte sich nicht daran erinnern, daß er ihn oder sie an dem Container gesehen hätte, oder daß sie auch nur irgendwann gekaut hätten. Konnten die beiden die Explosion doch irgendwie überlebt haben? „Ich will, daß Sie sofort den Hubschrauber durchsuchen!", befahl er den Männern, „Ich möchte wissen, ob irgendetwas fehlt!" Die Techniker stürzten sich auf den Helikopter. Alle Fächer und Klappen wurden geöffnet, alle Inhalte wurden kontrolliert - von Hofer mit Argusaugen beobachtet. Nach wenigen Minuten stellte sich heraus: Es fehlte Verbandsmaterial! Zwei Isodecken waren weg, außerdem das Gewebeband und ein paar Binden. Hofer reagierte sofort: „Auftanken!", befahl er dem Piloten aufgeregt, „wir fliegen noch mal zurück!"

„Hotel Atlantique" stand auf dem Portal, welches die Zufahrt von der Straße zu dem Gebäudekomplex überspannte, auf den Krieger und die weidwunde Jessica Slade zuhumpelten. Der Komplex bestand aus einem zweigeschossigen, L-förmigen Hauptgebäude, welches zum Meer hin geöffnet war. Ein paar kleinere Nebengebäude umrahmten den Bau. Einige dürre Palmen säumten das Areal. Je näher die beiden dem Hotel gekommen waren, desto mehr erkannten sie, daß es sich tatsächlich eher um eine Hotelruine handelte. Der obere Stock des Südflügels war offensichtlich ausgebrannt. Überall bröckelten Putz und Farbe von den Wänden. Die salzige Meerluft fraß an dem alten, ehemals weiß getünchten Gemäuer, welches in früheren Zeiten sicher seinen Reiz gehabt haben mußte. „Sieht aus, als hätte das hier schon besser Zeiten gesehen", kommentierte Jessica entsprechend. „Wohl wahr", stimmte Krieger zu und relativierte mit einem Zwinkern: „Ich fürchte jedoch, wir werden heute nichts Besseres mehr finden, von daher ...." „Martin, schau mal!", fiel ihm seine blonde Begleiterin ins Wort und zeigte auf die Einfahrt. Sie war mit einer leichten Sandschicht bedeckt auf der sich deutlich Reifenspuren abzeichneten. „Die Spuren können noch nicht alt sein", stellte Krieger fest, „sonst wären sie längst verweht." „Es wundert mich, daß es hier noch fahrende Autos gibt", rätselte Jessica. Krieger nickte: „Wir müssen uns auf jeden Fall in Acht nehmen." Die beiden betraten das Hotel durch den Haupteingang. Eine helle, geräumige Lobby erwartete sie. In der Mitte der Lobby, welche den Blick aufs Meer freigab, befand sich ein Springbrunnen aus blauem

Mosaik, der wie eine Oase aus dem braunen Terracottaboden emporwuchs. Die Ränder des Springbrunnens waren nicht sonderlich hoch und schienen die einzige Sitzgelegenheit zu bieten. Jessica humpelte gezielt darauf zu und setzte sich hin. Endlich! Die beiden sahen sich weiter um: Von der Lobby aus, konnte man die geräumige Terrasse betreten, hier gab es auch einen Pool. Natürlich war er leer. Von der Terrasse aus führten Stufen hinunter zum Strand, welcher das Hotel von drei Seiten her umgab. „Das war mal richtig schön hier! Ein Jammer!", sinnierte Krieger. Leider war das Hotel innen genau so heruntergekommen wie von außen. Trümmer und Scherben langen überall herum, bedeckt von Sand und Staub. In alle Ecken hatte der Wind vertrocknete Palmwedel hineingeweht. An manchen Stellen hatten Schmierfinken arabische Schriftzeichen an die Wände gekritzelt. Alles was hier mal einen Wert gehabt hatte, schien zertrümmert oder von irgendjemandem davongetragen worden zu sein. Schnell stellte sich heraus, daß es in allen Räumen des Erdgeschosses so aussah. „Ich schaue mich mal oben um", kommentierte Krieger, als er die Treppe von der Lobby in den ersten Stock hinauf ging. Auch oben bot der Bau das gleiche Bild. Hatte Krieger anfangs noch gehofft, irgendwo wenigstens eine funktionsfähige Liege finden zu können, so gab er diese Hoffnung bald auf. Das Gebäude war offensichtlich schon zu oft geplündert worden um noch irgendetwas brauchbares zu bieten. Er stieg die Treppe weiter nach oben in den zweiten Stock. Das Dach war weitgehend weg. Über dem Südflügel war es verbrannt, über dem Nordflügel schien es noch nicht fertiggestellt gewesen zu sein. Krieger sah Häufen von Baumaterial. Einen Haufen Ziegel, fein säuberlich aufgestapelt. Außerdem sah er Steine und in einer anderen Ecke lagerte Holz. Bei genauerem Hinsehen stellte Krieger fest, daß der erste Eindruck getäuscht hatte: Das Gebäude war nicht unvollendet, sondern jemand versorgte sich hier mit Baumaterial.

Die Spuren am Boden waren frisch. Der letzte Besuch des oder der Plünderer konnte noch nicht all zu lange her sein. Plötzlich war es Krieger, als hätte er etwas gehört. Er hielt inne und spitze die Ohren. Jessica? Zielstrebig ging er zurück zur Treppe. Jetzt hörte er es genauer. Jessica stöhnte vor Schmerzen, als ob ihr jemand ein Messer in dem Leib rammte! Ohne nachzudenken, rief er laut „Jessica!?" Er stürzte die Treppe nach unten und nahm dabei immer zwei oder drei Stufen auf ein mal. Er hatte Glück, daß er dabei nicht auf all dem Sand und Staub ausrutschte. Endlich sah er sie. Sie saß immer noch auf dem Rand des Brunnens und bei ihr war - niemand! Sie atmete schnell und flach. „Jessica, um Himmels willen, was ist denn los?", fragte Krieger besorgt. Jessica hatte ihr linkes Bein über das Rechte geschlagen und blickte Krieger mit feuchten Augen verzweifelt an: „Ich habe versucht, mir den Schuh auszuziehen - es tut so schrecklich weh!" Jessica hatte den breiten, stylischen Fesselriemen geöffnet und versucht, ihren Schuh vom Fuß zu ziehen. Ein brennender Schmerz war die Folge gewesen. Ein kleiner Tropfen Blut lief über die Innensohle des Schuhs. Offensichtlich hatte sich die Haut an ihren Zehen und Ballen vollständig abgerieben. Das rohe Fleisch hatte sich mit der Zehenkappe des Ballerinas verklebt. Verzweifelt sah sie Krieger an. „Ich helfe dir", sagte er erleichtert und außer Atem. Er hatte schon mit dem Schlimmsten gerechnet. Vorsichtig kniete er sich vor Jessica hin und fühle erst mal wie stark der Schuh mit Jessicas Fuß verklebt war. Dann sagte er „Zähne zusammenbeißen!", und dreht den Schuh mit einer energischen Bewegung von ihrem Fuß. Jessica schrie auf. Sie konnte gar nicht hinsehen. Auch Krieger fuhr Jessicas Schmerzensschrei in die Glieder. Der Fuß sah wirklich arg mitgenommen aus. „Heh, noch alles dran!", beruhigte Krieger, „laß mal ein wenig die Luft dran, dann verbinde ich dich." Jessica nickte und eine Träne kullerte über ihre Wange. Nicht nur der

Schmerz, sondern auch die ungewisse Situation und die Ausweglosigkeit zehrten langsam an den Nerven der sonst so toughen PR-Managerin. Manchmal wünschte man bzw. Frau sich eben auch als erwachsener Mensch, es käme plötzlich der Vater oder die Mutter in den Raum, würde einen umarmen, trösten und dann an der Hand nehmen und einen nach Hause bringen. Doch stattdessen war sie hier, mit einem Mann, den sie kaum kannte. In einem halb verfallenen Gemäuer, in der Gluthitze Afrikas, womöglich verfolgt von Menschen, denen sie zuvor vertraut hatte. Ihr Fuß tat fürchterlich weh und zu allem Überfluß, hatte das Wasser in den Feldflaschen - aller Sparsamkeit zum Trotz - bereits merklich abgenommen. Selbst Krieger, der nicht für seine übermäßige Empathie bekannt war, spürte Jessicas Verzweiflung. Er setzte sich neben sie und legte seine Hand auf ihre Schulter: „Wir schaffen das, wir stehen das durch. Und wenn wir wieder in Europa sind, werden wir einigen Menschen gehörig in den Hintern treten!" Jessica nickte. Krieger nahm den Rucksack und holte die zwei Erdnußriegel heraus, die noch von der Verpflegung übrig waren. Einen gab er Jessica: „Bitteschön, ich glaube, das haben wir uns jetzt verdient!"

Mit Höchstgeschwindigkeit hatte Hofer den Piloten zurück zum Ort der Explosion fliegen lassen. Dieser wunderte sich ein wenig, warum Hofer sonst niemanden mitgenommen hatte. Aber unnötige Fragen zu stellen gehörte nicht zu den Tugenden einer militärischen Ausbildung, daher sagte er nichts. Hofer schien in Gedanken versunken zu sein. Als sie endlich ihr Ziel erreicht hatten, stieg Hofer aus und lief zielgerichtet in Richtung der Klippe. Krieger und Slade konnten nur überlebt haben, wenn sie dort runtergesprungen waren. Das würde bedeuten, sie mußten die Bombe rechtzeitig entdeckt haben. Hatte Krieger womöglich so schnell herausgefunden, daß es sich um den falschen Combot gehandelt hatte? Die beiden waren nicht dumm, so viel stand fest. Auch wenn sie die tatsächlichen Zusammenhänge nicht ahnen konnten, war ihnen sicher klar gewesen, wer dafür verantwortlich sein mußte. Ebenso klar mußte ihnen gewesen sein, daß er sie mit diesem Wissen nicht davonkommen lassen konnte. Der Major beugte sich, so weit es ging vornüber. Irgendetwas glänzte da am Felsen im Licht der tiefstehenden Sonne. Was auch immer es war, es lag auf einem kleinen Felsvorsprung. Von oben kaum zu sehen. Hofer legte sich auf den Bauch und streckte seinen Arm danach aus. Es fehlte jedoch noch ein ganzes Stück. Er robbte sich, so weit er konnte, an die Kante und streckte nochmal seinen Arm aus. Endlich bekam er das glänzende Ding zu fassen und zog es herauf. Als er es betrachtete, waren seine letzten Zweifel verflogen. In der Hand hielt er Jessica Slades verspiegelte Sonnenbrille. Sie war weder verbogen, noch versengt oder anderweitig beschädigt. Sie konnte der Explosion nicht direkt ausgesetzt gewesen sein. „Jaja", murmelte der Major vor sich hin, „Bei 6000°C verdampft? Wohl eher nicht!" Er rappelte sich auf und trottete zurück zu der staubigen Straße. Er nahm die Hand an den Kopf um nicht von der Sonne geblendet zu werden und spähte in beide Richtungen bis zum Horizont an der Straße entlang. „Wohin bist du gegangen, Krieger?", sprach er weiter mit sich selbst, „Nach Norden, nach Süden oder ins Landesinnere?" Im Prinzip konnte nur der Norden einen Sinn ergeben - dort gab es Städte, die sie vielleicht erreichen konnten. Im Süden gab es weit und breit nichts und im Landesinnerern wäre die Sahara ihr sicheres Todesurteil. Aber vielleicht hatte Krieger sich gerade deswegen entschieden nicht in den Norden zu gehen um ihn ins Leere laufen zu lassen? „Verdammt!", kam es dem Major in den Sinn, „Hatte die Frau vielleicht in ihrer Tasche ein Sattelitentelefon gehabt?" Wie auch immer - er mußte sie finden und für immer zum Schweigen bringen. Auf den Helikopter zulaufend deutete er dem Piloten bereits an, die Turbinen wieder zu starten. Dabei fiel ihm ein: Im Südosten lag der Wadi mit dem Pflanzenbewuchs. Ihre letzte Station, bevor sie den Combot gefunden hatten. Vielleicht versteckten sie sich dort? Sie hoben ab. Hofer instruierte den Piloten an der Küste entlang nach Süden zu fliegen und dann in Richtung des Wadis.

Krieger hatte sich wieder vor Jessica hingekniet und damit begonnen, ihren Fuß mit einer der Binden, die er aus dem Verbandskasten des Hubschraubers mitgenommen hatte, zu verbinden. Er achtete darauf, den Verband nicht zu dick werden zu lassen. Der Fuß mußte auf jeden Fall noch in den Schuh passen. Als er fast fertig war, grinste er Jessica an: „Der Mann kniet vor dir und kümmert sich um deine Füße! - Eigentlich müßtest du dich jetzt wie eine Domina fühlen, oder?" Jessica mußte kichern. Aufgrund ihrer kühlen Ausstrahlung und ihrer selbstsicheren Art, hatte sich in der Vergangenheit schon so mancher Mann von ihr gewünscht, in die Rolle der Domina zu schlüpfen. Aber Krieger fehlte dazu ganz offensichtlich die Veranlagung. Zum Glück, das hätte sie nur genervt. Jessica fühlte sich nicht wirklich zur Domina berufen. Sie war es gewohnt sich bei der täglichen Arbeit durchzusetzen und wenn es sein mußte dominant aufzutreten. Im privaten Bereich und in der Erotik wollte sie sich lieber zurückhalten und fallen lassen können. Unterbewußt freute sie sich jedoch, daß Krieger sie auf andere Gedanken gebracht hatte. Keck antwortet sie: „Pah, das reicht dafür ja wohl noch lange nicht! Du hast ja nicht mal meine Zehen geküßt! Sei froh, daß ich meine Reitgerte nicht dabei habe, sonst hätte ich dir damit jetzt den Hintern versohlt!" „Reine Vorsichtsmaßnahme", entschuldigte sich

Krieger schlagfertig, „ich bin ein wenig hungrig, und zur Not geht's ja vielleicht auch mal ohne Pommes und Kräuterbutter." „DU!!", schimpfte Jessica theatralisch, und zuckte mit ihrem fertig verbundenen Fuß zurück, „denk nicht mal dran, ich hab' nur noch den einen!" Krieger stand auf und sah von oben auf sie herunter. Ihr T-Shirt hatte keinen all zu tiefen Ausschnitt, aber es war figurbetont geschnitten. Jessicas feste, wohlgeformte Brüste zeichneten sich deutlich darunter ab. „Na zum Glück hast du von anderen Körperteilen noch beide!", scherzte der Ingenieur und zwinkerte ihr dabei zu. „Ist doch nicht zu fassen!", empörte sich Jessica und hielt sich die Hände vor die Brüste. „Ja genau! *Beide Hände* meinte ich natürlich!", ließ sie Krieger auflaufen. Die beiden mußten herzlich lachen. Es tat verdammt gut in dieser Situation. „Du brauchst Krücken, wenn wir morgen weitergehen wollen", fand Krieger den Weg zur Ernsthaftigkeit zurück. Er versuchte dabei, zuversichtlich zu wirken. „Stimmt", gab Jessica zu, „sonst komme ich wohl nicht sehr weit - es sei denn du trägst mich!" „Na sooo weit, daß ich dich auf Händen trage sind wir wohl noch nicht, oder?", nahm Krieger den erneut scherzhaft zugespielten Ball auf. „Zumal wir dann vermutlich noch viel weniger weit kämen", führte er den Gedanken fort. „Tja, Herr Ingenieur, dann lassen Sie sich mal was einfallen!", klang Jessica plötzlich wieder wie die kühle Mrs. Slade in einem Meeting. Krieger fühlte sich herausgefordert, was die studierte Psychologin auf gar keinen Fall beabsichtigt hatte. Er fing eilig an, das ganze Gelände nach etwas abzusuchen, was sich als Krücke verwenden ließ. Es mußte doch mit dem Teufel zugehen, wenn er da nichts finden würde. Leider stand die Sonne schon sehr tief - all zu lange würde es nicht mehr hell sein.

Das war auch Major Hofer klar, nachdem sie das in Frage kommende Gebiet mehrfach überflogen hatten ohne eine Spur von den beiden zu finden. Ärgerlich befahl er dem Piloten, zum Ausgangspunkt zurückzukehren und von dort aus der Straße nach Norden zu folgen. Die Minuten vergingen, bis der Helikopter wieder die Stelle überflog, wo alles begonnen hatte. Sie folgten der Straße einige Kilometer bis zu einem Stück, wo sie von Sand bedeckt war. In einiger Entfernung ließ Hofer den Piloten landen. Zu Fuß machte er sich auf den Weg zu dem sandigen Straßenstück. Dort fand er, was er vermutet hatte: Fußspuren. Und nicht irgendwelche Fußspuren, sondern etwas größere, tiefere, die vermutlich von einem Mann hinterlassen worden waren und kleinere, etwas verschliffene, wie von einer humpelnden Frau. Er spähte der Straße nach in den Horizont. Die Sonne war fast unter gegangen. Es hatte keinen Sinn mehr heute weiter zu suchen. Aber er sah auch weit und breit keine Möglichkeit, sich zu verstecken. Morgen würde er der Straße folgen und sie sicher finden. Jetzt mußte er erst mal zurück und alles organisieren. Der Großteil der Soldaten würde vermutlich schon abgeflogen sein, aber das war auch ganz gut so. Mit etwas mulmigem Gefühl dachte der Major mit dem kantigen Kinn daran, daß er auch noch ein unangenehmes Telefonat zu führen hatte.

Krieger hatte einstweilen buchstäblich jeden Stein auf dem Gelände umgedreht, ohne das passende Material für auch nur eine Krücke gefunden zu haben. Das Holz aus der Dachkonstruktion hatte sich als viel zu spröde erwiesen und auch in den Nebengebäuden hatte er nichts gefunden, das er hätte verwenden können. Enttäuscht stand er auf der Terrasse des Hotels und blickte in die untergehende Sonne. Jessica hatte sich an den Rand des leeren Pools gesetzt, auf dessen ausgebleichtem Boden auch nur -

wie überall - Sand, Staub, Scherben und vertrocknete Palmwedel zu finden waren. Krieger drehte sich zu Jessica um und wäre um ein Haar hineingestolpert. Da kam ihm eine Idee: Der Pool! Er umrundete das leere Bassin und suchte nach einer Klappe oder einer Falltüre. Irgendwo mußte doch der Eingang in den Raum sein, in dem die Pooltechnik untergebracht war - oder Untergracht gewesen war. Er hoffte darauf, vielleicht noch irgendwelche Rohrleitungen zu finden. Nach kurzer Zeit hatte er tatsächlich den Zugang gefunden. Am Fuße der Terrasse, um die Ecke, unter einigen Palmen gab es eine kleine Metalltüre. Sie war verschlossen. Das war gut. Möglicherweise hatte sich nie ein Plünderer dafür interessiert. Krieger rief Jessica zu, was er gefunden hatte. Diese hatte inzwischen ihren Schuh wieder angezogen und humpelte neugierig zu ihm. Als sie bei ihm eintraf, hatte Krieger bereits sein Taschenmesser in der Hand und versuchte, die Schrauben des Schlosses herauszudrehen. Die mehrfach überlackierten, alten Schrauben wehrten sich vehement. Doch schließlich gab auch die Letzte nach und das Schloß fiel innen herunter. Gemeinsam versuchten Krieger und Jessica, die Türe mit ihren Fingernägeln auf zu ziehen. Knirschend gaben die rostigen Scharniere nach und die Türe ging auf. Abgestandene, heiße Luft waberte ihnen entgegen. In dem Raum war es stockdunkel. Krieger tastet sich voran. Es schien ein schmaler Gang zu sein. Er war noch nicht sehr weit gekommen, da stolperte er beinahe über irgendeine Konstruktion, die dort am Boden verschraubt war. Eine Pumpe! Sehr gut! Wenn die Pumpe noch da war, dann hatte sicher auch niemand die Rohre abgeschraubt. Leider sah er seine Hand vor Augen nicht. Jessica erkannte die Situation und hatte die Idee: „Mein Handy! Damit können wir leuchten!" So schnell es ihr schmerzender Fuß erlaubte, eilte sie zurück auf die Terrasse und holte ihr Handy aus dem Rucksack. Sie schaltete das Fotolicht ein und brachte es Krieger. Neugierig blickten die beiden nun in den fahl erleuchteten Gang. Da waren sie! Kunststoffrohre! - mehr als genug um zwei Krücken daraus zu basteln. Krieger folgte dem Gang bis zu seinem Ende. Hier ging es noch mal um eine Ecke, was von vorne nicht zu sehen gewesen war. In der Ecke war ein staubiges Regal angebracht. Krieger machte vor Freude einen kleinen Luftsprung, was zur Folge hatte, daß er sich den Kopf an der niedrigen Decke stieß. Den Schmerz ignorierend rief er aufgeregt: „Jessica, schau was ich gefunden habe!" Die zierliche, junge Frau folgte dem fahlen Licht, bis sie neben Krieger stand. In dem leicht nach hinten versetzten Regal stand eine offene Werkzeugkiste mit allen möglichen Werkzeugen, die offenbar mal zur Poolwartung benutzt worden waren. Außerdem lagen dort Dichtungen und einige andere Ersatzteile herum. Voller Glück griff sich Krieger eine große Wasserpumpenzange, die direkt oben auf lag. Sie war verrostet, aber sie würde ihren Dienst tun. „Damit kriegen wir's hin!", frohlockte er. „Was ist denn das da unten?", fragte Jessica, und deutete auf einige große Kanister, die unter dem Regal standen. „Vermutlich Reinigungsmittel", mutmaßte Krieger und zog einen davon hervor. Er war schwer und offensichtlich bis oben hin gefüllt. Krieger schraubte den quietschenden Verschluß auf und roch daran. Beißender Geruch stieg ihm in die Nase. „Ich glaube, das ist Benzin!", jubelte Krieger. Ungeduldig prüfte er die anderen und fand noch zwei weitere volle Benzinkanister. Jessica, die Kriegers Euphorie nicht ganz verstehen konnte, gab zu bedenken: „Toll, jetzt brauchen wir nur noch ein Auto! Oder wir können ein Feuer anmachen und uns daran wärmen." „Jessica, verstehst du nicht?", schaute sie Krieger fragend an und erklärte: „Wir sind hier in Afrika! Benzin gibt es hier schon lange nicht mehr - es ist wertvoller als Gold! Wir können es zwar nicht mitnehmen, aber wir wissen wo welches zu finden ist. Diese Information kann uns unter Umständen mal das Leben retten!" „Aha, wenn du meinst", zweifelte Jessica, „ein warmes Feuer in der Nacht wäre mir lieber." „Das sollten wir hier tunlichst unterlassen", schüttelte Krieger den Kopf, „Ein Feuer sieht man bei der Dunkelheit in diesem Land bestimmt kilometerweit. Wer weiß, wer uns dann hier besuchen kommt? Ich vermute, es ist nicht mehr all zu weit bis zur nächsten Stadt. Niemand baut ein Hotel mitten ins Nichts. Man benötigt ja auch Personal und Verpflegung und so weiter." Jessica nickte. Sie schoben die Benzinkanister wieder unter das Regal und Krieger machte sich daran, die Rohre abzuschrauben. Draußen war mittlerweile die Sonne unter gegangen, aber der Mond leuchtete hell auf die Terrasse des Hotel Atlantique. Krieger hatte das Material auf die Terrasse gebracht und bastelte geschickt mit Rohrbögen und T-Stücken richtig brauchbare Krücken für Jessica. Zum Schluß achtete er darauf, alle Reste wieder in dem Raum verschwinden zu lassen um keine unnötigen Spuren zu hinterlassen. Die Türe zu dem Wartungsraum verkeilte er möglichst unauffällig mit einem Stein. In der Lobby hatte es sich Jessica mittlerweile, so gut es ging, gemütlich gemacht. An einer Ecke hatte der Wind im Laufe der Jahre eine erhebliche Menge Sand aufgehäuft. Während Krieger die Krücken gebastelt hatte, hatte Jessica dort alle gröberen Verschmutzungen entfernt. So konnten sich die Beiden mit ihren Isolierdecken auf dem Sand niederlassen und über die Terrasse aufs Meer hinausschauen, in dem sich das Mondlicht spiegelte.

„Wir haben ein Problem!", informierte Hofer seinen Kontakt verärgert über das Sattelitentelefon. Er stand wieder zum ungestörten Telefonieren alleine am Rande des Vorfelds. Knapp und sachlich schilderte er die Situation. Sein Gesprächspartner hörte aufmerksam zu, dann antwortete die verzerrte Stimme aus dem Hörer: „Regeln Sie das! Die Beiden dürfen auf keinen Fall wieder auftauchen. Wir haben sie bereits für tot erklärt und entsprechende Maßnahmen getroffen! - Und Hofer: Lassen Sie keine Zeugen zurück!" „Natürlich nicht", brummte Hofer und legte auf. Das Ganze paßte ihm gar nicht. Er verstand sich als Soldat. Zwei verräterische Zivilisten aus dem Weg zu schaffen, wenn es der Auftrag verlangte, war die eine Sache. Aber das hier lief darauf hinaus, daß er zum Schluß womöglich auch Kameraden ermorden mußte. „Das kotzt mich an!", schrie er unverhohlen in die Dunkelheit hinaus. Aber dann sammelte er sich und marschierte zurück zum Hangar, wo nur noch eine Hand voll Soldaten ausharrten. Hofer stellte sich vor sie hin und erklärte: „Männer, unser Auftrag hat sich geändert. So wie es aussieht, haben die zwei Zivilisten die Explosion absichtlich herbei geführt. Vorher haben sie sich natürlich in Sicherheit gebracht. Es sind Terroristen! Sie haben Combots manipuliert und damit ein Massaker an einem Dorf voller unschuldiger Menschen verübt. Leider hat sich erst jetzt herausgestellt, daß diese beiden dafür verantwortlich sind. Sie sind jetzt in Afrika auf der Flucht. Wir müssen sie suchen und gefangen nehmen - wenn es sein muß, liquidieren! Laßt euch von ihrem harmlosen Äußeren nicht täuschen.

Diese Menschen sind zu allem fähig. Eigentlich sind das gar keine Menschen. Alles klar? Nachtlager wieder aufschlagen! Feldrationen ausgeben! Abflug morgen Früh 0600! Wegtreten!"

Showdown

Lauter Motorenlärm weckte Mara Fantini, die eben noch friedlich geschlafen hatte. Sofort fuhr ihr der Schreck in die Glieder. Das konnte nichts Gutes bedeuten. Unwillkürlich dachte sie an den unseligen Combot, der da abgedeckt an der Wand in ihrer Hütte stand. Sie hatte geahnt, daß das Ding Ärger bedeutete. Schnell stand sie auf, schlüpfte in ihr Kleid und stürmte aus der Hütte. Sie kam keine 2 Meter weit, da stoppte sie ein kräftiger Mann. Er packte sie unsanft am Arm, zog sie zu sich her und hielt ihr augenblicklich ein Messer an die Kehle. Der Angreifer war ein groß gewachsener Araber. Seine schwarzen Augen stachen bedrohlich aus seinem bärtigen und vernarbten Gesicht hervor. Er trug eine rote Kufiya, das traditionelle Arabische, gewickelte Kopftuch. Bekleidet war er mit einer alten, verschlissenen Militäruniform. Er war nicht alleine gekommen. Auf der Ladefläche des alten, japanischen Pick-ups, den sie mitten auf dem Dorfplatz abgestellt hatten, saßen drei nicht weniger bedrohlich aussehende Männer. Ein weiterer Araber und zwei Farbige. Auch sie trugen Militäruniformen und waren mit Macheten bewaffnet. Ein vierter, dunkelhäutiger Mann stand neben dem Araber und fletschte grimmig seine weiß hervorblitzenden Zähne. Es waren noch nicht viele der Dorfbewohner auf den Beinen. Langsam konnte man sehen, wie immer mehr Köpfe vorsichtig aus den Hütten auf den Dorfplatz spähten. „Ruf deine Leute zusammen!", befahl der Araber Mara, sie sollen sich alle hier aufstellen. Wen wir noch in den Hütten erwischen, der ist tot!" Mara versuchte, sich zu sammeln und nicht in Panik auszubrechen. Sie hatte solche Situationen doch schon so oft durchgestanden. Immer wenn diese Bande wieder irgendwo Sprit für ihr klappriges Gefährt aufgetrieben hatte, machten sie eine Plündertour und stahlen, was nicht niet- und nagelfest war. Sie hoffe nur inständig, daß sie diesmal niemanden verletzen würden. Der ungepflegte Araber, der sie festhielt, hieß Nasir. Er war bekannter Maßen der Chef der Bande. Mara sprach ihn direkt an: „Nimm dein Messer weg, Nasir. Du mußt mich nicht bedrohen. Du weißt doch, daß wir Gewalt ablehnen. Es droht dir hier keine Gefahr." Mara holte Luft und rief mit lauter Stimme die Leute des Dorfes zusammen. Alle folgten ihr und versammelten sich auf dem Dorfplatz, keiner blieb zurück. Nasir ließ sich nicht einlullen und hielt Mara weiterhin das Messer an den Hals. „Was willst du, Nasir?", fragte Mara mit gespielt gleichgültiger, ruhiger Stimme, „du weißt doch, daß wir nichts besitzen. Da hinten in der Hütte sind die Gewehre. Du kannst sie alle mitnehmen - wir haben sowieso keine Verwendung dafür." Mara deutete auf eine kleine Hütte in einigen Metern Entfernung. Nasir gab seinem Begleiter mit dem Kopf einen Wink. Dieser stapfte zu der Hütte und ging hinein. Einige Augenblicke später kam er wieder heraus und winkte mit einer alten Kalaschnikow zu Nasir herüber. Dann ließ er die Maschinenpistole achtlos, mit theatralischem Desinteresse neben sich auf den Boden fallen. Nasir schnaubte Mara an: „Wir sind nicht an Euren nutzlosen Gewehren interessiert. Wir wollen Eure Vorräte! Fleisch, Milch, Dattel, Oliven, Brot und was Ihr sonst noch habt!" Dann rief er den Leuten auf dem Pick-up zu: „Durchsucht die Hütten! Nehmt alles mit!" Die Männer sprangen von der Ladefläche und begannen eine Hütte nach der anderen zu durchsuchen. Sie wurden jedoch kaum fündig. Nasir reagierte zunehmend ungehalten. Von irgendetwas mußten diese Dorfbewohner doch leben! Sicher hatten sie die Lebensmittel gut versteckt. Er wies seine Leute an, gründlicher zu suchen. Mara versuchte, den Bandenchef zu beschwichtigen: „Nasir, wir sind arm - das siehst du doch. Du hast bei uns noch nie etwas Lohnenswertes gefunden, weil wir nichts haben! Warum vergeudest du immer wieder euer wertvolles Benzin? Laßt uns doch einfach in Ruhe." „Halts Maul!", reagierte Nasir ungehalten und stieß Mara auf den Boden. Wütend schrie er sie an: „Wenn du eine richtige Frau wärst, dann würde ich dich jetzt ...!" Wildes Geschrei aus einer Hütte unterbrach ihn mitten im Satz. Nasir schaute auf. Mara schloß die Augen und betete, aber es half nichts. Sie hatte die Stimme bereits erkannt. Die Plünderer hatten Mubali gefunden! Von einem Ohr bis zum anderen grinsend, stolzierte einer von ihnen aus der Hütte, aus der das Geschrei gekommen war. Über seiner Schulter hatte er eine wild zappelnde und hysterisch keifende, junge Frau. Sie trommelte mit ihren Fäusten auf den Rücken des Angreifers, doch dieser hielt sie mit eisernem Griff fest. „Was ist das denn?", wunderte sich Nasir, „Ihr habt eine Frau? Und du sagst, bei euch gäbe es nichts Lohnenswertes!?" Zielstrebig marschierte Nasir auf seinen Helfershelfer zu. Die Frau, die dieser gefunden hatte, mochte Mitte zwanzig sein und hatte eine wunderschöne, zarte Haut. Prüfend schob Nasir seine Hand unter das einfache Kleid und zwischen ihre Beine. Zufrieden kommentierte er: „Oh ja, eine richtige Frau! Mit dir werden wir viel Spaß haben!" „Laß sie in Ruhe, Nasir!", schrie Mara mit bebender Stimme. Aber der Mann mit der traditionellen Kopfbedeckung und dem Vollbart dachte nicht daran. Im Gegenteil. Er befahl, Mubali zu fesseln und auf den Wagen zu laden. Ohne Mara weitere Beachtung zu schenken, wies er seine Männer an, noch mal genau in allen Hütten zu suchen. Vielleicht gab es hier ja noch mehr Frauen? Eine Hütte nach der anderen wurde durchstöbert. Plötzlich schrie eines der Bandenmitglieder, als ob es den Teufel persönlich gesehen hätte: „Nasir! Nasir!!!". Schnellen Schrittes eilte der Bandenchef hinüber. Das Gebrüll kam aus Maras Hütte. Wie angewurzelt blieb er in der Türe stehen, als er den Grund für das Gebrüll erkannte. In der Ecke stand ein

Combot! Seine Kameras und Waffen schienen auf ihn gerichtet zu sein! Ganz langsam und vorsichtig wich Nasir mit kleinen Schritten zurück. „Aufsitzen!", brüllte er seinen Männern panisch zu, während er sich umdrehte und selbst in Richtung des Pick-ups rannte, „wir hauen ab! Los, Los!" Noch bevor alle aufgestiegen waren, startete Nasir den Motor. Der letzte Mann saß noch nicht richtig, da gab er bereits Vollgas. Die Reifen wirbelten Sand und Steine auf. Die Männer und ihre „Beute" wären um ein Haar von der Ladefläche gepurzelt. Mit heulendem Motor brauste der Pick-up davon. Mara sah dem Wagen nach, als er langsam, eine Staubwolke hinter sich herziehend, am Horizont verschwand. „Mubali", flüsterte sie verzweifelt. Dann drehte sie sich um und sah durch die Türe ihrer Hütte den Combot an.

Jessica Slade schlug langsam die Augen auf. Die Morgensonne bestrahlte die Blätter der Palmen. Sie streckte sich. Bequem war der Sand nicht gewesen, aber deutlich bequemer als der Hubschrauber. Sie fuhr sich mit der Zunge über die Zähne, die von der salzigen Luft ganz rau waren. „Ein Königreich für eine Zahnbürste!", murmelte sie und hielt Ausschau nach Krieger. Dieser saß am Rand des Pools und schien die Morgensonne zu genießen - oder zu grübeln. „Guten Morgen", rief Jessica ihm zu. „Guten Morgen Jessica!", antwortete ihr der Ingenieur, „Na wie geht es dir heute Morgen? Was macht der Fuß?" „Das kann ich dir sagen, wenn ich aufgestanden bin", stöhnte Jessica und rappelte sich auf. „Ich habe gerade darüber nachgedacht, ob es möglich wäre, mit den Resten der Pooltechnik Meerwasser für uns zu destillieren", informierte sie Krieger, meine Flasche ist fast leer - wie sieht es bei dir aus?" „Genau so", bestätigte Jessica, „meinst du, das klappt mit dem Destillieren?" „Klappen wird es ganz bestimmt", war Krieger guten Mutes, „Aber ob es genügen wird?

Und es wird dauern!" Plötzlich hörte Krieger ein vertrautes Geräusch. Er drehte den Kopf. Es kam aus Richtung Süden. Auch Jessica hörte es jetzt. Es war das Geräusch eines Hubschraubers. „Hofer!" Riefen sie fast im selben Moment. „Wir müssen uns verstecken!", rief Jessica und schnappte ihre Krücken. Es blieb keine Zeit zum Nachdenken. Die Maschine kam schnell näher. Krieger sprang auf und lief, so schnell er konnte von der Terrasse in die Lobby, wo er von oben nicht gesehen werden konnte. Jessica und er kauerten sich ins Treppenhaus und lauschten. Der Hubschrauber flog langsam eine Runde um das Hotel und setzte dann bei der Straße zur Landung an. „Wir müssen hier weg!" Bemerke Jessica aufgeregt. „Wir gehen in den Technikraum!", entschied Krieger spontan. Dieser Raum hatte so viele Jahre niemanden interessiert, vielleicht übersahen ihn auch die Soldaten? Krieger packte den Rucksack und Jessica ihre Krücken. In Windeseile rannten sie über die Terrasse, die Treppen hinunter und um die Ecke, wo die Palmen wuchsen. Sie öffneten die quietschende Türe und stürmten hinein. Es blieb keine Zeit, um das Handy aus dem Rucksack zu holen. Diesmal stieß Jessica gegen die Pumpe am Boden, aber zum Glück mit der Prothese, was ihr entsprechende Schmerzen ersparte. Sie taumelte vorwärts und konnte sich gerade noch abfangen. Krieger zog die Tür hinter ihnen bis auf einen winzigen Spalt zu. Sie tasteten sich weiter, bis an die hintere Wand und drängte sich um die Ecke zu dem Regal. Mit etwas Glück waren sie so selbst dann nicht zu sehen, wenn jemand doch die Türe öffnen und mit einer Taschenlampe hineinleuchten sollte. Es war totenstill. Man hätte eine Stecknadel fallen hören können. Jessica und Krieger hielten den Atem an. Durch den Pool und die Rohre konnten sie recht gut hören, was oben geschah.

„Ausschwärmen, Gebäude sichern, alles durchsuchen!", befahl Hofer in seiner gewohnten, militärisch-knappen Art. Das Team bestand aus vier Soldaten. Sie stürmten mit schußbereiten Sturmgewehren in das Hotel. Hofer folgte ihnen. Sie sahen sich in der Lobby um und peilten die Lage. Es schien ungefährlich zu sein. Jeweils ein Soldat pirschte sich in jeden Flügel des Gebäudes. Einer lief die Treppe nach oben und einer sicherte die Lobby und die Terrasse. Sofort fiel dessen Blick auf das bunte Verpackungspapierchen, das der Wind in eine Ecke geweht hatte. Es stach aus dem graubraunen Dreck, der überall lag, wie ein Blinklicht hervor. Der Soldat hob es auf. Es gehörte zu einem Erdnußriegel. Genau solche Riegel hatten vor zwei Tagen der Verpflegung beigelegen. „Herr Major, schauen Sie!", meldete er Hofer seinen Fund sofort, „die Verräter müssen hier gewesen sein!" „Vielleicht sind sie es noch!", zischte Hofer und deutete dem Soldaten an, leise zu sein. Mit allen Sinnen, wie ein sprungbereiter Leopard auf der Jagd, durchsuchten die Mitglieder des Teams alle Winkel des Hotels. In ihrem Versteck konnten Jessica und Krieger die schweren Stiefel der Soldaten hören, wie sie über ihnen immer näher kamen und sich wieder entfernten. Plötzlich versuchte jemand, die quietschende Türe zu öffnen. Jessica drückte sich, so weit sie konnte nach hinten, ganz an Krieger heran. Er roch ihren Schweiß und fühlte ihre Haare in seinem Gesicht. Plötzlich klapperte etwas in dem Regal hinter ihnen, an das sie sich drückten. „Mist!", dachte Krieger, „hoffentlich hat der das nicht gehört!" Der Soldat hatte die Türe geöffnet und betrat den schmalen Gang. Er schaltete die Lampe am Lauf seines Sturmgewehrs ein und leuchtete nach hinten. Ihm war so, als hätte er da ein Geräusch gehört. Er ging noch einen Schritt weiter und lauschte. Krieger spürte, wie Jessicas Herz bis zum Hals schlug. Plötzlich hörte man deutlich, wie über ihnen auf der Terrasse schwere Soldatenstiefel trampelten. „Keine Spur von den Verrätern!" Meldete ein Soldat seinem Befehlshaber und ein anderer ergänzte: „Oben sind sie auch nicht!"

Der Lichtkegel der Lampe, der eben noch bedrohlich nahe in ihre Richtung gewandert war, schwenkte wieder nach vorne. Der Soldat hatte genug gesehen und das Geräusch war sicher von der Terrasse gekommen. Er zog ab und kurz darauf meldete auch er dem Major, keine Spur von den beiden gefunden zu haben. Jessica und Krieger atmeten leise durch, doch sie waren noch nicht außer Gefahr. Das Team hielt sich immer noch auf der Terrasse auf. Ein lautes Geräusch und sie würden sie finden. Nach kurzer Zeit schienen sich alle Soldaten auf der Terrasse versammelt zu haben. Auch der letzte Soldat hatte inzwischen den Mißerfolg seiner Suche vermeldet. Hofer dachte laut nach: „Wir haben Spuren von den beiden gefunden, die in das Hotel hineinführen aber keine die herausführen! Entweder sind sie noch hier, oder sie sind mit dem Fahrzeug geflohen dessen Reifenspuren wir vor dem Hotel gesehen haben." „Vielleicht haben hier Komplizen auf sie gewartet?", mutmaßte einer der Soldaten. „Möglich", stimmt der Major zu, „aber um sicher zu gehen, werden wir alles noch mal gründlich durchsuchen. Dann fliegen wir weiter der Straße nach. Bis zur nächsten Stadt ist es nicht mehr all zu weit. Vielleicht finden wir den Wagen irgendwo. Es dürfte nicht sehr viele fahrende Autos hier geben." Die Soldaten schwärmten erneut aus. Es wurde noch mal brenzlich, als einer von ihnen die Türe zu dem Gang öffnete wo Jessica und Krieger sich nach wie vor versteckt hielten. Aber er leuchtet nur hinein und kam nicht näher. Nach einiger Zeit hörten die Verfolgten nichts mehr von den Soldaten. „Sind sie weg?", flüsterte Jessica Krieger zu. „Ich schaue mal kurz" flüsterte er zurück und pirschte sich den dunklen Gang entlang in Richtung der Türe. Vorsichtig spähte er hinaus und horchte. Er wagte es noch nicht, ins Freie zu treten. Die Turbinen des Hubschraubers wurden hoch gefahren. Immer schneller drehte sich der große Rotor und die Maschine hob ab. Zum Glück war Krieger noch in seinem Versteck geblieben, denn der Helikopter drehte noch ein mal eine langsame Runde um das Hotel, bevor er sich dann endgültig entfernte.

Zögerlich krochen Jessica und Krieger aus ihrem Versteck. Das grelle Licht der vormittäglichen Sonne blendete ihre Augen, die sich an die Dunkelheit in dem fensterlosen Technikraum gewöhnt hatten. „Soso", meinte Jessica verächtlich, „für die sind *wir* also die Verräter?!" „Wenn du Hofer wärst, was würdest du den Soldaten erzählen?", entgegnete Krieger mit einem Achselzucken. „Und was machen wir jetzt?", fragte Jessica vorsichtig, in der Hoffnung, daß Krieger irgendeine schlaue Idee aus dem Ärmel schütteln würde. Aber leider konnte er damit auch nicht dienen. Sie überlegten sich, ob sie Kriegers Plan mit dem Destillieren von Meerwasser noch mal aufgreifen sollten, doch schnell waren sie sich einig, daß ein Ausharren in dem Hotel sie nicht wirklich weiter bringen würde. Außerdem hatten sie nichts mehr zu essen. Was ihnen Mut machte, war Hofers Aussage, daß es nicht mehr all zu weit zur nächsten Stadt war. Wenn sie der Straße folgten, würden sie vielleicht noch im Laufe des Tages dort ankommen. Andererseits waren sie auf der Straße kilometerweit zu sehen und Hofer und seine Männer waren Immer noch mit dem Hubschrauber irgendwo da draußen. Sie beschlossen daher, daß es das Beste wäre, bis zum Abend zu warten und sich dann im Schutze der Nacht auf den Weg zu machen.

Der Hubschrauber war inzwischen zwei mal über der Stadt gekreist. Hofer und Seine Männer hatten keine Menschenseele zu Gesicht bekommen. In irgendeinem dieser halb verfallenen Häuser konnten sich die Gesuchten versteckt halten. Aber sie waren viel zu wenige, um eine effektive Suche durchzuführen. Sie konzentrierten sich daher auf die Fahrzeuge. In der Stadt standen alle möglichen Autowracks herum. Meistens nur noch verbeultes Blech, völlig ausgeschlachtet. Nur wenige sahen so aus, als könne man mit ihnen überhaupt noch fahren. Doch keines von ihnen schien frischere Spuren hinterlassen zu haben und dicke Staub- und Sandschichten auf den Scheiben sprachen zusätzlich eine deutliche Sprache. Hofer beschlich das mulmige Gefühl, sie verloren zu haben. Verdammt! Sie waren einfach ein wenig zu spät gewesen. Viel Vorsprung konnten sie eigentlich nicht haben. Vielleicht waren sie gleich zur nächsten Stadt weiter gefahren? Hofer wies den Piloten an aufzusteigen und die Distanz zur nächsten Stadt einzuschätzen. Doch dieser deutete warnend auf die Treibstoffanzeige. „Auch das noch!", ärgerte sich Hofer und befahl: „Also gut! Zum Auftanken zurück", danach suchen wir weiter! Wir müssen sie finden!!" Der Pilot wendete die Maschine. Mit Höchstgeschwindigkeit steuerte er zurück zur Basis.

Nasir sah dem abfliegenden Helikopter nach. Auf dem Weg von Maras Dorf in Richtung der alten Straße, hatte er den Hubschrauber am Horizont entdeckt. Blitzschnell hatte er reagiert und den Wagen in der hügeligen Landschaft so gut es ging hinter einem großen Felsen versteckt. Der Hubschrauber schien dann irgendwo beim alten Hotel gelandet zu sein um seinen Weg später in Richtung der Stadt fortzusetzen. Nun verschwand er wieder am Horizont, von wo er gekommen war. Das konnte nur mit diesem mysteriösen Combot zu tun haben, der ihm zuvor so einen Schreck eingejagt hatte. Vielleicht suchten sie ihn? Wie dem auch war, Nasir wußte instinktiv, daß es besser war, nichts damit zu tun zu haben. Als der Hubschrauber nicht mehr zu sehen war, startete er den Motor. Er fuhr zwischen den braunen Felsen hindurch zur Straße und schlug den Weg nach rechts ein. Eigentlich hatte der

Tag ja perfekt begonnen! Sie hatten eine lebendige Frau erbeutet! Wenn etwas noch viel wertvoller war als Benzin, dann eine lebendige Frau! Nasir war sich noch nicht sicher, was er mit ihr anstellen sollte. Er könnte sie für sich behalten, aber vermutlich würde ihn sehr schnell irgendjemand dafür töten. Er könnte sie mit seinen Männern teilen und wenn sie dann tot war, ein „Bankett" abhalten bei dem Ihr Körper als Hauptgang serviert würde. Das würde sicher viel Eindruck bei den anderen Bandenchefs machen. Er könnte sie aber auch meistbietend verkaufen. Solche Touren wie jetzt, zum Einholen von Material, könnte er sich dann sparen. Aber so weit war es ja noch nicht. Noch war nichts entschieden und die Frau saß gefesselt und wimmernd auf der Ladefläche hinter ihm. Nasir folgte der Straße in Richtung der Küste. Die Landschaft wurde zum Meer hin immer flacher. Nur ein einzelner, auslaufender Felskamm verlief rechts, entlang der leicht abfallenden Straße bis vor zum Meer, wo das alte Hotel stand. Nasir schaltete den Motor ab. Kein Tropfen wertvolles Benzin durfte sinnlos verschwendet werden. Von hier aus konnten die Männer den Wagen leicht bis zum Hotel schieben, er rollte noch ein gutes Stück, dann sprangen die Bandenmitglieder von der Pritsche. Nasir brauchte ihnen nichts zu befehlen, sie wußten genau, was sie zu tun hatten. Nahezu lautlos rollte der Wagen voran. Nur das Knirschen des allgegenwärtigen Sands unter den Reifen war zu hören. In der abschüssigen Hoteleinfahrt angekommen stoppte Nasir den Wagen und stieg aus. Er war neugierig, ob die Leute aus dem Hubschrauber irgendetwas verändert hatten. Er schritt voran Richtung der Lobby. Seine Männer folgten ihm.

Krieger und Jessica schreckten auf. Da kamen Schritte näher. Eindeutig! Es näherten sich mehrere Personen. Wo waren die nur so plötzlich her gekommen? „Jetzt ist es aus", dachte Krieger und sprang, so schnell er konnte auf. Er half Jessica auf die Beine. In Windeseile schnappte er sich den Rucksack und rannte auf die Terrasse in Richtung ihres bewährten Verstecks. Jessica sprang ihm mit ihren Krücken hinterher, so schnell sie konnte. Sie hatte die Treppe, die von der Terrasse zum Strand hinunter führte fast erreicht, da rutschte ihr eine Krücke auf dem sandigen Untergrund weg. Sie stieß einen Schrei aus und landete unsanft auf dem Terrassenboden. Um ein Haar hätte sie sich den Kopf gestoßen. Sie konnte sich gerade noch abfangen. Von Jessicas Schrei aufgeschreckt drehte sich der vorausrennende Krieger um. „Verdammt!", stieß er aus und rannte zurück um seiner Begleiterin zu Hilfe zu eilen. Als er den Fuß der Treppe erreicht hatte, stoppte er abrupt. Jessica lag hilflos auf dem Boden der Terrasse. Um sie herum standen drei groß gewachsene, farbige Männer in Militäruniformen und ein bedrohlich wirkender Araber mit einer roten Kufiya auf dem Kopf. Ein weiterer Araber, ebenfalls in einer alten Uniform kam gerade noch dazu. Sie wurden sofort auf ihn aufmerksam. Es war eine bizarre Situation. Offenbar hatten diese Leute genau so wenig damit gerechnet, hier jemanden vorzufinden, wie Krieger und Jessica mit deren Besuch gerechnet hatten. Einen Augenblick lang wußte niemand mit dem anderen etwas anzufangen. Weglaufen würde nichts bringen, dachte sich Krieger, sie würden ihn doch einholen und bei allen baumelten Macheten an ihren Gürteln. Davon abgesehen konnte er Jessica auch nicht alleine lassen. Also trat er die Flucht nach vorne an. Er ging langsam die Treppe hoch und streckte dem Araber, der sich durch sein Kopftuch deutlich von den anderen abhob die Hand hin. Vermutlich war dieser der Chef, oder Befehlshaber oder was auch immer. „Guten Tag", begrüßte Krieger ihn auf Englisch, „mein Name ist Krieger und das hier ist Mrs. Jessica Slade". Er deutete auf Jessica, die seinen Auftritt nutzte um sich wieder aufzurappeln und vom Boden aufzustehen. Nasir sah den Fremden mit zusammengezogenen Augenbrauen an. Vielleicht hatte er ihn nicht verstanden? Jessica wiederholte die Begrüßung noch mal auf Französisch. Einen Augenblick lang war alles still. Dann begann Nasir zu grinsen. Auch seine Männer begannen zu grinsen. Es wurde immer breiter, bis Nasir schließlich in ein herzliches Gelächter ausbrach. Jessica und Krieger wußten nicht, wie ihnen geschah. Irgendwann begannen sie auch zu grinsen. Nasir rief seinen Begleitern auf Arabisch etwas zu. Jessica und Krieger verstanden kein Wort. Jessica sprach Nasir erneut auf Französisch an: "Wir sind hier gestrandet - könnten Sie uns vielleicht zu nächsten Stadt mitnehmen?" Erneut brachen die Männer in schallendes Gelächter aus. Endlich antwortete ihnen der Araber mit dem Vollbart. Er gestikulierte theatralisch und gab sich vollendet charmant: „Guten Tag Mademoiselle Slade, Mein Name ist Nasir. Es freut mich sehr Sie kennen zu lernen. Bitte, seien Sie unser Gast!" Jessica fiel ein Stein vom Herzen. Sie übersetzte für Krieger, der ohne sein Handy und Simultanübersetzungsprogramm außer Jessicas Namen kein Wort verstanden hatte. Nasirs Männer grinsten immer noch. Irgendwie hatte Jessica das Gefühl, als ob dieser seltsame Araber sie gerade vorführte. „Bitte, kommen Sie!", fuhr dieser in dem Moment fort, „Wir müssen hier nur kurz etwas laden, dann nehmen wir Sie gerne mit in die Stadt. Vielleicht kann Ihr freundlicher Begleiter meinen Männern dabei zur Hand gehen?" „Sicher", antwortete Jessica sofort, „wir sind sehr froh, Sie zu treffen! Vielen Dank, daß Sie uns mitnehmen!" Sie übersetzte für Krieger, der sofort nickte und ein freundliches und fragendes Gesicht machte, um seine Hilfsbereitschaft zu signalisieren. Nasir befahl den Männern etwas auf Arabisch. Nasir hob Jessicas Krücke vom Boden auf und reichte sie ihr. Dann wies er mit seiner Hand in Richtung der Lobby, wo es schattig war. Krieger folgte den

Männern, die die Treppe hinauf gingen. Offenbar hatten sie die Leute gefunden, die hier ihr Baumaterial holten. Sie waren wohl vor allem an dem Holz und den Ziegeln interessiert. Jeder nahm sich, so viel er tragen konnte, und ging wieder nach unten. Dann durch die Lobby auf die Straße vor dem Hotel. Dort parkte ein alter Pick-up. Das Material wurde auf die Ladefläche gepackt. Dort saß eine verschüchterte junge Frau, die gefesselt war. Nasir sah den Zweifel in Kriegers Augen. „Eine Diebin!", kommentierte er, und Jessica übersetzte für Krieger. Dieser hatte wie Jessica große Zweifel, ob diesem zu trauen war. Aber angesichts der Lage blieb ihnen gar nichts anderes übrig. Krieger und die Männer stiegen wieder in den zweiten Stock hinauf, um die nächste Ladung Material zu holen. So ging es ein paar mal. Immer weniger von Nasirs Männern halfen mit. Einer nach dem Anderen setzte sich in die Lobby und sah Krieger grinsend bei der Arbeit zu. Schließlich schleppte Krieger alleine. Ihm tropfte der Schweiß in Strömen von der Stirn, aber er wollte keine Schwäche zeigen. Als er gerade wieder oben im zweiten Stock war und das letzte Material schnappte, hörte er ein Kreischen von der Straße her. Er sah aus dem Fenster. Auf der Ladefläche des Pick-ups machte sich offenbar gerade der zweite Araber an die gefesselte, junge Frau heran. Nasir eilte hinzu und schrie ihn barsch an: „Mahmud!". Doch Mahmud ließ sich nicht beirren und sah sich nicht mal zu Nasir um. Dieser wurde wütend und schrie noch mal: „Mahmud!!!" Erneut reagierte Mahmud in keinster Weise. Er bedrängte weiter die junge Frau, versuchte sie zu küssen und sich an ihr zu reiben. Ohne weitere Warnung nahm Nasir seine Machete und hieb Mahmud hinterrücks, mit einem einzigen gewaltigen Schlag, den Schädel ab. Polternd fiel der Kopf neben Mubali auf die Ladefläche. Mahmuds Blut spritze ihr ins Gesicht. Wie in einer Zeitlupe fiel sein lebloser Körper auf die kreischende, junge Frau. Die anderen Männer drängten zur Türe heraus und lachten, als sie sahen, was geschehen war. Krieger, der das ganze vom Fenster im zweiten Stock aus beobachtet hatte, drehte sich angewidert weg. Wenn er etwas im Magen gehabt hätte, dann hätte er es in dem Moment von sich gegeben. Hatte er Jessica nicht noch gewarnt, daß ein Menschenleben hier nicht viel wert sei? Er hoffte nur, daß seine blonde Begleiterin es nicht hatte mit ansehen müssen. Aber sie hatte genug gesehen, um zu wissen, daß sie Nasir auf keinen Fall verärgern durfte, wenn sie und Krieger den Tag überleben wollten.

Krieger hatte Durst. Kurz bevor Nasir und seine Leute aufgetaucht waren, hatten sie den letzten kleinen Rest aus ihren Feldflaschen getrunken. Nach der Schufterei in der afrikanischen Hitze hing ihm nun die Zunge bis zum Boden. Als er die letzte Fuhre Materials auf die Ladefläche des Pick-ups gestellt hatte - direkt neben den Körper des toten Mahmud - war es ihm, als würde man ihm die Kehle zudrücken. Nasir bemerkte es. Wer auch immer der Fremde war - lebendig war er sicher wertvoller als tot. Er kramte auf der Ladefläche des Pick-ups herum, auf der mittlerweile ein ziemliches Chaos herrschte. Doch dann fand Nasir, was er gesucht hatte. Es war eine alte, verwitterte Plastikflasche.

Er winkte Krieger damit, dann warf er sie ihm zu. Krieger drehte den Verschluß auf und trank gierig. Noch nie hatte ihm schales, warmes Wasser so gut geschmeckt. Er leerte die Flasche zur Hälfte, setzte ab, dann trank er noch mal. Dankbar nickte er Nasir zu. Dann kam er auf die Idee, daß Jessica auch durstig sein könnte. Er reichte ihr die Flasche. Auch sie war von den letzten Tagen ziemlich dehydriert und leerte die Flasche bis auf den letzten Tropfen.

Der Hubschrauber war eiligst aufgetankt worden und hatte sich, so schnell es ging, erneut mit dem Suchteam auf den Weg zum

Kontinent gemacht. Hofer war in der Basis zurückgeblieben. Ihm waren Zweifel gekommen, ob sie auf diese Weise zum Erfolg kommen würden. Er wollte eine größere Einheit organisieren und hoffte, daß sein Kontakt im fernen Europa ihn dabei irgendwie unterstützen konnte. So mußten die Soldaten ohne ihn auskommen. Natürlich hatten sie ihre Funkgeräte dabei, aber eigentlich waren sie ja als Techniker bei der Truppe und nicht als Nahkampfeinheit. Das Kommando führte Kowalski, ein blutjunger Unteroffizier. Auch das führte dazu, daß sie alle mit äußerst gemischten Gefühlen auf diese Mission gingen. Zum Glück konnten sie ja vom sicheren Hubschrauber aus operieren. Mit noch etwas mehr Glück, würden sie nicht einmal landen. Dennoch hatte Hofer die Truppe natürlich bestens indoktriniert. Die Mörder und Verräter zur Strecke zu bringen stand über allen persönlichen Bedenken und Befindlichkeiten. Immerhin waren sie ja auch nicht im Kindergarten, sondern bei der Armee! Bald kam Land in Sicht. Der Pilot flog auf direkter Linie in Richtung der Stadt, deren Namen sie alle nicht einmal kannten. Sie passierten die Küste etwas südlich von dem Hotel, daß sie am morgen durchsucht hatten und hielten sich in Richtung Nordost.

Die karge Landschaft unter ihnen und die glühende Sonne, die unbarmherzig herunterbrannte, schuf eine Art Endzeitstimmung. So Mancher von ihnen hätte sich vermutlich an „Mad Max" erinnert gefühlt. Aber das war weit vor ihrer Zeit gewesen. Nachdenklich blickten sie aus dem Fenster. Die Landschaft wurde immer hügeliger. Schroffe, braune Felsen ragten aus dem Wüstenboden empor. Sie passierten die Straße. Sie war gerade, als hätte sie jemand mit einem Lineal in die Karte eingezeichnet und genau so sei sie gebaut worden. Über die Hügel verlief sie auf und ab. „Was ist denn das?", brach einer der Soldaten das Schweigen. Alle drehten ihre Köpfe und versuchten aus dem Fenster einen

146

Blick auf das zu erhaschen, was der Kamerad gesehen hatte. Fuhr da ein Auto? Oder hatte nur der Wind Sand und Staub aufgewirbelt? Doch, da fuhr ein Auto! Unteroffizier Kowalski tippte den Piloten an und zeigte in die Richtung. Der Pilot zog die Maschine in eine steile Kurve und flog auf den Wagen zu. Er fuhr nicht all zu schnell. Beim Näherkommen sahen die Soldaten, daß es sich um einen alten Pick-up handelte. Auf der Ladefläche saßen offenbar ein paar Soldaten, außerdem eine schwarze Frau und ein Weißer. Am Steuer schien ein Araber zu sitzen. Auf dem Beifahrersitz saß eine blonde Frau. Der Hubschrauber flog über die seltsame Combo hinweg, machte kehrt und überflog den Wagen noch mal in geringer Höhe. Der weiße Mann hatte seinen Arm vor das Gesicht geschlagen. Doch Jessica Slade auf dem Beifahrersitz erkannten die Soldaten beim zweiten Überflug sofort. „Das sind sie!", schrie Kowalski aufgeregt und fummelte an seinem Funkgerät herum. Er wollte Major Hofer die gute Nachricht sofort mitteilen. Doch dann überlegte er es sich anders. Er würde die beiden gefangen nehmen und sie dem Major als Überraschung präsentieren. Das dürfte sich auf seine Karriere mehr als förderlich auswirken. Er sprach kurz mit dem Piloten, während seine Kameraden den Wagen nicht aus den Augen ließen. Plötzlich beschleunigte der Helikopter und flog in hohem Tempo, der Straße folgend davon. Jessica hatte die Situation erkannt. Sie versuchte Nasir deutlich zu machen, daß sie unbedingt die Straße verlassen und sich verstecken mußten. Doch Nasir kannte die Gegend wie seine Westentasche. An dieser Stelle gab es keine Möglichkeit dazu. Links der Straße - in seiner Fahrtrichtung - war eine massive Felskette. Keine Vorsprünge, keine Unterbrechung durch die man hätte fahren können. Rechts der Straße begann die Sandwüste. Dort wären sie wie auf einem Präsentierteller weithin zu sehen. Es blieb ihnen nur die Möglichkeit anzuhalten, umzudrehen oder weiterzufahren. „In der Stadt können wir uns verstecken", beruhigte Nasir seine Beifahrerin, „es ist nicht mehr weit." Nasir gab Gas. Die Leute auf der Ladefläche mußten sich festhalten. Sie wurden ordentlich durchgeschüttelt. Nasir schüttelte verärgert den Kopf. Nun war er doch ins Visier der Leute in diesem Hubschrauber geraten. Der Ärger würde nicht lange auf sich warten lassen. Und tatsächlich: Der Ärger wartete hinter der nächsten Kuppe. Als Nasir sie überfuhr und der Blick in die nächste Senke frei wurde, wartete dort - mitten auf der Straße - der Hubschrauber. Soldaten waren ausgestiegen und hatten den Wagen bereits mit ihren Gewehren im Visier. Nasir fluchte wild auf Arabisch und trat auf die Bremse. Die Wirkung war allerdings bei dem völlig überladenen und steinalten Wagen nicht all zu groß. Er hatte nur eine Wahl: Mit Vollgas irgendwie daran vorbei und hoffen. Er visierte den linken Fahrbahnrand an und trat das Gaspedal bis zum Anschlag durch. Damit hatten die Soldaten offenbar nicht gerechnet. Zwei sprangen davon, die anderen beiden begannen wild auf den Wagen zu feuern. Die Reifen wurden getroffen und der alte Pick-up kam ins Schlingern. Drei Kugeln durchsiebten Nasirs Oberkörper. Er verlor die Kontrolle. Der Wagen schleuderte nach rechts. Die Personen auf der Ladefläche konnten sich nicht mehr halten und landeten unsanft im Sand neben der Straße. Dann schleuderte der Wagen nach links. Jessica schloß die Augen. Ihr ganzes Leben schien in Sekundenschnelle an ihr vorbei zu ziehen - und gleich würde es enden. Mit Karacho schoß das klapprige Gefährt direkt in die Pilotenkanzel des Hubschraubers. Der Pilot hatte keine Chance. Es krachte. Der alte Pick-up bäumte sich auf. Die Kanzel des Hubschraubers wurde in Sekundenbruchteilen völlig zerstört. Jessica wurde im Fahrzeug herumgeschleudert und landete genau auf dem sterbenden Nasir.

Holz und Ziegel von der Ladefläche des Wagens wurden hoch in die Luft gewirbelt und prasselten wie ein Hagelschauer hernieder. Es folgte ein Augenblick völliger Stille. Einer der Soldaten war vom schleudernden Fahrzeug getroffen worden und lag tot oder zumindest bewußtlos auf dem Boden. Die anderen standen mit offenem Mund da und konnten die Bescherung kaum fassen. Nasirs Helfer erfaßten die Situation am schnellsten. Sie rappelten sich auf und schlichen sich mit gezückten Macheten an die Soldaten heran. Der Kampf war kurz und heftig. Zwei der Soldaten wurden von Nasirs Leuten niedergestreckt. Der dritte - Unteroffizier Kowalski - drehte sich gerade noch rechtzeitig um und leerte das Magazin seines Sturmgewehrs. Im Kugelhagel brachen die Angreifer zusammen, bevor sie ihn erreichen konnten. Erneut folgte ein Moment der Stille. Schockiert sah sich Kowalski um. Der Hubschrauber war zerstört. Der demolierte Pick-up steckte halb darin. Der Pilot war tot, seine Kameraden ebenso. Die Angreifer auch. Er mußte Hofer informieren! In dem Moment sah er, daß sich dem Pick-up noch jemand bewegte. Es war die Terroristin! Jessica Slade! Kowalski trat näher. Die hübsche, junge Frau hatte eine Platzwunde an der Stirne und blutete, aber sie schien bei Bewußtsein zu sein. Kowalski zerrte an der völlig verbogenen Türe. Mit Mühe bekam er sie ein Stück weit auf. Jessica Slade sah ihn aus halb geöffneten Augen hilflos an. Kowalski griff nun endlich zu seinem Funkgerät, das Gewehr mit der anderen Hand Immer noch im Anschlag haltend. Er richtete die Mündung auf Jessica. Endlich antwortete ihm Hofer. Kowalski machte mit zitternder Stimme Meldung: „Herr Major, Herr Major - wir haben sie!“ Hofer konnte kaum glauben, was er da hörte. „Es hat einen Kampf gegeben“, informierte ihn Kowalski mit immer noch zitternder Stimme weiter, „alle sind tot! Der Helikopter ist zerstört. Ich bin der einzige Überlebende. Ich und die Frau!“ Hofer konnte sein Glück kaum fassen. Da hatte sich sein Problem ja schon fast von alleine gelöst. Er mußte sich zurückhalten um nicht spontan in Jubel auszubrechen. Neugierig fragte er: „Wo ist die Frau?" „Sie sitzt hier vor mir", antwortete Kowalski, „Sie ist verletzt! Was soll ich denn jetzt machen?" „Erschießen Sie sie!" Befahl ihm der Major mit fester Stimme. Kowalski sah Jessica an. Sie war hübsch, sie war verletzt und völlig hilflos. Sie sah so unschuldig aus! „Aber Herr Major!", protestierte Kowalski, „Die Frau ist völlig wehrlos. Sie ist meine Gefangene. Sie können uns einen Hubschrauber schicken ..." Hofer wurde ungeduldig: „Ich habe Ihnen einen Befehl gegeben, Unteroffizier! Erschießen Sie die Terroristin! Sofort!!" Kowalski zitterten die Hände. Er konnte doch nicht eine wehrlose Frau töten. Er war doch Soldat und kein Mörder! Jessica, die immer mehr aufwachte, sah Kowalski mit glasigen Augen von unten an. Der Lauf von Kowalskis Waffe bebte. Hofer brüllte erneut ins Funkgerät: „Erschießen Sie sie endlich! Worauf warten Sie noch!?" Kowalski schloß die Augen und drückte ab.

„Klick" machte der Schlagbolzen, seines leer geschossenen Sturmgewehrs. Jessica sah von unten, wie der überraschte Soldat die Augen wieder öffnete und auf seine leere Waffe starrte. Hinter ihm schien sich ein mächtiger Schatten aufzubauen. Kowalski kam nicht dazu, seine Waffe nachzuladen. Krieger, der sich zwischenzeitlich aufgerappelt und von hinten an den unerfahrenen Soldaten angeschlichen hatte, schlug ihm einen Ziegelstein über den Kopf. Der Ziegelstein zerbarst und Kowalski sackte zusammen. Krieger schien nur ein paar Schrammen abbekommen zu haben. Besorgt zerrte er Jessica aus dem Wrack und setzte sie auf den Boden. Er strich ihr mit der Hand über die Wange und tätschelte sie: „Jessica, Jessica, bist du o.k.?" Jessica stöhnte. „Mein Schädel brummt", antwortete sie dem besorgten Krieger matt, „außerdem habe ich das Gefühl, ich hätte mir sämtliche Rippen gebrochen." Aus Kowalskis Funkgerät quäkte immer noch Hofers Stimme: "Kowalski! Melden Sie sich, verdammt noch mal! Kowalski!!" Jessica nahm das Mikrophon und drückte den Knopf: „Hör mir gut zu, Arschloch!", Jessica mußte husten, „egal wo du hingehst - ich werde dich finden und ich werde dich kriegen - und dann bist du dran!" Verächtlich warf Jessica das Mikrophon in den Sand. Sie atmete durch, dann blickte sie Krieger an: „Wie geht es dir?" Krieger besah sich seine leichten Blessuren. Sein Ellenbogen blutete ein wenig. Er räusperte sich: „Ich bin so weit o.k. Sieht aus, als hätte ich etwas mehr Glück gehabt als du." Jessica streckte ihm ihre Hand hin. Krieger half ihr auf. Sie verzog das Gesicht. Dann tastete sie ihren Körper ab. Sie war wirklich schon in besserer Verfassung gewesen, aber es schien wohl doch nichts gebrochen zu sein. Krieger suchte Jessicas Krücken in den Trümmern und brachte sie ihr. Sie sahen sich um. Außer ihnen schien niemand überlebt zu haben. Krieger durchsuchte die Soldaten. Sie hatten außer ihren Gewehren auch Pistolen in ihren Gürtelhalftern, nebst Ersatzmagazinen. Krieger nahm zwei Pistolen und alle Munition, die er finden konnte und stopfte sie in den Rucksack. Außerdem nahm er eines der Funkgeräte mit. Der kleine Rucksack wurde langsam ziemlich dick und schwer. Im zerstörten Hubschrauber fand er zu seiner Erleichterung auch wieder etwas Wasser, mit dem er ihre Feldflaschen auffüllen konnte. Er hängte sie sich um den Hals. Den Rest des Wassers leerte er sich über den Kopf. Jessica überzeugte sich währenddessen, ob tatsächlich alle tot waren. Ein paar Meter weit weg, wo der Wagen ins Schlingern geraten war, lag die junge farbige Frau, die Nasirs Gefangene gewesen war. Jessica humpelte zu ihr hin. Sie lebte noch. „Martin!", rief Jessica, während sie der bewußtlosen, jungen Frau die Fesseln abnahm, „Martin hilf mir, sie lebt noch!" Krieger kam dazu. Er nahm eine der Wasserflaschen und träufelte Mubali etwas Wasser ins Gesicht. Sie kam wieder zu sich. Sie zuckte zusammen, als sie sich der Gegenwart Jessicas und Kriegers gewahr wurde. Doch dann gab ihr Krieger Wasser aus der Flasche zu trinken und die beiden halfen ihr sich aufzusetzen. Mubali sah sich um. Sie kannte die Gegend. Leider stellte sich schnell heraus, daß die Weißen sie nicht verstehen konnten und auch die Sprache - oder Sprachen, in denen diese versuchten, mit ihr zu kommunizieren, waren ihr fremd. Aber Mara würde sie bestimmt verstehen! Mubali lächelte die Fremden dankbar an. Mit etwas Mühe stand sie vom Boden auf. Dann zupfte sie an Jessicas Arm und zeigte in Richtung der Felsen. Offenbar wollte sie, daß die beiden sie in diese Richtung begleiteten. Krieger warf noch mal einen Blick auf das Chaos, das sie zurückließen, dann drehte er sich um und folgte Jessica und der jungen Afrikanerin. Sie kletterten zwischen den Felsen hindurch. Hier und da mußten Mubali und Krieger Jessica mit ihren Krücken helfen. Immerhin ließ Jessica durchblicken, daß ihre Achillessehne ihr kaum noch Schwierigkeiten bereite. Auch ihre Kopfschmerzen ließen zum Glück nach. Es schien also keine schwere Gehirnerschütterung zu sein. An ihren Prellungen würde sie jedoch sicher einige Zeit Freude haben. Nachdem sie die Felsen passiert hatten, gelangten sie auf eine Art Hochplateau. Man konnte weit ins Landesinnere blicken. Krieger meinte, die Häuser einer Stadt am Horizont ausmachen zu können. Er war sich aber nicht sicher - vielleicht war es doch nur eine Luftspiegelung? Die Sonne brannte erbarmungslos auf die drei Wanderer nieder. Ein wenig spät, aber gerade noch rechtzeitig dachten Krieger und Jessica daran, sich wieder ihre Isodecken über zu binden. Mubali mußte lachen, als sie die beiden Reisenden so sah, während sie nichts außer ihrem einfachen Kleid am Körper trug - nicht ein mal Schuhe. Mit wachsender Erleichterung darüber, dieses Abenteuer mehr oder weniger heil überstanden zu haben, lief sie voraus, hinein in die glühende Weite.

Von langer Hand

Tom Schiller staunte nicht schlecht, als er an diesem Tag mit seinem Fahrrad in die Straße einbog, in der Krieger wohnte. Vor dem Haus stand ein großer Möbelwagen. Kräftige Möbelpacker waren dabei Kisten und Mobiliar zu verladen. Er stellte sein Fahrrad ab und betrat das Haus. Schiller war neugierig, wer aus dem Haus auszog. Es waren ja nur drei Parteien und im Laufe der Zeit hatte er die Nachbarn kennengelernt. Beides waren ältere Ehepaare, die schon jahrelang dort wohnten und vermutlich auch Eigentümer der Wohnungen waren. Auf der Treppe kam ihm ein Möbelpacker mit einer markanten Stehlampe entgegen. Schiller erkannte sie - es war Kriegers Wohnzimmerlampe! Verdutzt beschleunigte er seinen Schritt. Tatsächlich - die Leute waren dabei Kriegers Wohnung auszuräumen. Der erste Möbelpacker, den er ansprach, hatte keine Ahnung und verwies auf seinen Chef. Dieser erklärte Schiller, daß er nur seinen Auftrag ausführte und keine Ahnung über den Auftraggeber hatte. Die ganze Sache wurde immer mysteriöser. Die Umzugsfirma hatte offenbar den Auftrag bekommen die Wohnung zu räumen und alles in ein Lagerhaus zu schaffen. Im Kriegers Schlafzimmer waren zwei der Umzugsleute damit beschäftigt, Kriegers Bett abzubauen während zwei andere gerade seine Kleidungsstücke in eine Kiste packten. „STOP!", rief Schiller schließlich, „da muß ein Irrtum vorliegen!" Krieger hätte niemals seinen Umzug beauftragt ohne ihn zu informieren. Der Chef der Truppe kam hinzu. Er war nicht begeistert von Schillers Einmischung. Aber er ließ sich schließlich davon überzeugen, bei seiner Firma nachzufragen, wer den Auftrag erteilt hatte. „Der Auftrag kam von der EDCO", erklärte er Schiller nach dem Telefonat. Es läge definitiv kein Irrtum vor. Das richtige Haus, die richtige Wohnung, der richtige Name. Zutrittskontrolle war freigeschaltet - es sei alles ganz korrekt. Doch wenn Schiller ein Freund des Auftraggebers war, dann könne er ihnen ja vielleicht sagen, was mit der Katze geschehen soll? Sie hatten diese einstweilen ins Bad eingeschlossen. „Den Kater nehme ich zu mir", erklärte sich Schiller sofort bereit. Er nahm sein Handy und bestellte einen Kombi. Praktischerweise hatten die Umzugsleute noch keine Mittagspause gemacht. Sie trollten sich und Schiller hatte einige Minuten freie Bahn. Durch seine Schnüffelei am Sonntag wußte er, wo Krieger seine Papiere aufhob. Es gab da eine Schublade in einem Sideboard im Wohnzimmer. Zum Glück waren die Sachen noch nicht eingepackt worden. Schiller nahm eine Ansichtskarte von Kriegers Eltern an sich, auf welcher deren Adresse stand. Der Kombi ließ nicht lange auf sich warten. Tom hatte alle Mühe, den aufgeregten Kater unter Einsatz seines Lebens in die Transportbox zu bugsieren. Die Umzugsleute hatten sie offenbar irgendwo gefunden und ebenfalls ins Bad gestellt. Schiller lud das Tier in den Wagen. Auch die Katzentoilette und was er sonst noch an Fressen und Zubehör fand, packte er ein. Nachdem von den Umzugsleuten noch nichts zu sehen war, und ihm die Sache nach wie vor komisch vorkam, schnappte sich Schiller auch noch Kriegers heilige Kaffeemaschine. Der Kombi war groß. Schiller konnte sein Fahrrad noch oben drauf packen, dann fuhr er in seine Wohnung. Eiligst packte er alles aus, klemmte sich an sein Handy und ließ sich mit Kriegers Eltern verbinden. Sie wohnten in Österreich, in einem Vorort von Salzburg, wo Krieger aufgewachsen war. Es klingelte. Kriegers hatten die Bildübertragung deaktiviert, wie Schiller das dreidimensional vor seine Nase projizierte Logo der Telefongesellschaft informierte. „Krieger?!", meldete sich eine etwas labil wirkende Damenstimme. Schiller mutmaßte, daß es sich wohl um Martins Mutter handelte. „Guten Tag Frau Krieger", begrüßte sie Schiller, „Meine Name ist

Thomas Schiller. Ich bin ein Freund von Martin. Haben Sie einen Augenblick Zeit?" „Ja" schluchzte die Dame, „was kann ich denn für Sie tun?" „Wenn es jetzt unpassend ist, dann kann ich mich auch später noch mal melden", wehrte Schiller ab. Er hatte wohl tatsächlich einen schlechten Moment erwischt. Aber Kriegers Mutter riß sich zusammen: „Nein, ist schon in Ordnung - ich muß lernen mit der Tatsache umzugehen. Geht es um die Beerdigung?" „Die Beerdigung!?", fragte Schiller verwirrt, „nein, eigentlich ging es darum, daß Martins Wohnung gerade ausgeräumt wird und ich nichts davon wußte. Wir sind sehr gut befreundet - Martin hätte mir gesagt, wenn er umzieht." „Sie haben es nicht mitbekommen?", schluchzte die Dame wieder, „Martin ist tot!"

Schiller bekam ein beklommenes Gefühl in der Magengegend. „Martin ist tot!?", fragte er entsetzt nach. Er wollte nicht glauben, was er da hörte. Aber so würde natürlich alles einen Sinn ergeben. Kriegers Mutter erklärte: „Martin ist am Montag bei einem Hubschrauberabsturz ums Leben gekommen. Es war anscheinend irgendeine geheime Staatsangelegenheit, deshalb kam nichts davon in den Nachrichten. Der Hubschrauber ist wohl ins Meer gestürzt, darum haben sie auch seine Leiche noch nicht gefunden." Schiller atmete schwer. Das durfte einfach nicht wahr sein! „Vielen Dank Frau Krieger", stammelte er entsetzt, „Mein herzliches Beileid! - ich melde mich wieder." Dann legte er auf. Schiller sackte auf seiner Couch zusammen. Die Freundschaft, die ihn mit Krieger verbunden hatte, war etwas ganz Besonderes für ihn gewesen. Seine Augen wurden feucht. Als hätte er ein Gespür dafür kam Che, der Kater angelaufen und strich ihm um seine Beine. Dann sprang das Tier auf die Couch und legte sich neben ihn. Schiller streichelte sein Fell. Spontan nahm er den Kater in den Arm und drückte ihn fest an sich. Dann nahm er sein Handy und las noch mal Kriegers letzte Worte, die er ihm geschrieben hatte. *„Auch bei* *mir alles bestens! Gehe jetzt ins Bett. Bis bald, danke und gute Nacht!"* Gesendet Montag 20.30 Uhr. Das war seltsam. Hatte Kriegers Mutter nicht gesagt, der Absturz sei am Montag gewesen? Wie konnte das sein? Krieger hatte wohl kaum in einem Hubschrauber geschlafen - oder doch? Schiller richtet sich auf. Hoffnung keimte in ihm. Irgendetwas war doch faul an der Sache. Er wählte nochmal die Nummer von Kriegers Eltern. Seine Mutter ging sofort ans Telefon. „Schiller hier noch mal", meldete sich der Journalist, „tut mir leid, daß ich Sie noch mal belästigen muß, aber es ist sehr wichtig für mich: Wer hat Sie wegen Martins Tod angerufen. Wann war das genau und wann soll er genau gestorben sein?" „Das war vorgestern, am Dienstag", erklärte ihm Kriegers Mutter, „es war am späten Nachmittag. Ich war gerade im Garten gewesen. Sie sagten sie seien von der EDCO, wo Martin gearbeitet hat." „Aha" nickte Schiller und hörte weiter zu, als Frau Krieger fortfuhr: „Sie sagten, es hätte einen Unfall gegeben. Ein Hubschrauberabsturz. Wann genau haben sie nicht gesagt, nur daß es am Montag war. Der Hubschrauber sei ins Meer gestürzt und sie hätten stundenlang nach der Besatzung gesucht, bis es dunkel geworden wäre." Das paßte nicht zusammen. Schiller war plötzlich hellwach. Wenn Krieger um 20.30 Uhr noch nicht mal in einem Hubschrauber gesessen hatte, wie hätte man dann noch stundenlang bis zur Dunkelheit nach ihm suchen können? „Entschuldigen Sie die Frage", hakte Schiller nach, „dann wird Martin doch bisher nur vermißt, oder? Wieso hat man ihn so schnell für tot erklärt?" „Die waren sich sicher, daß er tot ist. Ich dürfe mir leider keine Hoffnungen mehr machen", antwortete Kriegers Mutter, „die haben mir dann auch gleich angeboten das mit der Wohnung zu organisieren und gefragt, ob sie sonst noch etwas für mich tun könnten. Die Behörden würden sich dann bei mir melden. Seit dem habe ich nichts mehr gehört." Schiller hatte das starke Bedürfnis, ihr gleich zu sagen, daß er Zweifel an der Geschichte hatte. Doch er wollte es nicht noch schlimmer machen. Vielleicht gab es ja eine plausible Erklärung? Er verabschiede sich und setzte sich vor seinen Laptop. Recherchieren war sein tägliches Brot. Als Erstes sah er sich die Zeitzonen an, in denen Krieger unterwegs gewesen sein konnte. Er ging dabei davon aus, daß die EDCO nur in Europa tätig war. Je Nordwestlicher, desto eher hätte das noch hinhauen können. Aber warum sollte ihm Krieger denn überhaupt schreiben, daß er jetzt ins Bett ginge, wenn er stattdessen in einen Hubschrauber steigen würde? So war Krieger nicht. Krieger war immer direkt. Er hätte tausend Dinge schreiben können, um sich zu verabschieden. Ihn deshalb anzulügen - auch wenn es noch so lapidar war - sah ihm absolut nicht ähnlich. Schiller zog die Augenbrauen zusammen: „Nein, da ist irgendwas faul!", sagte er zu sich. Und er würde herausfinden, was das war.

Er rief die Pressestelle der EDCO an. Erwartungsgemäß wollte dort niemand etwas von einem Hubschrauberabsturz und vermißten Mitarbeitern wissen. Schiller bohrte nach und konfrontierte sie mit der Aktion betreffend Kriegers Wohnung. Man verwies ihn an die Personalabteilung. Dort bestätigte man ihm, den Auftrag mit der Umzugsfirma erteilt zu haben, könne ihm aber aus Gründen der Geheimhaltung keine weiteren Auskünfte geben. Es werde in Kürze ein offizielles Kommuniqué diesbezüglich geben. Man verwies ihn also an die Pressestelle zurück, wo er sich akkreditieren lassen sollte, dann bekäme er eine Version des Kommuniqués zugestellt.

Tatsächlich bekam er es noch im Laufe des Nachmittags. Es stand im Prinzip genau das darin, was ihm Frau Krieger bereits mitgeteilt hatte. Allerdings gab es ein paar kleine, aber entscheidende Details mehr: Der Hubschrauber sei am späten Montagnachmittag auf dem Weg zu einer der Combot Plattformen im Mittelmeer abgestürzt.

An Bord hatte sich außer dem Piloten, ziviles- und militärisches Wartungspersonal befunden sowie aus nichtgenannten Gründen eine offizielle Regierungsbeobachterin. Bei hohem Seegang und schlechten Wetterverhältnissen sei eine sofort angelaufene Suche nach Überlebenden leider erfolglos geblieben. Das Wrack des Hubschraubers sei auf dem Meeresgrund geortet worden. Man tauche zur Stunde nach dem Flugschreiber, um den Grund des Absturzes herauszufinden und ggf. Leichen zu bergen, sofern sie sich noch in der Maschine befänden.

Schiller war außer sich. „Es ist eine Lüge! Eine glatte Lüge!" Schrie er so laut, daß Che, der Kater - sein neuer Mitbewohner - erschreckt zusammenzuckte und mit angelegten Ohren das Weite suchte. Schiller hatte jetzt nicht nur einen übergroßen privaten Grund, die Wahrheit ans Licht zu bringen, sondern er hatte auch als Journalist Blut geleckt.

Sie waren eine gefühlte Ewigkeit durch die Wüste marschiert. Karger, felsiger Untergrund hatte sich immer wieder mit Sand abgewechselt. Für die lädierte Jessica war es eine Qual. Mal schleppte sie sich mit Hilfe ihrer Krücken vorwärts, mal versuchte sie „normal" zu laufen. Ihr tat alles weh. Von den Prellungen, die sie sich bei dem Unfall zugezogen hatte ganz zu schweigen. Endlich wurde es angenehmer. Sie näherten sich wieder mehr der Küste und der stetige, laue Wind, der von Meer her blies, verschaffte ihnen ein wenig Erleichterung.

Plötzlich tauchten Bäume auf. Es schienen Olivenbäume zu sein. Auch der ein oder andere Busch wuchs zwischen ihnen. Sie mußten sich in der Nähe eines Wadis befinden. Jessica ließ sich in den Schatten eines Olivenbaums fallen. Sie stöhnte: „Ich kann nicht mehr, mir tut alles weh, ich bin total am Ende!" Krieger setzte sich neben sie und hielt ihr ihre Feldflasche hin. Während

Jessica trank, hüpfte Mubali ganz aufgeregt von einem Bein auf das andere. Sie zupfe Krieger am Arm und zeigte immer wieder in eine Richtung. Krieger zeichnete mit einem Stock ein Haus in den Sand und einen Pfeil in die Richtung in die Mubali zeigte. Dann sah er sie fragend an. Mubali hüpfte noch mehr und nickte wild. Sie plapperte auf Arabisch auf die beiden ein. So hatte sie sich bisher sonst nicht aufgeführt. „Es scheint nicht mehr weit zu sein, schau mal wie aufgeregt sie ist", stupfte Krieger Jessica an. „Nur noch einen Augenblick - Bitte!", stöhnte Jessica. Doch dann gab sie sich einen Ruck und rappelte sich auf. Es war tatsächlich nicht mehr weit. Die Landschaft wurde nun immer grüner. Gras bedeckte die Ebene es wuchsen auch noch andere Pflanzen. Einige davon sahen so aus, als seien sie kultiviert worden. Endlich sahen sie das Dorf am Horizont. Für Mubali gab es kein Halten mehr. Sie lief los. Krieger und Jessica kamen nicht mehr mit. Mubali wurde immer schneller - zum Schluß rannte sie. Am Rande des Dorfplatzes hätte sie um ein Haar Mara umgerannt. „Mubaaaaali!", rief diese erleichtert und die beiden fielen sich in die Arme. Dicke Freudentränen kullerten beiden über ihre Wangen. Es sprach sich wie ein Lauffeuer im Dorf herum. Immer mehr Bewohner kamen angelaufen. Sie klatschten vor Freude in die Hände und stimmten spontan Gesänge an. Jeder wollte Mubali in den Arm nehmen und jeden einzelnen wollte Mubali umarmen. Jessica und Krieger konnten den Tumult schon von weitem hören. Als sie endlich auch auf dem Dorfplatz angekommen waren, fiel Mubali ihnen um den Hals, wobei sie Jessica fast umwarf. In einem enormen Redeschwall versuchte Mubali aufgeregt Mara zu erklären, was geschehen war. Mara verstand nicht alles, aber genug um zu begreifen, daß die beiden ihre Mubali irgendwie gerettet hatten. Mara streckte den beiden freundlich lächelnd ihre Hand hin. Sie begrüßte sie in bestem Englisch: „Soso, Sie beiden sind die Helden, die uns unsere Mubali zurückgebracht haben. Herzlich willkommen in unserem Dorf! Mein Name ist Mara Fantini."

Hofer kochte vor Wut. Wie konnten trainierte Soldaten, Mitglieder seiner Truppe derartig versagen? Fast noch wütender war er jedoch über sich selbst. Er war sich sicher: Wenn er dabei gewesen wäre, wäre das Problem jetzt erledigt. Er hatte mit Europa telefoniert. Eine Spezialeinheit war bereits zu ihm unterwegs. Bis zu ihrer Ankunft würden jedoch noch Stunden vergehen. Zu diesem Zeitpunkt würde es bereits dunkel sein. Das bedeutete, daß sie die Verfolgung erst am nächsten Tag aufnehmen konnten. Bis dahin würde Slade vermutlich die Stadt, mit ihren tausend Möglichkeiten sich zu verstecken, erreicht haben. Ein wenig Hoffnung machte ihm die Tatsache, daß sie nicht nur fußlahm, sondern offenbar obendrein auch noch verletzt worden war. Vielleicht erledigte sich das Thema ja durch Verletzung, Sonne, Hunger und Durst von ganz alleine - aber so recht mochte er nicht daran glauben. Immerhin war Krieger wohl tot. Damit schien die größte Gefahr aus der Welt zu sein. Und eine einzelne, schwache, weiße Frau alleine in Afrika ... - naja - er konnte kein Risiko eingehen. Und ob er wollte oder nicht. Jessica Slades Drohung, die sie ihm über Funk entgegengeschleudert hatte, hallte in seinen Ohren nach wie ein Echo.

Krieger und Jessica waren nicht schlecht überrascht, wie sie in Mubalis Dorf von Mara Fantini empfangen wurden. Sie hatten sofort das Gefühl, unter Freunden zu sein. Große Anspannung fiel in diesem Augenblick von ihnen ab. Jessica sackte völlig fertig in sich zusammen. Mara und Krieger stützen sie und setzten sie in den Schatten, den das Vordach einer Hütte bot. Auch Krieger setzte sich dazu. Mara ließ den beiden sofort Wasser bringen. Zur Stärkung bekam das ausgehungerte Paar ein großes Stück

Fladenbrot. Sie tranken und aßen nur ein wenig, dann ruhten sie sich erst mal aus. Mara ließ sich von Mubali noch mal etwas ruhiger erzählen, was sie erlebt hatte. Erneut umarmten sich die beiden. Dieser Tag war ein Wechselbad der Gefühle für sie gewesen. Krieger sah Jessica an. Er machte einen Finger naß und wischte ihr das getrocknete Blut von der Schläfe, das die kleine Platzwunde nach dem Unfall dort hinterlassen hatte. Jessica sah ihn fragend an: „Sieht es sehr schlimm aus?" „Überhaupt nicht", beruhigte sie Krieger, „was macht der Kopf? Immer noch Schmerzen?" „Nein, geht wieder", beruhigte Jessica ihn ihrerseits, „ich bin mal gespannt, wie ich mich morgen früh fühle. Ich hatte schon mal eine Rippenprellung. Das war wirklich nicht angenehm und verdammt langwierig." „Was macht dein Fuß?", wollte Krieger noch wissen. Jessica sah an ihrem Bein hinab. Ihre Schuhe sahen mittlerweile ziemlich mitgenommen aus, aber noch hielten sie. Die Schmerzen in ihrem Fuß hatte sie gar nicht mehr so recht wahrgenommen. Als passionierte Highheels-Trägerin war sie es gewohnt, Schmerzen an ihren Füßen weitgehend auszublenden. „Geht auch", antwortete sie auf Kriegers Frage und fügte scherzhaft hinzu: „Schade, daß ich so gar keine Masochistin bin, das wäre jetzt irgendwie vorteilhaft." Krieger mußte lachen. Er bewunderte es, wie sich die zierliche Frau in dieser Situation durchbiß. Er ertappte sich dabei, wie er begann, eine leichte Zuneigung für sie zu entwickeln. Und noch etwas anderes regte sich bei ihm, wenn er Jessica so betrachtete. „Bin ich wirklich so ein typischer Mann?", fragte er sich selbst und grinste in sich hinein. Krieger betastete seine Stirn. Die Sonne hatte ihn ganz schön aufgeheizt. Er fühlte sich fast, als bekäme er Fieber.

Die Sonne war untergegangen. Das Feuer brannte auf dem Dorfplatz und Mara lud Jessica und Krieger ein, sich zu ihr ans Feuer zu setzen. Mara war eine außergewöhnlich warmherzige

Persönlichkeit, das merkten die beiden schnell. Aber sie war auch eine sehr selbstsichere und führungsstarke Frau. Sie schien die Chefin des Dorfes zu sein. Der Schein des Feuers umspielte ihr Antlitz. Sie war früher eine sehr schöne Frau gewesen. Und obwohl ihr volles, schwarzes Haar langsam dabei war von feinen grauen Strähnchen durchsetzt zu werden, und obwohl das ein oder andere Fältchen ihr Gesicht zierte, war sie immer noch auf eine natürlich Art sehr attraktiv. Krieger ertappte sich dabei, wie er sich diese natürliche Person geschminkt und im kurzen Abendkleid vorstellte. Verdammt, was war denn plötzlich mit ihm los?

Mara wollte wissen, was die beiden nach Afrika verschlagen hatte und was sie in dem alten Hotel vor gehabt hatten. Sie wußte ja bisher nur, was Mubali ihr erzählt hatte. Krieger und Jessica sahen sich an. Was sollten sie ihr erzählen? Was durften sie ihr erzählen? Wie würde sie reagieren, wenn sie wüßte, daß Krieger mit den Combots zu tun hatte und Jessica für die europäische Regierung arbeitete? Mara hatte sie hier mit offenen Armen in Empfang genommen. Sie hatte Wasser und Brot mit ihnen geteilt. Sie wollten sie weder anlügen noch düpieren. Krieger versuchte, sich mit einer Art Halbwahrheit durchzulavieren: „Wir gehören einer Expedition an. Eine gefährliche Waffe ist in der Gegend verloren gegangen. Unsere Aufgabe sollte es sein, diese zu suchen und unschädlich zu machen, damit keine Unschuldigen verletzt werden. Eigentlich sollte uns das Militär dabei unterstützen. Aber offensichtlich gibt es einen Verräter, der die Waffe in seine Gewalt bringen möchte. Deshalb sind wir jetzt vor ihnen auf der Flucht. In dem Hotel hatten wir uns vorübergehend versteckt."

Mara sah Krieger durchdringend an. Dann wechselte ihr Blick zu Jessica, die nur immer wieder genickt hatte. Sie hätte ihnen auf der Stelle sagen können, wo sie diese Waffe finden. Aber ihr Instinkt riet Mara, diese Information erst dann preiszugeben, wenn sie sich sicher war, daß sie den beiden trauen konnte. Sie hatte den schweren, ausgebeulten Damenrucksack gesehen den Krieger mit sich herum schleppte. Sicher befanden sich auch Waffen darin. Und Mara traute so schnell niemandem über den Weg, der eine Waffe mit sich führte - ganz gleich aus welchem Grund. Sie ließ die Situation einen Augenblick lang auf sich wirken, dann antwortete Mara: „Keine leichte Situation in der Sie beide da stecken. Hier bei uns im Dorf des himmlischen Friedens sind sie herzlich willkommen. Sie können bleiben so lange sie möchten. Wir erwarten lediglich von Ihnen, daß Sie unsere Gesetze respektieren und sich an sie halten."

„Was sind das für Gesetze?", fragte Jessica, „gibt es da irgendetwas, das wir wissen sollten?" Mara hatte diese Frage absichtlich provoziert. Sie nickte und sah die beiden abwechselnd an. Dann erklärte sie: „Unser oberstes Gesetz hier im Dorf ist, daß wir jeder Form von Gewalt abgeschworen haben. Wir sind eine rein pazifistische Gesellschaft. Wenn Sie Waffen und vor allem Munition mitgebracht haben, dann muß ich Sie bitten mir diese auszuhändigen. Ich verwahre sie und Sie bekommen sie zurück, wenn Sie unser Dorf wieder verlassen möchten." Krieger sah Jessica an. Diese zuckte mit den Achseln. Krieger gab zu Bedenken: „Wenn wir Ihnen unsere Waffen geben, sind wir wehrlos, falls die Soldaten kommen und uns hier finden!" Jessica zuckte erneut mit den Achseln. Dann gab sie zu bedenken: „Was glaubst du, wie viele Soldaten du im Fall des Falles abwehren kannst? Zwei? Drei? Und dann? Sind wir doch tot. Wenn du mich fragst, gib sie ihr!" Krieger konnte sich kaum konzentrieren. Er schien sich einen schweren Sonnenstich zugezogen zu haben. Sein Kopf fühlte sich an, als würde er jeden Moment explodieren. Er holte den Rucksack hervor, kramte die Pistolen und Magazine heraus und gab sie Mara. „Dankeschön", quittierte diese seine Einwilligung erleichtert. Ihre Menschenkenntnis schien sie mal wieder nicht getäuscht zu haben. Im Schein des Feuers sah sie in Kriegers glasige Augen. „Geht es Ihnen nicht gut?", fragte sie Krieger besorgt. „Ich muß mir beim Marsch durch die Wüste einen Sonnenstich zugezogen haben", antwortete der Ingenieur, „für einen Europäer ist die Sonne hier mörderisch." Mara fühlte seine Stirn. Sie war brennend heiß. „Sieht ganz so aus. Sie sollten sich bald schlafen legen. Die Hütte dort ist frei." Mara zeigte auf die Hütte, in der sich die Waffen befanden. „Sie müssen vielleicht die Gewehre zur Seite räumen. Sie können sie auch hinter die Hütte räumen. „Gewehre?", fragte Krieger erstaunt, „sagten Sie nicht ..." „Gewehre ohne Munition sind nichts weiter als unsinnig geformte Stücke aus Metall, Plastik und Holz. Wir bauen manchmal Werkzeuge daraus", fiel ihm Mara ins Wort und beantwortete damit seine Frage umfassend. „Vielen Dank für Ihre Hilfe", mischte sich Jessica ein, „wir nehmen Ihr Angebot gerne an. Eine Frage möchte ich Ihnen schon die ganze Zeit stellen: Sie scheinen hier die Chefin des Dorfes zu sein - aber offenbar stammen Sie auch nicht gebürtig von hier. Wie hat es Sie in diese Gegend verschlagen?" Mara grinste: „Das ist eine lange Geschichte. Aber kurz zusammengefaßt - es stimmt, ich stamme nicht von hier. Ich bin gebürtige Italienerin. Ich habe Medizin studiert und wollte nach meinem Abschluß unbedingt internationale Erfahrung sammeln. Außerdem bin ich gläubige Christin. Ich habe mich daher gleich nach dem Studium der Organisation `Ärzte ohne Grenzen´ angeschlossen. So kam ich nach Nordafrika. Sie können sich nicht vorstellen, wie groß die Not damals war. Kurz darauf kam es zum Exodus - der großen Krise - und darauf hin zur Abschottung Afrikas. Die Organisation wollte mich evakuieren. Aber für mich stand fest, daß man mich nirgends auf der Welt dringender brauchte als hier - also blieb ich." „Das muß die Hölle gewesen sein", warf Jessica schaudernd ein. „Das war die Hölle", fuhr Mara fort, „aber ich war jung und naiv und voller Idealismus. Ich hätte in Europa vermutlich ein schönes Leben führen können. Mit einer Familie und Kindern. Ein kleines Haus irgendwo am Mittelmeer ...." Mara schüttelte verächtlich den Kopf. Jessica war es, als wischte sie sich dabei eine kleine Träne aus dem Gesicht. „Statt dessen", setzte Mara ihre Erzählung fort, „mußte ich miterleben, wie einer nach dem anderen von der Handvoll verbliebener Ärzte im Chaos getötet wurde. Einem lieben Freund wurde vor meinen Augen die Kehle durchgeschnitten. Ich mußte mit ansehen, wie eine Schwester von unserem Krankenhaus vom Mob zerfleischt wurde."

„Oh mein Gott", kommentierte Jessica, die sich in dem Moment an ihre eigenen Erlebnisse erinnert fühlte. Krieger mußte sich anstrengen, ihren Ausführungen zu folgen. Dann wollte er wissen, wie sie der Situation schließlich entkommen konnte. Mara fuhr fort: „Eines Tages drang der Mob in das Krankenhaus ein. Sie haben alles zerstört und geplündert. Ich konnte nur noch zum Hinterausgang raus. Da stand mein Motorrad. Völlig von Sinnen bin ich dann losgefahren - mit nichts anderem als meinen Kleidern am Körper. Einfach nach Süden, immer weiter in die Wüste hinein, nur weg von diesem Ort des Schreckens. Irgendwann bin ich dann wohl gestürzt und habe das Bewußtsein verloren."

Jessica und Krieger lauschten gespannt Maras Geschichte. Sie hatten beide die Krise in ihren Jugendjahren erlebt. Jedoch natürlich aus der Sicht eines Europäers. Für sie waren die anstürmenden Horden von Flüchtlingen eine Art kollektiver Überfall gewesen. Das menschliche Leid, das damit verknüpft war, war angesichts der Angst in den Hintergrund getreten. Mara setze ihre Geschichte fort: „Als ich wieder zu mir gekommen bin, war ich hier im Dorf. Einige der Bewohner haben mich gefunden und gerettet. Sie haben das wenige, was sie hatten mit mir geteilt. Ich habe hier wahre Freundschaft und Nächstenliebe kennengelernt, also bin ich geblieben und habe mir hier ein neues Leben aufgebaut. Im Laufe der Jahre haben sie mich zum Häuptling oder Bürgermeister - wie sie es auch immer nennen wollen - gemacht. Gemeinsam haben wir den Fuß des Wadis urbar gemacht. Heute können wir uns selbst ernähren. Wir leben in Frieden und im Einklang mit der Natur." „Wenn nicht gerade jemand vorbei kommt wie dieser Nasir", merkte Krieger an. Friedfertigkeit war die eine Sache, aber übertriebener Pazifismus war ihm suspekt. „Das kommt zum Glück immer seltener - eigentlich so gut wie gar nicht mehr vor", ging Mara auf seinen Einwand ein, „wir sind zu abgelegen um für die Banden interessant zu sein. Sie müßten ihre Beute ja auch wieder nach Hause schleppen. Benzin gibt es auf diesem Kontinent praktisch nicht mehr und Lasttiere sind längst alle aufgegessen. Außer Nasirs Bande hat uns hier schon seit Jahren niemand mehr überfallen." „Na vor Nasir und seiner Bande brauchen Sie in Zukunft auch keine Angst mehr zu haben", feixte Krieger. Mara schien durch ihn hindurch in die Flammen des Lagerfeuers zu blicken. Sie nahm ihr silbernes Kreuz in die Hand. Nachdenklich sagte sie leise: „Ich bete für sie. Sie wollten doch im Grunde genommen auch nur überleben." Mara seufzte, dann erklärte sie: „Wissen Sie, es werden immer weniger! Ob sie nun gut oder böse sind. Der Kontinent stirbt aus! Können Sie sich vorstellen, was das für ein Gefühl ist? Sie können es nicht - wie denn auch? Wenn Sie mal 20 Jahre hier verbracht haben, dann können Sie es verstehen." Nachdenkliches Schweigen folgte Maras Worten. Irgendwie kamen sich Jessica wie auch Krieger schuldig vor, in Europa im Luxus zu leben, während hier - nur ein paar Flugstunden entfernt - die Menschen zu Grunde gingen.

Jessica ließ ihren Blick schweifen. Die Männer, die rund um das Feuer saßen, unterhielten sich leise. Angesichts dessen, daß hier so selten Fremde auftauchten, wunderte sich Jessica ein wenig, welche Nüchternheit der kurzfristigen Euphorie des Nachmittags gefolgt war. Warum war es nur so still? Nachdenklich fragte sie Mara: „Sagen Sie, Mara, wo sind eigentlich die anderen Frauen Ihres Dorfes? Dürfen die nicht abends mit am Feuer sitzen?" Mara sah Jessica verblüfft an. Diese kam sich vor, als hätte sie einen Priester nach einem Kondom gefragt. „Sie wissen nicht viel über Afrika?!", antwortete Mara ein wenig oberlehrerhaft, „es gibt hier keine anderen Frauen - nur Mubali und ihre zwei Schwestern. Sie waren die Letzten, die geboren wurden."

„Warum werden denn keine Mädchen mehr geboren", zweifelte Krieger. Mara sah auch ihn schief an: „Sie wissen es wirklich nicht? Weiß man das in Europa überhaupt nicht??" Mara war entsetzt. Jessica und Krieger blickten sich ratlos an. „Werden die Mädchen vielleicht alle aufgegessen?", fragte Jessica zögerlich. Mara verzog das Gesicht zu einem bitteren Grinsen, bevor sie zum Punkt kam: „Das auch, je weniger Frauen und Mädchen es gab, desto mehr wurde deren Körper für viele auch zur Delikatesse. Aber das ist nicht der Grund. Der Grund warum keine Mädchen - und auch keine Jungen - also überhaupt keine Kinder mehr geboren werden ist, daß es keine Mütter mehr gibt! Schon kurz nach dem Beginn der Abschottung wurden flächendeckend alle Brunnen mit dem Venturi-Virus vergiftet." „Ist das nicht ein weltweit verbotener Kampfstoff? Irgendwann habe ich mal davon gehört, aber ich erinnere mich nicht mehr genau," fragte Krieger nach. Auch Jessica verengte die Augen. Mara erklärte: „Der Venturi-Virus ist ein künstlich erschaffener Zwei-Komponenten Virus. Wenn Sie mich fragen das Teuflischste, was Menschen je ersonnen haben. Ich habe damals ausgerechnet darüber promoviert, weil sein

Endecker - Professor Alberto Venturi - nach dem der Virus auch benannt wurde, aus demselben Dorf in der Toskana stammte wie ich. Es ist ein farbloses, geschmackloses und kaum nachweisbares Gift. Es wirkt bei Männern und Frauen unterschiedlich. Eine Frau merkt zunächst nichts von ihrer Infektion, jedoch schlummert die weibliche Komponente für immer in ihrem Körper. Ein infizierter, geschlechtsreifer Mann bildet sehr schnell nach seiner Infektion in seiner Prostata die männliche Komponente. Diese schüttet er ab dem Zeitpunkt bei jeder Art von Geschlechtsverkehr mit aus. Gelangt auch nur ein Tropfen Ejakulat in den Körper einer infizierten Frau, so verfällt diese nach einer Inkubationszeit von drei bis vier Tagen in ein hohes Fieber. Das Fieber verläuft *immer* tödlich." „Puh - das könnte ja die ganze Menschheit ausrotten, wenn es sich verbreitet! Kein Wunder ist es verboten. Welcher Idiot ist denn auf diese Idee gekommen? Das ist ja Völkermord!", empörte sich Krieger. Mara schüttelte den Kopf und erklärte: „Dieser Virus ist auf diabolische Art noch viel perfider. Er hat eine kritische Konzentration. Gibt man genug davon in einen Brunnen so reproduziert er sich. Erst wenn das Wasser genügend verdünnt wird, verflüchtigt er sich. Man kann also nicht einfach mit dem Wasser aus einem Brunnen einen anderen vergiften. Aber man kann einen vergifteten Brunnen auch nur mit sehr viel mehr Wasser reinigen, als dieser selbst hergibt." „Puh - wer überleben will, muß trinken. Wer trinkt, infiziert sich und das heißt wiederum - wer nicht in sexueller Enthaltsamkeit lebt, bringt sich als Frau selbst um bzw. als Mann seine Partnerin", faßte Jessica zusammen. „So ist es", bestätigte Mara, „aber das mit der Enthaltsamkeit ist praktisch nicht möglich. Ein infizierter Mann verfällt kurz nach der Infektion für mehrere Tage ebenfalls in ein Fieber. Doch, anstatt ihn zu töten, versetzt es den Mann in eine Art sexuellen Rauschzustand. Er ist dann nicht mehr zurechnungsfähig. Er wird zum Jäger und vergewaltigt jede Frau, derer er habhaft werden kann." „Oh mein Gott!", stöhnte Jessica entsetzt, „Wie haben Sie es geschafft am Leben zu bleiben? Ist Ihr Brunnen nicht vergiftet?" „Doch", erklärte Mara, „das war er. Wir haben ihn deshalb schon vor Jahren zugeschüttet und einen Neuen gegraben, der ist sauber." Mara atmete kurz durch, dann erhob sie mit verächtlichem Tonfall erneut die Stimme: „Sie wollen wissen, wie ich überlebt habe? Schauen Sie gut her, das ist Afrika!" Mara erhob sich und streifte ihr schlichtes Kleid nach oben. Darunter war sie nackt. Das Feuer erhellte ihre entblößte Scham mit flackerndem Licht. Krieger und Jessica konnten ihre Augen nicht abwenden. Wo einst Maras weibliche Geschlechtsöffnung gewesen war, befand sich nur eine vernarbte Naht. „Das ist ja schrecklich!", entfuhr es Jessica, „Sie haben ja ...!" „Ja", fiel ihr Mara ins Wort, „ich habe mich selbst beschnitten und vernäht. Nachdem ich zum zweiten mal nur knapp einem infizierten Mann entkommen konnte, wußte ich, daß es meine einzige Chance war zu überleben." „Aber zu welchem Preis?!", murmelte Jessica leise, während Mara ihr Kleid wieder herunter zog und sich setzte. „Sind Mubali und ihre Schwestern auch ... ähmmm ...... `beschnitten´?", wollte Jessica wissen. Sie machte sich langsam sorgen die einzige „intakte" Frau zu sein, die diese ganzen Männer hier seit vielen Jahren gesehen hatten. Mara schien ihre Gedanken zu erahnen: „Nein, sind sie nicht. Das hätte bedeutet, jede Chance hier im Dorf jemals wieder Kinder zu haben aufzugeben. Als die Brunnen vergiftet wurden, waren Mubali und ihre Schwestern noch Babys. Der Virus wirkt erst, bei eintretender Geschlechtsreife."

„Aber wenn ich das richtig verstanden habe", hakte Krieger nach, „bleiben die Männer doch auch dann noch gefährlich, wenn das Fieber vorüber gegangen ist. Wie können Sie die natürlichen Instinkte ausschalten? Abgesehen von dem Problem `nicht infizierte' Männer für die drei zu finden." Mara nickte, dann zog sie die Augenbrauen hoch und griff Kriegers Frage auf: „Die Instinkte können wir gar nicht kontrollieren. Das war uns hier allen klar. Deshalb haben wir damals als Mubali und ihre Schwestern langsam zu Teenagern heranreiften, einen Dorfrat darüber abgehalten. Wir haben beschlossen, daß jeder Mann im Dorf einen kleinen Beitrag dazu leisten mußte, daß die Mädchen überleben können." „Die Einen einen etwas kleineren, die anderen einen etwas größeren, wenn ich das jetzt richtig verstanden habe", grinste Jessica. „Hmmm - ja!", grinste nun auch Mara etwas bitter. „Und Sie glauben gar nicht, wie viel Konfliktpotential damit gleichzeitig verschwunden ist", fügte sie hinzu. Jessica mußte kichern. Krieger stand auf dem Schlauch. Sein Kopf fühlte sich an, als wolle er zerspringen. Das Blut hämmerte in seinen Schläfen. Verwirrt über den plötzlichen Stimmungsumschwung bei den Damen fragte er nach: „Oh, sorry, mein Kopf ... Ich habe das nicht verstanden. Was haben die gemacht?" Jessica zwinkerte ihm immer noch grinsend zu und machte mit den Fingern eine Scherengeste. Aber Krieger schien immer noch nicht zu begreifen. Jessica stöhnte. Dann mußte sie es eben doch aussprechen: „Sie haben sich die Penisse abgeschnitten - oder abschneiden lassen?" Sie blickte Mara an. Diese gab zu: „Sagen wir mal so - anfangs hat es sich schon ein Bißchen angefühlt wie ausgleichende Gerechtigkeit. Aber letztlich habe ich bei jedem Einzelnen mitgelitten." Krieger runzelte die Stirn: "Sagten Sie nicht, Sie seien eine gewaltfreie Gesellschaft?" Mara zuckte mit den Schultern: „Sind wir! Es gab auch keine Gewalt - alle haben es freiwillig getan." „Wirklich alle?", zweifelte Krieger, „das kann ich mir kaum vorstellen." Doch Mara bekräftigte: „Ja, alle die es getan haben, haben es freiwillig getan! Einige wenige waren nicht einverstanden. Die haben das Dorf freiwillig verlassen und sind nach Norden gezogen. Wir wissen nicht, was aus ihnen geworden ist."

„Na ja", raunzte Krieger, „Schwanz ab oder Tod - da hatten sie ja auch eine tolle Wahl!" „Auf jeden Fall hatten sie die Wahl!", betonte Mara leicht pikiert und hob eine Augenbraue, „wie würden Sie sich denn entscheiden?" „Au ja, das würde mich auch interessieren!", feixte Jessica. Seit dem Nachmittag hatte sie schon das Gefühl, daß er sie die ganze Zeit so lüstern ansah. Doch Krieger war überhaupt nicht zum Scherzen aufgelegt. Völlig trocken antwortete er: „Zum Glück muß ich diese Wahl ja nicht treffen." Er faßte sich an die Stirn und wandte sich mit Schmerz verzerrtem Gesicht ab. Jessica und Mara sahen sich an. Mara gab den Männern, die am Feuer saßen ein Zeichen. Sofort kamen sie herüber und halfen Krieger aufzustehen. Sie führten ihn in die Hütte. Die Gewehre lagen alle auf einem Haufen in der rechten hinteren Ecke. Es roch nach Waffenöl. Auf der linken Seite war genügend Platz zum Schlafen. Jessica gab Krieger seine Isodecke. Er wickelte sich darin ein und war auch schon eingeschlafen. Jessica sah ihn nachdenklich an und wandte sich an Mara: „Hoffentlich geht es ihm morgen wieder besser." „Das hoffe ich auch," pflichtete ihr Mara sanft bei. Dann bot sie ihr an: „Wollen Sie auch hier bei ihm in der Hütte schlafen, oder lieber bei mir in meiner Hütte? Wenn ich das richtig verstanden habe, sind Sie beiden ja kein Paar, oder?" „Nein sind wir nicht", bestätigte Jessica, „aber er ist ein ganz anständiger Kerl. Ich möchte ihn nicht alleine lassen." „Und Sie sind eine ganz anständige Frau", nickte Mara, „wenn Sie Hilfe brauchen, schreien Sie!" Jessica bedankte sich. Auch sie war von den Strapazen des Tages mehr als mitgenommen. Jede Faser ihres Körpers verlangte nach Ruhe. Sie kramte auch ihre Isodecke heraus und legte sich mit etwas Abstand zu Krieger in die Hütte. Der Boden war zum Teil mit

Leinentüchern ausgelegt. Jessica machte es sich so bequem wie möglich und fiel alsbald in einen unruhigen Schlaf.

Mara hatte Kriegers Waffen in ihrer Hütte versteckt und sich danach wieder ans Feuer gesetzt. Es gab einiges mit den Ältesten zu besprechen. Die Erlebnisse des Tages hatten auch sie aufgewühlt. Auch daß sie den beiden Besuchern ihre Lebensgeschichte erzählt hatte, war nicht ganz spurlos an ihr vorbei gegangen. Zu vieles, was sie erlebt hatte, hatte sich tief in ihre Seele gebrannt. Offene Wunden, die nie verheilen würden. Und immer wenn sie davon erzählte, brachen diese Wunden von neuem auf. Doch es war nicht die Zeit, sich selbst zu bemitleiden. Noch immer wußte Mara nicht, wie weit sie Jessica und Krieger trauen konnte. Sie hatte irgendwie das Gefühl, als ob sie ihr nicht die ganze Wahrheit über ihre Mission erzählt hatten. Was würden sie tun, wenn Mara ihnen den Combot zeigte? Sie war sich absolut sicher, daß es dieses Gerät war, das die beiden suchten. Und was, wenn tatsächlich Soldaten kamen? Das konnte ihr gesamtes Dorf gefährden!

Jessica wälzte sich derweil unruhig im Schlaf hin und her. Der vergangene Tag hatte so viel Aufregung und Erlebnisse mit sich gebracht, die ihr Geist verarbeiten mußte. Maras Lebensgeschichte, Mubalis Rettung, wie sie Hofer gedroht hatte, wie sie in den Gewehrlauf des Soldaten geblickt hatte, der Unfall, wie Nasir den anderen Araber geköpft hatte. All das hätte für ein ganzes Jahr gereicht.

Plötzlich schreckte sie auf. Jemand hielt ihre Arme fest und drückte sie auf den Boden. Es war Krieger! Sein Drei-Tage-Bart kratzte an ihrem Kinn, während er versuchte sie zu küssen. Seine Augen waren glasig. Sie spürte seinen heißen Atem. „Nein!!!", schrie Jessica instinktiv, „Martin, nein! Ich will das nicht, laß mich los!". Doch Krieger schien von ihrem Geschrei nur noch wilder zu werden. Er drückte ihren Arm mit seinem schweren Körper herunter und begann mit der Hand an seiner Hose herumzunesteln. Noch mal schrie Jessica, doch Krieger preßte ihr seinen Mund auf die Lippen und versuchte, ihre Shorts herunterzuziehen. Jessica strampelte wild und es gelang ihr kurz sich aus seinem Griff zu befreien. Doch Krieger faßte nach und drückte sie erneut zu Boden. Plötzlich wurde er von hinten gepackt und von ihr heruntergezogen. Krieger hatte Schaum vor dem Mund. Von Jessicas Geschrei aufgeschreckt war Mara ihr zu Hilfe geeilt. Zwei Männer waren auch dabei und hielten den tobenden Krieger fest. Jessica hatte einen Schock - sie konnte kaum sprechen. Mara hatte eine Fackel dabei. Im Feuerschein konnte Jessica sehen, wie Krieger versuchte, sich loszureißen. Die Männer waren kräftig gebaut, doch hatten sie alle Mühe ihn im Zaum zu halten. Mara steckte die Fackel in den Boden und machte von zwei der Gewehre den Riemen ab. Damit fesselte sie Kriegers Arme und Beine. Die Männer drückten ihn auf den Boden. Mara holte sich noch einen Riemen und band seine Arme und Beine hinter seinem Rücken zusammen. Sorgfältig prüfte sie, ob die Fesseln saßen. Jessica liefen inzwischen ein paar Tränen über die Wange. Mara nahm sie in den Arm. „Es ist der Virus, oder?", fragte sie Mara mit zittriger Stimme. Diese nickte zustimmend: „Ich hatte es fast befürchtet. Sie müssen doch irgendwo Wasser aus einem Brunnen erwischt haben." „Wir haben von Nasirs Wasser getrunken", gab Jessica zu, „Das ist mir aber auch erst jetzt wieder eingefallen. Ich habe auch davon getrunken!" Jessica seufzte. „Dann haben Sie es auch", bestätigte Mara und streichelte Jessica tröstend über die Stirn, „kommen Sie erst mal weg von hier." Mit diesen Worten führte sie Jessica aus der Hütte heraus. Den zappelnden Krieger ließen sie zurück. Mara setze sich mit Jessica ans Feuer, wo diese nach kurzer Zeit völlig erschöpft in ihren Armen einschlief.

Vernebelter Sinn, vernebelte Sinne

Es war ungefähr halb zehn. Schiller saß in der Cafeteria des Besucherzentrums der EDCO. Er hatte er sich in einer unauffälligen Ecke alleine an einem der kleinen Bistrotische niedergelassen. Seinen Laptop hatte er aufgeklappt vor sich und er schien Zeitung zu lesen. Tatsächlich beobachtete er die Rotation der Mitarbeiter, welche die Besucherführungen durchführten. Er nippte an seinem Cappuccino. Eine normale Führung dauerte ungefähr eine Dreiviertelstunde. Es gab auch große Führungen, die dauerten länger - aber zu denen mußte man sich voranmelden. Die Mitarbeiter des Besucherzentrums waren seltsam gekleidet. Das fiel ihm erst auf den zweiten Blick auf. Sie trugen weiße Kittel, als wären sie Laboranten. An der Brust hatte jeder von ihnen eine Art digitales Namensschild. Schiller hatte sich den Kopf zermartert, aber der Name von der Dame mit dem „Knackarsch", von der Krieger ihm beim Squash erzählt hatte, fiel ihm einfach nicht mehr ein. Er hoffte schlicht, daß es nicht so viele gab, auf die Kriegers Beschreibung passen würde. Gerade beendete eine Gruppe die Führung und über Lautsprecher wurde informiert, daß man sich für die nächste Führung am Infoschalter einfinden sollte. Die Gruppe die gerade fertig geworden war, wurde von einer hübschen, jungen Dame mit dunkelblonden Locken angeführt. Das konnte sie sein! Ob sie wohl gleich die nächste Führung machte? Schiller klappte sein Laptop zu, nahm den letzten Schluck seines inzwischen kalt gewordenen Cappuccinos und erhob sich. Wie zufällig schlenderte er in Richtung des Infoschalters. Die junge Dame unterhielt sich gerade mit einem dunkelhaarigen Mann mittleren Alters, der wie sie einen weißen Kittel und ein Namensschild mit grünem Balken trug. Als Schiller die beiden passierte, konnte er einen Blick auf ihr Namensschild erhaschen. Oh - und ja, man konnte ihr Hinterteil durchaus als „knackigen Arsch" bezeichnen. Auf ihrem Namensschild stand „Dr. Nora Groß - Besucherzentrum". Das war sie! Schiller war sich sicher. Das war der Name gewesen! Er lief noch langsamer. Endlich hatten die beiden Kollegen ihr Gespräch beendet. Der dunkelhaarige Mann kam direkt auf ihn zu, ging an ihm vorbei zum Infoschalter. Dr. Groß wandte sich in Richtung der Cafeteria. Schiller machte auf dem Absatz kehrt und schlenderte ihr hinterher. Die junge Dame ging zur Theke und drückte eine Taste an einem der Kaffeeautomaten. Genau der richtige Moment um sie anzusprechen! Schiller trat an sie heran: „Entschuldigen Sie bitte?" Sie drehte sich zu ihm um und schaute ihn freundlich an: „Ja? Kann ich Ihnen helfen?" „Ich hoffe", antwortete Schiller, „sind Sie *DIE* Dr. Nora Groß, die hier die Besucherführungen macht?" Es war natürlich eine ziemlich flapsige Frage, aber irgendwie mußte er ja mit ihr ins Gespräch kommen. „Ja", antwortete sie mit netter Stimme, „aber ich habe jetzt Pause. Mein Kollege macht gleich die nächste Führung. Moment - ich schaue mal, ob er noch da ist." Ehe Schiller etwas erwidern konnte, trat die hilfsbereite, junge Frau einen Schritt zurück und winkte ihrem Kollegen zu, der gerade Audioguides an die Teilnehmer seiner Gruppe verteilte. Sie rief ihm zu: „Hallo Guido - hier ist noch jemand, der mit möchte. Hast du noch einen Platz frei?" Doch Guido war so beschäftigt, daß er es nicht gehört hatte. Sie wollte gerade noch mal rufen, da fiel ihr Schiller ins Wort: „Nein, nein, warten Sie, das ist ein   Mißverständnis! Ich möchte gar keine Führung machen, ich möchte zu Ihnen!" „Zu mir?", zweifelte Dr. Groß und sah ihn erstaunt an, „kennen wir uns? Sie kommen mir gar nicht bekannt vor." „Nein wir kennen uns noch nicht", entgegnete Schiller, „und bevor wir gleich das nächste Mißverständnis haben - Ich möchte Sie weder anmachen, noch will ich Ihnen irgendwas verkaufen oder dergleichen." „Was kann ich denn dann für Sie tun?", rätselte die junge Dame mit den dunkelblonden Locken, während sie nebenbei ihren Kaffeebecher aus der Maschine nahm. Schiller klärte sie auf: „Es geht nicht um mich, sondern um einen gemeinsamen Bekannten von uns. Wenn Sie mir 5 Minuten Ihrer Zeit schenken, kann ich es Ihnen erklären." Dr. Groß zuckte mit den Schultern. Mit einer Geste ihrer Hand, deutete sie auf einen der Bistrotische. Sie ging voraus und setzte sich. Schiller nahm den anderen Stuhl und setzte sich neben sie. Er achtete sorgsam darauf, sie nicht zu bedrängen, aber auch so nah bei ihr zu sein, daß nicht jeder mithören konnte. Die hübsche Endzwanzigerin nippte an ihrem Kaffee und sah Schiller fragend an. „Vielen Dank, daß Sie sich die Zeit nehmen", begann Schiller in gedämpftem Tonfall, „es geht um meinen besten Freund, Martin Krieger, ich glaube Sie kennen ihn." „Martin Krieger? Ist das der Krieger von der Technik?", fragte Dr. Groß nach. „Ja", bestätigte Schiller, „das müßte er sein." „So richtig kennen, tun wir uns nicht", relativierte sie, „wir haben ein paar mal in der Kantine gemeinsam am Tisch gesessen. Er hat manchmal eine ganz schön große Klappe, aber ansonsten scheint er ein ganz netter Kerl zu sein. Mehr kann ich Ihnen nicht sagen. Was ist denn mit ihm - ich habe ihn schon ein paar Tage nicht mehr gesehen." „Das ist gerade der Punkt, über den ich mit Ihnen reden wollte", kam Schiller zur Sache, „er ist vor einigen Tagen zu irgend einem mysteriösen Geheimauftrag aufgebrochen. Seit dem habe ich nichts mehr von ihm gehört. Plötzlich wurde im Auftrag der EDCO seine Wohnung leer geräumt. Seinen Eltern hat man mitgeteilt, daß Krieger bei einem Hubschrauberabsturz um Leben gekommen sei. Und ich habe auf Nachfrage hin eine entsprechende Pressemitteilung erhalten." „Das ist ja schrecklich!", warf Dr. Groß bestürzt ein, „tut mir leid zu hören. Davon habe ich gar nichts mitbekommen!" „Das wundert mich nicht", fuhr Schiller fort, „ich habe nämlich auch begründete Zweifel an der ganzen Geschichte. Irgendwas ist da mächtig faul. Ich glaube daher, daß Krieger noch lebt - und vermutlich braucht er unsere Hilfe." „Was kann ich tun?", erkundigte sich die junge Dame mit dem weißen Kittel und spielte nervös mit dem Finger an ihren Locken. „Vielleicht könnten Sie sich intern erkundigen?", schlug Schiller vor, „mir sagt man nichts." „Aber ich habe keine Geheimhaltungsstufe", wehrte Dr. Groß ab, „wenn es sich um eine Geheimsache handelt, wird man mir genau so wenig sagen wie Ihnen." Schiller schüttelte den Kopf. So schnell wollte er noch nicht aufgeben. Nach einigem Hin und Her konnte er Dr. Groß wenigstens dazu überreden, sich mal intern bei der Pressestelle zu erkundigen, wer diese Pressemitteilung in Auftrag gegeben, und wer sie verfaßt hatte. Schiller gab ihr seine Handynummer. Dann war ihre Pause auch vorbei. Sie mußte sich auf ihre nächste Führung vorbereiten und verabschiedete sich von ihm. Als sie sich auf den Weg machte, atmete sie erst mal durch. Der Typ und diese ominöse Geschichte waren ihr nicht so ganz geheuer. Schiller blickte dem Knackarsch mit gemischten Gefühlen hinterher. Irgendwie bezweifelte er, daß er von ihr hören würde, auch wenn sie es ihm zum Schluß versprochen hatte. Der Journalist blickte auf die Uhr. Wenn er sich gleich auf den Weg machte, dann müßte er den nächsten Bus zurück in die Stadt genau erwischen. Zügig stand er auf und wandte sich in Richtung Ausgang. Am Infoschalter angekommen blickte Dr. Groß sich um. Sie sah Schiller gerade noch zur Türe herausgehen. Dann drehte sie sich um und begann, die zurückgegebenen Audioguides zu ordnen. Irgendwie ließ ihr die Sache aber doch keine Ruhe. Zum Glück hatte sie eine Freundin, die in der Pressestelle arbeitete - die könnte sie ja mal fragen. Außerdem drängte sie eine gewisse Portion Neugier dazu, zum Hörer zu greifen und sich verbinden zu lassen: „Hallo, hier ist Dr. Groß vom Besucherzentrum. Ist Frau Rabe zu sprechen?" Es knackte in der Leitung, dann tutete es zwei mal und Frau Rabe meldete sich. „Hallo Steffi, hier ist Nora ...", begann die Dame mit dem weißen Kittel das Gespräch und erklärte ihrer Freundin, worum es ging. Mit einer Mischung aus Neugierde und Nervosität wartetet sie. Es dauerte eine Weile, bis diese die gefragte Depesche gefunden hatte. Die Besucherbetreuerin trommelte mit ihren Fingern auf den Tresen. Sie schlüpfte aus einem ihrer züchtigen Pumps und spielte mit ihrem hautfarben bestrumpften Fuß damit herum. Endlich meldete sich Steffi Rabe wieder. Doch das Ergebnis war ernüchternd. Sie konnte ihr leider auch nicht mehr dazu sagen, als in der Pressemitteilung selbst stand. Alle internen Verweise waren als geheim eingestuft. Das Gespräch endete danach recht schnell wieder und ohne, daß sie irgendetwas neues erfahren hatte. Mit den Achseln zuckend, wandte sich Dr. Groß wieder den Audioguides zu.

Viele Kilometer südlich, im Norden des isolierten, schwarzen Kontinents erwachte Jessica Slade mitten auf dem Dorfplatz. Die Sonne brannte bereits kräftig vom Himmel. Das Lagerfeuer, neben dem sie lag, war längst ausgegangen. Irgendjemand - vermutlich Mara - hatte sie mit ihrer Isodecke zugedeckt und ihr ein grobes, gefaltetes Leinentuch unter den Kopf geschoben. Um Jessica herum herrschte geschäftiges Treiben. Die Einwohner gingen ihren Beschäftigungen nach. Jeder schien etwas zu tun zu haben. Aus einem Lehmofen, der etwas weiter entfernt stand, quoll grauer Rauch. Offenbar wurde dort Brot gebacken. Jessica hatte letztlich geschlafen wie ein Murmeltier und kam nur langsam zu sich. Sie spürte ein Druckgefühl an ihrer linken Brustseite. Vorsichtig betastete sie sich. Es war nicht angenehm, doch wenn das alles war, was sie von dem Unfall zurückbehalten hatte, dann hatte sie wirklich Glück im Unglück gehabt. Langsam fielen ihr die Details der vergangenen Nacht wieder ein. Sie war mit diesem Venturi-Virus infiziert! Und Krieger? Wie ging es Krieger? Jessica rappelte sich auf. Sie hatte Durst. Hunger hatte sie auch und außerdem sollte sie besser bald herausfinden, wo sie hier ihre Notdurft verrichten konnte. Sie mußte Mara suchen. Doch diese hatte offenbar bereits gemerkt, daß Jessica aufgewacht war, und kam gerade auf sie zu. Sie hatte Jessicas Krücken dabei, die sie letzte Nacht in der Hütte mit den Gewehren zurückgelassen hatte. „Guten Morgen!", grinste sie Jessica an und hielt ihr ihre Krücken hin. Dann führte sie Jessica ein wenig herum und versorgte sie. Doch Jessica war nicht nur um ihr eigenes, leibliches Wohl besorgt: „Wie geht es Martin?", fragte sie Mara, „konnten Sie noch irgendwas für ihn tun?" „Ich glaube, er schläft noch", informierte sie Mara, „wir haben es ihm etwas bequemer gemacht, aber so lange er das Fieber hat, muß er ständig gefesselt bleiben." „Ist er ansprechbar", wollte Jessica wissen, „ich glaube, ich sehe mal nach ihm und bringe ihm auch etwas zu essen und zu trinken." „Tun Sie das", bestärkte sie Mara, „aber vergessen Sie eines niemals: Auch wenn Sie noch so viel Mitleid haben, er ist für Sie eine Lebensgefahr! Auch wenn er Sie erkennen sollte, und vielleicht einen ruhigen Eindruck macht - Sie dürfen ihn unter keinen Umständen losbinden!"

Mara hatte Jessica ein Stück Brot für Krieger gegeben und auch einen großen Becher Wasser. Beides stand neben ihr auf dem Boden der Hütte. Der fiebernde Ingenieur war inzwischen aufrecht sitzend, mit den Armen hinterrücks um einen Pfeiler der Hütte gelegt, angebunden worden. Sie hatte sich vor ihn gesetzt. Krieger schien sie nicht wahrzunehmen. Jessica hielt ihm die Tasse an den Mund und sprach beruhigend auf ihn ein. Er trank instinktiv, verschluckte sich leicht und mußte husten. Davon schien er etwas klarer zu werden. Jessica setzte die Tasse ab und hielt ihm den

Holzteller mit dem Brot hin: „Martin, komm zu dir, ich habe dir etwas zu essen mitgebracht - du mußt bei Kräften bleiben!" Jessica nahm das Brot in die Hand und hielt es Krieger hin.

Sie saßen im Séparée eines eleganten Nobelrestaurants. Der runde Tisch war festlich gedeckt. Die Gläser mit Wein und Wasser waren bereits gefüllt. Ihm gegenüber saß Mara. Sie trug eine hochgeschlossene Bluse. Ihre Haare waren züchtig nach hinten frisiert. Sie blickte streng zu ihm herüber. Jessica saß zu seiner Rechten. Sie war perfekt geschminkt und ihre langen, blonden Haare waren zu einer kunstvollen Frisur gesteckt. Sie trug ein rotes, kurzes Abendkleid. Es hatte eine große schwarze Zierschnalle und betonte ihren schlanken, wohlgeformten, weiblichen Körper. Ihre Beine waren in sündige, dezent gemusterte, schwarze Nylonstrümpfe gehüllt. Sie roch nach einem verführerischen Parfum - eine Mischung aus Pfirsich- und Vanillenoten. Die selbstbewußte Schönheit hielt ein Glas Champagner in der Hand und prostete ihm kokett zu. Sie zwinkerte und räkelte sich fast unmerklich auf wollüstige Art auf ihrem Stuhl. Sein Blick wanderte von ihren blauen Augen mit den langen, schwarzen Wimpern abwärts. An ihrem Hals sah er das Blut heiß in Ihren Adern pulsieren. Das tief ausgeschnittene Abendkleid umspielte elegant ihre wohlgeformten Brüste und verdeckte gerade noch so eben ihre Brustwarzen, die sich merklich unter dem Saum des Kleides abzeichneten. Sein Blick wanderte weiter nach unten - über ihre schlanke, sportliche Taille hinweg zu ihrem straffen, einladenden Hinterteil. Ihre wunderschönen, geraden Beine konnte er bis zu ihren Knien verfolgen. Die Unterschenkel hatte sie unter den Stuhl geschlagen. Mara räusperte sich. Da wurde ihm gewahr, daß vor ihm auf seinem Platz ein großer Teller stand, verdeckt von einer silbern glänzenden Glosche. Jessica blickte verschämt zu Mara hinüber. Sie prostete auch ihr zu, trank ein winziges Schlückchen und stellte das Glas vor sich hin. Wie zufällig ließ sie die Hand vom Tisch gleiten. Während sie immer noch Mara anblickte, zog sie mit der linken Hand ihr Kleid zwischen den Schenkeln ein wenig hoch und griff sich mit der rechten Hand zwischen die Beine. Dann wandte sich Jessica ihm zu. Sie strich ihm mit der von ihren Säften benetzten Hand über sein Gesicht. Ihre feuchten Finger umspielten seine Nase. Sie ließ die Hand weiter nach unten gleiten und strich ihm über den Mund. In diesem Moment spürte er den Hunger. Er war unglaublich hungrig. Er knurrte wie ein Wolf. Er wollte nach Jessicas Hand schnappen, doch sie war schneller. Nun hielt sie den Griff der Glosche in ihren Fingern. „Ich habe etwas ganz Besonderes für dich!", hauchte Jessica ihm zu. Mit einer schnellen Bewegung hob sie die Glosche von seinem Teller ab. „Heute gibt es dein Leibgericht!", kicherte sie. Unter der Gosche kam ein perfekt und extrem appetitlich dekorierter Teller zum Vorschein. Bunter, gestoßener Pfeffer zierte den Rand. Ein kleines Bouquet aus unterschiedlichen Salaten bildete die Garnitur. An der Seite war auf eine geeiste, sternförmig geschnittene Zitronenscheibe eine Portion Kräuterbutter gespritzt. Krosse, herrlich duftende Pommes frites umspielten als Beilage Jessicas linken Fuß, der knusprig gegrillt und dampfend in der Mitte lag. Jessica kicherte immer noch. Sie zog nun ihren Schenkel unter dem Stuhl hervor, wo anstelle ihres Fußes ein Knoten den Nylonstrumpf abschloß. Ein leerer High-Heel Pumps lugte unter dem Stuhl hervor. Sie spreizte die Beine. Es roch nach Jessica. Sein Hunger war unbeschreiblich. Er stürzte sich auf den gegrillten Fuß. Jessica kicherte: „Bon Appetit!" Gierig riß er einen Bissen nach dem Anderen aus dem Fuß, nagte die Knochen und Zehen ab. „So ist es gut", hörte er Jessicas Stimme, alles roch und schmeckte nach Jessica, er wollte nur noch Jessica! Jessica! Jessica! „So ist es gut, du mußt essen!", hörte er ihre liebliche Stimme ....

Gierig schnappte Krieger nach dem Brot in Jessicas Fingern und knurrte dabei wie ein Wolf. Sie mußte aufpassen, daß er ihr nicht in den Finger biß. Verzweifelt merkte sie, daß er keineswegs klar denken konnte. Sie wußte auch nicht, ob er sie verstand. Oder überhaupt bemerkte. Aber sie wußte, daß selbst Komapatienten die Gegenwart anderer Menschen spüren konnten und als tröstlich empfanden. Also redete sie weiter auf ihn ein wie auf ein kleines Kind: „So ist es gut, du mußt essen!"...

Mit drei Helikoptern war die Spezialeinheit inzwischen am Ort des Unfalls angekommen. Diesmal führte Hofer die Männer höchstpersönlich an. Sie waren aus anderem Holz geschnitzt als die Soldaten, die tot auf der Straße lagen. Die waren ja eigentlich Techniker gewesen. Dennoch ärgerte sich Hofer immer noch schrecklich, daß er nicht dabei gewesen war. Er ließ seinen Blick schweifen. Ihm bot sich ein Anblick des Schreckens: Ein alter Pick-up Truck war offensichtlich mitten in die Kanzel des Hubschraubers gerast. Überall lagen Teile und irgendwelches Baumaterial, das der Pick-up vermutlich geladen hatte. Auf der Straße und zwischen all dem Chaos verstreut lagen Leichen. Hofer gab den Männern einen Wink diese zu bergen. Außer den Soldaten fanden sie noch drei, ebenfalls in Uniformen gekleidete Farbige und eine weitere Leiche, deren Kopf abgetrennt worden war. Seiner schäbigen Uniform nach zu urteilen, gehörte er wohl zu den anderen. Der Pilot war in seiner Kanzel zerquetscht worden und auf dem Fahrersitz des zerstörten Pick-ups lag ein blutüberströmter, toter Araber. Die Soldaten legten alle nebeneinander und holten Leichensäcke aus einem der Hubschrauber. Bevor sie die Leichen verpackten, sah sich Hofer noch mal alle an. „Sind das sicher alle?", fragte er den Zugführer der Spezialeinheit.

„Ganz sicher, Herr Major!", antwortete dieser zackig. Hofer kochte vor Wut. Der Ingenieur war nicht dabei gewesen. Also mußte auch er noch am Leben sein. Oder die Frau hatte seine Leiche mitgenommen. Das war jedoch sehr unwahrscheinlich angesichts der Tatsache, daß sie selbst verletzt und außerdem schlecht zu Fuß war. „Prüfen Sie nach, ob Waffen fehlen!", befahl Hofer barsch. Anschließend ging er ein paar Schritte die Straße entlang und blickte in den Horizont. Was hatten die Beiden bei diesem Anblick wohl gedacht? Waren sie die Straße weiter gegangen? Oder zurück, in die andere Richtung? Oder hatten sie den Felsen überklettert und waren querfeldein nach Norden unterwegs? Daß sie nach Süden in die Sandwüste gelaufen waren, konnte er wohl ausschließen. Alles sprach dafür, daß sie die Straße weiter gelaufen waren in Richtung der Stadt. Aber sie hatten ihn schon ein mal genarrt - das würde ihm nicht noch mal passieren. Er schlenderte in Richtung der Felsen. Fußspuren gab es hier jede Menge. Aber bei so vielen beteiligten Personen war es unmöglich nachzuvollziehen, von wem sie stammten oder in welche Richtung sie führten. Hofer ließ einige der Männer antreten und befahl ihnen, die Felsen hochzuklettern und oben nach Spuren zu suchen. Mit Elan und grimmiger Miene kletterten die Soldaten die Felsen hinauf. Unterdessen bekam Hofer die nächste Hiobsbotschaft von einem Soldaten überbracht: „Herr Major, wir haben wie befohlen die Waffen der gefallenen Kameraden überprüft - es fehlen zwei Pistolen und vier Magazine." Auch das noch! Nicht so, als ob Hofer es nicht erwartet hätte. Doch nun konnten sie sich zum einen auch mit Waffengewalt wehren und zum anderen waren mit den Waffen ihre Chancen, sich irgendwie weiter durchzuschlagen erheblich gestiegen. Und ob er wollte oder nicht - Jessica Slades Worte hallten erneut in seinen Ohren wieder. Hofer schüttelte den Kopf, als ob er ihre Worte aus seinen Ohren schütteln könnte. Die Soldaten hatten inzwischen die Felsen überklettert und suchten dahinter wie befohlen nach Spuren. Hätten sie hundert Meter weiter vorne gesucht, wo Jessica, Krieger und Mubali die Felsen überklettert hatten, so wären sie vermutlich fündig geworden. So aber fiel auch diese Nachricht für Hofer negativ aus.

Am späteren Nachmittag verabschiedete Nora Groß die letzte Besuchergruppe. Es wäre ein Tag wie jeder andere gewesen, wenn da nicht dieser seltsame Typ, und die Nachricht von Kriegers Tod gewesen wäre. Die Sache hatte ihr die ganze Zeit über keine Ruhe gelassen. Sie ordnete noch die Audioguides für den nächsten Morgen und machte sich danach auf den Weg zum Personalbereich um sich umzuziehen. Sie hatte den Umkleideraum fast erreicht, da tippte sie ein Herr an, den sie hier noch nie zuvor gesehen hatte. Er trug einen Anzug und sein Namensschild hatte einen schwarzen Balken - innere Sicherheit. Er wurde von einem älteren Militärpolizisten mit Sternen und Eichenlaub auf den Schulterklappen begleitet. „Fr. Dr. Groß?!", sprach er sie an, wobei er ihren Namen ja schon auf ihrem Namensschild lesen konnte. „Ja?", antwortete die Besucherführerin überrascht. „Bitte folgen Sie uns, wir möchten Ihnen ein paar Fragen stellen!", wurde sie unmißverständlich aufgefordert.

Eine gute Stunde später klingelte Schillers Handy. Dr. Groß war am Apparat: „Hallo Herr Schiller, hier ist Nora Groß - von der EDCO, Sie wissen schon." Schiller war verblüfft. Er hatte kaum damit gerechnet, von ihr zu hören. Er begrüßte sie und fragte, ob sie etwas herausgefunden hätte. Ihre Stimme war ein wenig zittrig: „Ich habe bei meiner Freundin in der Pressestelle nachgefragt. Viel habe ich nicht erfahren, aber es läßt mir doch keine Ruhe." „Was haben Sie herausgefunden?", hakte Schiller ungeduldig nach. „Nicht am Telefon! Ich traue niemandem mehr!", blockte Dr. Groß ab. Schiller schlug daher vor, sich in der Öffentlichkeit zu treffen. Die Aussichtsplattform des bekannten Stuttgarter Fernsehturms schien ihnen eine gute Idee zu sein. Schiller machte sich gleich auf den Weg. Zum Fernsehturm mußte er von seiner Wohnung aus mit der Straßenbahn zwei mal umsteigen. Wobei er auch nicht schneller gewesen wäre, wenn er sich jetzt zur Rushhour ein Auto gerufen hätte. Dort angekommen kaufte er sich eine Karte und wartete ungeduldig vor dem Fahrstuhl. Beinahe hätte er angefangen vor Nervosität an seinen Fingernägeln zu kauen, aber er konnte sich gerade noch beherrschen. Als Journalist waren ihm derartige Treffen nicht fremd. Aber diesmal war irgendwie alles anders. Es ging um eine große Sache und diese betraf ihn ganz persönlich. Endlich öffneten sich die Türen und Schiller konnte den Aufzug betreten. Er drängte sich mit einer Menge Touristen und jungen Liebespaaren hinein, die offenbar einen romantischen Ort suchten. Obwohl die Höhenmeter auf der roten Digitalanzeige in der Kabine nur so durchrauschten, dauerte die Fahrt nach oben unerträglich lange. Endlich hatten sie die Aussichtsplattform erreicht. Es war zugig dort oben. Schiller sah sich um. Es dauerte nicht lange, da erblickte er sie. Nora Groß war schon da. Sie drehte ihm den Rücken zu und blickte über die Stadt. Ihr wohlgeformter Hintern und die dunkelblonden Locken waren jedoch kaum zu verwechseln. Schiller stellte sich neben sie und sprach sie an. Dr. Groß drehte sich zu ihm. Sie schien nervös zu sein. Schiller wollte sie erst mal beruhigen, doch alles, was sie herausbrachte, war ein: „Tut mir leid!". Schiller runzelte die Stirn, da wurde er sich gewahr, daß hinter ihm zwei Männer sehr nah an ihn herangetreten waren. Einer sprach an seiner linken Schulter vorbei Dr. Groß an: „Vielen Dank für Ihre Kooperation. Sie haben verantwortungsvoll gehandelt. Sie können jetzt nach Hause fahren!" Nora Groß blickte noch mal schuldbewußt in Schillers Augen, dann verließ sie die

Szenerie. Schiller blickte ihr stumm nach, während der Mann, der sie angesprochen hatte, eine Hand auf seine Schulter legte. Er schob Schiller unauffällig zur Brüstung hin. „Guten Abend Herr Schiller!", sprach er den Journalisten mit ruhiger Stimme an, „Es tut mir leid, daß wir Sie belästigen müssen." Der andere Mann rechts hinter ihm setzte fort: "Thomas Schiller, Journalist, wohnhaft in Stuttgart, Seyfferstraße 60, siebte Etage links. Ledig, vermutlich homosexuell, Sohn von Sophie und Maximilian Schiller, beide wohnhaft in Lauffen am Neckar ..." "Es genügt!", unterbrach ihn der groß gewachsene Journalist genervt, „Ich habe es verstanden." „Das freut mich zu hören", fuhr der Erste wieder fort, „Dann können Sie sich ja auch denken, weshalb wir hier sind: Sie stecken Ihre Nase in Dinge, die Sie nichts angehen! Sie mögen vielleicht glauben im Rahmen der Pressefreiheit, und Ihrem Berufsethos folgend, ein Recht dazu zu haben. Aber dort, wo Ihre Schnüffelei die innere Sicherheit gefährdet, verläuft eine unsichtbare Grenze, die Sie besser nicht übertreten sollten." Der andere Mann, rechts hinter ihm übernahm wieder nahtlos das Wort: „Schauen Sie nach unten! Es geht hier über 150 Meter in die Tiefe. Man fällt fast 10 Sekunden lang. Genug Zeit, um vieles zu bereuen! Aber zum Glück sind Sie ein intelligenter Mensch. Befolgen Sie unseren Rat, dann haben Sie nichts zu bereuen: Lassen Sie die Toten ruhen und leben Sie Ihr Leben weiter!" Schiller schluckte. Der Mann zu seiner linken nahm seine Hand von Toms Schulter. Er klopfte ihm noch zwei mal darauf und raunte mit zuversichtlichem Lächeln: „Ich denke, wir verstehen uns!" Schiller stand wie angewurzelt da und sagte kein Wort. In seinem Inneren brodelte es. Was glaubten diese Lackaffen eigentlich, wer sie waren? Er hatte noch nie mit irgendwelchen Geheimdienstleuten zu tun gehabt. Doch, daß so etwas tatsächlich derartig klischeehaft ablaufen konnte, hätte er sich niemals träumen lassen. Jetzt war er sich sicher: An der Sache war noch viel mehr dran, als er gedacht hatte. Und noch etwas wurde ihm klar - er mußte bei seiner weiteren Recherche deutlich vorsichtiger vorgehen. So klischeehaft es auch gewesen sein mochte - er wollte den beiden nicht unbedingt noch mal begegnen.

Am Rande des Wahnsinns

Ein neuer Tag war angebrochen im „Dorf des himmlischen Friedens". Jessica hatte die zweite Nacht im Dorf viel besser geschlafen. Mara hatte sie in Mubalis Hütte mit einquartiert. Obwohl sie sich nicht unterhalten konnten, verstanden sie sich ausgezeichnet. Mubali war die vielleicht dankbarste Person, die Jessica je kennengelernt hatte. Noch bevor Jessica aufgewacht war, hatte die junge Farbige ihr einen Strohhut geflochten. Später waren die beiden am Fuße des Wadis gewesen. Er war um diese Jahreszeit zwar schon sehr brackig und weitgehend ausgetrocknet, doch gab es im Brunnen noch reichlich frisches Wasser und Jessica hatte endlich die Möglichkeit gehabt sich - und auch ihre Kleidung zu waschen. Ein festes Schilfgras, welches dort am Wadi wuchs, konnte man so bearbeiten, daß es eine ziemlich effektive Zahnbürste ergab. Überhaupt war Jessica beeindruckt, was die Leute des Dorfes alles aus einfachsten Mitteln herstellen konnten. Mara hatte mittlerweile ein wenig mehr Vertrauen zu Jessica gefaßt. Sie hatte ihren Fuß mit einer seltsamen Honigsalbe eingeschmiert und über Nacht mit Blättern verbunden. Er schmerzte kaum noch und hatte sich auch nicht entzündet. Die Haut fing an, sich zu regenerieren. Auch von dem Unfall spürte Jessica - bis auf die Prellung - nicht mehr viel. Diese aber merkte sie bei jedem tieferen Atemzug. Gegenüber Krieger war Mara immer noch skeptisch. Natürlich war ihr klar, daß er in seinem Zustand nicht zurechnungsfähig war, aber sie zweifelte sehr daran, ob er mit dem Leben im Dorf zurechtkommen würde, wenn er das Fieber überstanden hatte. Er schien ihr zu technokratisch eingestellt zu sein. Sie konnte sich auch nicht vorstellen, daß er sich freiwillig von ihr „beschneiden" lassen würde. Ohne diese Einwilligung aber, konnte sie ihn selbst dann nicht länger im Dorf dulden, wenn er es wollte. Auch die Ältesten würden dem nicht zustimmen. Sie war sich immer noch nicht sicher, ob sie den beiden den Combot aushändigen sollte oder nicht. Im besten Fall würde es alle Probleme lösen. Aber genau so gut konnte es das Ende ihres wunderbaren Dorfes bedeuten.

Jessica versorgte Krieger regelmäßig. Es war gut, daß er angebunden war. Er wirkte kaum noch menschlich, eher wie ein wildes Tier. Es gab Momente, in denn er ansprechbar zu sein schien. Doch dann redete er wirres Zeug um nur Minuten später wieder grunzend und geifernd an seinen Fesseln zu zerren. Jessica war aufgefallen, daß sich in seiner Hose eine kräftige Beule bildete, wenn sie nur die Hütte betrat. Sie ertappte sich dabei, wie sie darüber nachdachte, wie das wohl ohne seine Hose aussehen würde. Auch jetzt, als sie ihm gerade wieder frisches Wasser brachte, hatte er sofort eine kräftige Erektion.

Sie befanden sich in einem dunklen Raum. Man konnte die Hand nicht vor Augen sehen. Plötzlich fiel ein einzelner Lichtstrahl auf Jessica. Nur in roten glänzenden Stilettos, ansonsten Splitternakt stand sie vor ihm. Ihre langen, naturblonden Haare waren wild durcheinander, als ob sie gerade den Kopf geschüttelt hätte. Ihr attraktiver Körper war nahtlos braun und kleine Schweißtröpfchen glitzerten auf ihrer Haut. Ihre Achseln und ihre Scham waren glatt rasiert. Jessica begann eine Art wollüstigen Tanz und lockte ihn mit dem Finger näher zu kommen. Ihre vollen Lippen berührten seine Nase, dann knabberte sie an seinen Ohren. Heiß und kalt lief es ihm den Rücken herunter. Unfähig sich zu bewegen, bekam er eine Gänsehaut. Daraufhin küßte sie ihn so leidenschaftlich, wie es noch nie eine Frau zuvor getan hatte. Während des Kusses schlang sie ihren wollüstigen Körper um den seinen und preßte ihn fest an sich. Plötzlich riß sie sich von ihm los. Der Lichtstrahl war verschwunden und es war wieder stockfinster im Raum. Er hörte seinen eigenen Atem. In dem Raum hallte es so sehr, daß selbst dieses Geräusch von allen Seiten wie ein Echo zu ihm zurückgeworfen wurde und sich mit dem Klang seines nächsten Atemzugs vermischte. Plötzlich war da erneut ein Lichtstrahl. Eine Person in einer schwarzen Robe stand vor ihm. Sie hatte die Kapuze tief ins Gesicht gezogen. Die Person bewegte sich nach rechts und ein zweiter Lichtstrahl erschien. Direkt neben der Person in der Robe fiel der Lichtstrahl auf eine große, martialische Guillotine. Das Beil war bereits hochgezogen und die Figur mit der Robe nahm die Kapuze ab. Es war Mara! Streng schaute sie ihn an. Ein weiterer Lichtkegel erschien zu seiner Linken. Er beleuchtete eine zweite Guillotine. Sie war kleiner und sehr viel schmaler als die Rechte. Ihre winzige Klinge war nur ein paar Zentimeter breit und ebenfalls hochgezogen. Jessica wandte sich mit ihrem, vor Lust bebenden, Körper um die kleinere Guillotine herum. Sie grinste ihn an und nahm ihre Hand an die Hüfte. Dann steckte sie ihren Zeigefinger durch das Loch der kleinen Guillotine und wackelte damit, als ob nicht offensichtlich gewesen wäre, welchem Zweck diese diente. „Der große Tod oder der kleine!?", polterte Mara mit lautem Hall von rechts. Jessica kicherte, ebenfalls laut hallend, und fügte hinzu: „Wie entscheidest du dich?" Er konnte sich nicht rühren. Er konnte auch nicht sprechen. „Der große Tod oder der kleine!?", polterte Mara erneut, „du mußt dich jetzt entscheiden!" „Komm zu mir, lechzte Jessica, „ich versüße es dir!" Mit diesen Worten begann sie damit, sich mit ihren Händen selbst zu streicheln. Ihre rot lackierten Fingernägel spielten an ihren harten Brustwarzen und sie stöhnte auf, als sie sich mit dem Finger ihre Liebesperle rieb. Er sah wie ihre Säfte langsam und glitzernd an ihren heißen Schenkeln herunterliefen. Sie stellte sich zwischen ihn und die kleine Guillotine und zog ihn zu sich her. Langsam ging sie in die Knie und ihre Lippen umschlungen seinen Penis, der bereits in freudiger Erwartung prall und hart emporragte. Sie saugte und massierte und immer wieder biß sie leicht hinein. Er wurde fast wahnsinnig vor Lust. Dann ließ sie sein Genital aus ihrem Mund gleiten, zog die kleine Guillotine heran und streckte sein erigiertes Glied durch das Loch. Es schaute auf der anderen Seite der schlanken Konstruktion weit heraus. Jessica drehte sich um und stellte sich mit gespreizten Beinen davor. Sie beugte sich nach unten, griff zwischen ihren Beinen hindurch, und führte seinen Penis in sich ein. Beide stöhnten laut auf vor Lust und Verlangen. Es fühlte sich sensationell an. Er fing an, sie zu nehmen. Jessica hielt im Takt mit ihrem perfekten, bebenden Körper dagegen - immer schneller, immer wilder. Ihr Stöhnen hallte in dem fensterlosen, dunklen Raum wie Donner. Nicht mehr lange, dann würde ihre Lust in einem fulminanten Höhepunkt ihren Gipfel finden. Plötzlich stand Mara in ihrer *dunklen Robe neben ihnen. Mit ungnädigem Blick betrachtete sie das wilde Spektakel. „Du hast dich entschieden!", kommentierte sie barsch und zog am Auslöser der Guillotine.* Die Klinge fiel zwischen den heißen Körpern der beiden herab. *Genau in diesem Moment drang er noch mal besonders tief in sie ein und schoß sie damit quietschend zum Gipfel der Lust. Das wiederum ließ auch ihn in einem wahnsinnigen Orgasmus explodieren - genau in dem Augenblick als die scharfe Klinge ihre Arbeit tat und ihn unbarmherzig entmannte. Er schrie Lust und Schmerz heraus, während Jessica sich immer noch stöhnend und lachend zu ihm umdrehte. Fassungslos sah er zu, wie sie triumphierend sein abgetrenntes Glied aus sich herauszog, während aus seiner Wunde Schübe von Blut und Sperma auf ihre Beine und Füße spritzen.*

Jessica war es, als würde Krieger plötzlich lustvoll stöhnen. Mit einer Mischung aus Angst und Neugierde beobachtete sie, wie er sich in seinen Fesseln wand. Sie fragte sich, ob er sich hinterher noch daran erinnern würde, was er in seinem Kopf in diesem Zustand erlebte. Hoffentlich hatte er dieses Fieber nur bald überstanden.

Kriegers geistige Gegenwart fehlte nicht nur Jessica Slade, sondern auch seinen Kollegen bei der EDCO. Langsam wurde vielen dort klar, was für eine Lücke der Ingenieur hinterlassen hatte. Professor Schneider hatte einen ganzen Stapel unerledigter Probleme auf seinem Schreibtisch liegen, die er sonst Krieger gegeben hätte. Damit wären sie dann bereits so gut wie erledigt gewesen. So aber tauchten sie immer wieder bei ihm auf, weil der ein oder andere Mitarbeiter damit einfach überfordert war. Er würde Arbeitsgruppen bilden müssen. Das bedeutete für die Leute Überstunden und förderte nicht gerade deren Laune - und die Laune des Professors auch nicht. Das größte Problem war aber weiterhin, daß sie immer noch keine Ahnung hatten, wer die Saboteure, bzw. Verschwörer waren und wie es ihnen gelang, die Combots zu highjacken. Insgeheim wunderte sich Schneider, daß von Seiten der Regierung und des Militärs nicht mehr Druck kam. Der Schock über die mißlungene Bergungsaktion schien ihnen noch in den Knochen zu sitzen. Oder waren sie vielleicht einfach froh, daß sich das Problem damit - wenn auch vermutlich nur vorübergehend - erledigt hatte? Dem Technikchef der EDCO war vollkommen klar, daß alles was sie bisher erlebt hatten keinesfalls das Ende, sondern vermutlich eher der Anfang einer viel größeren Sache gewesen war. Er rechnete praktisch jederzeit mit der nächsten Katastrophe. Tatsächlich ließ diese nicht lange auf sich warten:

Der Anruf kam von einem der Combot-Stützpunkte im Mittelmeer. Erkan Serafoglu, der am Platz des technischen Leiters im „Kino" der EDCO saß, nahm den Anruf entgegen. Es meldete sich ein Leutnant Adamski, der kommandierende Offizier des vor der algerischen Küste gelegenen Stützpunkts. Er wollte wissen, ob ein unangekündigter Test durchgeführt wurde. Einer der Combots war außerhalb des geplanten Turnus von seiner Ladebucht verschwunden. Serafoglu runzelte die Stirn und drückte ein paar Knöpfe an seiner Station. Er rief sich die Einsatzmatrix des fraglichen Stützpunkts auf. Tatsächlich - Ladebucht 12 war leer. Dort sollte sich aber im Moment Combot 1277 im Standby befinden. „Haben Sie die Ladebucht überprüft?", fragte der Ingenieur Leutnant Adamski, „vielleicht ist es nur ein Sensorendefekt?" „Selbstverständlich habe ich sie überprüft", entrüstete sich Adamski, „hier draußen in der salzigen Luft haben wir ständig Probleme mit irgendwelchen Sensoren - aber diesmal nicht. Die Ladebucht ist leer!" Der Ingenieur schien ihn wohl für einen argen Einfaltspinsel zu halten, daß er ihn anrief ohne das Problem zuvor verifiziert zu haben. Serafoglu prüfte derweil Combot 1277. Laut seinen Anzeigen befand sich die Drohne planmäßig im Standby. „Sind Sie wirklich sicher?", fragte er den Soldaten nochmals, „Meinen Anzeigen nach befindet sich 1277 wie geplant im Standby." Adamski platzte der Kragen: „Für wie blöd halten Sie mich eigentlich?", schrie er den Ingenieur an, „die Ladebucht ist leer und 1277 ist weg! Soll ich Ihnen vielleicht ein Foto schicken, damit Sie es mir glauben?" „Schon gut, beruhigen Sie sich!", beschwichtigte ihn Serafoglu, „wir kümmern uns darum." Adamski legte auf und der türkischstämmige Ingenieur schüttelte den Kopf. Dann rief er die Steuerung von Combot 1277 auf, und gab den Befehl die Drohne hochzufahren. Es dauerte einen Moment lang, dann bekam er eine Fehlermeldung auf sein Display.

Er versuchte es erneut - doch auch der zweite Versuch schlug fehl. 1277 wurde jetzt als „offline" angezeigt. Eine sehr ungewöhnliche Situation. Der Puls des Technikers beschleunigte sich. Er rief das Einsatzoverlay auf und ließ sich alle in der Gegend im Einsatz befindlichen Combots anzeigen. Dann schaltete er die Satellitenortung dazu und glich die Daten ab. Da war er! Combot 1277 wurde als unbekanntes Flugobjekt angezeigt und bewegte sich offenbar Richtung Norden auf die mallorquinische Küste zu. „Verdammt!", entfuhr es Serafoglu in einer Lautstärke, daß sich einige der Soldaten an ihren Plätzen verwundert zu ihm umdrehten. Der Ingenieur sprang auf und eilte zum Platz des kommandierenden Oberst Schulz. „Herr Oberst, Her Oberst!", rief er aufgeregt, „wir haben ein Problem! Es hat sich schon wieder ein Combot selbständig gemacht. Diesmal ist er nach Norden unterwegs! Er ist schon kurz vor Mallorca!" Der Oberst verschluckte vor Schreck beinahe seinen Kaugummi. Er ließ sich von Serafoglu die Situation erklären und schaltete das Satellitenbild auf den großen Bildschirm. Sofort ordnete er die Verfolgung mit anderen Combots an. „Der General wird einen Herzanfall kriegen!", brummte Schulz und griff zum Hörer.

Sehr viel ruhiger ging es währenddessen bei Tom Schiller zu. Er hatte sich kurzerhand bei seinen Eltern einquartiert und nutzte Laptop und Handy seiner Mutter für seine Recherchen. Er rechnete damit, daß seine eigenen Geräte längst vom Geheimdienst überwacht wurden und er hoffte, daß er nicht wichtig genug für den Aufwand war, die Geräte seiner Eltern auch gleich mit zu überwachen. Nachdem er bei der EDCO in einer Sackgasse gelandet war, hatte er sich die Pressemeldung noch mal vorgenommen. Die Randnotiz, daß auch eine Beobachterin der Regierung bei dem Unglück ums Leben gekommen sein sollte, hatte ihn stutzig gemacht. Was machten ein Combot Techniker und eine Beobachterin der Regierung gemeinsam auf einer Mission? Oder wollte man sie „verschwinden lassen"? Wenn ja, weswegen? Die Mitglieder und Vertrauten der Regierung müßte er über's Internet herausfinden können. Daran arbeitete er gerade und aß nebenher ein Stück Apfelkuchen - auf den seine Mutter zurecht stolz war. Schmatzend saß er mit seinem Kuchen und dem Laptop am Eßtisch. Er hatte ein aktuelles Bild der Regierungsmannschaft von der Website der Konservativen geladen. Die meisten der Gesichter kannte er. Er legte das Bild ab und suchte sich weiter Bilder und Berichte der letzten Monate. Und verglich diese. Schnell fiel ihm etwas Interessantes auf: Vor Kurzem hatte Präsident Strauss einen neuen Berater zum Leiter seines Wahlkampfteams ernannt. Heimlich still und leise. Das war ungewöhnlich. Im Wahlkampf nutzte man doch eigentlich jede Möglichkeit einer Schlagzeile, so lange man sie nur irgendwie positiv darstellen konnte. Wo war die hübsche Blondine geblieben, die den Job bisher gemacht hatte? Schiller hatte sie schon oft im Fernsehen gesehen. Sogar der Name fiel ihm spontan ein: Jessica Slade - eine Engländerin. Mal sehen, was er herausfinden konnte. War da nicht irgendwas mit einem Autounfall gewesen? War sie das gewesen? War das der Grund für ihr Verschwinden? Dann wäre sie es wohl nicht gewesen, die da angeblich mit im abgestürzten Hubschrauber gesessen hatte. Schiller ärgerte sich über sich selbst: Er hätte gleich, nachdem er die Pressemitteilung erhalten hatte, bei der EDCO nachfragen sollen. Schließlich handelte es sich ja um ein offizielles Papier. Nun würde er mit *seiner* Akkreditierung wohl nichts mehr erfahren - zumindest nicht, ohne daß es der Geheimdienst mitbekäme.

Er mußte irgendwie zu einer List greifen. Der Journalist rief einen Bekannten Kollegen bei der Netzzeitung an. Nach einigem Hin und

Her konnte er ihn überreden, im Namen der Zeitung bei der EDCO nachzufragen und dabei „um Gottes willen" bloß nicht Schillers Namen zu erwähnen. Gespannt wartete Schiller auf das Ergebnis und verdrückte dabei voller Nervosität noch zwei weitere Stücke Apfelkuchen - mit der Folge, daß ihm fast schlecht wurde. Endlich kam der mit Spannung erwartete Rückruf: „Hallo Tom, der Name der Beobachterin war Jessica Slade. Kann ich sonst noch etwas für dich tun?..." Also doch! Jessica Slade! Das war ein echter Ansatz. Hastig beendete Schiller das Telefonat. Schnell fand er heraus, daß sie in Genf wohnte. Mit ein paar Tricks kam er auch an ihre Adresse. Jetzt war wieder journalistische „Handwerkskunst" gefragt. Er grübelte nach, wie er - ohne digitale Spuren zu hinterlassen - nach Genf reisen konnte. Da überall nur noch mit dem subkutanen ID Chip, den jeder Europäer in seinem Nacken trug, bezahlt wurde, war das gar nicht so einfach. In der Schweiz gab es wohl noch analoge Zugfahrkarten, die man sich ausdrucken konnte. Also buchte er auf den Namen seines Vaters zunächst ein Zugticket nach Konstanz. Dort würde er mit dem Rad die Grenze überqueren und von Kreuzlingen aus mit einem anderen Zug nach Genf fahren. Natürlich könnte er auch eine Direktverbindung wählen. Aber er war sich sicher, daß der Geheimdienst das irgendwie mitbekommen würde. Fahrten innerhalb der alten Nationalstaaten waren doch unauffälliger. Er würde sich möglichst viel Verpflegung mitnehmen, so daß er so lange es irgendwie ging, ohne einen Bezahlvorgang auskam. Wie die Geheimdienstleute wohl schauen würden, wenn er plötzlich „weg" war? Oh, und Martins Kater würde sich schon wieder an ein neues Gesicht gewöhnen müssen - zum Glück war Schillers Nachbarin ganz vernarrt in das Tier. Am besten sagte er ihr, er würde beruflich nach Skandinavien reisen oder sowas, dann hatten die Geheimdienstler einen Ansatz. Am Besten würde er, von zu Hause aus, mit seinem

Laptop und auf eigene Rechnung noch ein Zugticket nach Stockholm kaufen. Oder doch besser nach Oslo? Mal sehen, was billiger war. Oder noch besser: Mal sehen ob da irgendwo ein Anlaß war, wo er sich als Journalist akkreditieren lassen konnte. Schiller mußte grinsen. Je mehr er es ausfeilte, desto mehr Spaß machte ihm dieses virtuelle" Katz-und-Maus Spiel". Wenn es nur nicht so ernst wäre.

Helle Aufregung herrschte inzwischen im „Kino", in der Zentrale der EDCO. General Brandt war eingetroffen und auch Professor Schneider. Wieder mußten sie mehr oder minder hilflos mit ansehen, wie sich eine ihrer Drohnen - außer Kontrolle geraten - auf ein Ziel zubewegte. Und diesmal lag das Ziel nicht in Afrika, es lag in Europa! Wieder war klar, die verfolgenden Combots würden die wild gewordene Waffe nicht rechtzeitig erreichen können, um sie unschädlich zu machen. Die Stirn des Professors war schweißnaß, während General Brandt mit zusammen gekniffenen Augen wie gebannt auf den großen Bildschirm starrte, als ob er so mehr erkennen könnte. Doch es gab nicht mehr zu erkennen, als einen rot blinkenden Punkt, der auf Höhe der Stadt Cala D'or die mallorquinische Küste erreichte und dann in Richtung der Hauptstadt Palma schwenkte. „Wir müssen sofort den Flugverkehr von und nach Palma stoppen!", rief Professor Schneider aufgeregt. „Negativ", brummte der General, „das schaffen wir nicht mehr rechtzeitig." „Wir müssen es zumindest versuchen!", brüllte Schneider vollkommen außer sich, „Der Combot kann leicht einen ganzen Flieger runterholen! Wenn es den Saboteuren gelungen ist die Freund/Feind Erkennung zu umgehen, können das hunderte Opfer werden." Der General glaubte wohl immer noch, die ganze Sache geheim halten zu können, aber wenn der Combot wirklich ein Flugzeug angriff, dann war es mit der Geheimhaltung endgültig vorbei. „Bitte Herr General", flehte nun auch Erkan Serafoglu, „wir könnten das immer noch mit einem Steuerungsdefekt oder sowas erklären, oder wir könnten ..." „Der Combot hat gestoppt!", rief plötzlich einer der Soldaten mitten in den Satz des Technikers. Alle starrten gebannt auf die Karte. „Maximale Vergrößerung!", forderte der General. Der Combot war noch da, und schwebte offenbar am Rande einer Stadt, unweit von Palma. „Haben wir irgendwelche Leute auf Mallorca?", fragte Brandt seinen Stab. Schnell bekam er eine Antwort: „Es gibt ein Trainingscamp für Kampfschwimmer, südlich von Palma." „Die sollen sich sofort auf den Weg machen!", befahl der General. Der Stabsoldat gab den Befehl umgehend weiter. Plötzlich begann der Combot auf der Anzeige anstatt rot, gelb zu blinken. Erkan Serafoglu stürzte zu seiner Station und prüfte den Link. „1277 ist wieder online!", informierte er die anderen, dann fragte er den Status der Drohne ab und kommentierte: „Der Combot ist im Notlaufprogramm. Höhere Funktionen nicht verfügbar. Ich kann ihn nur nach Hause holen." „Genau wie damals beim ersten Mal", brummte Oberst Schulz. „Bringen Sie mir diesen Combot auf schnellstem Wege hier her!", ordnete Professor Schneider an und General Brandt wollte wissen: „Können Sie das Ding dort vor Ort landen lassen?" Der Techniker bejahte es. „Dann warten Sie, bis diese Kampfschwimmereinheit vor Ort ist und holen Sie ihn dann irgendwo möglichst unauffällig runter", fuhr Brandt fort, „die sollen das Gerät bergen und zum Flughafen bringen. Wir schicken sofort eine Einheit los, um es abzuholen."

Am späteren Nachmittag saßen alle, wie schon beim letzten Mal, zur Lagebesprechung zusammen. Erkan Serafoglu hatte Kriegers Platz eingenommen. Einer der Stabsoldaten erläuterte gerade Oberst Schulz's Bericht darüber, wie sie mit den verfolgenden Drohnen den Weg von Combot 1277 abgeflogen und überprüft hatten, jedoch nichts Außergewöhnliches feststellen konnten. „Sieht aus, als hätten wir diesmal Glück gehabt", kommentierte Professor Schneider, „Gott sei dank - nicht wieder so ein Blutbad!" Das Telefon auf dem Tisch klingelte und unterbrach die Ausführungen des Professors. Ein Mann aus dem Generalstab nahm den Hörer ab, dann informierte er simultan die Anwesenden: „Es ist Llucmajor..." „Wie heißt der Soldat?", unterbrach ihn Brandt sofort, „was will der, und warum stört der uns?" „Llucmajor - die Stadt in Mallorca, wo der Combot gestoppt hat", informierte der Stabsoldat und mußte sich zwingen ernst zu bleiben. Serafoglu gelang das nicht ganz, er mußte kichern, während der Soldat fortfuhr: „Die Kampfschwimmereinheit ist dort wie befohlen noch mal ausgeschwärmt. Offenbar wurde in der Gegend jemand erschossen. ...Aha ... aha", hörte der Soldat weiter zu und legte dann auf, bevor er der gespannten Gruppe den Rest erzählte: „Die Einheit ist in der Gegend auf eine Menge Polizei aufmerksam geworden, die bei einem Bauernhof versammelt war. Angeblich ist da ein alter Landwirt während seiner Siesta auf der Veranda seines Hofes erschossen worden. Keiner kann es sich erklären. Es wurde offenbar drei mal geschossen. Die Polizei vermutet ein großkalibriges Jagdgewehr als Mordwaffe. Die Gegend dort sei ausgesprochen friedlich und es hätte schon seit Jahren keinen Mord mehr gegeben." „Das könnte 1277 gewesen sein", mutmaßte Erkan Serafoglu, „Die Primärwaffe eines Combots feuert mit Kaliber .305 - das könnte man für eine Jagdwaffe halten." Professor Schneider wiegte nachdenklich den Kopf, dann sah er den General an und spekulierte: „Entweder wollen die uns ein Zeichen schicken, oder es war ein weiterer Test. Wie auch immer. Wir müssen wohl vom Schlimmsten ausgehen. Die können jetzt nicht nur Combots übernehmen und damit in Afrika Leute umbringen, sondern auch, trotz der Freund/Feind Erkennung über die ID-Chips die wir alle tragen - Europäer in Europa!" „Und jetzt?", fragte der General ratlos. Seine militärischen Weisheiten konnten ihm hierbei auch nicht weiter helfen. Schneider zuckte ebenfalls mit den Achseln: „Jetzt können wir nur abwarten, ob das Ganze zu einem Putsch oder einer schnöden Erpressung führt. Aber vielleicht haben wir ja Glück und können dem Combot diesmal mehr Informationen entlocken. Er sollte schon bald hier eintreffen, dann sind wir schlauer."

Geduld ist gefragt

Es war Sonntag, doch die Verantwortlichen bei der EDCO konnten sich den Luxus eines freien Tages in der gegebenen Situation nicht leisten. Professor Schneider saß General Brandt in dessen Büro am Schreibtisch gegenüber. Er rollte die Augen und hielt dem grauhaarigen Militär eine verbrannt riechende Platine vor die Nase. „Wie zu erwarten", kommentierte der Professor, „1277 war genau so auskunftsfreudig wie der erste abtrünnig gewordene Combot. Die Steuerplatine mit allen Daten, die uns weiter bringen könnten, ist völlig hinüber. Wir sind uns inzwischen sicher, daß es sich um eine Art Virus handelt, der die Befehlsgewalt über den Combot an den bzw. die Unbekannten überträgt. Wenn der Combot seine Mission erfüllt hat, wird so eine Art `Kill-Befehl´ gegeben, der den Combot außer Gefecht setzt und alle Spuren verwischt. Völlig schleierhaft ist uns aber immer noch der Punkt, wie der Virus auf die Combots gelangen kann. Die Techniker sagen das Gleiche, was auch Krieger gesagt hat: Eigentlich ist das nicht möglich. Es muß auf Betriebssystemebene erfolgen. Dazu muß man zum einen über entsprechendes Wissen und zum anderen über die notwendigen Zugangscodes verfügen." „Man sollte meinen, es gibt nicht all zu viele Menschen auf der Welt, die über beides verfügen", brummte der General und machte dann lautstark seinem Ärger Luft: „Und dennoch - obwohl wir alle Leute überprüft haben, alle Computer, alle Firewalls. Obwohl wir regelmäßig die Codes wechseln - sie schaffen es immer noch und *wir* haben noch immer nicht die geringste Spur! Das ist doch zum verrückt werden! Aber irgendwann", sprach er sich selbst Mut zu und ballte die Faust, „irgendwann machen die einen Fehler - und dann kriegen wir sie!"

Geduld brauchte auch Jessica Slade. Kriegers Fieber dauerte nun schon den dritten Tag an und sie hoffte inständig, es möge endlich bald vorüber gehen. Immer wieder sah sie nach ihm, brachte ihm etwas zu Essen und Wasser, tupfte seine Stirn. Sie sprach ihm Mut zu, auch wenn er sie nicht wirklich erkannte. In der Hütte stank es mittlerweile bestialisch. Es war heiß. Die Sonne brannte auf das unisolierte Wellblechdach. Der Geruch nach Waffenöl mischte sich mit dem Gestank von Kriegers Schweiß und seinen Exkrementen. Er hatte sich auch mal verschluckt und erbrochen. Fliegen schwirrten und krabbelten überall herum. Mit seinem Stoppelbart und seiner dreckigen Kleidung gab der Ingenieur ein armseliges Bild ab. Jessica begann immer mehr Hochachtung vor der Tätigkeit von Kranken- oder Altenpflegekräften zu entwickeln. Alles war widerlich, doch die willensstarke Frau mußte ihren Ekel überwinden, wenn sie sich um ihn kümmern wollte. Sie hatte zumindest Stroh um ihn herum ausgelegt. Immer wieder, wenn er sie kurz erkannte, zerrte er an seinen Fesseln, bekam eine Erektion und den Blick eines auf der Lauer liegendes Raubtiers. Jessica wagte kaum sich vorzustellen, was geschehen würde, wenn er nicht so gut gefesselt wäre. Würde sie ihm je wieder vertrauen können? Jessica seufzte.

Es schien ein wunderschöner, sonniger Tag zu sein. Jessica lümmelte sich auf einer flauschigen Picknickdecke in der Wiese am Waldrand. Der Picknickkorb und Getränke standen neben ihr. Ein Lagerfeuer brannte. Es sah unheimlich gemütlich aus. Unschuldig lächelte ihn die blonde Schönheit an. Sie trug ein lachsfarbenes Sommertop mit Spaghettiträgern. Dazu einen weißen, kurzen Rock und weiße Ballerinas. Er setzte sich zu ihr und trank einen Schluck. Verstohlen sah sie sich um. Außer ihnen Beiden war keine Menschenseele in der Nähe. Sie streckte ihren Fuß nach ihm aus und tätschelte mit der Spitze ihres Schuhs sanft seinen Schritt. Er grinste verstohlen zurück und entledigte sich seiner Jeans und seiner Freizeitschuhe. Immer noch streckte sie ihm ihren Fuß entgegen. Er streifte ihr den Schuh ab und küßte ihre Zehen mit den kirschrot lackierten Nägeln. „Nicht kitzeln!", mahnte sie ihn kichernd, streifte mit dem Fuß sein T-Shirt nach oben und spielte mit dem großen Zeh an seiner Brustwarze. Vorsichtig, um nicht aus ihrer Reichweite zu geraten, entledigte er sich auch seines T-Shirts. Doch unvermittelt zog sie ihren Fuß zurück und wies ihn an sich umzudrehen. Voller lustvoller Erwartung, folgte er ihrer Anweisung. In seinem Rücken zog sie sich vollständig aus. Als er sich endlich wieder zu ihr umdrehen durfte, saß Jessica nackt im Schneidersitz da und hatte einen Stock in der Hand, auf dem sie offensichtlich etwas über dem Lagerfeuer gegrillt hatte. Es sah aus wie sein Penis! Sie leckte grinsend über die Spitze, dann biß sie vorsichtig ein Stück ab und kaute es. Völlig vor den Kopf gestoßen betrachtete er erstarrt das bizarre Schauspiel. „Du hast dich richtig entschieden!", feixte sie ihn an und biß genüßlich ein weiteres Stück ab. Er konnte es nicht länger ertragen. Er stürzte sich auf die blonde, junge Frau und riß ihr den Stock aus der Hand. Voller Abscheu betrachtete er den Rest von dem, was sie sich einverleibte. Es war - ein ganz normales Grillwürstchen!

„Hey, nicht so stürmisch!", mahnte sie ihn lachend und zog ihm seine Unterhose herunter. Er sah an sich herab. Zwischen seinen Beinen ragte sein steifer Penis prall und hart hervor. Jessica begann, ihn mit der Hand zu masturbieren. Er warf den Stock mit dem Rest des Würstchens ins Gras und legte sich auf die junge Frau, deren Schritt vor Lust glitzerte. Schwungvoll drang er in sie ein, was diese mit einem lasziven Stöhnen quittierte. Sie wälzten sich wild umher und küßten sich voller Leidenschaft, während sie sich liebten. Sie legte sich ins Hohlkreuz, so daß ihre festen Brüste wie pralles Obst am Baum vor seiner Nase tanzten. Voller Genuß legte sie ihren Kopf nach hinten und ihre wunderschönen, langen Haare hingen herunter und wiegten im Takt ihrer heißen Körper hin und her. Er richtete sich auf und legte ihre langen, schlanken Beine an seine Schultern. Tief und kraftvoll drang er erneut in sie ein. Jessica triefte vor Verlangen. Es fühlte sich wunderbar an. Immer schneller und kräftiger stieß er zu. Ihr Stöhnen wurde immer lauter und mündete irgendwann bei jedem Stoß in einen kurzen, spitzen Schrei. Das spornte ihn noch mehr an und er gab alles bis er schließlich in einer unglaublichen Welle von Lust einen fantastischen Höhepunkt erlebte.

Vollkommen außer Atem merkte er, daß Jessica sich nicht mehr bewegte. Irgendetwas stimmte nicht. Er sah an sich herab und zwischen ihren Körpern war alles voller tiefrotem Blut! Er zog sein Genital aus ihr heraus und eine riesige Lache von Blut ergoß sich auf die Decke unter ihnen. Sein Penis sah aus wie ein Dolch! Er hatte einen Dolch zwischen seinen Beinen und hatte sie im Eifer des Gefechts erstochen!

„Nein!", schrie er verzweifelt, „Nein! Nein! Nein! Jessica! Sag doch was! Jessica! Jessicaaa!"

Plötzlich schlug Krieger die Augen auf und sah seine Begleiterin völlig verstört an. Er stammelte: „Oh mein Gott, Jessica, ich habe dich getötet!"

Vor schreck ließ die Angesprochene die Wassertasse fallen, aus der sie ihm gerade zu trinken geben wollte. Sie wich instinktiv zurück. Vorsichtig sprach sie ihn an: „Martin?! Verstehst du mich? Wie geht es dir?" Der Ingenieur antwortete immer noch ziemlich verwirrt: „Natürlich, oh - Mann, wieso lebst du? Ich habe dich doch gerade sterben sehen? Oh weia, mein Kopf fühlt sich an, als hätte ich mit Mohamed Ali geboxt - 10 Runden!" Krieger zerrte an seinen Fesseln. Die Erkenntnis, dort in der Hütte gefesselt im Dreck zu sitzen, trug nicht gerade zu seiner Erheiterung bei. „Mach mich los!", forderte er Jessica auf, „warum hast du mich hier angebunden? Wo bin ich überhaupt?"

Jessica war unglaublich froh, daß er wieder Herr seiner Sinne zu sein schien. Gleichwohl hatte Mara sie gewarnt, ihn keinesfalls zu früh und schon gar nicht alleine loszubinden. Ausweichend sagte sie daher nur „Warte kurz, ich bin gleich wieder da", und verschwand aus der Hütte. Wie ein aufgescheuchtes Huhn lief sie im Dorf des himmlischen Friedens umher und suchte Mara. Sie fand diese schließlich beim Backofen, wo sie gerade half Mehl zu mahlen. „Mara, Mara!", rief Jessica ihr schon von weitem zu, „Martins Fieber ist vorbei!" Die anstürmende Engländerin hatte eigentlich erwartet, daß Mara sich mit ihr freute, doch deren Euphorie hielt sich in argen Grenzen: „Beruhigen Sie sich, Jessica!" Die italienische Ärztin klopfte sich den Staub von den Händen. Ohne viele weitere Worte zu verlieren, stapfte sie voraus. Auf dem Weg zur Hütte, in der Krieger lag, rief sie zwei kräftige Männer zu sich. Kurz darauf standen alle in der Hütte um Krieger herum, der langsam wieder klarer im Kopf zu werden schien. Mara sprach ihn an: „Hallo Martin, erinnern Sie sich an mich?" „Hallo

Mara", antwortet er ihr etwas gereizt, „ich würde ja gerne aufstehen und Ihnen die Hand geben. Leider bin ich *ein wenig* indisponiert. Aber vielleicht erklärt mir jetzt mal irgendjemand, was das Ganze hier soll?" Mara setzte wieder dieses weise, mütterliche Lächeln auf, das sicher auch zu ihrer Stellung im Dorf beigetragen hatte. Mit ruhiger Stimme informierte sie Krieger: „Sie haben sich mit dem Venturi-Virus angesteckt. Erinnern Sie sich, daß ich Ihnen davon erzählt habe? Krieger machte einen etwas gequälten Gesichtsausdruck. „Ich erinnere mich", bestätigte er, „das war gestern Abend. Aber warum soll ich es haben und warum haben Sie mich hier gefesselt?" Mara und Jessica sahen sich an, dann erklärte seine Begleiterin: „Das war nicht gestern Abend, das war vor drei Tagen! Du bist seit dem im Fieber gelegen und warst völlig weggetreten. Erst vor ein paar Minuten hast du mir noch erklärt, daß du mich umgebracht hättest, erinnerst du dich?" „Stimmt", mußte Krieger zugeben, „ich habe das wohl irgendwie geträumt. Aber wie soll ich mich denn mit dem Virus angesteckt haben?" „Wir haben Nasirs Wasser getrunken! Vielleicht erinnerst du dich auch da dran?!", erklärte Jessica mit offensivem Tonfall. Verdammt - sie hatte recht. Kriegers Gedanken jagten in seinem immer klarer werdenden Kopf. Plötzlich fiel ihm alles wieder ein. Die Suche, die Explosion, die Flucht, wie und warum sie ins Dorf gekommen waren, Maras Geschichte und - ja, dann kam so eine Art Filmriß. Unsicher sah er Mara an: „Was geschieht jetzt mit mir? Bin ich noch eine Gefahr?" Mara gab den Männern einen Wink. Sie banden ihn los und halfen den völlig verdreckten Europäer aufzustehen. Er war noch ein wenig unsicher auf den Beinen. „Jetzt werden wir Sie erst mal waschen", informierte ihn Mara, „Sie bleiben noch bis morgen früh gefesselt. Nach dem Fieber kann es noch zu Flashbacks kommen." Die Gruppe setzte sich in Richtung des Wadis in Bewegung.

Krieger wurde schnell wieder sicherer, aber die beiden Männer wichen ihm nicht von der Seite. Mara fühlte seine Stirn. Das Fieber schien auf jeden Fall vorbei zu sein. Er hatte auch keine Kopfschmerzen mehr. Nur seltsame Erinnerungsfetzen spukten in seinem Kopf herum und wenn er Jessica ansah, fühlte er immer noch großes Verlangen nach ihr. Aber er riß sich zusammen und versuchte den Blick am Boden zu halten. Am Wadi angekommen halfen alle mit, den stinkenden Ingenieur und seine Kleidung wieder sauber zu bekommen. Krieger wurde immer dankbarer. Langsam reifte in ihm die Erkenntnis, daß Jessica und er ohne Maras Hilfe mit größter Wahrscheinlichkeit inzwischen tot gewesen wären. Als er die Prozedur hinter sich hatte, ließ er sich wieder anstaltslos die Hände fesseln. Mubali und ihre Schwestern hatten währenddessen die Hütte sauber gemacht und sogar frisches Stroh auf dem Boden verteilt. Die Männer setzten Krieger wieder an seinen Platz und gingen dann. Mara stellte Krieger und Jessica einen Krug mit Wasser und noch etwas Brot und Oliven bereit. Sie hatte das Mittagessen verpaßt, aber Jessica wollte Krieger natürlich nicht alleine in der Hütte sitzen lassen. Also machte sie es sich, so gut es ging, ebenfalls in der Hütte bequem. Etwas später schaute Mara noch mal rein und erkundigte sich nach Kriegers Befinden. Dann hatte sie in ihrer Eigenschaft als Chefin des Dorfes eine unangenehme Pflicht zu erfüllen. Sie sprach Jessica und Krieger gemeinsam an: „Jetzt, wo es Ihnen beiden wieder besser geht, müssen wir uns darüber unterhalten, wie es mit Ihnen weiter gehen soll. Wir sind Ihnen nach wie vor dankbar für die Rettung von Mubali und werden es immer sein. Sie sind hier im ´Dorf des himmlischen Friedens` herzlich willkommen und wir würden uns freuen, wenn Sie sich entschließen würden hier mit uns zu leben." Mara machte eine Sprechpause um ihre Worte wirken zu lassen und ihnen Nachdruck zu verleihen. Doch Krieger und Jessica wußten genau, daß jetzt das „Aber" kam und konnten sich auch vorstellen, wie dieses „Aber" aussehen würde. Mara fuhr fort: „Wenn Sie hier mit uns leben möchten, müssen Sie natürlich unsere Regeln akzeptieren und diese auch einhalten. Gewaltfreiheit und Nächstenliebe sind unsere obersten Gebote. Ihre Waffen müssen vernichtet werden und Sie - damit nickt sie Krieger zu - müssen sich *freiwillig* von mir „Beschneiden" lassen oder dies selbst tun, wovon ich allerdings abrate. Diese Hütte hier soll Ihnen beiden gehören. Falls Sie lieber getrennt leben möchten, finden wir auch dafür eine Lösung. Sie werden sich Ihren Fähigkeiten entsprechend am Dorfleben beteiligen und jeden Tag arbeiten müssen. Dafür haben Sie ein Auskommen und liebenswerte Menschen um sich herum."

„Was ist, wenn wir das so nicht wollen?", fragte Krieger sie ernst. Mara hob die Brauen. „In dem Fall", antwortete diese kurz und bündig, „muß ich Sie bitten uns morgen zu verlassen." „Wie weit ist es in die nächste Stadt und was erwartet uns dort?", wollte Jessica wissen. Mara erklärte ihnen, daß die nächste Stadt diejenige war, zu der die Straße führte, auf der Sie den Unfall mit dem Hubschrauber hatten. Sie lag im Osten und man lief ungefähr einen halben Tag. Allerdings handelte es sich um eine Geisterstadt. Um zu einer Stadt zu gelangen, in der ihres Wissens nach noch Menschen lebten, mußten sie noch zwei weitere Tage der Straße nach Osten folgen oder ungefähr 100 Kilometer nach Norden die Wüste durchqueren. Im Süden kam sehr lange nichts als Wüste. Weiter kannte sie sich in dieser Richtung nicht aus. „Na das sind ja tolle Aussichten", stöhnte Jessica verzweifelt. „Denken Sie in aller Ruhe darüber nach - unser Angebot steht!", mahnte Mara. Dann nickte sie den Beiden zu und ließ sie alleine.

Hofer trommelte nervös mit den Fingern auf den Schaft seiner Waffe. Den ganzen Tag hatten sie nun schon die Stadt durchkämmt und keine Spur von den beiden gefunden. Die Suche gestaltete sich schwieriger, als erwartet: Zwar schien die Stadt vollkommen verlassen zu sein, doch scheinbar war dies noch nicht all zu lange der Fall. Viele der Häuser waren noch intakt und verschlossen oder sogar verbarrikadiert. Andererseits konnten die Gesuchten auch durch irgendein Fenster oder eine Dachluke eingestiegen sein und sich darin verstecken. In den Häusern selbst bot sich auch einige Gelegenheit dazu. Manche hatten Keller, zu denen eine Luke irgendwo im Boden führte. In der Zeit als hier die Lebensmittel knapp wurden und marodierende Banden die Herrschaft erlangt hatten, hatten sich offenbar viele Bewohner in ihren Häusern Verstecke geschaffen um zu überleben. All diese mußten sie nun Haus für Haus durchsuchen. Einige der Soldaten hatten schon überlegt, ob es nicht einfacher wäre, ein Haus nach dem anderen zu sprengen. Aber Hofer brauchte Gewißheit. Möglicherweise unter einem Schuttberg vergrabene Leichen wären da eher kontraproduktiv.

Ein Lichtblick für Hofer war die Tatsache, daß es die einzige Stadt war, die sie in der fraglichen Zeit zu Fuß erreichen konnten. Sie mußten hier also irgendwo stecken - und er würde sie finden!

Allerdings konnte dies noch eine Weile dauern, stellte er leicht resigniert fest, denn es waren leider noch ziemlich viele Häuser übrig. Genau genommen hatten sie noch nicht ein mal die Hälfte durchsucht. Er würde hier Quartier aufschlagen lassen. In der Nacht würde er die Hubschrauber mit Wärmebildkameras patrouillieren lassen - aber vielleicht war es ja nicht nötig. Die beiden könnten ja auch im Nächsten der Häuser stecken. Hofer trieb seine Männer an: „Vorwärts, das Nächste!

Wesentlich gemütlicher hatte es da Tom Schiller. Er hatte einen Fensterplatz im Zug ergattert, den er wie geplant in Kreuzlingen bestiegen hatte, und bewunderte das mächtige Massiv der Schweizer Alpen. Zunächst war der Zug einige Zeit am Rhein entlang gefahren, was auch reizvoll gewesen war. Doch dann war er dem Gleis nach Süden, in Richtung Zürich gefolgt. Nach diesem Stop verlief die Strecke abwechslungsreich. Sie tauchte langsam immer mehr in die bergige Landschaft ein. Diese war wirklich wunderschön und in weiten Teilen sehr ursprünglich geblieben. Es sah nicht alles so strukturiert und geplant aus, wie er es von zu Hause kannte. In Deutschland schienen oft selbst die Bäume, im Wald, in Reih und Glied gepflanzt zu sein. Schiller konnte sich an der wunderbaren Natur gar nicht sattsehen. Er holte seinen Rucksack aus dem Gepäcknetz. Unter anderem hatte er eine große Thermoskanne mit heißem Tee dabei. Den Deckel konnte man als Becher verwenden und Schiller goß sich ein. Der Zug fuhr nicht sonderlich schnell. Die Schweizer Bahn schien sich der Tatsache bewußt zu sein, daß es den meisten ihrer Kunden nicht ums schnelle Ankommen ging - für viele war eher der Weg das Ziel. Der Zug war voll von Ausflüglern und Tagestouristen. Auch Schillers Fahrrad war nicht das einzige an Bord. Tom grinste in sich hinein. Er hatte sich mit einigen jungen Leuten unterhalten, die auch nach Genf unterwegs waren. Sie wollten dort am morgigen Montag an der geplanten Großdemonstration vor dem Eurotower, dem Regierungsgebäude der europäischen Allianz teilnehmen. Im nahen Park, direkt am Genfer See, hatten Aktivisten ein Camp errichtet und wollten eine Mahnwache abhalten. Da paßte Schiller mit seinem individuellen Stil, seinem großen Rucksack und seinem Fahrrad ausgesprochen authentisch zur Szenerie. Eine Übernachtung ohne ID-Scan war also gesichert! Er stellte sich belustigt vor, wie der Geheimdienst fieberhaft versuchte, seinen Weg nach Skandinavien zu verfolgen.

Ratlos saßen Jessica Slade und Krieger in ihrer Hütte. Maras Ausführungen, und die sich daraus ergebenden Konsequenzen, hatten sie ziemlich hart getroffen. Während Krieger im Fieber gelegen hatte, hatte Jessica sich das ein oder andere Mal Gedanken drüber gemacht, wie es weiter gehen würde. Stets war sie dabei davon ausgegangen, daß sie sich irgendwie von Stadt zu Stadt bis zum Norden durchschlagen würden. An Geisterstädte, wo sie keine Verpflegung erwarten konnten, hatte sie dabei genau so wenig gedacht, wie an die schiere Größe des dünn besiedelten Kontinents. „Wir brauchen ein Auto", stellte der zur Sicherheit immer noch gefesselte Krieger fest, „und dafür gibt es nur eine Chance: Wir müssen nach Osten in diese Geisterstadt gehen und hoffen, daß wir dort eines finden." „Vor allem eines das noch fährt", gab Jessica zu bedenken, „und brauchen die nicht auch Strom zum Starten? Und einen Schlüssel? So war das doch früher, oder?" „Das kriegen wir alles irgendwie hin", winkte Krieger ab, obwohl ihm klar war, daß Jessica da durchaus nennenswerte Probleme angesprochen hatte. Krieger war zwar Ingenieur, aber kein Automechaniker. Er konnte sich wohl vorstellen, wie das alles funktionierte, aber er hatte keinerlei Erfahrung damit ein altes Auto zu reparieren - geschweige denn passendes Werkzeug. Dennoch schien es ihre einzige Chance zu sein. „Wir sollten Mara fragen", schlug Jessica vor, „vielleicht hat sie eine Idee dazu. Sie weiß ja auch nicht, daß wir wissen, wo Benzin zu finden ist." „Mara", murmelte Krieger verächtlich, „ich traue dieser Person nicht. Mag vielleicht auch dran liegen, daß sie mich zwingen will, mir von ihr den Schwanz abschneiden zu lassen." „Ohne die Hilfe von Mara und den Menschen aus diesem Dorf wären wir inzwischen vermutlich beide tot!", entrüstete sich Jessica. Sie sah in Mara viel mehr so eine Art tragische Heldin und hatte sie in den letzten Tagen irgendwie lieb gewonnen. Krieger zuckte mit den Schultern. „Was soll's? Fragen wir sie!", stimmte er widerwillig zu, „es ändert ja doch nichts an der Situation." „Meinst du, daß uns diese Soldaten noch verfolgen?", wechselte Jessica das Thema. Krieger zuckte erneut mit den Schultern, dann spekulierte er: „So dringend wie dich dieser Hofer tot sehen wollte, würde ich jetzt nicht darauf hoffen, daß die allzu schnell aufgeben. Was hast du denen eigentlich getan, daß sie dich unbedingt aus dem Weg schaffen müssen? Klar, du weißt, daß dieser Unfall mit dem Combot ein Fake war. Aber du hast doch keinerlei Beweise. Sie hätten doch gar nichts von dir zu befürchten." „DAS wüßte ich auch gerne!", rollte Jessica mit den Augen, „aber wenn ich eins und eins zusammen zähle, dann gibt es eigentlich nur eine einzige Erklärung: Der Stabschef des Präsidenten muß in diese Verschwörung verstrickt sein, vermutlich sogar der Präsident selbst. Ich habe sie vor kurzem zufällig bei einem konspirativen Gespräch belauscht. Sie müssen das irgendwie mitbekommen haben. Palmer, der Stabschef, war es dann auch, der mich auf diese Mission geschickt hat. Das hat alles so spannend und plausibel geklungen - die Ikarus Gruppe - jaja!" Jessica spuckte verächtlich und nicht gerade damenhaft ins Stroh. Sie schnaubte und erhob dann erneut die Stimme: „Es kam mir gleich komisch vor, daß ausgerechnet *ICH* mit auf diese Mission sollte. Gehandicapt durch meinen Fuß, von der Materie keine Ahnung und alleine schon aufgrund meines Äußeren in der Gruppe auffallend, wie ein bunter Hund. Mal ganz davon abgesehen, daß Palmer beste Kontakte zum Geheimdienst hat. Als ob sich da nicht irgendwie eine geeignetere Person hätte finden lassen." Jessica schüttelte den Kopf über ihre eigene Naivität.

„Die besten Lügen verpackt man in einer Wahrheit", philosophierte

Krieger, „so daß sie nicht hinterfragt und als Teil der Wahrheit angenommen werden. Was haben der Präsident und sein Stabschef überhaupt mit den Combots im Sinn? Man sollte meinen, sie besitzen ohnehin genügend Macht. Und so wie ich das sehe, hat Präsident Strauss auch gute Chancen wiedergewählt zu werden."

„Das stimmt", gab Jessica zu, „aber was sie mit den Combots wollen - keine Ahnung! Ich weiß nur, daß der Präsident Angst vor der immer stärker werdenden ´Pro-Afrika` Bewegung hat. Das macht ihm große Sorgen."

Neue Hoffnung

Am Nachmittag kam Mara noch mal zu Jessica und Krieger in die Hütte. Krieger ging es inzwischen ganz gut. Die Kopfschmerzen waren verschwunden und er hatte keinerlei Rückfall erlebt. Mara hielt es daher für vertretbar, den Ingenieur nun von seinen Fesseln zu befreien. Er streckte sich und verschwand erst mal ganz schnell, damit seine Hose nicht schon wieder gereinigt werden mußte. Mara schaute Jessica traurig an: „Sie werden nicht bleiben, oder?" „Wir können nicht bleiben", antwortete Jessica mit einem angedeuteten Kopfschütteln, „die Welt ist dabei aus den Fugen zu geraten. Eine Gruppe mächtiger Leute versucht offenbar, die Herrschaft über Europa an sich zu reißen. Sie sind gefährlich. Viele Menschen sind schon gestorben und vermutlich werden noch viel mehr sterben. Wir müssen versuchen sie irgendwie aufzuhalten." Mara schien nicht sonderlich beeindruckt. Ihre Welt war schon vor vielen Jahren zusammengebrochen und ihre neue Welt war so weit von den Zentren jeglicher Macht entfernt, wie sie es nur sein konnte. Jessica fuhr fort: „Und dann noch die Sache mit dieser sogenannten Beschneidung. Krieger wird da nicht mitmachen ...." „Nein, nicht freiwillig!", bekräftigte Krieger, der in diesem Moment wieder die Hütte betrat, „aber es gibt noch eine wesentlich größere Gefahr als meinen Penis: Die Soldaten, die uns suchen - sie werden früher oder später hier auftauchen. Und glauben Sie mir, gewaltfrei wird das nicht ablaufen - schon gar nicht, wenn die uns hier finden." „Was werden Sie tun?", fragte Mara nachdenklich. „Wir werden in die Stadt im Osten gehen und versuchen dort ein funktionsfähiges Auto zu finden." „Gut möglich, daß Sie eines finden", erwiderte Mara, „aber ohne Benzin wird es Sie nirgends hinbringen." Jessica und Krieger sahen sich an. Auch Mara sollte klar sein, daß es in ihrem eigenen Interesse war, wenn die beiden Erfolg hatten.

„Benzin haben wir!", informierte sie Jessica mit gesenkter Stimme, als ob sie befürchtete, belauscht zu werden. Mara sah die blonde Frau zweifelnd an. Krieger war klar, daß sie nun die Karten auf den Tisch legen mußten, wenn Mara ihnen irgendwie hilfreich sein sollte: „Im alten Hotel gibt es Benzin. Es ist gut versteckt. Wir haben es zufällig gefunden." Mara schien nun ihrerseits zu überlegen, dann gab sie sich einen Ruck und stand auf. „Kommen Sie mit!", forderte sie Krieger und Jessica auf. Die beiden folgten ihr quer durch das Dorf zu einer entfernt stehenden Hütte. Dort schien alles Mögliche gelagert zu sein, für das es im Dorf gerade keine Verwendung zu geben schien. Alte Plastikflaschen, Folienreste, diverse Materialien, welche man anderswo auf einer Müllhalde finden würde. Mara wühlte sich durch all den Krempel. Ihr Ziel schien in einer Ecke, von einer alten, löchrigen Plane verdeckt zu sein. „Helfen Sie mir!", forderte Mara die beiden auf, „ein Auto habe ich zwar nicht für Sie, aber vielleicht sogar etwas Besseres!" Krieger packte sofort mit an und wühlte sich zu Mara durch. Sie zog die Plane herunter. Da stand es: Maras Motorrad! Krieger blieb der Mund offen stehen. „Das ist ja phantastisch!", jubilierte Jessica, „geht es noch?" Mara und Krieger zerrten die alte Geländemaschine ins Freie. „Ich weiß nicht, ob Sie sie wieder zum Laufen bringen, aber kaputt war sie nicht", zuckte Mara mit den Achseln. Krieger begann sofort damit den Staub und Dreck zu entfernen. Der Tank war natürlich leer. Der Vorderreifen hatte nach all den Jahren nur noch wenig Luft und der Hinterreifen war vollständig platt - aber irgendwie würden sie das sicher hinkriegen. Immerhin schien noch Öl im Motor zu sein und der Schlüssel steckte noch im Zündschloß. Jessica fiel Mara um den Hals. Endlich konnten sie neue Hoffnung schöpfen. Die beiden vereinbarten mit Mara, daß sie bleiben durften, bis Krieger die

Maschine wieder flottbekommen hatte. Er machte sich sofort an die Arbeit.

Im fernen Europa radelte Tom Schiller durch das nachmittägliche Genf. Als er am Bahnhof angekommen war, hatte es geregnet und er hatte einige Zeit damit verbracht im Bahnhof zu warten. Immerhin konnte er dabei einen Werbeflyer ergattern, auf dessen Rückseite eine detaillierte Karte der Innenstadt abgedruckt war. Er hatte beschlossen, zunächst mal zum Eurotower zu fahren und im Park sein geplantes Nachtlager zu inspizieren. Auf dem Platz der europäischen Einheit vor dem Eurotower herrschte mächtiger Trubel. Unzählige Aktivisten waren dabei eine Bühne für die Großdemonstration am nächsten Tag aufzubauen. Lautsprecheranlagen wurden durch die Gegend gekarrt und positioniert. Die Polizei versuchte das ganze so gut es ging zu ordnen und dafür zu sorgen, daß die Aktivisten sich vom Eingang des Regierungsgebäudes fernhielten. Auch im „Café des nations Européen" herrschte Hochbetrieb. Schiller hätte sich zu gerne einen Kaffee bestellt, doch noch wollte er keinen Zahlungsvorgang auslösen, der seinen Aufenthaltsort verraten würde. Also setze er sich an einen freien Tisch und packte seine Thermoskanne aus. Vermutlich würde man ihn gleich mit ein paar deftigen Worten dort verjagen, aber einen kleinen Moment würde er verschnaufen und die Szenerie genießen können. Die Sonne hatte sich inzwischen wieder durchgesetzt und schwüle Wärme ließ die feuchten Klamotten am Körper kleben. Tatsächlich dauerte es nicht lange, bis ein Kellner kam und Schiller freundlich aber bestimmt erklärte, daß er hier nicht seinen mitgebrachten Tee konsumieren könne - er solle etwas bestellen, oder gehen. Schiller sah nicht so aus, wie das Publikum, das man hier ansonsten gewohnt war. Im Café trafen sich für gewöhnlich vor allem Parlamentäre, Staatssekretäre,

Regierungsmitarbeiter und allenfalls noch Touristen im gesetzten Alter. Der Ober war von der Situation mit all den Aktivisten offenbar bereits genervt. Dafür hatte er Schiller sogar noch recht freundlich angesprochen. Da er keinen Ärger provozieren wollte, packte Schiller seinen Tee zügig wieder ein. Der Kellner war zufrieden und nahm am Nachbartisch die Bestellung auf. Der Journalist holte noch mal die Karte hervor. Das Aktivistencamp mußte irgendwo in Richtung des Sees liegen. Danach würde er sich auf den Weg in die Altstadt machen und Jessica Slades Apartment einen Besuch abstatten. Der Kellner kam bereits mit einem vollen Tablett wieder und warf Schiller einen ungeduldigen Blick zu. „Ist ja schon gut, bin ja schon weg", murmelte der großgewachsene Journalist und rückte mit seinem Stuhl zurück, während der Kellner den Nachbartisch bediente. Schiller wollte gerade aufstehen, als ihn der Kellner erneut ermahnen wollte. Er näherte sich dem Journalisten von hinten. Auf seinem Tablett stand noch ein Cappuccino, auf den ein gutaussehender, braungebrannter, junger Mann, zwei Tische weiter, schon wartete. Schiller sah ihn schmachtend an. Was für ein Kerl! Ob er wohl mit Männern etwas anfangen konnte? Gedankenverloren stand er auf und warf seinen Rucksack schwungvoll über die Schulter, da hörte er es hinter sich poltern. Als er sich umdrehte, stand der Kellner wutschnaubend direkt hinter ihm. Das leere Tablett in der Hand, auf dem Boden die leere Cappuccinotasse und deren Inhalt großflächig auf dem ehemals weißen Hemd des Kellners verteilt. „Merrrrrrrrde!", knurrte dieser und Schiller rief ihm noch ein flüchtiges „Entschuldigung" zu als er sich zügig von dannen machte. Dabei trat er, ungeschickterweise, auch noch einer elegant gekleideten Dame kräftig auf den Fuß, die sich gerade zu dem braungebrannten Schönling an den Tisch setzen wollte. Auch ihr rief er ein gequältes „`tschuldigung" zu und er bekam nicht mehr mit, wie der

Schönling die lädierte Dame umgarnte: „Oh Cherie!, du Arme!, at er dir weh getan? Isch bin untröstlisch! Diese Rüpel! Komm gib mir deine Fuß, isch werde die Schmerz wegküssen!" An seinem Fahrrad angekommen stellte Schiller grummelnd fest, daß er seine leichte Regenjacke über dem Stuhl im Café hängen lassen hatte. Er mußte also noch mal zurück. Schon von weitem hörte er das Gezeter. Der Schönling versuchte der Dame, auf deren Fuß er getreten war, den hohen Stiefel den sie trug auszuziehen. Dieser schien ziemlich eng zu sitzen und der Schönling zerrte mit Leibeskräften daran herum. Der Dame war das offensichtlich peinlich, da er damit die Aufmerksamkeit von immer mehr Leuten auf sich zog. Die beiden nahmen Schiller gar nicht wahr, als er seine Jacke schnappte und sich schleunigst wieder entfernte. Der Kellner hatte sich in Rekordzeit umgezogen und brachte gerade schnellen Schrittes den neuen Cappuccino für den Schönling an. In dem Moment löste sich der Stiefel mit einem Ruck vom Fuß der Dame. Der Schönling fiel auf seinen Stuhl zurück und schlug mit dem Stiefel - wie könnte es auch anders sein - schon wieder dem armen Kellner das Tablett aus der Hand. Der heiße Kaffee segnete das zweite, weiße Hemd des verdutzen Kellners ein und die Tasse landete klirrend genau auf den ohnehin schon lädierten und jetzt auch noch ungeschützten Zehen der eleganten Dame. Der Kellner sah an sich herunter und wurde puterrot. Die Dame schlug dem Schönling ihre Handtasche um die Ohren: „Mathieu, du bist ein Trottel! Du kannst mich mal!" Wutentbrannt schnappte sie sich ihren Stiefel und humpelte davon. „Aber Cherie!...", rief ihr der Schönling mit den dunklen Locken hinterher, als er vom wütenden Kellner am Kragen gepackt wurde: „Cherie?, DU schon wieder!? VERSCHWINDE! Du hast ab sofort HAUSVERBOOOOOT!"

Es krachte, als der Soldat die Tür des nächsten Hauses eintrat. Mit den Sturmgewehren im Anschlag stürmten sie hinein. Hofer stand an der Straße und beobachtete seine Männer. Mochte diese verdammte Stadt eigentlich nie ein Ende nehmen? Die bekannte Suche nach der Stecknadel im Heuhaufen war nichts, verglichen mit dieser Aktion. Sein Satellitentelefon klingelte. Hofer nahm ein wenig Abstand, um ungestört telefonieren zu können. „Ja, Hofer!?", meldete er sich und machte Meldung über den Fortgang der Aktion. Sein Kontakt war äußerst ungehalten darüber, daß sie so langsam vorankamen und er immer noch keine Spur von den Flüchtigen hatte. Hofer war sauer. Was sollte er denn auch anderes machen? Sollte sein Kontakt doch selbst herkommen und mithelfen. Aber natürlich sagte er das nicht. „Jessica Slade weiß zu viel und Krieger ist vermutlich der einzige Mann, der unserer Aktion noch gefährlich werden könnte. Die beiden müssen unter allen Umständen gefunden und unschädlich gemacht werden!", plärrte ihm die Stimme aus dem Telefon entgegen, „wenn wegen Ihrer Inkompetenz unser Zeitplan durcheinandergerät, dann bleiben Sie am besten gleich in Afrika! Ich hoffe, ich habe mich klar ausgedrückt!" Es tutete in der Leitung. Bei Hofer schnürte sich die Kehle zusammen. Er mußte sie finden!

Fertig! Krieger besah sich das Ergebnis seiner Arbeit. Er war mehr als zufrieden. Schmiere klebte an seinen Händen und von der Anstrengung unter der heißen Sonne Afrikas war er schweißgebadet. Er hatte die „Materialhütte" durchwühlt und sich aus Gewehrteilen Werkzeug improvisiert. Er hatte die Maschine halb zerlegt, gereinigt und wieder zusammengesetzt. Poröse Schläuche hatte er mit Harz bestrichen und mit Bast umwickelt. Zündkerzen und Vergaser hatte er gereinigt. Den Kühler hatte er gefüllt - er schien dicht zu sein. Mit Gewehrläufen und Seilen hatte er einen stabilen Gepäckträger konstruiert - schließlich mußten sie die Benzinkanister mitnehmen, wenn sie es bis in den Norden schaffen wollten. Alles was er als brüchig angesehen hatte, hatte er irgendwie geflickt, alle mechanischen Komponenten bewegt und überprüft. Am meisten Sorgen hatte er sich um die Reifen gemacht, doch der Zufall und Maras europäische Mentalität, für Eventualitäten vorzusorgen, waren ihm zu Hilfe gekommen. Im Bordwerkzeug unter der Sitzbank hatte er ein Reifenleckspray gefunden. Es hatte tatsächlich noch funktioniert und die Reifen prall gefüllt! Nun brach die Abenddämmerung im Dorf herein und Krieger war überzeugt davon, daß das Motorrad laufen würde, wenn es denn nun das Benzin bekam. Jessica und er überlegten, wann sie starten wollten. Sie kamen überein, daß es vermutlich das Beste wäre die Nacht noch im Dorf zu verbringen und früh am nächsten Morgen den Weg zum alten Hotel in Angriff zu nehmen. Maras Vermutung zufolge, würden sie dann am späten Vormittag dort eintreffen. Jessica und Krieger nutzen das letzte Tageslicht, um alles, was sie benötigten und mitnehmen würden, zu prüfen. Die Wasserflaschen wurden aufgefüllt. Von Mara wurden sie großzügig mit Brot, Oliven und anderen Nahrungsmitteln versorgt. Eine große geknüpfte Schultertasche ergänzte zum Transport Jessicas kleinen, schwarzen Rucksack. Die Waffen wollte ihnen Mara erst kurz vor ihrem Aufbruch aushändigen. In diesem Punkt ließ sie nicht mit sich reden. Ihre Isodecken waren zum Glück immer noch intakt. Sie würden sie gleich am nächsten Tag wieder für den Marsch zum Hotel einsetzen. So filigran das Material zu sein schien, es war doch überraschend widerstandsfähig. Krieger leerte den kleinen Rucksack aus, um eine „Inventur" durchzuführen: Neben Jessicas privatem Zeug und ihrem Handy war noch das Funkgerät darin, das er dem Soldaten abgenommen hatte. Außerdem ein paar Mullbinden, das Combot Suchgerät und Kriegers codiertes

Spezialwerkzeug. Jessica nahm es in die Hand und betrachtete es. Nachdenklich fragte sie Krieger: „Brauchen wir das eigentlich noch? Ist zwar nicht schwer, aber ich denke, wir sollten nichts mit uns rumschleppen, das wir nicht mehr brauchen." „Da hast du Recht", stimmte Krieger ihr zu und nahm seinerseits den Combot Finder in die Hand. Das Teil könnten sie eigentlich auch wegwerfen - sie würden es wohl kaum noch benötigen. Einfach so wie man es tut, wenn man routinemäßig seine Ausstattung prüft, schaltete er ihn ein. Sofort begann das Gerät wild zu piepen. Die Einwohner, welche sich auf dem Dorfplatz befanden, schauten angesichts des ungewohnten Geräusches verstört herüber. Krieger schaltete es wieder aus. „Was war das denn?", wunderte sich Jessica. „Muß wohl kaputt sein", schüttelte Krieger den Kopf, „dann können wir es auf jeden Fall wegwerfen." Er schaltete das Gerät erneut ein und wieder begann es vehement zu piepen, Krieger stand auf und drehte sich mit dem Gerät um seine eigene Achse. Die Frequenz des Pieptons veränderte sich! „Das gibt es doch nicht!", kommentierte der Ingenieur die Situation. Er drehte sich weiter, bis die Frequenz am schnellsten war. Ein Blick in die Richtung, dann wußte er Bescheid. Er schaltete das Gerät ab. Jessica sah ihn mit großen Augen an. Auch Mara hörte das ungewöhnliche Geräusch in ihrer Hütte. Sie trat ins Freie und schaute zu Jessica und Krieger herüber. „Wann wollten Sie es uns sagen?", rief Krieger ihr mit bebender Stimme zu, „wollten Sie es uns überhaupt sagen?". Krieger und Jessica gingen langsam auf Mara zu. Mit gleichgültiger Miene kam diese ihnen genau so langsam entgegen. Krieger versuchte, seine Aufregung zu verbergen, doch seine Stimme bebte wieder: „Sind Sie sich eigentlich bewußt, *WIE* gefährlich das Ding ist, das Sie da in Ihrer Hütte aufbewahren? Es enthält fast zwei Kilo Ultra-Pulsit! Ein falscher Handgriff, und das Ding bläst ihr halbes Dorf weg!"

Mara war den Tränen nahe - für einen Moment lang wußte sie nicht, was sie dem Ingenieur aus dem fernen Europa antworten sollte. Er hatte einfach Recht. Verschämt sah sie auf den Boden und stammelte: „Ich wollte doch nur das Beste für mein Volk". Krieger geriet immer mehr in Fahrt. Hatte er doch schon die ganze Zeit über geahnt, daß Mara irgendetwas verbarg. „Mara, ich bin Spezialist für sowas! Ich hätte Ihnen helfen können! Statt dessen machen Sie sich Gedanken über unsere lächerlichen Pistolen oder meinen Penis!" Der Ingenieur war außer sich. Die ganze Odyssee, die sie hinter sich hatten, die Aufregung der ganzen letzten Wochen kam plötzlich in ihm hoch. Er hatte angesichts ihrer Situation, in der es nur noch ums blanke Überleben zu gehen schien, den eigentlichen Sinn völlig aus den Augen verloren. Da plötzlich - sozusagen aus dem Nichts - kam ihnen der Zufall zu Hilfe. Die Dorfbewohner mußten den Combot recht schnell, nach dessen Absturz, gefunden haben. Vielleicht hatten sie den Absturz ja sogar beobachtet. Dadurch, daß sie ihn sofort „eingesammelt" hatten, hatten sie verhindert, daß er von den Suchteams gefunden werden konnte. Im Prinzip mußte er dafür dankbar sein. Angesichts dessen, wie sich die ganze Situation entwickelt hatte, hätte man ihn wohl kaum mit der Information, die der Combot möglicherweise enthielt, davon kommen lassen. Überhaupt - was würde der Combot ihm offenbaren? Waren der Steuerchip und die Logs diesmal noch intakt, oder hatte die restliche Spannung doch ausgereicht um die Informationen im letzten Augenblick zu vernichten? Und wie hatte die Drohne den Absturz überstanden?
„Was werden Sie jetzt tun?", fragte Mara kleinlaut. Krieger atmete tief durch und versuchte sich zu beruhigen. Maras nahezu devote Reaktion zeigte ihm, daß sie sich der Tatsache bewußt war, hier einen Fehler begangen zu haben. Jessica rettete die Situation. Sie nahm Mara in den Arm und drückte sie fest an sich. Dann sagte sie:

„Es ist ja noch nicht zu spät. Zum Glück ist ja nichts passiert und Martin kann die Waffe deaktivieren." Krieger ging auf Maras Hütte zu. Er fragte auch nicht lange, bevor er sie betrat. Einen Augenblick später kam er wieder heraus und informierte Jessica. „Es *IST* 381 und die Drohne ist noch scharf". Dann ging er auf Mara zu und legte ihr ebenfalls die Hand auf die Schulter. Er hatte jetzt Oberwasser und er war nicht mehr bereit diese Position wieder zu verlieren. „Keine Sorge, ich kriege das hin", sagte er mit fester Stimme, „Das Licht reicht gerade noch aus, aber wir müssen uns beeilen! Ich brauche zwei kräftige Männer ...."

Keine Zehn Minuten später lag der Combot in sicherer Entfernung zum Dorf auf dem Wüstenboden. Jessica beobachtete das Ganze auf Kriegers persönlichen Wunsch hin aus der Ferne. Sie kam sogar auf die Idee, ein Handyvideo zu drehen. Der Ingenieur war als einziger bei der Drohne. Er hatte sein codiertes Werkzeug und ansonsten nur sein Taschenmesser - aber das sollte genügen. Mit klopfendem Herzen und stockendem Atem setze Krieger das Spezialwerkzeug an und - diesmal klappte die Kopplung auf Anhieb. Das Werkzeug piepte positiv und zeigte grün. Vorsichtig schraubte Krieger den Combot auf und deaktivierte die Sprengvorrichtung. Danach arbeitete er sich weiter vor. Seine Spannung war kaum zu greifen. Es roch zumindest schon mal nicht verbrannt. Der Ingenieur entfernte die Abdeckplatte zu den Platinen. Mit seinem alten Schweizer Messer war das ein wenig fummelig, aber in bester „MacGyver-Manier" bekam er es hin. Schließlich konnte er die Steuerplatine herausziehen. Im fahlen Licht der Dämmerung war nicht mehr viel zu erkennen. Der Ingenieur roch an der Elektronik - sie schien nicht verschmort zu sein. Er hielt die Platine in die Höhe und winkte Jessica damit zu, dann streckte er den Daumen in die Höhe. Leider hatte er keine Möglichkeit die Daten hier in der Wüste auszulesen, schoß es ihm durch den Kopf. Aber jetzt MUSSTEN sie es einfach schaffen - nicht nur, um selbst zu überleben, sondern auch, um die Leben anderer Menschen zu retten. Ganz zu schweigen davon, eine mögliche, verbrecherische Diktatur in Europa zu verhindern. Wer weiß, wozu die Verschwörer fähig waren? Da kam ihm noch eine Idee: Der Sprengstoff war in Form von mehreren kleinen Paketen in der Drohne verteilt. Er griff in den offenen Combot und entfernte vorsichtig alle Sprengstoffpakete, die er erreichen konnte. Zufrieden schlenderte er zu Jessica und den gespannt wartenden Dorfbewohnern zurück. Dort angekommen nickte er Mara zu: „Die Sprengvorrichtung ist deaktiviert - aber es befindet sich noch Sprengstoff darin. Ich würde vorschlagen wir graben ein Loch und verbuddeln die Drohne so tief es geht im Sand." „Am liebsten wäre mir, das teuflische Ding würde ganz verschwinden", knurrte Mara, die ihre Fassung mittlerweile zurückgewonnen hatte, nachdenklich. „Können wir das Ding nicht irgendwie zerstören ohne uns dabei in Gefahr zu bringen?", überlegte Jessica. „Na ja, das wäre wohl möglich", nickte Krieger, „ich könnte die Sprengvorrichtung wieder aktivieren und wir könnten auf die Öffnung schießen. Ich bin mir aber nicht sicher, ob ich sie aus sicherer Entfernung mit der Pistole treffe und wie viele Schüsse ich dafür benötige." „Bitte versuchen Sie es!", forderte Mara, „so lange das Ding hier irgendwo ist, werde ich keine Ruhe mehr finden." „Also gut", ließ sich Krieger überreden, „aber heute ist es dafür bereits zu dunkel. Wir machen das morgen früh. In diesem Fall möchte ich auch noch eine Bitte äußern: Da wir deshalb später aufbrechen werden, könnten uns vielleicht zwei ihrer jungen Männer morgen begleiten und mithelfen das Motorrad zu schieben? Ich möchte nicht in der prallen Mittagssonne kollabieren". „Das hatte ich mir eigentlich als Überraschung zum Abschied aufgespart, "lächelte Mara, „das hätten wir auf jeden Fall getan".

Zur gleichen Zeit - nur viel weiter im Norden - lag das beschauliche Genf im goldenen Licht der Abendsonne. Schiller hatte einige Zeit bei den Aktivisten im Camp verbracht und Kontakte geknüpft. Er war nun bestens im Bilde darüber, was die Demonstranten dachten, wußten oder glaubten zu wissen. Was sie erreichen wollten und mit welchen Mitteln. Er war überrascht gewesen, wie viele Menschen sich jetzt schon versammelt hatten, obwohl die eigentliche Veranstaltung ja erst für den nächsten Tag geplant war. Der Park hinter dem Eurotower glich einem Campingplatz. Auch die Ordnungskräfte waren offensichtlich von der Masse an Teilnehmern überrascht. Immer neue Mannschaftswagen der Polizei fuhren vor. Unter die Demonstranten hatten sich in den letzten Stunden auch immer mehr Vermummte gemischt. Schiller versuchte, sich von ihnen so gut es ging fernzuhalten. Diese Chaoten tauchten gerne bei Demonstrationen auf. Es ging ihnen nie um die Sache, sondern nur um den Krawall. Eines war jedoch vorteilhaft: Irgend einer dieser Autonomen hatte alle, die eines wollten, großzügig mit Bleigewebepflastern ausgestattet, die man sich in den Nacken kleben konnte. Diese verblüffend einfache aber effektive Maßnahme verhinderte, daß der persönliche ID Chip des Trägers mit einem Scanner erfaßt werden konnte. Ganz legal war das wohl nicht, aber der Journalist ließ sich gleich mehrere geben - man konnte ja nie wissen! Vor allem er nicht, der er ja wußte, daß er sich bereits im Fadenkreuz von „Big Brother" befand. Das erinnerte ihn daran, weswegen er eigentlich hier war. Es konnte nichts schaden, dem Appartement dieser Jessica Slade heute noch einen Besuch abzustatten. Er hatte längst die Karte der Innenstadt studiert und sich die Strecke eingeprägt. Das war nicht weiter schwierig, da es nicht all zu weit war. Er schnorrte noch schnell ein belegtes Brötchen im Aktivistencamp und machte sich dann mit seinem Rad auf den Weg. Einige Minuten später bog er in die Straße ein, in der sich ihre Adresse befand. Große, alte Stadthäuser standen hier dicht an dicht. Es war ein gepflegtes Viertel. Die Fassaden waren sauber und viele hatten ihre Fenster mit Blumenkästen dekoriert. An einem Haus stand ein Baugerüst, das mit Gewebeplanen abgehängt war. Offenbar wurde hier renoviert. Es war genau das Haus, in dem sich Jessica Slades Appartement befand. Schiller kettete sein Fahrrad an das Gerüst und schritt langsam zum großen, hölzernen Portal, wo sich die Klingelknöpfe befanden. Sie schienen logisch angeordnet zu sein und vermutlich entsprach ihre Reihenfolge den Stockwerken, zu denen sie gehörten. Im zweiten Stockwerk links fand er Jessica Slades Klingel. Er drückte einfach mal drauf, erwartete jedoch natürlich nicht, daß jemand öffnete. Plötzlich ging die Türe auf und eine Dame mittleren Alters kam mit einem Müllsack in der Hand heraus. Der Journalist grüßte sie freundlich und huschte ins Haus. Als er das marmorgeflieste Treppenhaus betrat, stieg ihm ein merkwürdiger, beißender Geruch in die Nase. Hatte es hier gebrannt? Er trat ins Treppenauge und schaute nach oben. Das Haus hatte fünf Stockwerke und der Blick von unten nach oben konnte fast ein wenig Schwindel erregen. Er begann die breite Wendeltreppe zu erklimmen. Es hallte fürchterlich in dem alten Gemäuer. Schiller mußte sich räuspern und es klang fast wie ein entferntes Donnergrollen. Im zweiten Stock angekommen erwartete ihn eine Überraschung: Das Appartement links hatte keine schwere Holztüre, wie all die anderen, sondern war mit einer provisorischen Bautüre aus Blech verschlossen, an der noch der Rest eines Polizeiabsperrbandes hing, das aber offensichtlich schon durchbrochen worden war. Die Türe des Nachbarappartements war nur angelehnt. Drinnen brannte schon Licht und Schiller meinte,

Stimmen aus einen Fernseher zu hören. Gemütliche, schlurfende Schritte hallten durch das Treppenhaus. Die Dame mit dem Müll schien zurückzukommen - natürlich diesmal ohne den Müll. Vermutlich gehörte sie zu der Wohnung mit der angelehnten Türe. Der großgewachsene Journalist beugte sich herunter um den etwas ausgeblichenen Namen an der Türe zu entziffern. In geschwungenen Lettern las er „Augstein". Als die Dame den zweiten Stock erklommen hatte und Schiller dort stehen sah, sprach sie ihn sofort an: „Guten Tag junger Mann, kann ich Ihnen helfen? Wollen Sie zu uns oder wen suchen Sie denn?" „Sie sind Frau Augstein?", versicherte sich Schiller freundlich, „freut mich, Sie kennenzulernen. Mein Name ist Thomas Schiller. Ich suche Jessica Slade, wohnt die nicht mehr hier?" Die Dame musterte den großen Individualisten, dann antwortete sie keck: „Oh, na wenn das so ist - Jessica hatte ja immer einen guten Geschmack, was Männer anging." „Nein, so ist das nicht", wehrte Schiller Frau Augsteins Annahme ab und log: „Ich bin ein Cousin zweiten Grades von Jessica. Ich war zufällig heute Abend in der Stadt und dachte mir, ich könnte ja mal spontan vorbei schauen." „Oh, dann wissen Sie es nicht?", mutmaßte Frau Augstein und machte ein betroffenes Gesicht, „Jessica ist tot! Tut mir leid Ihnen das mitteilen zu müssen. Standen Sie sich sehr nahe? Wollen Sie nicht reinkommen? Jessica und ich waren gut befreundet!" „Jessica ist tot?!" Schiller spielte den Betroffenen: „Das ist ja schrecklich! Oh, ja, das ist sehr freundlich von Ihnen, Frau Augstein, ich muß mich kurz setzen!" „Nennen Sie mich Sarah!", forderte ihn Frau Augstein auf und ging voraus. Am Küchentisch rückte sie Schiller einen Stuhl zurecht. Die Wohnung der Augsteins schien ein wenig bieder zu sein und auch ein wenig unordentlich. Auf dem Küchentisch lag ein ganzer Stapel Boulevardmagazine. „Möchten Sie einen Kaffee oder einen Schluck Wasser?", bot ihm Jessica

Slades Nachbarin freundlich an. „Ein Kaffee wäre wunderbar", bedankte sich Schiller und sinnierte vor sich hin, während Frau Augstein eine Kaffeekapsel aus einer der Küchenschublade holte und die Maschine einschaltete. „Jessica ist tot", schüttelte er demonstrativ den Kopf, „seit wann, ich meine, was ist passiert?" „Ein Hubschrauberabsturz", informierte ihn die freundliche Dame, „ich bin selbst immer noch ganz mitgenommen. Und das Schlimmste ist, es gab noch nicht mal eine Trauerfeier oder eine Beerdigung. Angeblich konnten sie ihre Leiche im Mittelmeer noch nicht bergen." „Woher wissen Sie das?", fragte Schiller dazwischen. Angesichts von Sarahs offensichtlicher Affinität zu Boulevardmagazinen wollte er sicher sein, daß sie ihm hier keine selbst zusammengereimten Geschichten erzählte. Seine Spannung war unerträglich, aber er durfte es sich nicht anmerken lassen. Nahezu ohne sein Zutun war das Gespräch genau an dem Punkt gelandet, um den es ihm ging. „Das haben die Polizisten gesagt, aber erst zwei Tage später", erklärte ihm die redselige Dame. Der Journalist runzelte die Stirn und faßte nach: „Wie meinen Sie das ´zwei Tage später`?" „Na zwei Tage nach der Explosion!" „Was für eine Explosion?" Schiller verstand den Zusammenhang nicht. „Das müssen Sie mir genauer erklären!", forderte er sie auf. Der Kaffee war fertig und Jessicas Nachbarin stellte ihn dem angeblichen Cousin vor die Nase. Dann setzte sie sich ihm gegenüber, beugte sich ein wenig vor und begann mit gesenkter Stimme zu erzählen, als ob sie ihm ein Geheimnis verraten wollte: „Die ganze Geschichte ist meiner Meinung nach mehr als merkwürdig! Zuerst mal war da dieser Autounfall. Stellen Sie sich vor: Jessica ist von einem Auto angefahren worden und hat dabei einen Fuß verloren!" „Wie bitte? Davon wußte ich auch nichts", warf Schiller mit gespieltem Erstaunen ein. „Ja wirklich!", betonte Sarah, „ich konnte mir das auch nicht vorstellen. Heutzutage gibt es doch keine

Autounfälle mehr. Schon gar keine so schweren! Auf jeden Fall habe ich Jessica im Krankenhaus besucht. Sie hatte einen künstlichen Fuß bekommen. Ich habe ihr flache Schuhe und etwas zu Lesen gebracht. Als ich sie am nächsten Tag wieder besuchen wollte, war sie schon entlassen worden!" „Aha", kommentierte Schiller gespannt und hörte ihr weiter zu. „Das war am Sonntag. Ich bin dann abends in ihre Wohnung gegangen - ich habe einen Schlüssel - und wollte die Primeln an den Fenstern gießen. Jessica muß da gewesen sein, denn ihre Sachen aus dem Krankenhaus, die Blumen und die Geschenke standen in der Küche. Dann später - mein Mann und ich lagen schon im Bett und haben gelesen, habe ich gehört, wie eine Frau mit lauten Absätzen die Treppe hochgekommen und in Jessicas Wohnung gegangen ist. Sie haben ja vielleicht gemerkt, wie das hier hallt. Genau so klang es auch immer, wenn Jessica nach Hause gekommen ist. Nur Jessica konnte es nicht gewesen sein, denn mit ihrem künstlichen Fuß konnte sie keine hohen Absätze tragen - deshalb mußte ich ihr ja extra die flachen Schuhe ins Krankenhaus bringen. Bis ich die gefunden hatte, ich sage es Ihnen ..." Der Journalist lächelte gequält. Obwohl er Jessica Slade nicht kannte, konnte er sich langsam ein Bild von ihr machen. „Jaja, Jessica und ihre Schuhe!", brummelte er, „da war sie schon früher immer ganz eigen." „Ich habe ihr mal gesagt, daß ich vermute, daß sie schon mit Highheels geboren worden ist!", grinste Sarah gequält, bevor sie wieder nachdenklich wurde und hinterher schob: „Und jetzt ist sie tot." Sie machte eine Gedankenpause und beide schwiegen sich für einen kurzen Moment an. Dann berappelte sich Jessicas Nachbarin wieder und fuhr fort: "Wo war ich stehengeblieben? Ach ja, genau: Auf jeden Fall kam also eine Frau auf Highheels die Treppe rauf und ging in Jessicas Wohnung. Ich war so in mein Buch vertieft gewesen, daß ich in dem Moment gar nicht an Jessicas künstlichen Fuß gedacht habe. Es war so spannend - ich lese gerade 'Kommissarin Morelli`, wissen Sie?" „Was ist dann mit dieser Frau in Jessicas Wohnung passiert?", hakte der Journalist gespannt nach, um nicht zwischendrin noch die Geschichte von dem Mordfall aus Sarah Augsteins Buch aufgetischt zu bekommen. „Oh, ja", fuhr Sarah fort, „dann bin ich Montag Morgen von der Explosion aufgewacht. Sie können sich nicht vorstellen, wie das war! Das hat vielleicht gerummst! Die Wände haben gezittert, ich dachte, das ganze Haus stürzt ein! Dann hat es in Jessicas Wohnung gebrannt. Wir sind alle nur noch raus gerannt." „Das kann ich mir vorstellen!", bestätigte Schiller und fragte weiter: „Was war passiert?" Die Nachbarin schnaubte: „Na großes Chaos. Die Feuerwehr kam und löschte den Brand, zum Glück hat das Feuer nicht auf unsere oder andere Wohnungen übergegriffen. Dann kam die Polizei und hat alles abgesperrt. Ich konnte nicht zur Arbeit. Wir wurden alle vernommen. Wir durften auch nicht zurück ins Haus, nachdem das Feuer gelöscht war. Erst mal mußte ein Team von Feuerwehr und Brandermittlern alles prüfen. Anscheinend war es eine Gasexplosion. Dann fuhr plötzliche ein Leichenwagen vor und sie trugen einen Sarg heraus. Alle dachten, es sei Jessica und die Polizei vor Ort dachte das auch. Ich habe ihnen zwar erklärt, daß es nicht Jessica gewesen sein konnte, aber das haben sie mir erst nicht geglaubt. Viele andere Bewohner des Hauses hätten sie schließlich nach Hause kommen gehört." Gebannt lauschte Schiller Sarah Augsteins Ausführungen. Wer hätte gedacht, daß dabei so ein Krimi herauskommen würde? Das war ja noch mysteriöser als bei Krieger! „Und wann konnten sie dann wieder ins Haus?", hakte er interessiert nach. „Erst am Abend", erklärte sie ihm mitteilungsbedürftig, „es hat ewig gedauert bis ein Statiker da war, der geprüft hat, ob das Haus überhaupt noch sicher war. Und dann", Sarah Augstein machte eine bedeutungsvolle Pause, bevor sie fortfuhr, „dann kam das Beste: Ich hatte ja morgens nichts mitnehmen können. Als ich endlich wieder in meine Wohnung durfte, da hatte ich eine Kurzmitteilung von Jessica auf meinem Handy! Sie hat mich darin gebeten ihren Briefkasten zu leeren, da sie für ein paar Tage beruflich verreist sei und nicht genau wußte, wie lange sie fort sein würde!" „Um wie viel Uhr war das? Ich meine um wieviel Uhr hat sie die Nachricht geschickt?" Schiller war plötzlich ganz aufgeregt. „Das muß um kurz vor acht gewesen sein!", überlegte Jessicas Nachbarin, „also *konnte* die Person in dem Sarg unmöglich Jessica gewesen sein. Ich habe dann sofort versucht, sie anzurufen. Aber ich bekam nur eine Ansage, daß das Telefon nicht erreichbar sei - ich glaube auf Spanisch. Die Ansage kommt immer noch, wenn man ihre Nummer wählt." „Ungefähr um acht", stammelte Schiller abwesend, „genau wie bei Krieger." „Wie bitte?, wunderte sich Sarah Augstein, die keinen blassen Schimmer hatte, wovon der angebliche Cousin zweiten Grades da sprach. „Oh, Entschuldigung!", schüttelte sich der Journalist, „ich habe nur laut gedacht. Bei einem guten Freund von mir ist mal etwas ganz Ähnliches passiert. Haben Sie das mit der Nachricht der Polizei erzählt?" „Ja natürlich!", entrüstete sich Sarah Augstein, „aber was soll ich sagen - erst haben sie behauptet das könnte nicht sein, die Tote sei eindeutig als Jessica Slade identifiziert worden. Dann - am Mittwoch - riefen sie mich plötzlich von sich aus an, um mir mitzuteilen, daß es doch nicht Jessica gewesen war, weil diese am Montag bei einem Hubschrauberabsturz ums Leben gekommen sei. Die Tote wäre wohl die Putzfrau gewesen! Stellen Sie sich vor, die Putzfrau! So ein Blödsinn! Die kommt doch niemals Sonntag nachts und schon gar nicht in Highheels! Ich habe dann einfach nichts mehr gesagt. Die lügen doch alle! Und ganz nebenbei: Raten Sie mal wer am Dienstag hier vor der Tür stand!?" „Die Putzfrau?", mutmaßte

Schiller. „Genau! Marie, Jessicas Putzfrau", ätzte Sarah Augstein. „Das ist ja unglaublich!" - Schiller war baff: „Also hat es hier eine Explosion in Jessicas Wohnung gegeben, während Jessica angeblich am gleichen Tag nur später irgendwo mit einem Hubschrauber abgestürzt ist? Da fällt es mir schwer, an einen Zufall zu glauben. Und zu allem Überfluß schreibt sie Ihnen eine Kurznachricht, während sie zwei mal tot sein sollte?" Schillers Puls klopfte spürbar. Wenn das, was er hier gehört hatte, auch nur annähernd wahr war, dann gab es keinen Zweifel mehr. Irgendjemand hatte Krieger und diese Jessica Slade „verschwinden lassen". Und offenbar war das Ganze nur dürftig geplant und hektisch umgesetzt worden. Doch dieser Jemand mußte über ausgezeichnete Kontakte verfügen, wenn diese Person die Macht hatte die Polizei und den Geheimdienst über die Grenzen der alten Nationalstaaten hinweg zu beeinflussen. Er bekräftigte Sarah Augstein darin, das ganze der Polizei gegenüber nicht mehr zu erwähnen und er riet ihr, das auch sonst niemandem mehr zu erzählen. Wobei er erhebliche Zweifel daran hegte, ob sie diesen Rat beherzigen würde. Er ließ sich zur Sicherheit noch Jessica Slades Handynummer geben, die er angeblich verlegt hatte, dann verabschiedete er sich höflich.

Katz und Maus

Im frühen Morgengrauen waren Jessica und Krieger aufgestanden. Ohne große Worte zu wechseln, wurde alles vorbereitet. Das Motorrad stand abfahrbereit, die Tasche mit den Vorräten und der Rucksack waren auch hergerichtet. Jessica hatte mittlerweile keine Probleme mit ihrer Achillessehne mehr. Daher überlegte sie, was sie mit ihren Krücken anstellen sollte. Der Transport auf dem Motorrad wäre sicher nicht so ganz einfach. Sie kam mit Krieger überein, sie Mara zu schenken. Die Chefin des Ortes wiederum brachte Krieger die Pistolen und drückte sie ihm mit einem vielsagenden Blick wortlos in die Hand. Der Ingenieur prüfte die Waffen und steckte eine davon mit der Munition in den Rucksack. Die andere steckte er sich in den Gürtel. Die Männer des Dorfes hatten nach Kriegers Anweisung eine kleine Grube neben dem Combot gegraben. Nicht sehr tief, aber Krieger wollte damit erreichen, daß möglichst viel der zu erwarteten Explosionsenergie nach oben entwich. Auch wenn er einen Teil des Sprengstoffs entnommen hatte, würde die Wucht der Detonation gewaltig sein. Sie legten den Combot so in die Grube, daß die offene Wartungsklappe gerade noch über den Rand hinausragte und Krieger sie mit der Pistole treffen konnte - wenn er sie denn überhaupt traf. Der Ingenieur hatte nie in der Armee gedient. Die Zeiten, als junge Männer noch einen Wehrdienst ableisten mußten, waren schon lange vor seiner Zeit vorbei gewesen. Krieger hatte lediglich an einem Wehrseminar teilgenommen, welches alle zivilen Mitarbeiter der vom Militär verwalteten EDCO durchlaufen mußten. Er hatte dabei den Umgang und die Unterschiede zwischen den gängigen Handfeuerwaffen gelernt und war ein paar mal auf der Schießbahn gewesen. Besonders talentiert hatte er sich dabei nicht empfunden. Es hatte den ein oder andere Scherz auf seine Kosten gegeben, daß er seinem Namen in dieser Hinsicht nicht gerade große Ehre machen würde. Doch sein Hinweis, daß die Krieger der Zukunft sich auf digitalen Schlachtfeldern bewähren müßten, war immer ein gutes Argument gewesen.

Was er nun vor sich hatte, war leider nicht digital, sondern sehr real! Krieger versuchte, sich daran zu orientieren, wie weit der Hubschrauber bei der ersten Explosion entfernt gewesen war. Das mochten etwas mehr als 50 Meter gewesen sein. Doch aus dieser Distanz würde er die Wartungsluke mit der Pistole niemals treffen. Er ging langsam auf den Combot zu, bis er die Luke wenigstens deutlich sah. Der Ingenieur hatte ein mulmiges Gefühl bei der Idee, der Explosion so nahe ausgesetzt zu sein, aber es half nichts. Mit Hilfe einiger junger Männer aus dem Dorf wurde eine kleine Grube in den Sand gegraben, in die er sich legen konnte. Der Sand wurde in Richtung des Combots als Wall aufgeschüttet, so daß er ihn schütze und ihm außerdem die Möglichkeit bot, die Waffe beim Schuß aufzulegen. Krieger hätte gerne wenigstens eine Sonnenbrille gehabt, aber im ganzen „Dorf des himmlischen Friedens" gab es leider keine. Mit klopfendem Herzen lud er die Waffe durch. Die Leute aus dem Dorf hatten sich in sicherer Entfernung versammelt, spähten hinüber zu der Drohne und hielten sich die Ohren zu. Krieger peilte noch ein mal die Lage, um sicher zu gehen, daß sich auch wirklich niemand in gefährlicher Nähe befand. Dann atmete er durch und konzentrierte sich auf sein Ziel. Er hatte die Sprengfunktion des Combots wieder aktiviert - nun mußte er nur irgendwie in die Luke treffen, dann würde er die Explosion mit höchster Wahrscheinlichkeit auslösen. Er visierte den Combot an und drückte ganz langsam, wie man es ihm damals beigebracht hatte den Abzug durch. „Vom Schuß überraschen lassen!", hörte er noch die Stimme des Schießausbilders in seinen Ohren, in dem Moment krachte es und der Schuß löste sich. Einen guten Meter vor dem Combot staubte der Sand auf. Oh weia, den Schuß hatte er aber sauber verzogen! „...Und immer nachhalten!", schoß ihm die Stimme des Ausbilders erneut durch den Kopf. Der Ingenieur hielt die Luft an und drückte erneut ab. Ein lautes „Pling", mit anschließendem, pfeifenden Querschläger deutete ihm an, diesmal zumindest den Combot getroffen zu haben. Seine Augen verengten sich, er mußte es einfach schaffen! Zum dritten Mal konzentrierte er sich und feuerte auf die Luke. Eine gewaltige Explosion zerriß die Stille der morgendlichen Steppe. Eine Fontäne aus Sand prasselte auf Krieger nieder. Die Druckwelle fegte übers Land und riß beinahe die Dächer von einigen Hütten. Der Europäer lag bewegungslos und von Sand bedeckt in seiner Grube. Jessica eilte zu ihm, auch Mara folgte ihr. „Martin, Martin, ist alles klar? Geht es dir gut?", rief die besorgte, junge Frau ihrem Begleiter zu. Als ihn die beiden Frauen fast erreicht hatten, rappelte Krieger sich auf und schüttelte sich. Er hatte Sand in die Augen bekommen und ihm klingelten die Ohren, aber ansonsten war er wohlauf. „Gott sei Dank!", jubelte Jessica und umarmte ihn überschwänglich. Mara küßte ihr silbernes Kreuz. Krieger umarmte auch Jessica. Endlich hatten sie dieses Kapitel abgeschlossen. Er fühlte sich frei! Doch gleichzeitig spürte er bei Jessicas Umarmung noch etwas anderes. Er spürte ihren heißen Körper, ihre zarte Haut, atmete unbewußt ihre Endorphine ein. Unwillkürlich schoß ihm das Bild von Jessicas totem Körper aus seinem letzten Fiebertraum in den Kopf. Er atmete deutlich vernehmbar durch und drückte Jessica weg: „Bitte, Vorsicht!", beschwor er sie, „das darfst du nicht tun. Ich bekomme da so ein Verlangen und es ist verdammt schwer mich zu beherrschen!" „Das werden Sie müssen", nickte Mara, „sonst bringen Sie Jessica um!"

Die ganze Nacht hatten die Hubschrauber mit Wärmebildkameras über der Geisterstadt gekreist. Hofers Team hatte es nicht geschafft, bis zum Einbruch der Dunkelheit alle Häuser zu durchsuchen. Deshalb hatte der Major angeordnet, daß die Hubschrauber im pausenlosen Wechsel mit den Kameras kreisten. Die Vorstellung, daß die beiden Flüchtigen im Schutze der Dunkelheit fliehen könnten oder womöglich in ein bereits durchsuchtes Haus wechseln könnten, hatte ihn kaum schlafen lassen. Die Soldaten hatten ein provisorisches Lager errichtet und waren nun - natürlich seit 0600 - im aufkommenden Tageslicht dabei, alles wieder einzupacken. Für 0700 hatte der Major Antreten zum Fortsetzen der Durchsuchungsaktion angeordnet. Die Männer mußten sich beeilen. Hofer nahm sein Funkgerät zur Hand: „Heli3, Leutnant Sharp, bitte kommen!" „Sharp hier!", meldete sich der Pilot, „ich höre!?" „Sie können die Überwachung jetzt abbrechen", befahl der Major, „fliegen Sie zum Auftanken ins Camp und kommen Sie dann hier her zurück." „Roger, Herr Major, breche die Überwachung ab und fliege zum Auftanken. Heli3 over!", bestätigte der Leutnant und wendete den Hubschrauber. Er ging auf Kurs West, als er plötzlich am nordwestlichen Horizont einen Blitz mit einem anschließenden Feuerball wahrnahm. Kurz darauf klang es wie ein entferntes Donnern. Der Pilot konnte es sogar in der lauten Hubschrauberkanzel wahrnehmen. Er griff zum Funkgerät: „Sharp an Major Hofer! Major Hofer kommen bitte!" „Hofer hier", melde sich der Befehlshaber bissig, „ist etwas nicht in Ordnung?" „Ich habe hier gerade eine Explosion am Horizont beobachtet." „Wie bitte? Eine Explosion?", fragte Hofer ungläubig. „Roger, eine Explosion. Ein heller Blitz gefolgt von einem Rauchkegel, wie ein kleiner Atompilz - vermute militärischen Sprengstoff!", bestätigte der Pilot noch mal. Es rausche auf dem Funkkanal. Hofer schien einen Augenblick lang zu überlegen, wie er darauf reagieren sollte.

Dann befahl er: „Sehen Sie sich das mal an. Dann erstatten Sie mir Bericht!" „Roger, Herr Major, Sharp over", beendete der Pilot das Gespräch und drehte den Helikopter leicht nach Norden in die Richtung, wo er die Explosion gesehen hatte.

Das markante Geräusch der Rotorblätter war schon von weitem zu hören. Krieger schreckte zusammen und blickte in Jessicas Augen. „Die Soldaten kommen!", japste sie, „schnell, wir müssen uns verstecken!" Wie elektrisiert sprang sie, so schnell es ihr künstlicher Fuß zuließ, los. Krieger überholte sie, nahm sie an der Hand und zog sie mit sich. Im letzten Augenblick, bevor der Hubschrauber in Sichtweite kam, sprangen sie in eine der Hütten.

Leutnant Sharp flog an den grünen Rändern des Wadis entlang, bis er das Dorf unter sich sah. Eingeborene Farbige blickten ängstlich zu ihm auf. In einiger Entfernung zu dem Dorf sah der Leutnant einen beachtlichen Krater im hellen Sandboden. Das mußte der Ort der Explosion gewesen sein. Er konnte jedoch nicht erkennen, was die Explosion verursacht haben könnte. Weit und breit schien es nichts Militärisches zu geben. Für einen gezielten Angriff schien ihm der Krater auch zu weit entfernt vom Dorf zu sein. Und warum sollte überhaupt jemand diese Eingeborenen angreifen? Wo war die Artillerie? Sharp zog die Maschine hoch und kreiste in größerer Höhe über dem Dorf, um die weitere Umgebung zu prüfen. Doch außer Sand, Felsen und dem Meer im Westen gab es weit und breit nichts, was seine Aufmerksamkeit erregte. Er griff zum Funkgerät: „Sharp an Major Hofer! Major Hofer kommen bitte!" „Hofer hier!", antwortete der Kommandant, diesmal wie aus der Pistole geschossen, „Bericht!?" „Ich habe ein Eingeborenendorf entdeckt. Der Explosionskrater befindet sich in der Nähe des Dorfes", erklärte der Pilot, „es scheint hier aber keinerlei Infrastruktur zu geben. Ich sehe auch keine Trümmerteile. Vermute eine alte Landmine. Wobei das schon eine sehr große Mine gewesen sein muß." „Sehen Sie Tote oder Verletzte?", wollte der Major wissen. „Nein, Herr Major, aber der Krater ist sehr groß - ich schätze ihn auf gut 10 Meter im Durchmesser und mehrere Meter Tiefe. Wer immer die Mine ausgelöst hat, von dem werden Sie nichts mehr finden!" „Fliegen Sie zum Auftanken, das Dorf sehen wir uns, wenn nötig später genauer an, Hofer Ende!", bellte der Major ins Funkgerät. Er hatte schon auf etwas gehofft, daß sie weiter brachte, aber es schien sich wohl leider doch nur um einen Zufall gehandelt zu haben.

Der Hubschrauber drehte ab und verschwand am Horizont. Krieger und Jessica trauten sich wieder aus der Hütte hervor. Sie gingen direkt zu Mara. „Wir müssen schnell aufbrechen!", erklärte der Ingenieur, „sie haben jetzt das Dorf gefunden und sie *werden* kommen. Wir bringen Sie hier alle in größte Gefahr." „Also gut", bestätigte Mara, „dann heißt es jetzt wohl Abschied nehmen." Jessica nahm Mara in den Arm. Sie hatte feuchte Augen. Es waren nur wenige Tage gewesen, die sie sich nun kannten, aber es waren Tage voller intensiver Erfahrungen. Tage zwischen Angst und Hoffnung, zwischen Bangen und neuem Mut. Die warmherzige Italienerin war Jessica, trotz ihres Eigensinns, schnell ans Herz gewachsen. Auch Krieger umarmte Mara. Dann war Mubali an der Reihe und einige andere Menschen, die ihnen im Laufe der letzten Tage im Dorf freundlich begegnet waren. Mara rief Tan und seine Brüder Sulan und Tamir herbei. Wenig später waren sie auf der Reise. Jessica durfte auf dem Motorrad sitzen. Tan und seine Brüder schoben es schnellen Schrittes über den Wüstenboden. Krieger hatte fast schon Mühe, mit ihnen Schritt zu halten. Die afrikanische Wüstensonne brannte inzwischen schon wieder unbarmherzig hernieder und als sie die braunen Felsen erreicht hatten, machten sie erst mal eine Rast. Krieger war schon ziemlich geschafft von dieser ersten Etappe. Voller Respekt blickte er die afrikanischen Brüder an - sie schienen trotz der Anstrengung weder außer Atem, noch besonders durstig zu sein. Plötzlich spitze einer von ihnen die Ohren, dann zeigte er mit der Hand in Richtung des Horizonts und sagte etwas unverständliches. Schnell schoben die Brüder das Motorrad in den Schatten der Felsen. Dann hörten es auch Jessica und Krieger. Der Helikopter kam zurück. „Vermutlich haben sie aufgetankt", spekulierte Krieger. Der Hubschrauber passierte sie in einiger Entfernung und flog dann weiter in Richtung Osten. Kaum war er außer Sichtweite, sprangen Krieger und Jessica auf. Sie wollten so schnell wie möglich das Hotel und seine Deckung erreichen, so lange sich die Soldaten noch in der Gegend befanden. Bald waren sie an der Straße angekommen. Von hier aus ging es zur Küste nur noch sanft bergab. Jessica und Krieger verabschiedeten sich herzlich von Tan, Sulan und Tamir. Singend machten sich die Drei wieder auf den Rückweg. Dankbar winkte ihnen Jessica nach, dann setzte sie sich zu Krieger auf die alte Geländemaschine und sie ließen es rollen.

Auch im sonst so beschaulichen Genf lachte die Sonne vom Himmel. Auf dem Platz vor dem Eurotower drängten sich die Demonstranten inzwischen dicht an dicht. In wenigen Minuten sollte die zentrale Kundgebung beginnen. Schiller hatte sich erneut im „Café des nations Européen" niedergelassen. Er hatte eine ziemlich unbequeme Nacht im Aktivistencamp verbracht. Lange hatte er gegrübelt, wie er weiter vorgehen könnte. Er wußte nun mit Sicherheit, daß er richtig gelegen hatte und an der Pressemitteilung der EDCO betreffend des Todes von Krieger und dieser Jessica Slade etwas faul war. Aber wo sie waren und ob sie tatsächlich noch lebten, das stand auf einem ganz anderen Blatt. Dem Journalisten fehlte der Ansatz. Gleichwohl betraf ihn die

Sache ja nicht nur persönlich. Unregelmäßigkeiten in der EDCO, dem wichtigsten Sicherheitsorgan Europas, waren von absolutem öffentlichen Interesse, vor allem wenn man die sich abzeichnende Tragweite betrachtete. Der Kellner kam und Schiller bestellte sich einen großen Schwiizer Schüümli Kaffee. Die Informationen, die er erlangt hatte, konnte ihm keiner mehr nehmen. Außerdem hatte er damit begonnen, sozusagen nebenher, eine Reportage über die „Pro-Afrika" Aktivisten und ihre Demonstration zu schreiben. Darum pfiff er nun auch darauf, daß der Geheimdienst seinen Aufenthaltsort erfuhr. Schließlich hatte man ihm ja nicht verboten, seiner Arbeit nachzugehen. Oh ja, der Kaffee würde ihm nach dieser Nacht und einem Tag Thermoskannentee verdammt gut schmecken. Der Journalist zog seinen College Block heraus und machte sich Notizen. Auf der Bühne trat unter großem Applaus der Vorsitzende der Initiative „Pro-Afrika" ans Rednerpult. Kameradrohnen schwebten über den Köpfen der Leute. Der Vorsitzende - ein Dr. Harald Bachmeier - stellte sich vor, und begann zu sprechen. Schiller hörte sich die Rede an und notierte sich Stichworte. Doch irgendwie konnte er sich nicht so recht konzentrieren. Sein ursprüngliches Anliegen und der Verbleib seines Freundes Martin ließen ihm keine Ruhe. Nach dem Vorsitzenden kam der Sprecher einer christlichen Initiative an die Reihe, danach ein Sprecher der vereinigten europäischen Gewerkschaften. Was diese mit der „Pro Afrika" Bewegung verband, ging aus der Rede nicht all zu deutlich hervor. Dafür war diese aber sehr politisch und stellte sozusagen einen Frontalangriff auf die konservative Partei und die Regierung dar. Auch die EDCO, die jahrelang dafür gesorgt hatte, daß Europa wieder auf die Beine kommen konnte, war mittlerweile in den Reden als „Feindbild" ausgemacht worden. Schiller überlegte, ob es Sinn machen könnte zur Führung der Aktivisten Kontakt aufzubauen.

Publicity und öffentlicher Druck, waren seine Waffen als Journalist. Aber im Augenblick hatte er noch nicht genug in der Hand, um ernst genommen zu werden. Dazu liefen schon seit je her viel zu viele Verschwörungstheoretiker durch die Welt. Als solchen würde man ihn wahrnehmen und sein Pulver wäre verschossen. Es war wohl Zeit ein wenig Networking zu betreiben. Dabei mußte er allerdings vorsichtig vorgehen - er sollte den Geheimdienst nicht unterschätzen. Und auf eine weitere Begegnung mit diesen „Mafia-Typen" legte er keinen gesteigerten Wert. Er mußte sich von irgend einem der Aktivisten das Handy leihen. Dann würde er ein paar befreundete Journalisten anrufen und sie zu einem Treffen einladen - so taten sie das immer, wenn eine Sache für einen einzelnen zu groß zu werden schien. Außerdem würde er gleich seine Freunde bei der Netzzeitung mit ins Boot holen. Die waren zu populär und zu viele Redakteure - die könnte man nicht so einfach bedrohen und mundtot machen - der Schuß ginge nach hinten los. Die Netzzeitung war für ihren gut recherchierten, investigativen Journalismus bekannt. Sie hatte schon so manchen Skandal aufgedeckt und dafür gesorgt, daß in Wirtschaft und Politik Köpfe rollten.

(k)ein Herz aus Stein

Auf rollende Köpfe war auch Hofer scharf, genau genommen auf zwei spezielle. Seine Männer waren gerade dabei, die letzten Häuser der Geisterstadt zu durchsuchen. Langsam trudelten die Berichte ein: Negativ, negativ, negativ ... Irgendwie hatte er es schon geahnt. Anstatt die Flüchtigen zu finden, hatten sie mehr als einen Tag verschenkt! Hofers Magen zog sich unwillkürlich zusammen. Wo konnten die verdammt noch mal stecken!? Die Frau humpelte, der Mann war höchst wahrscheinlich auch verletzt worden. Sie waren zu Fuß unterwegs, sie hatten keine Verpflegung und kein Wasser. Die einzige Stadt, die sie in der Zeit erreichen konnten, hatte er nun systematisch und gründlich durchkämmt und keine Spur von den beiden gefunden. Der Major holte zum zigsten Male die Karte heraus und kontrollierte, ob er nicht doch etwas übersehen hatte - hatte er aber nicht. Also blieben nur drei Möglichkeiten: Entweder waren die beiden mittlerweile tot und lagen hier irgendwo unfindbar in den ewigen Weiten dieses schrecklichen Kontinents herum. Oder sie hatten Hilfe, in welcher Form auch immer - dann könnten sie längst über alle Berge sein. Oder aber sie steckten in diesem Eingeborenendorf, das der Pilot entdeckt hatte. Das schien die einzige verbleibende Chance zu sein. Er ließ die Mannschaft antreten. Wenig später saßen sie alle in den Helikoptern und flogen in Richtung Nordwest. Der Major hatte die Einheit instruiert. Sie sollten kein Risiko eingehen. Zunächst sollten alle Bewohner dieses Dorfes zusammengetrieben werden, dann sollten systematisch alle Hütten durchsucht werden. Bei Widerstand sei von der Waffe Gebrauch zu machen. Es dauerte nicht lange, da kamen die grünen Ufer des Wadis in Sicht. Die Hubschrauber flogen extrem tief, um keinen Eingeborenen zu übersehen, der sie eventuell dann aus dem Hinterhalt angreifen

246

könnte. Der Wadi wurde breiter und mündete in einer Art kleinem, schlammigen See, an dessen Ufer das Dorf gelegen war. Als die Bewohner die Rotoren hörten, sprangen sie erschreckt auf, ließen alles stehen und liegen und versteckten sich in ihren Hütten. Hofer ließ die Hubschrauber so landen, daß sie das Dorf von allen Seiten einkreisten. Die Turbinen liefen noch, da öffneten sich die Türen und die Soldaten sprangen mit ihren Sturmgewehren im Anschlag heraus. Mara stand alleine mitten auf dem Dorfplatz und hatte die Hände verschränkt. Still betete sie für das Dorf und das Leben seiner Bewohner. Als sie den Soldaten mit der grimmigen Miene und den silbernen Rangabzeichen auf den Schulterklappen sah, bekreuzigte sie sich und ging langsam und mit gehobenen Händen auf ihn zu. Die Soldaten schlossen ihren Ring um das Dorf und kamen langsam näher. Hofer hatte nicht erwartet, von einer Art „Begrüßungskomitee" empfangen zu werden. Die Frau schien noch dazu eine Weiße zu sein. Vorsichtig peilte der Major die Lage. Es schien nirgends Gefahr zu drohen. Er hob seine Hand und deutete den Soldaten damit an stehen zu bleiben. Langsam, immer wieder in alle Richtungen spähend ging er mit gezogener Waffe auf die Frau zu. Zu seiner Überraschung begrüßte sie den Kommandeur in bestem Englisch: „Willkommen im Dorf des himmlischen Friedens! Stecken Sie Ihre Waffen weg, bei uns droht Ihnen keine Gefahr!" Hofer war mißtrauisch, doch Mara streckte ihm in ihrer unnachahmlichen, gewinnenden Art, lächelnd ihre Hand entgegen. Der Major war jedoch nicht auf Freundlichkeiten aus. Ohne Umschweife kam er sofort zur Sache und baffte Mara an: „Wir suchen zwei flüchtige Kriminelle, eine blonde Frau und einen europäischen Mann. Haben Sie sie gesehen?" Mara sah den Soldaten immer noch freundlich an und überging seine Frage, weil sie nicht lügen wollte: „Mein Name ist Mara Fantini, ich bin die

Vorsteherin des Dorfes. Bei uns ist jeder Willkommen, der in Frieden zu uns kommt."

Maras pazifistische Art weckte bei dem Soldaten eher Argwohn als Vertrauen. Egal was sie ihm sagte, er würde es ohnehin nicht glauben. Natürlich merkte er auch, daß sie seiner Frage ausgewichen war. Andererseits konnte es nicht schaden, wenn die Einwohner kooperativ waren. „Wir werden Ihr Dorf jetzt durchsuchen!", kündigte er an, „alle Einwohner sollen sich auf dem Platz versammeln. Wer Widerstand leistet wird erschossen! Haben Sie das verstanden?" Mara nickte, dann rief sie, so laut sie konnte, alle Einwohner auf den Dorfplatz. Langsam streckten die ersten ihre Köpfe aus den Hütten. Mara vertrauten sie. Zögerlich trat einer nach dem anderen ins Freie, bis sich alle auf dem Platz versammelt hatten. „Sind das alle?", fragte der Major Mara ungeduldig. Diese nickte erneut. „Das hoffe ich für Sie!", brummte der Major bedrohlich, „wer jetzt noch in einer der Hütten erwischt wird, wird erschossen!" Er gab den Soldaten einen Wink. Diese begannen daraufhin weiter vorzurücken und die Hütten zu durchsuchen. Es dauerte nicht all zu lange, bis es Geschrei in einer der Hütten gab. Die Mädchen hatten sich, wie gewohnt, wenn gefährliche Fremde ins Dorf kamen, in den Erdlöchern unter den Hütten versteckt. Damit konnten sie Amateure täuschen, aber keine Mitglieder einer bestens ausgebildeten Spezialeinheit. Ausgerechnet Mubali hatten sie gefunden und ein Soldat zerrte sie an ihren Haaren hinter sich her ins Freie. Mubali versuchte zu kratzen und zu beißen, aber aus dem kräftigen Griff des Soldaten gab es kein Entkommen. Verärgert lief Hofer zu der Hütte hin. Doch, anstatt Mubali irgendwie zu behelligen, baute sich der Major vor dem Soldaten auf, der sie gefunden hatte, und schrie diesen an: „Haben Sie beim Briefing vorhin geschlafen, Soldat?!" Der arme Obergefreite wußte gar nicht, wie ihm geschah. Hatte er doch dieses Mädchen in seinem Erdloch gefunden. Ein anderer hätte es vielleicht übersehen. Hofer brüllte weiter: „Ich habe befohlen, wenn jemand Widerstand leistet, wird er erschossen!" „Aber Herr Major", stammelte der Soldat, „ich dachte, das ist doch nur ein harmloses Mädchen!?" „Sie sollen nicht denken, Soldat, Sie sollen Befehlen gehorchen!" Hofer steigerte sich immer weiter hinein: „Wo kämen wir wohl hin, wenn jeder Soldat erst mal anfängt, über seine Befehle nachzudenken?! Gefallen sie mir? Habe ich heute Lust dazu, meine Befehle auszuführen? Ist doch nur ein harmloses Mädchen? Oder Was?" Mubali war ganz starr vor Schreck über das Gebrüll des fremden Befehlshabers. Eingeschüchtert stand sie da und sah Hofer mit offenem Mund aus ihren großen, tiefschwarzen Augen an. Dieser hielt Mubali sein Sturmgewehr an den Kopf und drückte eiskalt ab. Krachend löste sich der Schuß und zerfetzte den Kopf des unschuldigen Mädchens. „Ahhhhhhhh!" Mara schrie so laut, daß sie das Gebrüll des Majors noch übertönte. Voller Entsetzen stürmte sie heran und drückte den Körper des tot zusammengesackten Mädchens: „Neiiin, Mubaaaliiii!" Heulend und mit schmerzverzerrtem Gesicht sah Mara von unten her den Major an und brüllte: „Warum haben Sie das getaaaan?". „Warum haben Sie das getaaan, warum haben Sie das getaaan?", äffte Hofer die aufgelöste Italienerin nach, „ist doch nur ein harmloses Mädchen. BULLSHIT!" Hofer zeigte mit dem Finger auf den ebenfalls schockierten Soldaten: „Wir sind hier nicht auf einer Kaffeefahrt, verstanden?! Und du", deutet er mit dem Finger auf Mara, „lügst mich nie wieder an, sonst kannst du hier nachher im Blut baden, ist das klar?!"

Hofer wartete keine Antwort ab. Er atmete durch und befahl „Weitermachen! Und paßt auf, daß hier keiner abhaut, vor allem die da nicht!" Damit wies er auf Mara und wandte sich ab, während diese weinend in sich zusammenbrach.

Der leichte Fahrtwind wehte Krieger kühlend um die Nase und er genoß es, als säße er in einer voll klimatisierten Luxuslimousine. Die Fahrt war nicht schnell und auch nicht besonders lang. Bald schon kam das Hotel in Sicht. Krieger steuerte die Einfahrt an und bremste vor dem Eingang. Sie stiegen ab. Krieger blickte prüfend in den Himmel und kommentierte: „Wir müssen die Maschine rein bringen, falls die hier zufällig mit dem Hubschrauber drüber fliegen." Beide packten mit an, wuchteten die Maschine die beiden Stufen zum offenen Eingang herauf und stellten sie im Foyer ab. Erschöpft ließen sie sich auf dem Rand des alten, leeren Springbrunnens nieder. „Ist ja fast wie nach Hause kommen", kicherte Jessica. „Na dann hole ich uns mal ein kühles Bier!", scherzte Krieger, „ich hoffe, du hast welche in den Kühlschrank gelegt?" Beide mußten lachen. Krieger holte seine Trinkflasche hervor und nahm einen Schluck Wasser. Jessica sah dem Ingenieur dabei zu. Mittlerweile hatte sich der Combot-Spezialist über eine Woche nicht rasieren können. Er sah richtig verwegen aus, mit seinem sprießenden Bart. Er hatte auch seinen ganz eigenen Charme und einen messerscharfen Verstand! Sie konnte seinen Schweiß bis zu sich riechen und er roch - irgendwie verdammt gut. So ein Mann hätte ihr mal früher über den Weg laufen sollen. Wer weiß, wie sich ihr Leben dann entwickelt hätte. Da fiel ihr auf - wenn sie ihn riechen konnte, würde sie vielleicht ebenso stinken? Der Gedanke war schauderhaft! „Sag mal Martin", sprach sie ihn an, „heute wollen wir wohl nicht mehr aufbrechen, oder?" „Nein", bestätigte er, „das macht keinen großen Sinn. So lange die da oben mit den Hubschraubern unterwegs sind, ist das viel zu gefährlich. Am liebsten würde ich nachts fahren, aber das Licht des Motorrads ist leider kaputt - das konnte ich auch nicht reparieren. Jetzt hole ich mal das Benzin und mache die Maschine abfahrbereit. Drück´

uns die Daumen, daß sie anspringt, sonst sehen wir hier ziemlich alt aus." Mit diesen Worten machte er sich auf den Weg zum Technikraum. Wie erwartet, schien seither niemand dort gewesen zu sein. Krieger schleppte die schweren Kanister in die Lobby. Er öffnete den Tankdeckel und goß das Benzin vorsichtig hinein. Es war anstrengend mit dem schweren Kanister nichts von dem kostbaren Sprit zu verschütten. Schließlich flossen die letzten Tropfen in den Tank, der damit auch voll war. „Wie weit kommen wir mit diesem Tank?", fragte Jessica nachdenklich. „Ich habe keine Ahnung", gab Krieger zu, „Das waren jetzt 20 Liter. Mal angenommen wir fahren langsam und die Maschine verbraucht 5 Liter auf 100 Kilometer, dann kommen wir 400 Kilometer weit - das wäre ja schon ein Stück. Und wir haben noch zwei weitere volle Kanister. Damit kämen wir dann bis zur Nordküste." „Klingt ja prima!", frohlockte Jessica. „Moment", schob Krieger nach, „das ist eine Annahme. Wenn wir mehr Sprit verbrauchen, geht die ganze Sache nicht auf. Genau wissen wir es erst, wenn der Tank leer ist und wir nachfüllen müssen. Aber zunächst mal", hob Krieger die Augenbrauen, „müssen wir hoffen, daß das gute Stück überhaupt anspringt!" Der Ingenieur setze sich auf die Maschine und klappte den Kickstarter herunter. Zum Glück hatte sein Großvater einen Bauernhof gehabt. In der alten Feldscheune hatte Krieger als Kind ein heruntergekommenes Moped gefunden. Mit dem durfte er jedes Mal fahren, wenn er mit seinen Eltern zu Besuch gekommen war. Krieger hätte sich nicht träumen lassen, daß diese Erfahrung im Umgang mit einem alten Zweirad ihm viele Jahre später unter Umständen das Leben retten würde. Der Ingenieur stellte den Zündschlüssel auf ein, zog den Kupplungshebel und prüfte zur Sicherheit noch mal, ob das Getriebe wirklich auf neutral stand. Er öffnete den Benzinhahn, tupfte am Vergaser, bis er das Benzin roch. Jetzt oder nie! Kräftig trat er den Kickstarter herunter. Pflop, Pflop, Pflop - hörte er den Motor durchdrehen, aber das gute Stück sprang nicht an. Erneut trat er den Kickstarter durch - wieder ohne Erfolg. Er versuchte es noch ein paar mal, dann gab er auf. Puh! Verdrossen sah er Jessica an. Er war so sicher gewesen, daß das Motorrad laufen würde. Auch Jessica hatte eigentlich nicht daran gezweifelt. Voller Verzweiflung trat er erneut den Kickstarter, immer wieder, spielte mit dem Gas - da plötzlich eine Zündung! Und noch eine, und noch eine!! Schließlich sprang die Maschine an. Zunächst qualmend und stotternd, nahm der Motor noch kein Gas an. Aber nach einer kurzen Warmlaufphase schnurrte er wie ein Kätzchen. „Sie läuft!", brüllte Krieger voller Erleichterung und Stolz. Jessica kam förmlich angeflogen, drückte dem Ingenieur einen dicken Kuß auf die bärtige Backe und strahlte ihn mit leuchtenden Augen an. Krieger stellte die Maschine ab. „Jetzt haben wir uns ein kleines bißchen Urlaub im ʹHotel Atlantiqueʹ verdient!", rief Jessica keck, „fang mich!" Krieger mußte grinsen. Er stieg von der Maschine und Jessica humpelte lachend durch das Foyer auf die Terrasse. Krieger folgte ihr. Sie überquerte die Terrasse, drehte sich an der Treppe noch mal zu ihrem Begleiter um und lockte ihn mit dem Finger. „Oh-oh", warnte dieser, „paß auf die Treppe auf!" „Du glaubst doch nicht, daß ich so blöd bin die noch mal runter zu fallen!?", grinste die Blondine kokett. Mit der Zeit hatte sie sich an die Prothese gewöhnt und hüpfte fast die Stufen zum Strand hinunter. Immer weiter lief sie auf die Halbinsel hinaus, bis sie ganz an der Spitze angekommen war. Man hatte hier den Eindruck förmlich im Atlantik zu stehen. Die junge Frau hielt inne. Es war der vielleicht romantischste Ort, an dem sie je gewesen war. Sie setzte sich auf den feinkörnigen, weißen Sand und sah aufs Meer hinaus. Krieger setzte sich neben sie. Eine Weile saßen sie schweigend da. „Es ist wunderschön hier", sinnierte Krieger,

„warum können die Umstände nicht anders sein? Warum können wir hier nicht zu einer anderen Zeit sein? Ich stelle mir vor - so vor vielleicht 30 Jahren. Das Hotel dürfte damals noch in gutem Zustand gewesen sein. Bestimmt lief orientalische Musik an der Bar und es gab große, leckere Cocktails. Auf der Terrasse hatten sie vielleicht einen Grill aufgebaut und frische Meeresfrüchte für die Gäste zubereitet." „Und du hättest einen Rasierer dabei gehabt!", scherzte Jessica trocken. Beide mußten lachen. Krieger strich sich durch das Gestrüpp an seinem Kinn. „Ja, allerdings! Ich hasse das! Aber so scharf ist mein Taschenmesser leider nicht."

„Mir gefällt das irgendwie an dir", überlegte Jessica, „sieht so verrucht aus - irgendwie wie ein Pirat! Also nicht, daß ich das immer haben möchte, aber im Augenblick gefällst du mir so, wie du bist, ganz gut!" Jessica erschrak fast vor sich selbst. Was redete sie denn da? Überhaupt - trotz ihrer ungewissen Lage fühlte sie sich irgendwie frei. Zum allerersten Mal in ihrem Leben! „Soso", zwinkerte ihr Krieger zu, ich gefalle dir?" Beide sahen sich tief in die Augen. Plötzlich mußte Krieger wieder an seinen letzten Fiebertraum denken. Er erinnerte sich jetzt an mehrere Situationen, von denen er geträumt hatte. Immer war Jessica die Hauptperson gewesen, doch der letzte Traum war ihm besonders intensiv in Erinnerung geblieben - wie sie sich leidenschaftlich geliebt hatten, aber Jessica am Ende in seinen Armen gestorben war. Er senkte den Blick. Zerknirscht flüsterte er: „Wir dürfen das nicht zulassen! Diese Gefühle! Ich kann es nicht kontrollieren!" Jessica schluckte. Der verdammte Virus! Warum durfte sie nicht einfach mal mit einem Mann glücklich sein - nicht mal für kurze Zeit? Nein! So leicht würde sie sich nicht geschlagen geben. „Reißen Sie sich zusammen, Herr Ingenieur!", frotzelte sie, „ich habe da eine Idee!" Mit diesen Worten begann sie ihre Schuhe auszuziehen. Dann sprang sie auf und stürzte sich in die Brandung. Krieger grinste und tat es ihr gleich. Die Wellen waren nicht sehr hoch. Sie schwammen ein paar Meter hinaus, gerade so weit, daß die kleinere Jessica noch stehen konnte. Das Wasser war wunderbar erfrischend. „Ist das nicht herrlich?", rief Jessica ihrem Begleiter zu. „Traumhaft!", entgegnete Krieger und tauchte unter. Er rieb seinen Bart und seine Haare im salzigen Meerwasser, um sie ein wenig vom Fett zu befreien. Auch seinen Klamotten würde die Wäsche mehr als gut tun. Plötzlich spürte er Jessicas Arme von hinten an seinem Bauch. Er drehte sich um. Sein Herz schlug schneller. Sie blickte ihm erneut tief in die Augen und flüsterte ihm zu: „Ist das Wasser kalt genug, um dich einen Augenblick lang runter zu kühlen?" Krieger lächelte „Ich hoffe es!" „Ich hoffe es auch!", säuselte Jessica, „sonst sind wir verloren!" Mit diesen Worten schlang sie ihre Arme um seinen Hals und küßte ihn leidenschaftlich. Ihr Herz fühlte sich an, als würde es vor Glück zerspringen. Krieger erwiderte ihre Umarmung. Jessicas salziger Kuß schmeckte köstlich. Auch sein Herz schlug bis zum Hals. Einen Augenblick lang konnte er nachgeben, sich fallen lassen, für einen Augenblick gab es nur Jessica! Doch wie man sich fühlt, wenn man merkt, daß man sich gleich übergeben muß, so stieg die unzähmbare Lust in ihm auf. Nein! Er wollte das nicht! Nein das würde alles zerstören! Er durfte sich seinen Gefühlen nicht hingeben. Mit Tränen in den Augen stieß er Jessica sanft aber bestimmt von sich weg und versuchte Abstand zu gewinnen. Er schwamm zurück zum Strand. Jessica folgte ihm. „Verdammt, Krieger, ich liebe dich!" Rief sie ihm verzweifelt hinterher. Er drehte sich zu ihr um. Sie sah seine Tränen. „Ich liebe dich auch, Jessica, das ist ja gerade das Problem! Kannst du dir vorstellen, wie es ist Durst zu haben, Wasser zu haben aber nicht schlucken zu dürfen? Oder Hunger zu haben, das Lieblingsgericht vor sich stehen zu haben aber nicht essen zu dürfen? Begreif doch! Meine

254

Liebe wird dich umbringen! Ich möchte dir nicht weh tun. Und schon gar nicht möchte ich, daß du stirbst!" Er drehte sich um, nahm seine Schuhe vom Strand mit und ging zügig in seinen nassen Kleidern Richtung Hotel.

Im „Dorf des himmlischen Friedens" hatten die Soldaten ihre Durchsuchung beendet. Von Krieger und Jessica Slade hatten sie keine Spur gefunden, jedoch etwas anderes, das Hofer nachdenklich in seiner Hand hin und her drehte und im Sonnenlicht betrachtete. Es war ein silbern glänzendes Teil, wie er erst kürzlich ein ganz ähnliches in der Hand gehalten hatte. Offensichtlich das Bruchstück einer Combot-Hülle! Das erklärte die Explosion, warf aber neue Fragen auf: Gab es einen Zusammenhang mit den Gesuchten? Wenn ja? Hatte Krieger die Informationen gefunden? Oder war alles nur ein Zufall und irgendein bescheuerter Eingeborener hatte seine all zu große Neugier mit dem Leben bezahlt? Von den Dorfbewohnern würde er nichts erfahren, die sprachen irgendein komisches, afrikanisches Kauderwelsch und verstanden offenbar kein Wort. Weder Englisch noch Deutsch oder Spanisch oder Französisch. Nur die Weiße, mit ihr konnte man sich unterhalten. Aber Mara Fantini saß völlig apathisch auf dem Dorfplatz. Sie hatte seit dem dramatischen Ereignis vorhin kein Wort mehr gesprochen. Mit leerem Blick, den Kopf auf die Hände gestützt, konnte man ihren Schmerz nahezu fühlen. Was mochte sie nur getan haben, daß der Herr sie so grausam prüfte? Hofer schüttelte den Kopf. Dann besah er sich den Haufen Waffen, den seine Leute in einer der Hütten gefunden hatten. „Jaja", murmelte er „´Dorf des himmlischen Friedens` - verarschen könnt Ihr Euch doch selbst!" „Herr Major?!", meldete sich plötzlich jemand über Funk. Der Kommandeur nahm das Mikrophon von seiner Schulter und antwortete: „Hofer hier!?" Es war Leutnant Sharp. Er hatte, wie die anderen Piloten auch, die unbedingte Order erhalten, in seinem Hubschrauber zu bleiben, diesen zu bewachen und immer startklar zu halten. Aber dem Leutnant war noch etwas eingefallen, das er seinem Befehlshaber unbedingt mitteilen wollte: „Herr Major, vorhin beim Landeanflug ist mir etwas aufgefallen, das möglicherweise wichtig sein könnte - ich habe gestern auf dem Dorfplatz ein Motorrad gesehen. Jetzt scheint es nicht mehr da zu sein." „Ein Motorrad? Und das sagen Sie mir erst jetzt?", brüllte Hofer den Piloten genervt an. Er wartete keine Rechtfertigung ab. Der Major schnappte sich den nächstbesten Unteroffizier: „Soldat, haben Sie irgendwo im Dorf ein Motorrad gesehen? Geben Sie es an alle weiter! Wir suchen nach einem Motorrad! Ich erwarte umgehend Bericht!" Der Soldat marschierte los. Wenig später machte er Meldung: „Herr Major! Melde gehorsamst - niemand scheint ein Motorrad gesehen zu haben."

Hofer war skrupellos, aber nicht dumm. Der zerstörte Combot, ein verschwundenes Motorrad - das roch geradezu nach Krieger und Slade. Er brauchte jetzt Antworten und er war wild entschlossen diese zu bekommen. Er stapfte zu Mara rüber, deren Namen er sich nicht gemerkt hatte und baffte sie an: „Du da! Ich will jetzt keine Lügen und keine Ausflüchte mehr hören! Wo ist dieses Motorrad? Sind die Gesuchten damit weggefahren?" Mara blickte Mubalis Mörder mit glasigen Augen an und sagte kein Wort. Hofer wurde noch ungeduldiger. Er trat ihr mit seinem Kampfstiefel ans Schienbein und brüllte: „Hey, du! Ich habe dich was gefragt! Ich weiß genau, daß du mich verstanden hast!" Aber Mara reagierte nicht. Sie nahm die Hände an ihr kleines, silbernes Kreuz und begann zu beten. Hofer ging zu der eingekreisten Gruppe der Dorfbewohner und zerrte wahllos einen davon heraus. Er hielt ihm sein Sturmgewehr an den Kopf und brüllte in Maras Richtung: „Wird's bald!?" Doch Mara blickte nicht mal zu ihm herüber.

Krachend löste sich der Schuß und der Dorfbewohner sackte zu Boden. Mara zuckte zusammen, als der Schuß fiel, doch sie saß weiter apathisch auf dem Boden und betete vor sich hin. Hofer raste. Wütend stapfte er auf Mara zu und packte sie an den Haaren. „Ich knalle diese wertlosen Drecksnigger hier einen nach dem anderen ab, wenn du mir nicht sagst, was ich hören will, hast du verstanden?!" Mara liefen die Tränen über die Wangen. Sie blickte Hofer mit leeren Augen an und brachte kein Wort heraus. Der Major stapfte erneut zu der Gruppe von Dorfbewohnern, zog sich ein paar davon heraus und drängte sie genau vor Mara hin. Dann trat er zwei Schritte zurück und entleerte sein gesamtes Magazin. Die Schüsse ratterten aus dem automatischen Sturmgewehr und mähten die gesamte Gruppe nieder. Theatralisch entriegelte er sein Magazin und schob ein Neues in die rauchende Waffe. „Aufhören!", brüllte Mara voller Verzweiflung, „Nehmen Sie mich! Diese Menschen sind doch vollkommen unschuldig! Die haben Ihnen doch nichts getan!" „DU bist die Allerletzte", herrschte Hofer sie an, „vorher bringe ich hier alle anderen um. Aber vielleicht lasse ich dich sogar am Leben, dann kannst du hier ganz alleine verrotten! Gefällt dir die Idee? Nein? Also - ich höre!"

Mara konnte nicht mehr. Schluchzend murmelte sie" Ja, sie waren hier." „Lauter! Ich kann dich nicht verstehen", herrschte der Befehlshaber sie an und trat ihr erneut gegen das Schienbein. „Sie waren hier!", wiederholte Mara gequält. „Na also, warum nicht gleich so?!", ätzte Hofer arrogant, „und sie sind mit dem Motorrad weggefahren?" Mara nickte. „Wann war das?", wollte Hofer wissen. Mara sagte nichts mehr. Der Major wandte sich wortlos ab und stapfte ein weiteres Mal auf die Gruppe der Dorfbewohner zu. „Nein!", flehte Mara ihn an, „Bitte nicht!" Der skrupellose Militär wandte sich ihr wieder zu und sagte in eiskaltem Tonfall: „Ich habe es satt, Fragen zwei mal zu stellen. Entweder du kooperierst jetzt, oder ich lösche das gesamte Dorf aus! Also: Wann haben die beiden das Dorf verlassen?" „Gestern Abend!", log Mara nun ganz bewußt. Dieser Teufel durfte Jessica und Krieger auf keinen Fall erwischen. „Aha, und haben sie aus der Drohne etwas ausgebaut, bevor sie sie zerstörten?", fragte Hofer weiter. „Das weiß ich nicht!", gab Mara diesmal wahrheitsgemäß zu. „Sie haben die Drohne zerstört, damit genau das niemand mehr erfahren kann!", behauptete Hofer. „Nein!", widersprach Mara empört, sie haben die Drohne zerstört, weil ICH sie darum gebeten hatte!" „Gestern Abend?" Hofer schüttelte den Kopf: „Sie lügen schon wieder."

Der Major hatte nun keine Geduld mehr. Mit größter Verachtung für Mara und verärgert darüber, daß er von ihr offensichtlich keine verläßlichen Informationen mehr erwarten konnte, drehte er sich um und befahl den Soldaten: „Ich brauche Seile und zwei solide Holzbalken. Dann treibt ihr die Leute in die Hütten und brennt alles nieder!"

„Nein, Nein, Nein!", schrie Mara den Befehlshaber an, doch alles Betteln half nichts mehr. Mit einer einzigen plumpen Lüge in bester Absicht, hatte die sonst so smarte Ärztin das Schicksal ihres Dorfes endgültig besiegelt. Wenig später brannte das Dorf. Hofer hatte sich für Mara zum Abschied noch eine besondere Grausamkeit einfallen lassen: Er hatte sie von seinen Soldaten nackt an ein Kreuz binden lassen und dieses Kreuz wiederum an ihre Hütte binden lassen, so daß sie alles bestens sehen konnte. Während Hofer mal wieder über seiner Karte brütete und versuchte den neuen Suchradius einzugrenzen, hatten sich einige der Soldaten den skrupellosen Sadismus ihres befehlshabenden Offiziers zum Vorbild genommen und trieben ihre Scherze mit der wehrlosen Frau. Irgendeiner hatte ihr die Brustwarzen abgetrennt. Blut lief von ihren Brüsten an ihrem Körper hinunter, während sie die Schreie der Dorfbewohner ertragen mußte, die in ihren brennenden Hütten mit dem Tode rangen. Zuletzt machten die Soldaten auch unter ihr ein Feuer an, so daß sie permanent ihre Beine heben mußte, um sich nicht die Füße zu verbrennen. Doch spürte sie, wie die Flammen immer höher züngelten. Auch ihre Hütte fing Feuer. Schließlich hatte sie keine Kraft mehr, sich gegen das Unausweichliche zu stämmen. Als sie die Schmerzen nicht mehr aushalten konnte, richtete sie ihren Blick zum Himmel und schrie wie Jesus Christus in der Bibel: „Mein Gott, warum hast du mich verlassen?!" Kurz darauf erlöste sie der Tod von ihrem grausamen Schicksal.

Zweifelhaftes Vergnügen

Die Hauptredner bei der Demonstration vor dem Eurotower waren gerade fertig, da fand die Kundgebung ein jähes, unschönes Ende. Eine beachtliche Gruppe vermummter Autonomer, die bis zu diesem Zeitpunkt in der Menge der friedlichen Demonstranten untergegangen waren, rotteten sich plötzlich zusammen und versuchten, das Regierungsgebäude zu stürmen. Flaschen und Steine flogen. Die Polizei ging rigoros gegen die Randalierer vor. Tränengasgranaten wurden gezündet. Entsetzt und mit brennenden Augen versuchten alle Demonstranten gleichzeitig, den Platz zu verlassen. Es kam zu einer Panik unter ihnen. Teilnehmer wurden umgerannt, andere trampelten über die Unglücklichen hinweg. An den Rändern wurden die Leute von der Menge in Zäune, den Springbrunnen und das herumstehende Mobiliar des Cafés gedrückt. Menschen schrien. Schiller und die anderen Gäste des Cafés sprangen von ihren Stühlen auf und wichen zurück. Aus der Richtung des Eurotowers hörte man, wie Glasscheiben barsten. Wie gebannt starrte Schiller, der sich an die Wand des Cafés gedrückt hatte und durch seine Größe über die meisten anderen Menschen hinweg sehen konnte, auf die unwirkliche Szenerie. Der Journalist zog sein Handy aus der Tasche und filmte. Endlich hatten die meisten Demonstranten den Platz verlassen. Weitere Polizeieinheiten stürmten hinzu und kesselten die Autonomen ein. Auf dem Platz lagen schreiend niedergetrampelte Menschen. Schiller drängte sich durch die davon rennenden Nachzügler, um zu helfen. Zum Glück waren jedoch auch Rettungskräfte vor Ort und eilten zügig auf den Platz, um die Verletzten zu versorgen. Ein Mann war unglücklich auf dem Boden zwischen zwei verkeilten Cafétischen eingeklemmt worden und konnte sich nicht befreien. Schiller rückte einen der Tische weg und half dem Mann auf, der ansonsten zum Glück unverletzt geblieben zu sein schien. Dieser klopfte seine Kleidung ab und bedankte sich bei dem Journalisten. Verzweifelt sah der Gerettete zu dem Tumult vor dem Regierungsgebäude hinüber: „Diese Idioten!", schimpfe er, „die machen alles kaputt! Hinterher wird es in den Nachrichten nur um die Gewalt gehen und niemand nimmt mehr von unserer Sache Notiz - und schlimmer noch - sie ziehen unsere gute Sache in den Dreck!" Schiller nickte. Der Mann kam ihm irgendwie bekannt vor. Klar! Es war der Vorsitzende der „Pro-Afrika" Initiative. Es war der, der die erste Rede gehalten hatte, dieser Dr. Harald Bachmeier! Vielleicht war es doch eine gute Gelegenheit Kontakte zu knüpfen, dachte sich Schiller und stellte sich vor: „Das mit der Wahrnehmung in der Presse können wir vielleicht beeinflussen", erklärte er Bachmeier, der immer noch wie gebannt auf die prügelnden Chaoten starrte und sich erst in diesem Moment wieder zu Schiller umdrehte: „Entschuldigung, was meinten Sie gerade?"

„Mein Name ist Thomas Schiller, ich bin freier Journalist", erklärte Kriegers großgewachsener Freund und hielt Bachmeier freundlich die Hand hin. Dann wiederholte er nochmal: „Ich bin gerne bereit dazu beizutragen, daß Ihr Anliegen angesichts dieser sinnlosen Gewalt nicht vergessen wird. Wer weiß, vielleicht wurde der Tumult ja auch gezielt forciert, um Ihre Kundgebung zu diskreditieren?" Bachmeier runzelte die Stirn: „Meinen Sie wirklich? Das würde Ihnen als Journalist vermutlich gefallen, aber ich kann es mir nicht vorstellen. Wer sollte denn ein Interesse an sowas haben? Wir tun doch niemandem was, wir kämpfen nur für Gerechtigkeit und Solidarität mit den Ärmsten auf dieser Welt." Schiller lächelte wissend, nickte leicht und deutete an: „Ich weiß, aber Sie werden eines bald selbst merken: Je weiter Sie sich dem nähern, was wir mit unserem demokratischen Verständnis für das Zentrum der Macht halten, desto mehr werden Sie feststellen, daß die tatsächliche Macht nicht von den gewählten Politikern ausgeübt wird. Es gibt mächtige Menschen im Hintergrund - in der Wirtschaft, der Verwaltung, beim Militär, den Geheimdiensten und so weiter. Egal wer an der Macht ist - niemand kann an diesen Menschen vorbei regieren. Und wenn einige davon ihre persönlichen Interessen durch Ihre Aktivitäten gefährdet sehen ...“ Schiller zuckte mit den Schultern. Bachmeier schaute ihn ungläubig an: „Finden Sie das nicht ein bißchen weit her geholt? Seien Sie mir nicht böse, aber für mich klingen Sie gerade eher wie ein Verschwörungstheoretiker. Ich muß mich dann auch jetzt verabschieden ...“ „Herr Bachmeier!“, hielt ihn Schiller sanft an der Schulter fest, „ich rede nicht von Freimaurern, Illuminaten und sonstigen Logen. Ich bin Journalist! Ich rede von der Realität! Sie müssen sich doch nur mal fragen, wer von der anhaltenden Abschottung Afrikas am meisten profitiert. Haben Sie das noch nie getan?“ Der Vorsitzende der Aktivisten runzelte die Stirn. Was dieser Kerl da von sich gab, machte tatsächlich irgendwo Sinn. „Wenn man es so betrachtet - da könnte natürlich was dran sein“, gab er zu. „Ich muß Ihnen keine Namen nennen“, bekräftigte Schiller seine These, „denken Sie einfach selbst darüber nach. Und wenn Sie dann zu einem Ergebnis gekommen sind, dann kennen Sie das Gesicht Ihres Feindes! Sie denken, Sie haben keine Feinde, weil Sie persönlich niemandem gegenüber feindliche Gefühle empfinden? Weit gefehlt! Je mehr Zulauf Ihre Organisation bekommt, desto mehr werden Sie als Vorsitzender für diese Leute zum persönlichen Feind - mit allen Konsequenzen!“ „Na ja, bisher hat mich noch niemand bedroht“, winkte Bachmeier ab, „aber danke für den Hinweis, ich werde das im Auge behalten!“ Dem Vorsitzenden schien das Gespräch unangenehm zu sein. Entweder hatte Schiller ins Schwarze getroffen, oder dieser Typ war - Doktortitel hin oder her - so naiv wie ein kleines Kind. Der

Journalist spürte, daß es zu diesem Zeitpunkt keinen Sinn machte, das Ganze zu vertiefen, aber der Kontakt könnte noch mal wertvoll sein. Er kramte in seiner Tasche und zog eine seiner Visitenkarten heraus. Das war zwar altmodisch, aber wie er in seiner beruflichen Tätigkeit schon sehr oft feststellen durfte - vielleicht gerade weil es altmodisch war - war es immer wieder sehr effektiv. „Hier haben Sie meine Karte!", kommentierte Schiller, „es würde mich freuen, wenn wir in Kontakt bleiben könnten. Kann ich Sie anrufen, wenn ich noch Fragen habe?" Dr. Bachmeier gab Schiller bereitwillig seine Kontaktdaten. Gute Presse war überaus wichtig und auch wenn ihm die These des Journalisten nicht gepaßt hatte, sie hatte ihn doch zum Nachdenken angeregt. Die beiden verabschiedeten sich.

Die Polizei hatte den Konflikt mit den Autonomen inzwischen für sich entschieden. Wild zappelnd und wüste Beleidigungen ausstoßend wurde einer nach dem Anderen verhaftet und in bereitstehende Einsatzfahrzeuge verfrachtet. Auch die Verletzten waren zügig versorgt worden. Sanitäter behandelten noch die ein oder andere Platzwunde, aber insgesamt schien die Sache doch recht glimpflich abgegangen zu sein. Schiller filmte noch ein wenig mit seinem Handy. Auf dem Platz sah es verheerend aus. Die Bühne war halb zusammengebrochen. Ein Lautsprecherturm war umgefallen und hatte sich in seine Einzelteile zerlegt. Überall lagen Müll, verlorene Kleidungsstücke, zerrissene Transparente, Schilder und sonstiger Kram. Die Stadtreinigung würde ihre Freude haben. Die Kellner im Café versuchten, die Tische und Stühle wieder herzurichten. Einiges Mobiliar war auch zu Bruch gegangen. Einer der Kellner hatte offenbar eine ganze Ladung Kaffee über sein ehemals weißes Hemd gekriegt. „Die sollten hier Dunkelbraun tragen!", schmunzelte Schiller und machte sich auf den Weg zu seinem Rad. Er wollte jetzt so schnell wie möglich nach Hause kommen. Er brauchte sein Laptop - es gab einiges zu tun!

Auf der Dachterrasse des Eurotowers standen zwei weitere Beobachter der Szenerie. Präsident Strauss und Palmer, seine rechte Hand. Der Spuk schien vorbei zu sein. Strauss warf Palmer einen vielsagenden Blick zu, was dieser mit einem verhaltenen, aber zufriedenen Lächeln quittierte. „Ich gehe davon aus, wir sehen dieses Chaos in Kürze als Headline in den Nachrichten?", fragte der Präsident seinen Stabschef. „In bester Qualität!", bestätigte dieser immer noch lächelnd. Dann schaltete er den Funk- und Microscrambler ein, den er immer bei sich trug und fügte lässig hinzu: „Vor allem den toten Polizisten - natürlich ein verdienter Beamter und Familienvater." „Ein toter Polizist?" Strauss runzelte die Stirn. „Aber ja", antwortete Palmer mit gleichgültigem Tonfall. Dann sah er theatralisch auf seine platinfarbene Armbanduhr und erklärte: „Er stirbt in diesen Minuten im Krankenhaus an seinen schweren Kopfverletzungen." „Sie sind ein echtes Arschloch, Palmer", kommentierte der Präsident ironisch und wenig diplomatisch, „Sie möchte man nun wirklich nicht zum Feind haben." Palmer mußte lachen und entgegnete: „Darum haben Sie mich ja auch zum Freund!" „Das stimmt", bestätigte der Präsident ebenfalls lachend, bevor er leicht pikiert anmerkte: „Nur die Sache mit Jessica, die ärgert mich immer noch. Ich konnte sie wirklich gut leiden und sie hat einen verdammt guten Job gemacht. War es wirklich notwendig, sie verschwinden zu lassen?" „Sie war ein Risiko", kommentierte Palmer knapp, „Ich besorge Ihnen eine neue Blondine mit hohen Absätzen." Der Kommentar ärgerte den Präsidenten. Auch wenn Jessica Slade hübsch anzusehen gewesen war, so war das niemals der Grund für seine Achtung vor ihr gewesen. Es war vor allem ihre bedingungslose Loyalität und

Einsatzbereitschaft, die er an ihr so geschätzt hatte, gepaart mit ihrem Fleiß und ihrem messerscharfen Verstand. „Lassen Sie mal", wiegelte er Palmers Vorschlag ab, „ich hoffe nur, sie mußte nicht lange leiden - das hätte sie nun wirklich nicht verdient." Palmer räusperte sich. Der Präsident erinnerte ihn da an eine ärgerliche Sache, wobei es selbst dem eiskalt berechnenden Stabschef guttat, mal über diesen Punkt reden zu können: „Ich kann es Ihnen ehrlich gesagt gar nicht genau sagen." Strauss wurde hellhörig - er konnte sich nicht daran erinnern, daß Palmer jemals eine Schwäche zugegeben hätte. Dieser fuhr fort: „Es hat da ein kleines Problem mit unserem Mann in Afrika gegeben. Eigentlich sollte Slade zusammen mit diesem Techniker von der EDCO bei einer Explosion getötet werden. Aber es sieht danach aus, als ob die beiden die Explosion irgendwie überlebt hätten und geflohen seien. Wir haben sie noch immer nicht gefunden." „Oh, das ist ein Problem, oder?", erkannte der Präsident unschwer, „Sie haben die beiden doch längst für tot erklärt. Wäre peinlich, wenn die plötzlich wieder auftauchen würden." „Peinlich?", ärgerte sich Palmer, „das wäre ein verfluchtes Desaster! Die können auch eins und eins zusammenzählen. Das könnte uns alles kosten! ALLES! - Wobei ihre Chancen schlecht stehen, jemals wieder europäischen Boden zu betreten. Das ist von Afrika aus ja ohnehin kaum möglich. Außerdem jagt ihnen unser Mann mit einer bestens ausgerüsteten Spezialeinheit hinterher. Ich habe vollstes Vertrauen, daß sich das Problem in Kürze erledigt hat." „Hoffen wir es!", schnaubte der Präsident.

Krieger und Jessica saßen sich in Unterwäsche am leeren Pool gegenüber und schwiegen sich an. Die nassen Klamotten hatten sie zum Trocknen in die Sonne gelegt. Krieger hatte die Kanister am Motorrad befestigt und Jessica hatte ihre bewährte „Sandliege" in der Ecke des Foyers wieder hergerichtet. Die beiden hätten sich so viel zu sagen gehabt und doch war für den Augenblick eigentlich alles besprochen. Jetzt war es also raus. Ob es nun an der Situation lag, in der sie sich befanden, oder ob vielleicht auch Jessica Auswirkungen von diesem Virus spürte. Die Gefühle, die sie für einander entwickelt hatten, waren auf jeden Fall sehr real. So ungern Krieger dies auch vor sich selbst zugeben wollte: Mara hatte es vorausgeahnt. Jessica seufzte. „Was machen wir jetzt?", fragte sie Krieger, der plötzlich zu viel mehr als nur einem Begleiter für sie geworden war. „Ich weiß es nicht", schüttelte der Ingenieur den Kopf, „wir müssen einfach Geduld haben. Wenn wir wieder in Europa sind, können sie uns bestimmt gegen diesen Virus behandeln. Bis dahin dürfen wir uns so wenig wie möglich berühren und schon gar nicht küssen." „Das sagst du so leicht - jetzt wo ich weiß, daß du genau so fühlst wie ich", jammerte Jessica. Krieger hob den Kopf und schenkte Jessica einen mitleidigen Blick. „Ja, ich weiß", gab sie kleinlaut zu, „du hast es ungleich schwerer." Der Ingenieur schüttelte den Kopf und versuchte nochmal, es seiner neuen Liebe zu beschreiben: „Wenn ich dich sehe, möchte ich dich nur küssen und in den Arm nehmen. Wenn ich dich aber berühre, dann kommt es sofort in mir hoch. Du denkst dir so als Frau vielleicht - ´wo ist der Unterschied, Männer sind doch sowieso immer geil?` Aber das ist etwas ganz anderes. Viel stärker! Ein extremes Suchtgefühl. Wenn ich mich dem auch nur einen Moment lang hingebe, schaltet es meinen Verstand aus!" „Verstehe!", murmelte Jessica bedröppelt. „Aber das ist noch nicht alles!", erklärte Krieger gequält, „Immer wieder schießen mir einige meiner Fieberphantasien in den Kopf. Selbst wenn ich dich nicht berühre, erregen mich im Zusammenhang mit dir die verrücktesten Dinge." Jessica mußte kichern: „Was denn zum Beispiel?" „Es ist gefährlich für mich, auch nur daran zu denken!", fluchte Krieger laut, „Ein blöder Wassertropfen, der deinen Hals herunterläuft erregt mich! Die Art wie du dich bewegst, erregt mich! Ich sehe deine Hand und stelle mir vor, wie sie mich berührt! Ich sehe deinen halb geöffneten Mund und stelle mir unwillkürlich vor, meinen - na du weißt schon - reinzuschieben ... zum Blasen! Das erregt mich natürlich. Aber selbst der Gedanke, daß du dabei beißt, sogar abbeißt erregt mich!" Wieder mußte Jessica kichern. „Ob das wohl auch so bleibt, wenn du den Virus irgendwann wieder los bist?!", fragte sie scherzhaft. „Oh bitte nicht!", stöhnte Krieger, „Da könnte ich nie wieder ein normales Leben führen. Zumindest nicht in deiner Nähe" „Och dann müßte ich eben wirklich mal kräftig zubeißen", grinste Jessica, „ich meine so kräftig, daß Mara stolz auf mich wäre. Wenn es nicht anders geht, könnte ich damit leben." „Nicht einmal das würde wirklich helfen", lamentierte Krieger, „in einer Phantasie hast du mir zum Beispiel lustvoll deinen zweiten Fuß serviert und es hat mich erregt ihn zu essen!" „Jaja, ich erinnere mich", ätzte Jessica, „knusprig gegrillt mit Pommes und Kräuterbutter! Das war aber *keine* Fieberphantasie!" „Das war damals natürlich ein Scherz", verdrehte der Ingenieur die Augen, „aber jetzt, nachdem ich im Fieber davon geträumt habe, erregt es mich! Verstehst du langsam mein Problem? Ich habe sogar davon geträumt dich beim Sex im Rausch umzubringen!" Die blonde Frau hörte auf zu kichern. Ängstlich fragte sie: „Und - dieser Gedanke erregt dich jetzt auch?". Krieger nickte mit einer Mischung aus Ärger und Angst in seinen Augen. „Aber - das würdest du doch nicht tun, oder? Ich meine, wenn du mich doch auch liebst!", fragte Jessica vorsichtig. Krieger sprang auf und schrie sie heulend an: „Natürlich will ich das nicht! Genau so wenig wie ich dich vergewaltigen oder verspeisen will!" Er wandte sich ab und lief davon. Wütend schlug er mit der Faust gegen eine Wand des Hotels. Dann kehrte er wieder an seinen Platz zurück und setzte sich hin. Kleinlaut schob er ein „Entschuldigung, du kannst ja auch nichts dafür!", hinterher. Einen kurzen Moment lang blickten sie wieder still in den leeren Pool. Dann bat Krieger seine Begleiterin: „Du mußt mir einfach helfen, dann stehen wir das durch. Auch wenn es schwer ist - versuch immer ein wenig Abstand von mir zu halten. Wenn ich dir zu nahe komme und nicht reagiere, dann tritt mich, schlag mich, lauf davon - ganz egal - nur zögere nicht!" Jessica nickte seufzend. Er nahm die Hand an seinen Mund, hauchte sich selbst einen Kuß auf die Finger und blies ihn zu ihr rüber. Jessica fing den imaginären Kuß auf und drückte ihn fest an sich. Dann warf sie ihm, mit einem bitteren Lächeln im Gesicht, auf die gleiche Weise einen Kuß zurück.

Es folgte eine unruhige Nacht. Krieger hatte sich in der anderen Ecke des Foyers eine Schlafstelle eingerichtet. Sie hatten lange geschwiegen und sich durch die Dunkelheit gegenseitig angestarrt. Als ob ihre Situation nicht ohnehin schon schwierig genug gewesen wäre - jetzt war sie noch komplizierter geworden. Doch auf der anderen Seite hatten die beiden Gestrandeten eine gewisse Klarheit gewonnen. Die Aussicht darauf, in Europa geheilt werden und zusammen sein zu können schenkte ihnen neue, zusätzliche Hoffnung. Als die Sonne aufging, aßen sie schweigend ein paar Happen Brot zum Frühstück und sahen sich immer wieder vielsagend an. Kurz darauf wurde es Zeit dem Hotel endgültig Lebewohl zu sagen. Sie achteten diesmal peinlich darauf, ihre Spuren so gut es ging zu verwischen. Dann schoben sie das Motorrad ins Freie und Krieger startete den knatternden Motor. Die beiden saßen auf und der Ingenieur gab Gas. Sie hatten keine Karte und keine Wegweiser, aber die ungefähre Richtung war klar. Sie wollten versuchen sich möglichst nah an der Küste zu halten. Ihr Ziel war der westlichste Ausläufer des Combot Perimeters. Zwar gab es auf den Kanarischen Inseln auch Combots, jedoch schützten sie dort die Inseln selbst und patrouillierten, aufgrund der dünnen Besiedelung der afrikanischen Küste, nicht am Strand des Festlands. Dies änderte sich erst weiter nördlich, auf dem Gebiet des ehemaligen Marokko. Von dort aus war es theoretisch möglich, auch mit einem kleinen Boot die spanische Küste oder Gibraltar zu erreichen. Krieger hatte schon eine Idee, wie er die Combots und damit die EDCO auf sie aufmerksam machen wollte und hoffte inständig, daß der betreffende Combot nicht augenblicklich von den Verschwörern übernommen werden und Jagd auf sie machen würde.

Krieger fuhr von Anfang an möglichst gleichmäßig und defensiv. Ohne Helm und ohne Sonnenbrille mußte er vorsichtig sein. Schon ein kleines Insekt oder ein Sandkorn konnte bei höherer Geschwindigkeit eine nicht zu unterschätzende Gefahr darstellen. Außerdem wollte er natürlich sowohl die alte Maschine als auch ihren Treibstoffvorrat schonen. Dennoch kamen sie zügig voran. Schon nach kurzer Zeit hatten sie die Unfallstelle passiert und folgten der Straße weiter zu der Stadt, welche Hofer und seine Männer so intensiv wie erfolglos nach ihnen durchsucht hatten. Sie hielten jedoch nicht an. Seit dem Start war ihnen keine Menschenseele begegnet. Die Straße teilte sich und Krieger schwenkte nach Norden ein. Die Landschaft war eintönig: Staub und Felswüste so weit das Auge reichte. Die Sonne stand inzwischen schon höher am Himmel und der anfangs kühle Fahrtwind war inzwischen eher zu einer Art warmem Föhn geworden. Es ließ sich dennoch gut aushalten. Dafür begann ihm nach einiger Zeit immer mehr der Hintern zu schmerzen. Auch Jessica, die den Rucksack auf dem Rücken und die Vorratstasche um den Hals gehängt hatte, sehnte sich irgendwann nach einer Pause. Sie kamen an eine Kreuzung und machten kurz Rast. Jedoch verharrten die Beiden nicht all zu lange. Dann setzten sie ihren Weg in Richtung der Küste fort. Immer wieder beobachtete Krieger den Kilometerzähler und die Tankanzeige. Wie weit würden sie kommen? Erfreulicherweise schien sein Fahrstil tatsächlich recht spritsparend zu sein und als sie das Meer am Horizont sahen, war der Tank immer noch gut zur Hälfte gefüllt. Die Straße verlief nunmehr immer am Meer entlang. Von Zeit zu Zeit passierten sie kleinere Ortschaften. Fischerdörfer, in denen allerdings schon lange kein Fisch mehr gefangen worden zu sein schien. Jessica kam es irgendwann fast gespenstisch vor und Krieger fühlte sich, angesichts der vielen Geisterdörfer, an einen schlechten Western erinnert. Seit ihrem Start hatten sie noch immer keinen Menschen erblickt. Auch kein Tier. Als sich am frühen Nachmittag der Tank langsam leerte, machten sie in einem dieser Dörfer halt. Nachdem sie den kleinen Ort mehrfach durchfahren hatten und sich sicher waren, daß er auch wirklich unbewohnt war, fuhren sie mit dem Motorrad geradewegs durch den breiten Eingang in ein kleines, altes Café hinein. Ein gemauertes Gebäude, das ihnen Schutz vor der unbarmherzigen Sonne bieten sollte. Sie stiegen ab und streckten sich. Krieger sah in Jessicas staubiges Gesicht. Sie rieb sich ihren Hintern und machte dabei eine arg gequälte Miene. Auch der Ingenieur hatte erst mal genug davon den „Easy Rider" zu spielen. Zufrieden tätschelte er das Bike auf den Lenker. „Gut gemacht, altes Mädchen!" Jessica grinste: „Ich glaube, die alte Lady hat die Fahrt bisher besser überstanden als wir - auau, tut mir der Hintern weh!" „Frage nicht", entgegnete der Ingenieur, „mir geht es nicht besser. Am besten sehen wir uns hier mal um." Er schob das Motorrad in eine Ecke, wo es von der Straße aus nicht gesehen werden konnte. „Nur so zur Sicherheit", kommentierte er sein Handeln. Sie sahen sich in dem einstöckigen Gebäude um. Es gab nicht viele Räume. Wie auch in dem Hotel, schien hier schon vor langer Zeit alles, das irgendeinen Wert gehabt haben könnte, gestohlen oder zerstört worden zu sein. Nur der schöne, alte Holztresen erinnerte daran, daß hier mal Gäste bewirtet worden waren. Das Mobiliar lag kreuz und quer, von einer dicken Staubschicht bedeckt, in der Gegend herum. Sie schafften es, sich aus ein paar umgestoßenen Bänken und einem Tisch eine brauchbare Sitzgruppe zusammenzustellen. Jessica machte unmißverständlich klar, daß sie die Erste wäre, die die noch intakte Toilette benutzen dürfte, in der sich jedoch natürlich kein Wasser mehr befand. Geschafft ließ sich Krieger auf einer der Bänke nieder und legte die Füße hoch.

Entnervt brütete Hofer in seinem provisorischen Lagezentrum im Hangar auf Fuerteventura über einer Karte Nordwestafrikas. Wie er es auch drehte und wendete. Das in Frage kommende Gebiet war viel zu groß, um eine koordinierte Suche durchzuführen. „Verdammt!", schrie er inzwischen zum wiederholten Male und knallte wütend den Kugelschreiber in seiner Hand auf die Karte. Der Major hatte sich noch nie so einsam gefühlt. Kein Stab, der ihm zur Seite stand, lediglich ein paar Piloten und ein Haufen Soldaten, die darauf warteten von ihm Befehle zu empfangen. Mit Hilfe aus Europa konnte er auch nicht rechnen. Im Gegenteil! Die unbefriedigende Entwicklung war sein eigenes Versagen. Ganz gleich ob er nun etwas dafür konnte oder nicht - man würde es ihm genau so auslegen. Wenn er Krieger und Slade nicht bald zur Strecke brachte, waren nicht nur seine Tage als Major, sondern vermutlich auch die Tage seines Lebens gezählt. „Konzentrier dich!" Ermahnte er sich selbst, und murmelte: „Wo wollt Ihr beiden hin? Ihr wollt wieder nach Europa. Dazu müßt Ihr nach Norden. Habt Ihr eine Karte? Wie weit reicht Euer Benzin? Das wißt Ihr nicht! Also müßt Ihr früher oder später an der Küste entlang fahren, wenn Ihr nicht irgendwo in der Wüste stranden wollt. Aber wann seit Ihr genau losgefahren? Wie schnell seit Ihr gefahren? Ihr seit auf der Flucht. Vielleicht fahrt Ihr in der Nacht? Vielleicht aber auch am Tage, weil Ihr befürchtet, daß wir euren Scheinwerfer sehen." Hofer widmete sich erneut der Karte. „O.k.", setzte er seinen einsamen Monolog fort, „dann wollen wir die Sache doch mal anders angehen: Egal wie weit Ihr jetzt seit, irgendwann müßt Ihr rasten und schlafen. Ihr seit nicht dumm - Ihr werdet Euch und das Motorrad gut verstecken. So werden wir Euch nicht finden. Aber dafür werden wir Euch erwarten! HA! Die größeren Städte werdet Ihr, so gut Ihr könnt meiden. Ab Casablanca führt die

Autobahn an der Küste entlang. Ob zu Fuß oder mit dem Motorrad - dort müßt Ihr entlang, wenn Ihr nach Rabat und weiter nach Europa wollt. Und genau dort werde ich Euch erwarten!" Der Major holte eine andere Karte hervor und legte sie daneben. Auf dieser Karte waren die Aktionsradien der Combot Stützpunkte eingezeichnet. Natürlich wollte Hofer vermeiden, in Europa unnötiges Aufsehen zu erregen. Der Perimeter begann nördlich von Rabat. Er mußte sie also auf jeden Fall stellen, bevor sie Rabat erreichten. Es gab da nur ein Problem: Die Hubschrauber würden nicht mehr genügend Treibstoff haben um von dort wieder wegzukommen. Egal! Sie waren ja gut bewaffnet und mit einer Erfolgsmeldung konnte er dann auch sicher wieder mit Unterstützung rechnen. Er rief die Zugführer und Piloten zusammen und befahl: „Alles abbauen und einpacken! Wir verlegen unsere Basis in den Norden, um die Terroristen dort abzufangen. Wir rücken so schnell wie möglich ab! Wenn ich jemanden sehe, der hier seinen Arsch nicht bewegt, dem ziehe ich die Eier lang! Auf geht´s! Marsch!"

Schiller hatte Glück gehabt. Er hatte direkt nach seinem Eintreffen am Genfer Hauptbahnhof einen Expreßzug erwischt, der nach Berlin fuhr und dabei auch in Stuttgart halt machte. Er hatte kaum Zeit gehabt das Erlebte zu ordnen und gedanklich zu verarbeiten. Ein paar Telefonate und ein diktierter Bericht an die Agenturen, zu mehr kam er gar nicht. Zu Hause angekommen schnitt er in Windeseile an seinem Laptop die Handyvideos zusammen und verarbeitete sie zu einem Exklusivbericht für die Netzzeitung. Er hatte diesen eben hochgeladen, da klingelte es. Mißtrauisch ging der Journalist zur Türe. Seit seinem Erlebnis mit diesen Geheimdienstleuten rechnete er jederzeit mit unangenehmen Überraschungen. Er spähte durch den altmodischen Türspion an der Wohnungstüre seiner Altbauwohnung. Ein junger, bärtiger Typ mit auffallendem, roten Overall stand draußen. Erleichtert stöhnte Schiller auf und schüttelte den Kopf „Oh weia, du wirst echt paranoid", dachte er sich und öffnete die Türe. Er hatte völlig vergessen, daß er sich eine Pizza bestellt hatte. Wenig später saß er schmatzend an seinem Wohnzimmertisch und überlegte, wie er weiter vorgehen würde. Er kam jedoch auf keine zündende Idee und so befahl er zwischen zwei Bissen: „TV an, Nachrichten!" Sein Fernseher war nicht so luxuriös und modern wie der von Krieger. „Den hätte ich auch mitnehmen sollen", schoß es ihm noch durch den Kopf. An der Wand des Wohnzimmers baute sich das Bild auf. Eine Einblendung verriet ihm, daß es sich um die Sendung von 18.00 Uhr handelte. Die bekannte Stimme von Dana Grau-Schiffmacher begrüßte die Zuschauer. Von ihrem eigenwilligen Dutt hatte sie inzwischen offensichtlich wieder Abstand genommen. Dafür trug sie heute ein seltsam geschneidertes, türkis farbenes Kleid mit einer geschwungenen, silbernen Borte, welches sie noch dünner und bleicher erscheinen ließ, als sie ohnehin schon war. Den ausführlichen Nachrichten ging wie gewöhnlich eine Kurzzusammenfassung der wichtigsten Ereignisse des Tages voraus. Einer der Punkte war die Demonstration vor dem Eurotower bei der - Schiller traute seinen Augen kaum - angeblich ein Polizist ums Leben gekommen sein sollte. Mit Kriegers modernem Fernseher, hätte er vermutlich die einzelnen Blöcke direkt anwählen können, aber so mußte er warten und noch einen langweiligen Bericht über das Treffen der Außenminister von Amerika, China, Russland und Europa über sich ergehen lassen. Endlich baute sich das Bild der Demonstration vor dem Eurotower in Schillers Wohnzimmer auf. Wie Dr. Bachmeier es befürchtet hatte, wurde das Ganze als eine Art chaotische Rebellion dargestellt. Die Bildauswahl zeigt vor allem

Polizisten und vermummte Autonome. Der eigentliche Sinn und Zweck der Demonstration wurde nur am Rande angeschnitten. Dafür wurde der plötzliche Sturm der Chaoten auf den Eurotower in allen Einzelheiten gezeigt. Das Bild wurde leicht unscharf, als in die prügelnde Menge hineingezoomt wurde und man sehen konnte, wie einem Polizisten im Handgemenge der Helm heruntergerissen wurde und ihm prompt einer der Autonomen eine Flasche auf den Kopf schlug. Man sah den Polizisten zusammenbrechen und einen Augenblick lang blutüberströmt am Boden liegen. Der Polizist sei kurz darauf im Krankenhaus seinen schweren Kopfverletzungen erlegen. „Nicht zu fassen!", schüttelte Schiller den Kopf, „davon habe ich gar nichts mitbekommen!" Der Bericht endete damit, daß der Präsident den Angehörigen des Polizisten sein tief empfundenes Beileid aussprach, und ankündigte in Zukunft mit aller Härte gegen gewaltbereite Demonstranten vorgehen zu wollen. Außerdem werde es per Dekret zukünftig keine Genehmigung für Demonstrationen in der weiteren Umgebung des Eurotowers mehr geben. Also auch nicht mehr vor dem Gebäude der Vereinten Nationen. Schiller bekam ein flaues Gefühl im Magen. Er murmelte fassungslos: „So geht sie hin unsere Demokratie. Heimlich, still und leise und unter dem Beifall der blinden Massen.

Frustriert schaltete der Journalist den Fernseher aus. Er klappte den Laptop wieder auf. Es interessierte ihn, ob er die Szene mit dem Polizisten vielleicht zufällig auch gefilmt hatte. Leider war der Tumult, von seiner Perspektive aus, weniger gut zu erkennen, als das von Kameradrohnen aufgenommene Nachrichtenbild. Die Szene mit dem Polizisten hatte außerdem auf der ihm abgewandten Seite der prügelnden Menschentraube stattgefunden. Schiller hatte ja auch nicht die ganze Zeit gefilmt. Die Szene hatte er offenbar nicht erfaßt. Er sah seine betreffenden Videos zwei mal durch, doch

er konnte die Szene nicht finden. Es mußte sich wohl genau zu der Zeit abgespielt haben, als er sich mit diesem Dr. Bachmeier unterhalten hatte. Er wollte gerade das letzte Video wegklicken, welches er noch nach dem Ende des Tumults aufgezeichnet hatte, da fiel ihm am Bildrand eine Szene auf. Er setzte den Zeitindex ein wenig zurück und zoomte die Szene, so gut es ging heran. Ein Polizist wurde von zwei Sanitätern mit einer leichten Platzwunde an der Stirn behandelt. Der Polizist scherzte offenbar, denn an einer Stelle mußten die Sanitäter lachen. Schiller versuchte noch weiter hinein zu zoomen um das Namensschild des Polizisten auf seinem Einsatzanzug zu lesen. Es war verschwommen, aber der Journalist konnte eindeutig den Namen „A.Chevalier" erkennen. Der großgewachsene Individualist kniff die Augenbrauen zusammen. „Wie oft kommt es vor, daß einem Polizisten in so einer Situation der geschlossene Helm heruntergerissen wird und er prompt einen Schlag auf den Kopf erhält?", argwöhnte er, „man sollte meinen, ein Polizist dem sowas passiert tritt erst mal zurück und setzt den Helm wieder auf. Davon abgesehen ist das High-Tech Ausrüstung. Dafür gemacht, daß eben dies nicht vorkommt."
Er klickte den Internetbrowser an und rief die Seite des Tagesschaukanals auf. Hier war der Bericht deutlich ausführlicher, als in der Fernsehzusammenfassung, aber nicht weniger einseitig aufbereitet. Das Bild des auf dem Boden liegenden, blutüberströmten Polizisten war unscharf und sein Gesicht auch noch verpixelt dargestellt. Dafür wurde von dem getöteten Gesetzeshüter ein Foto eingeblendet, welches ihn mit seiner Familie zeigte. Sein Gesicht wurde eingekreist und das Bild bekam eine Unterschrift: „Polizeimeister Antoine Chevalier - tot". Schiller blieb der Atem weg. „Es ist ein Fake!", brüllte er laut, „schon wieder ein Fake!"

Eiskalt lief es ihm den Rücken herunter. Wie oft war die Bevölkerung wohl schon auf diese oder andere Weise getäuscht und in die Irre geführt worden? Was waren das für Leute, die die Macht hatten die Medien derartig zu beeinflussen und zu verdrehen ohne dabei aufzufliegen? Schiller mußte an den toten Polizisten denken. Man mußte diesen eiskalt ermordet haben, damit die Täuschung nicht aufflog. Einen völlig unschuldigen, braven Mann und Familienvater, dessen einziger Fehler es gewesen war, daß man ihm im Handgemenge so praktisch und medienwirksam den Helm heruntergerissen hatte. Schlagartig wurde dem Journalisten bewußt, daß auch sein Freund Martin und diese Jessica Slade vermutlich tot sein mußten, selbst wenn die Geschichte darum offenbar gefälscht war. Voller Wut faßte er einen Entschluß: Er würde nicht eher ruhen, bis er den oder die Mörder zur Strecke gebracht und einer gerechten Strafe zugeführt hatte.

Schiller ballte die Faust. Die „vierte Gewalt", die Macht der Medien war nicht tot. Er würde diesen Leuten zeigen, wie stark diese Macht sein konnte! Die Beweise hielt er in der Hand. Aber er brauchte Hilfe. Alleine würde er keine Chance haben. Er verfaßte eine E-Mail an alle seine befreundeten und bekannten Journalisten, denen er vertraute und lud sie zu einem Treffen ein. Er kündigte eine „Riesensache" an. Einen Skandal, von dem man noch Jahre sprechen würde. In dem Moment als er auf „Senden" klickte, wurde ihm klar, daß er sich damit nun auch endgültig ins Fadenkreuz des Geheimdienstes begeben hatte. Eilig duschte er, zog sich frische Sachen an, packte ein paar Utensilien und den Laptop in einen Rucksack, nahm noch einige Bissen von der inzwischen kalt gewordenen Pizza und verließ seine Wohnung.

Von Tricks und Scharaden

Krieger und Jessica Slade hatten es sich in dem alten Café, so gut es ging, gemütlich gemacht. Sie hatten etwas gegessen und getrunken. Ihre Vorräte sahen noch ganz gut aus. Mara hatte sie großzügig versorgt. Sie hatte ihnen sogar etwas wilden Honig mitgegeben, mit dem das Brot überraschend gut schmeckte. Sie waren hervorragend vorangekommen, auch wenn Krieger ihre Position nur ungefähr durch die Kilometerangaben auf den Straßenschildern hatte schätzen können. Der Ingenieur hatte das Motorrad kontrolliert und nachgetankt - alles sah gut aus. Jessica hatte ihre Bank an die Wand geschoben, sich angelehnt und ihre Füße hochgelegt. „Ist schon ganz schön unheimlich, daß wir den ganzen Tag keinem Menschen begegnet sind, findest du nicht auch?", sprach sie Krieger an. „Stimmt", entgegnete dieser, „das hätte ich so nicht erwartet. Ich bin gespannt, wie es morgen wird, dann werden wir - wenn alles gut geht - auf größere Städte treffen. Ich werde jedoch versuchen, diese so weit wie möglich zu umfahren." „Also möchtest du heute nicht mehr weiter?", hakte Jessica nach. „Nein", antwortete ihre neue Liebe, „hier sind wir wohl erst mal sicher. Wer weiß, ob wir bis zum Einbruch der Dunkelheit noch mal eine so gute Bleibe finden?" Jessica warf Kriegers Bank einen etwas despektierlichen Blick zu und bemerkte mit einem leicht nörgeligen Tonfall: „Eine angenehme Nacht wird das wohl heute nicht." „Möchtest du lieber mitten in der Nacht als Braten auf irgendeinem Lagerfeuer aufwachen?", zwinkerte ihr der Ingenieur zu. „Was machen wir eigentlich, wenn wir wieder in Europa sind?", wollte Jessica wissen.

In Gedanken spielte der Ingenieur schon einige Zeit alle Szenarien durch, wie es wohl weiter gehen könnte. Er holte den Rucksack hervor, nahm die Steuerplatine des Combots heraus und hielt sie

Jessica vor die Nase. „DAS hier!", referierte er, „ich muß so schnell wie möglich die Daten auslesen. Am besten ginge das in einem Labor in der EDCO. Wenn wir Glück haben, finde ich heraus, wie es den Verrätern möglich ist die Combots zu manipulieren. Und wenn wir noch mehr Glück haben, finden wir sogar heraus, wer die Verräter sind." „Und das ist alles auf dieser Platine gespeichert?", fragte Jessica interessiert nach. „Ja, auf diesem kleinen Chip hier." Mit diesen Worten legte Krieger die Platine auf den Tisch und deutete auf eines der Bauteile, das auf ihr gesockelt war. „Hoffentlich verlieren wir sie nicht irgendwie oder es nimmt sie uns jemand weg", überlegte Jessica. „Hmmm", stimmte Krieger ihr zu, „daran habe ich auch schon gedacht". Da kam ihm eine Idee. Er holte sein Taschenmesser hervor und klappte die kleine Klinge heraus. „Was hast du vor?", rätselte Jessica. „Eigentlich brauchen wir gar nicht diese große Platine, sondern nur den Chip", informierte er sie. Vorsichtig hebelte er mit dem Messer den Chip aus seinem Sockel. Dann kramte er im Rucksack herum und zog das Päckchen mit den Taschentüchern heraus. Er nahm die Tücher aus der Plastikverpackung und wickelte den Chip in eines der Taschentücher. Dann nahm er die leere Packung und wickelte das Ganze darin ein. „Na bitte!", kommentierte er, „sogar ein bißchen wasserdicht! Das müssen wir jetzt nur noch gut verstecken." „Soso, ich vermute, du hättest gerne, daß ich es mir - na ja, du weißt schon wohin - stecke?", grinste Jessica. „Das wäre eine Möglichkeit", grinste Krieger zurück und warf ihr einen Blick zu, der sie fast schmelzen ließ und ihr gleichzeitig einen ängstlichen Schauer über den Rücken jagte. Doch Krieger war zum Glück so auf seine Idee fixiert, daß seine Phantasie überraschenderweise nicht auf Jessicas leicht erotische Anspielung ansprang. Er nahm wieder das Messer in die Hand und forderte Jessica auf: „Gib mir mal deinen Fuß her - ich meine die Prothese."

„O.K.", bestätigte Jessica beruhigt, „ich dachte schon ..." Der Ingenieur mußte grinsen, sparte sich aber, entgegen seines Naturells, eine sarkastische Bemerkung. Jessica zog ihren Schuh aus, drückte den verborgenen Knopf an der Prothese, drehte den Fuß eine viertel Umdrehung nach außen und nahm ihn ab. Dann reichte sie ihn Krieger. Dieser betastete das lebensecht anmutende Stück Technik um die Mechanik darin zu erkunden. Nahe des Verschlusses schien sich ein Hohlraum zu befinden. Der findige Ingenieur hebelte die überlappende künstliche Haut mit dem Messer ein wenig auf und schaute hinein. Nickend nahm er das kleine Päckchen mit dem Chip und stopfte es in den Hohlraum hinein. Danach ließ er die elastische Kunsthaut zurückschnappen. Krieger prüfte noch mal nach, ob der Chip nicht doch durch irgendeine Mechanik gefährdet war, aber das schien nicht der Fall zu sein. Die Platine steckte er wieder in den Rucksack, dann gab er Jessica die Prothese zurück und scherzte: „Bitteschön - jetzt bist du nicht nur für mich, sondern vielleicht auch für die gesamte, freie Welt das Wertvollste im gesamten Universum." Jessica schmunzelte verschämt und antwortete mit verliebtem Blick: „Schade, daß das außer dir keiner weiß!" „Na Gott sei dank!", kicherte Krieger, „sonst würde dich womöglich noch jemand stehlen!" Sie zwinkerten sich zu und warfen sich gegenseitig Küsse zu. Jessica raunte: „Ich liebe dich!" Krieger hauchte zurück: „Ich liebe dich auch". Dann mußte er sich abwenden um nicht auf dumme Gedanken zu kommen.

Ein vertrautes Geräusch durchbrach die Stille. Aus der Ferne näherten sich Hubschrauber. Jessica schreckte hoch. „Hofer!", kommentierte Krieger gelassen, „keine Sorge, hier drinnen sehen sie uns nicht." „Nur gut, daß wir nicht weitergefahren sind!", gab Jessica zu. Die beiden verfolgten aufmerksam, wie das Geräusch näher kam, wie die Hubschrauber in einiger Entfernung an ihnen vorbei flogen und das Geräusch dann im Norden verschwand. „Da steht uns noch was bevor", befürchtete der Ingenieur, „die haben noch nicht aufgegeben. Womöglich versuchen sie, uns irgendwo aufzulauern." „Dieses verdammte Arschloch!", mokierte sich Jessica wenig damenhaft.

In der Kanzel des führenden Helikopters saß Hofer auf dem Copilotensitz. Der Pilot deutete mit vielsagendem Blick auf die Treibstoffanzeige, die in diesem Moment unter die 50% Marke gefallen war. „Point of no return", kommentierte er. Hofer nickte nur kurz. Diese ewig gleiche, braungraue Landschaft unter ihnen konnte einem glatt Depressionen bescheren. Hofer haßte dieses Land. Er haßte diesen ganzen beschissenen Kontinent. Wenn es irgendwo einen Stöpsel gäbe, den man ziehen und Afrika im Ozean versenken könnte - Hofer würde ihn ohne zu Zögern herausreißen. Der Major verfolgte die GPS Daten im Display des Helikopters und glich sie mit seiner Karte ab, Sie waren immer noch irgendwo im Nirgendwo.

Eine gute Flugstunde später änderte sich endlich die Landschaft unter ihnen. Immer größere Ortschaften kamen in Sicht. Die Straßen wurden breiter und die Vegetation wurde üppiger. Dürres Gras, Palmen und Buschwerk ließen die Erde unter ihnen nun deutlich einladender erscheinen. Je mehr sie sich Casablanca näherten, desto urbaner wurde die Landschaft. Doch bewegte sich kein einziges Fahrzeug. Die Straßen wirkten leer und sogar aus der Luft schmutzig. Sie entdeckten auch Bahngleise. Der einzige Zug schien jedoch in einem Bahnhof zu stehen und ausgebrannt zu sein. Plötzlich sahen sie auch Menschen. Sie geisterten behäbig aus den Häusern und blickten neugierig zu ihnen auf. Das Geräusch eines Hubschraubers hatten viele von ihnen vermutlich noch nie gehört. Hofer warf einen Blick auf die Tankanzeige. Sie näherte sich unaufhaltsam dem „roten Bereich". Die Staffel ließ die Stadt hinter sich und die Besiedelung wurde wieder dünner. Unter ihnen brandete der Atlantik an die Küste. Eine Autobahn führte an der Küste entlang Richtung Norden. Nach einiger Zeit kam sie zu einer Abzweigung mit einer Brücke. Von dort aus ließ sich jedes näher kommende Fahrzeug von weitem sehen. Genau diesen Ort hatte sich Hofer schon zuvor auf seiner Karte ausgewählt und er schien tatsächlich für sein Vorhaben bestens geeignet zu sein. Er wies den Piloten an, hinter der Brücke zu landen. Das Bauwerk sollte die Hubschrauber für Fahrzeuge, die aus dem Süden kamen, verdecken. Der Pilot setzte zur Landung an, die anderen folgten ihm. Mit militärischer Präzision bildeten sie einen Kreis. Die Soldaten sprangen einer nach dem Anderen aus den Maschinen und sicherten mit gezückten Sturmgewehren den Bereich. In der Mitte des Kreises ließ Hofer das Lager aufschlagen. Er selbst erklomm mit einem Fernglas die Brücke und warf einen Blick in die Umgebung. Verfallene Bauwerke eines ehemaligen Industriegebiets waren, außer der Straße selbst, die einzigen stummen Zeugen einer einstmals lebendigen Zivilisation. Hofer blickte in Richtung der zuvor überflogenen Stadt. Die Autobahn, wie auch die Landstraße daneben, war über viele Kilometer bestens zu überblicken. Vereinzelte, liegengebliebene Autos und Kleinlaster säumten den Straßenrand, bildeten jedoch keine zusammenhängende Deckung. „Sehr gut!", murmelte der Major, „wir werden sehen, wer zuletzt lacht."

Zum Lachen war Tom Schiller weniger zu Mute. Erst jetzt, als er allein am Tresen einer Kneipe in seiner Straße saß, wurde ihm so richtig klar, daß er keine sichere Bleibe mehr hatte. Bei seinen Eltern würde man ihn genau so schnell finden, wie zu Hause. Einen richtigen Freund, dem er bedingungslos vertrauen konnte, so wie

Krieger es gewesen war, hatte er sonst auch nicht. Vielleicht sollte er in eine der bekannten Schwulenbars gehen. Einem gut aussehenden Kerl wie ihm sollte es leicht fallen, dort eine einsame Seele zu finden. Doch er verspürte wenig Lust darauf, seinen Körper einzusetzen, nur um irgendwo übernachten zu können. Ihm war im Augenblick nun wirklich nicht danach. Außerdem sollte er sich noch auf das morgige Treffen vorbereiten. Das Wenige, was er an medialen Belegen hatte, zu einer kleinen Präsentation zusammenfassen. Es kam darauf an, möglichst viele seiner Journalistenkollegen zu überzeugen. Er mußte in ein Hotel. Dummerweise würde man sofort seinen ID Chip scannen und durch den Bezahlvorgang würde man ihn ebenfalls schnell finden können. Da kam ihm eine Idee: Er ging auf die Toilette und heftete sich eines der illegalen Dämpfungspflaster in den Nacken, das er diesem Autonomen in Genf abgeschwatzt hatte. Zum Test bestellte er sich noch ein Bier. Die Bardame stellte es ihm vor die Nase und wollte ihn scannen. Doch ihr Handscanner versagte. Erstaunt versuchte sie es ein zweites und ein drittes Mal. Dann ging sie fluchend ins Hinterzimmer, um ihren Ersatzscanner zu holen. Als sie damit wiederkam, war der große Gast mit der langen, dunkelblonden Mähne verschwunden. Das Bier hatte er nicht angerührt.

Mit seinem Fahrrad fuhr Schiller zu einem der billigen Self-Service Hotels auf dem Killesberg. Hier stiegen zu jeder Tages- und Nachtzeit zumeist Geschäftsreisende ab, die einfach nur eine günstige Übernachtungsmöglichkeit ohne viel Drumherum suchten. Aber auch bei Pärchen, die eine anonyme Bleibe für ein Tächtelmächtel suchten, waren diese Hotels beliebt. Der Journalist stellte sein Fahrrad ab und betrat das Hotel durch die große Drehtüre. Statt eines Portiers gab es hier eine Scannerzelle, in der man auf Anforderung das Zimmer buchte und auf seine ID freigeschaltet bekam. In der Lobby gab es einige Sitzgruppen. Schiller setzte sich so, daß er den Fahrstuhl im Auge behalten konnte. Immer wieder kamen einzelne Leute, es gingen wenige. Doch dann wurde der Fahrstuhl in den vierten Stock gerufen. Als dieser daraufhin wieder in der Lobby die Türen öffnete, kam ein gut gelauntes Pärchen heraus und der Mann ging in die Scannerzelle, um auszuchecken. Auf diese Chance hatte der Journalist gewartet. Er bestieg den Fahrstuhl und fuhr in den vierten Stock. Dort versteckte er sich hinter einer Ecke und wartete. Es dauerte nicht lange, da kam eine Putzfrau, um das soeben frei gewordene Zimmer für den nächsten Gast herzurichten. Sie betrat den Raum und Schiller schlich sich an. Durch die geöffnete Türe sah er, wie die Putzfrau fluchend das offenbar ziemlich versaute Bett abzog. Er wartete, bis sie damit fertig war und mit ihrem Putzzeug das Badezimmer betrat. Er hörte, wie der Toilettendeckel aufgeklappt wurde. Jetzt oder nie! Auf spitzen Sohlen schlich sich der Journalist in das Zimmer und legte sich hinter dem Bett flach auf den Boden. Wenn sie ihn erwischte, würde er behaupten, seinen Ehering verloren zu haben und dort zu suchen. Aber als die Putzfrau im Bad fertig war, warf diese nur noch einen lapidaren Kontrollblick in den Raum, schaltete das Licht aus und verließ das Zimmer. „Voilà - Frechheit siegt!", dachte Schiller. Bis morgen sollte er hier sicher sein.

Wer zuletzt lacht

Die Nacht war in der Tat nicht sonderlich bequem gewesen. Jessica hatte sich, so lange es ging, wach gehalten. Sie wollte sicher sein, daß der nur gute zwei Meter entfernt liegende Krieger auch wirklich schlief. Ärgerlicherweise fing dieser jedoch - vermutlich aufgrund seiner unnatürlichen Körperhaltung - jämmerlich an zu schnarchen, so daß Jessica lange Zeit kein Auge zu brachte. Irgendwann schaffte sie es dann doch, aber nun, am nächsten Morgen, fühlte sie sich wie gerädert. Auch Krieger streckte sich mit leicht verzerrtem Gesicht. Er dehnte seine verspannte Halsmuskulatur. „Hey, du wirst doch wohl nicht etwa schon alt?", frotzelte ihn Jessica an. „Keineswegs!", erwiderte er entrüstet, „wie du hörst, bin ich noch außerordentlich knackig!" Die beiden mußten herzlich lachen. Der Humor tat, angesichts ihrer Situation, gut. Krieger hatte sich entschlossen, sich den Rucksack vor den Bauch zu schnallen um bei Bedarf schnell an die Waffen kommen zu können. Im Bund seiner Jeans fand die Pistole nicht genügend halt und er hatte Angst, sie bei der Fahrt unbemerkt zu verlieren. Krieger startete den Motor und die beiden saßen auf. Sie verließen den Ort, dessen Namen sie nicht kannten und das Café, das sie beherbergt hatte. Ein Straßenschild verriet ihnen die Entfernung nach Casablanca und Rabat. Krieger mutmaßte, daß sie bei gleichmäßigem Tempo ungefähr um die Mittagszeit dort eintreffen sollten. Immer weiter folgten sie der staubigen Straße entlang der Küste. An einer kleinen Bucht hielten sie an und machten Rast. Krieger blickte in die Ferne: „Ich glaube, ich sehe Häuser dort am Horizont." „Meinst du?", zweifelte Jessica, „ich sehe da nichts." Als sie weiter fuhren, bestätigte sich alsbald Kriegers Eindruck. Immer mehr Häuser flankierten ihren Weg und die Landschaft wurde grüner. Von Zeit zu Zeit passierten sie am Wegesrand zurückgelassene Autowracks, die mit dicken Sand- und Staubschichten bedeckt waren. Plötzlich tippte Jessica ihrem Partner wild auf die Schulter. Krieger verlangsamte die Fahrt. „Was ist denn?", rief er ihr durch den Fahrtwind zu. „Ich glaube, ich habe da gerade jemanden in einem Hauseingang gesehen!" „Gut möglich", rief Krieger zurück, „wir erreichen jetzt die Vororte von Casablanca. Das war mal eine Millionenmetropole! Ich werde versuchen auf der Autobahn zu bleiben und die Stadt zu umfahren."

Der Ingenieur sah auf die Tankanzeige. Er wollte auf keinen Fall im Bereich der Stadt nachtanken müssen - doch es sah gut aus. An einer Abzweigung folgte er der Beschilderung Richtung Rabat, was sie von der Küste wegführte. Der Ingenieur mußte nun vorsichtiger fahren. Immer mehr Unrat aller Art und liegengebliebe Fahrzeuge sorgten dafür, daß er zuweilen Slalom fahren mußte. Die Skyline der Metropole erschien immer mächtiger am Horizont. Jessica hielt nach dem berühmten Minarett der Hassan II Moschee Ausschau - mit seinen 210 Metern Höhe sollte es weithin sichtbar sein. Es war ein Jammer, daß all diese Kulturschätze verloren waren. Verloren und vergessen wie dieser ganze Kontinent. Es dauerte lange, bis sie die Stadt umfahren hatten. An einem Straßenschild - es war weit und breit kein Mensch zu sehen - hielt Krieger unvermittelt an. „Was ist los?", wollte Jessica wissen. „Es sind noch ungefähr 50 Kilometer nach Rabat. Dort beginnt der Combot Perimeter. Ich werde jetzt den Tank noch mal füllen und dann werde ich Gas geben! Irgendwo dort draußen lauert Hofer. Wir dürfen ihm kein einfaches Ziel bieten. Wenn wir Rabat passiert haben, suchen wir uns irgendwo am Strand eine Unterkunft. Falls du noch mal pinkeln mußt - jetzt wäre ein guter Zeitpunkt." Die beiden stiegen ab und aßen und tranken ein wenig. Die afrikanische Mittagssonne stach unbarmherzig vom Himmel und ohne den Fahrtwind war es

286

schier unerträglich. Sie waren beide froh, als sie wieder auf der Maschine saßen und ihre Fahrt fortsetzen konnten. Krieger kniff die Augen zusammen. Er drehte den Gashahn auf und sie brausten auf der Autobahn ihrem Ziel entgegen.

Vermummte Gestalten näherten sich derweil unbemerkt von hinten dem Lager der Soldaten. Sie nutzten jede Deckung, die sie kriegen konnten. Sie bewegten sich langsam, um keine Aufmerksamkeit zu erregen. Jeder von ihnen wußte, daß die Soldaten bewaffnet waren. Sie wußten, daß die meisten von ihnen nicht nach Hause zurückkehren würden. Doch die Aussicht auf einen vollen Magen, auf wertvolle Waffen und Munition, vielleicht sogar auf Treibstoff trieb sie unaufhörlich weiter. Jeder von ihnen hoffte nur, daß es ihn nicht erwischen würde. Sie waren mit Messern und Macheten bewaffnet, mit selbst gebauten Speeren und Äxten. Die Soldaten schienen nicht mit ihnen zu rechnen. Alle starrten seltsamerweise in Richtung der Stadt - als ob sie von dort irgendetwas oder irgendjemanden erwarten würden. Die wenigen, die das Lager rückwärtig absichern sollten, saßen an einem Tisch und spielten Karten. Von Zeit zu Zeit standen sie auf und sahen sich um - mit grimmigem Gesicht und das Sturmgewehr im Anschlag. Doch die Angreifer blieben unentdeckt.

Auf der Brücke lagen mehrere Soldaten mit Ferngläsern auf der Lauer und beobachteten den Horizont. In ihrer Mitte befand sich Hofer. Zu oft schon auf dieser Mission hatte die Unfähigkeit einzelner Soldaten in seinen Augen zum Desaster geführt. Nun wollte er nichts mehr anderen oder gar dem Zufall überlassen. Dennoch sah es einer der Soldaten als erster und machte lautstark Meldung: „Herr Major! Staubwolke am Horizont! Da nähert sich ein Fahrzeug!" Angestrengt blickte der Befehlshaber durch seinen

Feldstecher. Tatsächlich! Es war ein Motorrad - und es kam schnell näher!

Schiller war aufgeregt. Bis zuletzt hatte er an seiner Präsentation gefeilt. Nun hoffte er, daß auch einige seiner Nachricht folgten und am angekündigten Treffpunkt erscheinen würden. Er machte sich noch im Bad seines erschnorrten Hotelzimmers frisch und verließ dann das Haus. Mit dem Fahrrad machte er sich auf den Weg in die Innenstadt. Der Journalist hatte seine Kollegen ins Restaurant „la Bionda" einbestellt. Rocco, der Wirt, war nicht nur ebenfalls schwul und hatte schon immer mehr als ein Auge auf Schiller geworfen, er schuldete dem Journalisten außerdem auch wegen einer alten Sache noch einen dicken Gefallen. Diesen würde er nun einfordern. Rocco sollte ihm seinen kleinen Veranstaltungsraum und ein paar Pizzen und Getränke zur Verfügung stellen. Der Wirt war natürlich nicht begeistert, aber ein freundliches Lächeln des großgewachsenen Individualisten mit der dunkelblonden Mähne ließ den pummeligen, untergroßen Italiener dahinschmelzen. Er verdrehte die Augen und begann den Veranstaltungsraum einzudecken. Tatsächlich fanden sich immer mehr Journalisten ein und nach und nach füllten sich die Plätze. Die Aussicht auf eine so dicke Story, wie sie Schiller angekündigt hatte, hatte ihre Wirkung nicht verfehlt. Sogar Dr. Bachmann, den Schiller morgens noch vom Hotel aus angerufen hatte, da es ihn zum Teil auch betraf, war gekommen. Ungeduldig tuschelten die Kollegen durcheinander und Rocco brachte einen Espresso nach dem anderen. Schließlich erhob Schiller das Wort: „Liebe Kolleginnen und Kollegen, liebe Freundinen und Freunde. Vielen Dank, daß Ihr so zahlreich erschienen seid! Ich habe Euch heute hier her gebeten, weil ich Eure Hilfe brauche. Und nicht nur ich brauche Eure Hilfe - unsere ganze Gesellschaft braucht sie. Unsere Demokratie und mit ihr

unsere Freiheit als Journalisten befindet sich in höchster Gefahr!"
Schiller beschrieb kurz, wie die ganze Sache angefangen hatte. Wie
man ihn bedroht hatte, wie Eines zum Anderen kam. Er sah dabei
jedoch in viele zweifelnde Gesichter. Offenbar waren die meisten
seiner Kollegen der Meinung, daß er sich da in eine Phantasie
verrannt hatte. Doch dann kam Schillers Trumpf: „Ihr alle habt
sicher gestern den Bericht von der Demonstration vor dem
Eurotower gesehen. Ich selbst war vor Ort, mitten im Geschehen,
und nicht nur das: Ich darf mit Euch Dr. Bachmann, den
Vorsitzenden der Initiative ′Pro-Afrika` begrüßen. Er sitzt dort
drüben." Alle schauten den Doktor an. Dieser lächelte verlegen. Er
war sich noch nicht sicher, ob dieser Schiller ihn nicht doch nur für
seine eigenen, dubiosen Zwecke instrumentalisieren wollte.
Schiller fuhr fort: „Dr. Bachmann kann bestätigen, daß ich wirklich
dort gewesen bin, denn wir haben uns genau in dieser Situation
kennengelernt. Er war wütend und beschämt, daß diese Chaoten
die Demonstration seiner Initiative auf die bekannte Art und Weise
in den Dreck gezogen haben. So wurde die Öffentlichkeit nicht nur
vom eigentlichen Zweck der Demonstration abgelenkt, sondern -
im Gegenteil - auch noch gegen die Initiative eingenommen! Und
was ist das Ergebnis? Der Präsident hat noch am gleichen Tag per
Dekret jede weitere Demonstration vor und um den Eurotower
verboten." „Nicht nur das!", rief Dr. Bachmann plötzlich
aufgebracht dazwischen, „heute Morgen hat man mir mitgeteilt,
daß unserer Initiative bis zum Abschluß der Ermittlungen generell
jede Art von Demonstration untersagt ist!" „Und die können
dauern!", rief ein anderer dazwischen. Schiller ergriff wieder das
Wort: „Freunde, Freunde! Ihr seht das Ergebnis, aber das ist noch
lange nicht der Skandal, den ich Euch versprochen hatte. Erinnert
Euch daran wie meine Geschichte hier heute begonnen hat und um
was es dabei ging. Und nun seht Euch bitte das hier an!" Der

großgewachsene Journalist hatte seinen Laptop an einen Fernseher in Roccos Veranstaltungsraum angeschlossen, so daß alle gut sehen konnten. Er spielte den Nachrichtenbeitrag ungekürzt ab, und ermahnte insbesondere auf den toten Polizisten zu achten. Danach spielte er sein eigenes Video ab. Er hatte eine kleine Präsentation erstellt, in welcher der Bereich automatisch großgezoomt wurde. Dann wurde das Bild des toten Chevalier neben das Bild des lebendigen Chevalier gestellt. Schiller rief laut, was jeder sehen konnte: „Zu genau der Zeit als der angeblich schwerverletzte Polizist blutend auf dem Pflaster gelegen haben soll, waren Dr. Bachmann und ich beide Augenzeugen, wie eben *dieser* Polizist - keineswegs schwer verletzt - von Sanitätern mit einem Pflaster versorgt wurde und dieses Video beweist es. Und wenn noch irgendjemand hier daran zweifeln sollte, dann stelle ich demjenigen gerne eine Kopie meiner Originaldatei mit Zeitindex zur Verfügung! Die ganze Sache ist eine Lüge! Ein Fake! Vermutlich inclusive des Tumults von langer Hand eingefädelt, um den Demonstrationen der Initiative ein Ende zu setzen. Und dafür gehen sie über Leichen!"

„Diese Krawallmacher hat niemand zur Demonstration eingeladen. Die sind vorher auch noch nie aufgetaucht - nicht einer!", bekräftigte Dr. Bachmann außer sich. Dann wandte er sich an Schiller: „Mein lieber Freund, ich wollte Ihnen nicht glauben. Sie müssen entschuldigen, das Ganze klang doch arg weit her geholt. Aber nun, keine 24 Stunden später weiß ich, daß Sie Recht hatten."

Schiller hatte gewonnen. Er hatte es bewiesen: Es verschwinden Menschen im Wissen oder gar im Auftrag der Regierung. Ein hochspezialisierter Combottechniker, eine hochrangige Regierungsberaterin, jetzt ein völlig unschuldiger Polizist - und wer weiß wie viele noch, von denen sie nichts wußten? Es folgte ein kleiner „Tumult" in Roccos Veranstaltungsraum. Alle redeten aufgeregt und wild durcheinander. Kriegers Freund hatte Mühe das Ganze wieder zu ordnen und in sinnvolle Bahnen zu lenken. Alle kamen überein zusammenzuarbeiten und sich gegenseitig über alle neuen Erkenntnisse zu informieren. Es wurden Gruppen gebildet, die sich um die einzelnen Details kümmern sollten. Schon morgen sollte die Schlagzeile in allen Medien zu finden sein. Dr. Bachmann, der selbst nicht weit entfernt wohnte, bot Schiller an, einstweilen bei ihm unter zu kommen. Ein Angebot, das dieser gerne annahm.

Der Fahrtwind blies Krieger kräftig ins Gesicht. In geduckter Haltung saßen Jessica und er auf der Maschine. Die große Staubwolke, die dabei von ihren Reifen aufgewirbelt wurde, sahen sie nicht. Aber Hofer und seine Männer sahen sie - nicht nur formatfüllend in ihren Ferngläsern, bald war sie auch mit bloßem Auge zu erkennen. Hofer befahl lautstark: „Unten bleiben! Niemand regt sich! Niemand schießt, bevor ich den Befehl dazu gebe!" Die Männer hielten den Atem an. Plötzlich ertönten Schreie hinter ihnen und es fielen Schüsse. „Was zum Teufel?", brüllte Hofer und drehte sich um. Keinen Augenblick zu früh. Ein vermummter Araber war bereits über ihm, und stürzte sich mit seinem Dolch auf ihn. Der Major rollte sich zur Seite weg. Augenblicklich mit Adrenalin vollgepumpt, trat er nach dem Angreifer, richtete seine Waffe auf ihn und schoß. Im Lager herrschte Aufruhr. Hunderte Wilde schienen die überraschten Soldaten aus dem Hinterhalt anzugreifen. Die Soldaten schossen in Panik um sich und trafen sich dabei zum Teil gegenseitig. Auch auf der Brücke tobte inzwischen der Kampf. Entsetzt mußte Hofer mit ansehen, wie in diesem Augenblick das Motorrad mit hoher Geschwindigkeit an ihnen vorbeibrauste und seine Fahrt unbehelligt fortsetzte. Irgendeiner der Soldaten schoß noch eine Salve hinterher, verfehlte aber sein Ziel. „Nein!", brüllte der Major verzweifelt. Wütend rannte er die Böschung der Brücke herunter. Jeder Angreifer, der sich ihm in den Weg stellte, wurde erschossen oder mit dem Gewehrkolben niedergeprügelt. Er kämpfte sich zu einem der Hubschrauber durch und knallte die Tür hinter sich zu. Der Pilot saß mit durchgeschnittener Kehle auf seinem Sitz. Hofer warf die Turbinen an. Die Treibstoffanzeige machte rot blinkend darauf aufmerksam, daß der Flug nicht lange dauern würde. Hofer zerrte den toten Piloten von seinem Sitz und nahm selbst darauf Platz. Der Major hatte zwar schon lange keinen Hubschrauber mehr selbst geflogen, aber er würde es schon schaffen. Immer schneller drehte sich der Rotor. Den Angreifern schien das egal zu sein. Sie waren bereits dabei die Verpflegungsvorräte zu plündern. Hofer hob ab und jagte mit Höchstgeschwindigkeit dem Motorrad hinterher, das bereits weit enteilt war und inzwischen die Vororte Rabats erreicht hatte. Krieger wählte erneut die Umfahrung. Nach Norden war nur noch Tanger ausgeschildert. Mit höchstem Risiko blieb er voll auf dem Gas. Knapp raste er an allen Hindernissen auf seinem Weg vorbei. Von einem Lastwagen am Straßenrand ragte plötzlich eine geöffnete Klappe auf die Fahrbahn. Gleichzeitig lag auf der anderen Straßenseite das Skelett eines Kamels. Mit hohem Tempo raste Krieger zwischen den Hindernissen hindurch. Die Tasche mit der Verpflegung hakte sich dabei an der Klappe des LKWs ein und wurde weggerissen. Um ein Haar wäre Jessica mit vom Motorrad gezerrt worden. Entsetzt schrie sie auf. Die beiden kamen ins Schlingern, aber Krieger gelang es gerade noch, die Maschine abzufangen. „Alles klar?", brüllte er Jessica zu. „Ich bin o.k.!", brüllte diese zurück und weiter ging die rasante Fahrt. Endlich hatten sie die Stadt umfahren und die Autobahn führte wieder an der Küste entlang, da hörten sie von oben das Geräusch des Hubschraubers. Es kam immer näher. Hofer stieß von oben auf die beiden herab und versuchte das Motorrad zu rammen. Krieger machte eine Vollbremsung. Der Hubschrauber glitt nur Zentimeter über die beiden hinweg. Beinahe berührte er den Boden. Dann zog Hofer die Maschine wieder steil nach oben. Der Ingenieur gab erneut Vollgas. Jessica hatte Mühe sich festzuhalten. Vor Wut schäumend wendete der Major den Helikopter in einer steilen Kurve, um einen erneuten Anlauf zu nehmen. Diesmal würde er es von vorne versuchen und diesmal würde es gelingen! Inzwischen blinkte nicht nur die Treibstoffanzeige in seinem Cockpit rot, alle Displays forderten ihn auf, sofort zu landen und es ertönte ein schrilles Warnsignal. Hofer ignorierte es. Er war voll und ganz auf seinen Angriff fokussiert. Erneut stach er auf das Motorrad herunter, das auf ihn zu raste. Mit knapper Not konnte Krieger bremsen und einen Haken schlagen, um dem heranbrausenden Hubschrauber auszuweichen. Er kam dabei ins Schleudern und verlor die Kontrolle. Die alte Maschine bäumte sich auf. Krieger und Jessica wurden abgeworfen und landeten in hohem Bogen im Straßengraben. Das Motorrad raste führerlos weiter und kam von der Straße ab. Die Autobahn führte an dieser Stelle direkt an einer Steilküste vorbei. Die Maschine prallte auf die Leitplanke, drehte sich darüber hinweg, stürzte spektakulär über die Klippe in die Tiefe und zerbarst auf den Felsen, an die das Meer brandete. Hofer hatte im Augenwinkel nur mitbekommen, daß das Motorrad außer Kontrolle geraten war. Zufrieden grinsend zog er den Helikopter erneut in eine steile Kurve, um zu wenden. In diesem Moment war der absolut letzte Tropfen Kerosin verbraucht und die Turbinen setzten aus. In steiler Fluglage knapp über dem Boden hatte er keine Chance mehr auf eine Notlandung. Die Maschine kam ins Trudeln, sackte durch und schlug mit dem Heck voran auf der Autobahn auf. Krachend wurde die Kabine zusammengedrückt.

Gespenstische Stille lag über der Szenerie. Am Fuße der Klippen qualmten die in Brand geratenen Reste des Motorrads. Benommen kletterte Hofer aus dem Wrack des Hubschraubers. Taumelnd schleppte er sich zum Straßengraben und sackte erst mal zusammen. Dann rappelte er sich auf und sah sich um. Am Rande der Klippe sah er eine Person liegen. Der Größe nach mußte es Slade sein. Sie bewegte sich nicht. Von Krieger sah er keine Spur. Mühsam stolperte der Major auf Jessica zu und stieß sie mit dem

Lauf seines Sturmgewehrs an. Sie regte sich nicht. Krieger mußte mit dem Motorrad in den Abgrund gestürzt sein. Hofer kniff die Augen zusammen um den toten Körper zwischen den qualmenden Trümmern zu erkennen. Plötzlich rief jemand seinen Namen: „Hofer!" Verstört beugte sich der benommene Major weiter über die Klippe und sah hinunter. Auf einem Felsvorsprung sah er Krieger, der ihn mit einer Pistole genau im Visier hatte. „Sie haben verloren, Hofer!", feixte der Ingenieur. Instinktiv versuchte der Major, ebenfalls seine Waffe auf Krieger zu richten, doch noch bevor dieser den Abzug seiner Pistole betätigen konnte, erhielt der Major einen mächtigen Tritt von hinten und verlor das Gleichgewicht. Verstört drehte er sich im Fallen um und sah in Jessicas Augen, die ihn mit kalter Wut im Blick anfunkelte. „Arrivederci Arschloch!", rief sie dem Fallenden hinterher. Mit weit aufgerissenem Mund und ebenso weit aufgerissenen Augen stürzte der Major in die Tiefe.

Krieger kletterte wieder zu Jessica hoch. Beeindruckt sah er seine Gefährtin an. „Wow! Hast du zu viel ´Terminator` gesehen?", scherzte er. Jessica stand unter Schock. Trotz der Hitze fing sie an zu frieren und bibberte am ganzen Körper. „Ich, ich", stammelte sie, „ich habe noch nie einen Menschen getötet!" Heulend fiel sie ihm in die Arme. Er hielt sie fest, so lange er konnte, dann schob er sie sanft weg: „Bitte, ich darf nicht ... verzeih mir!" Der Ingenieur mußte dabei selbst kräftig schlucken. Er wandte sich ab und setzte sich ein paar Meter entfernt auf die Leitplanke. Auch Jessica setzte sich. Erste jetzt merkte sie, daß Ihr Handgelenk schmerzte. Außerdem hatte sie sich das Knie beim Sturz von dem Motorrad aufgeschürft. Ansonsten aber schien sie den Sturz ganz gut überstanden zu haben. Nach einem Augenblick des Schweigens hatten sich beide wieder gefangen. Krieger stand auf und kam zu seiner Gefährtin herüber. Er streckte ihr die Hand hin: „Kommst du?" Jessica nahm seine Hand und ließ sich von ihm hochziehen. Der Ingenieur versuchte, ihr Hoffnung zu machen: „Jetzt haben wir es fast überstanden. Laß uns noch ein wenig weitergehen. Am besten suchen wir uns ein Stück Strand, dann müssen wir nur noch irgendwie die Combots auf uns aufmerksam machen." Jessica nickte und hakte sich bei ihm ein. Wie ein altes Ehepaar beim Spaziergang liefen sie die staubige Autobahn entlang, immer weiter Richtung Norden.

Im „Kino" bei der EDCO herrschte die alltägliche Routine. Seit der „Mallorca Krise" war kein Combot mehr abhandengekommen. Es war am späten Nachmittag, als einer der Drohnenpiloten plötzlich die Hand hob. „Explosion in Planquadrat Alpha 3!", meldete der Spezialgefreite dienstbeflissen. Gelangweilt lümmelte der befehlshabende Oberst Schulz auf seinem Sessel und kaute mal wieder unerlaubterweise Kaugummi. „Oh", murmelte er, „ganz am Rand des Perimeters - da gab es ja schon ewig nichts mehr." Er drückte ein paar Knöpfe und das Bild aus dem Planquadrat Alpha 3 erschien groß und für alle gut sichtbar auf der „Leinwand". Es zeigte eine Rauchsäule und Feuer. „Fliegen Sie mal näher ran!", befahl der Oberst und bald konnte man mehr Details erkennen. Unterhalb eines kleinen Fischerdorfes brannte eine Hütte direkt am Strand. Offenbar war daneben ein Fahrzeug explodiert, von dem allerdings nicht viel übrig war. Wrackteile waren ringsherum verstreut. Von der Hütte aus ging ein kleiner Anlegesteg ins Meer, daneben gab es ein Stück Sandstrand. Plötzlich blieb Schulz der Mund offen stehen. „Was ist das denn?!", rief er völlig unmilitärisch in den Raum. Alle starrten gebannt auf das Bild. In den Sand war - gut zu erkennen - mit großen Lettern etwas geschrieben worden: EDCO HELP! Und darunter groß: KRIEGER. Dem Oberst fiel um ein Haar der Kaugummi aus dem Mund, während unvermittelt im gesamten „Kino" Jubel ausbrach. Schulz griff zum Telefon und rief General Brandt an. Vor lauter Aufregung klang auch seine Meldung wenig militärisch: „Herr General! - kommen Sie sofort rüber, das müssen Sie sehen!" Kurz darauf stand der militärische Befehlshaber der EDCO neben dem Oberst. Auch Professor Schneider war schleunigst hinzugeeilt. Mittlerweile sprach es sich herum wie ein Lauffeuer. „O.K.", brummte der General noch etwas ungläubig, „und wo ist Krieger nun? Warum zeigt er sich nicht?" „Die Körperwärmesensoren können ihn nicht entdecken - vermutlich wegen des Feuers", informierte ihn der zuständige Pilot. „Legen Sie mich mal auf Lautsprecher!" Befahl der General. Einen Augenblick später leuchtete die Lampe an seinem Mikrophon grün und er konnte sprechen. Quäkend und unerträglich laut schallte seine Stimme aus dem Druckkammerlautsprecher des Combots über den marokkanischen Strand: „Krieger! Hier spricht General Brandt! Wenn Sie da sind, dann zeigen Sie sich!"

„Hat er es gehört?", fragte Oberst Schulz beim zuständigen Techniker von Dienst nach. Erkan Serafoglu am Platz des diensthabenden Technikers schien geistesabwesend zu sein. „Hat er es gehört?", fragte Schulz noch mal eindringlicher. Serafoglu zuckte zusammen, schaute auf seinen Monitor und nickte dann. Weiterhin starrten alle auf das Bild. Plötzlich wurde von irgendwo hinter der in Flammen stehenden Hütte ein brennendes Stück Holz in die daneben stehende Hütte geworfen, woraufhin auch diese sehr schnell Feuer fing. „Was macht der da?", fragte der General ungeduldig in die Runde. „Genau das Richtige!", beantwortete Schneider seine Frage und fuhr hektisch herum zum Platz des diensthabenden Technikers. Er schrie Serafoglu an: "Schalten Sie sofort diesen Combot ab! Notabschaltung! Sofort!" Jetzt begriff es auch der General und befahl unverzüglich den Start eines

Rettungsteams zu diesen Koordinaten. Noch immer war das Bild des Strands groß auf dem Schirm. Serafoglu hackte wie wild in die Tasten auf seinem Terminal. „Warum dauert das denn so lange?", rief Schneider ungeduldig, „Ich habe Notabschaltung befohlen!" „Kein Kontakt mehr zu Combot 107", schrie Serafoglu zurück. Gleichzeitig meldete der Pilot, daß er die Kontrolle über den Combot verloren hatte. Der sonst eher phlegmatische Oberst Schulz reagierte am schnellsten: „Alle verfügbaren Combots in dem Bereich zu diesen Koordinaten!", befahl er lautstark. Im selben Moment verschwand auch das Bild von den Schirmen der EDCO.

Krieger kauerte hinter der brennenden Hütte und beobachtete den Combot, der in gut 50 Metern Entfernung über dem Strand schwebte. Die Hitze war nahezu unerträglich und die Versuchung war groß, einfach hinter der Hütte hervorzukommen und zu winken. Er stellte sich das Gesicht des bärbeißigen Oberst Schulz vor, und was für ein Aufruhr in diesem Moment vermutlich im „Kino" der EDCO herrschen würde. Aber sein Verstand riet ihm, in Deckung zu bleiben. Niemand kannte die Technik und die Möglichkeiten der Combots besser als er, aber auch deren Schwächen. Die gesamte Zielelektronik war auf ein Zusammenspiel der Audiovisuellen, aber auch der Körperwärmesensoren ausgerichtet. Ruhig und versteckt hinter einer massiven Wärmequelle zu sitzen, machte ihn für den Combot praktisch unsichtbar. Die Aufforderung des Generals sich zu zeigen, hatte bewiesen, daß seine Strategie bis dahin aufgegangen war. Krieger konnte nicht wissen, wie schnell es den Verschwörern möglich war einen Combot zu kapern. Aber wenn sie schnell waren, dann schwebte er in dem Moment in höchster Lebensgefahr, sobald er seine Deckung verließ. Am besten wäre es gewesen, wenn er sich in sicherer Entfernung vom Strand aufgehalten hätte, so wie Jessica in diesem Augenblick. Aber leider hatte er keine andere Möglichkeit gehabt, den Sprengstoff, den er im „Dorf des himmlischen Freiedens" aus dem Combot geborgen hatte zu zünden, als darauf zu schießen. Und angesichts seiner „überragenden" Fähigkeiten als Schütze war er froh, daß es ihm überhaupt gelungen war.

Die Drohne schwebte weiterhin auf ihrer Position über dem Strand. Es hatte auch keine weitere Durchsage mehr gegeben. Dem Ingenieur lief der Schweiß von der Stirn. Er hatte auch schon lange nichts mehr getrunken, nachdem die Tasche mit der Verpflegung auf der Fahrt verlorenen gegangen war. Die Versuchung sich zu bewegen wurde immer größer und immer wieder sagte er sich, daß er eigentlich ohnehin durch seinen subkutanen ID Chip geschützt sein sollte. Aber als Ingenieur und Informatiker war ihm klar, daß jemand der im Stande dazu war einen Combot zu kapern, auch im Stande dazu sein müßte, die Freund/Feind Erkennung zu übergehen. Plötzlich bewegte sich der Combot. In einem Bogen flog er um die brennende Hütte herum. Krieger bewegte sich geduckt ebenfalls um die Hütte herum, um im Hitzeschatten des Feuers zu bleiben. Der Combot drehte einen kompletten Kreis um die Hütte und verharrte dann wieder ungefähr in der Position, in der er begonnen hatte. „Haha, du siehst mich nicht!", grinste Krieger in sich hinein, da begann der Combot plötzlich zu feuern. Er jagte eine ganze Salve mitten in die Flammen. Brennende Holzsplitter flogen dem Ingenieur um die Ohren, aber zum Glück wurde er nicht getroffen. „Die feuern manuell", schoß es ihm durch den Kopf, „hoffentlich feuern sie keine RAKETE!" In dem Moment sah er schon den Feuerschweif des Geschoßes. Mit einem Hechtsprung rettete er sich hinter die danebenstehende Hütte, während hinter ihm das Inferno losging. Die Explosion hatte die brennende Hütte praktisch weggefegt und glühende Trümmer regneten auf Krieger hernieder. Ein Teil traf ihn am Bein und ein stechender Schmerz durchfuhr den Ingenieur. Aber er durfte nicht schreien - das würde seine Position verraten. Zu seinem Glück brannte die zweite Hütte, hinter die er gesprungen war, mittlerweile auch lichterloh. Jedoch hatte diese Hütte einen Anbau - es würde ihm nicht gelingen, sich wie zuvor komplett im Hitzeschatten des Feuers drumherum zu bewegen. Es kam auch gar nicht dazu, denn der Combot feuerte bereits die nächste Rakete und fegte auch die zweite Hütte und damit Kriegers Deckung weg. Der Ingenieur rannte los und schlug dabei Haken wie ein Karnickel. Der Combot verfolgte ihn. Links und rechts von ihm schlugen die Geschosse ein. An der Böschung, wo eine hölzerne Treppe hoch zum Fischerdorf führte, sah er einen Felsüberhang. Mit einem Sprung hechtete er sich darunter. Er hörte, wie oben auf dem Felsen die bleiernen Projektile einschlugen. Doch saß er nun in der Falle. Er mußte an Jessica denken, an ihr wunderschönes Gesicht und an ihr spitzbübisches Grinsen, wenn sie ihn ärgerte. Er hatte ihr eingebläut den Chip aus dem Combot nur an Professor Schneider persönlich auszuhändigen, falls ihm etwas zustieß. Er hoffte nur, daß sie es schaffte. Nahezu lautlos senkte sich der Combot in nur gut 10 Metern Entfernung herunter und Krieger sah genau in die Mündungsöffnung der Zwillingskanone. Instinktiv duckte er sich und machte sich so klein, wie er nur konnte. In diesem Moment explodierte der Combot mit lautem Knall und in einem Feuerball, der Krieger um ein Haar gegrillt hätte. Er wagte kaum, den Kopf zu drehen und hinzusehen. Als er es doch tat, sah er, wie plötzlich knapp vor ihm ein weiterer Combot einfach vom Himmel fiel. Es qualmte noch die Mündungsöffnung des Raketenschachts. Am Strand fiel noch ein Combot vom Himmel in einiger Entfernung ein weiterer. Offenbar hatte man bei allen die Notabschaltung aktiviert.

Der Ingenieur atmete durch und war stolz auf die Leistung seiner Kollegen. Der Strand glich einem Schlachtfeld. Krieger erklomm die hölzerne Treppe und rannte zu der verlassenen Fischerhütte, in der er Jessica versteckt hatte. Die beide fielen sich in die Arme.

„Sagtest du nicht heute schon mal irgendwann, daß wir es fast schon überstanden hätten?", frotzelte sie ihren Liebsten an. „Na ja - fast", antwortete dieser mit einem liebevollen Lächeln. Dann mußte er sie schon wieder wegdrücken, wobei es beiden schier das Herz zerriß. Was auch immer sie in Europa erwarten würde - wenn sie endlich diesen grausamen Virus los wären, würden sie sich vermutlich eine Woche lang nicht loslassen - nicht mal zum Pinkeln!

Freund und Feind

Penetrant klingelte das Telefon in der Brusttasche des Jacketts von Charles Palmer, dem mächtigen Stabschef des Präsidenten. Er unterbrach die Sitzung des Wahlkampfkomitees, die er gerade leitete. Die Sache an sich ärgerte ihn schon - verlangte er doch für gewöhnlich selbst von allen Anwesenden, während dieser Sitzungen, das Telefon stumm zu schalten. Aber wenn sein geheimer und abhörsicherer Apparat klingelte, dann war alles andere unter Umständen zweitrangig. Palmer nahm das Telefon aus der Tasche und verließ den Raum. Eilig betrat er den Lift, da die Gänge im Eurotower so laut hallten, daß kein Wort geheim bleiben konnte. Endlich nahm er den Anruf an. Nach wenigen Sekunden des Zuhörens wich zusehends die Farbe aus seinem Gesicht. „So lange wie möglich aufhalten!", brüllte er in den Hörer, „egal wie, lassen Sie sich etwas einfallen! Und unter keinen Umständen dürfen sie irgendetwas mitbringen! Durchsuchen Sie sie vor allem auf Bilder, Elektronik, Datenträger und so weiter!" Der Lift war in der obersten Etage angekommen und die Türe öffnete sich. Fluchs wählte Palmer das Kellergeschoß an und war wieder ungestört. Sein Gesprächspartner hatte offenbar Mühe, Palmers Forderungen umzusetzen, denn Palmer fuhr ihn an: „Bin ich denn nur von Idioten umgeben? Das ist doch mir egal, wie Sie das machen! Was? Nein! Vergessen Sie es! Das haben schon viel zu viele Leute mitbekommen. Wenn Sie sie jetzt verschwinden lassen, erregt das noch mehr Aufsehen." Die Türe des Lifts öffnete sich im Kellergeschoß. Palmer hatte das Gespräch beendet. Der sonst so kühle und besonnene Stratege schnappte nach Luft. Er wählte im Lift erneut die oberste Etage an und rückte seine Krawatte zurecht. Im Stechschritt eilte er durch den Gang des obersten Stockwerks direkt ins Vorzimmer des Präsidenten. Die Türe zu seinem Büro war offen. Palmer stürmte hinein und warf sie hinter sich zu. Präsident Strauss saß hinter seinem Schreibtisch. Als er Palmer so hereinstürmen sah, wußte er gleich, daß etwas nicht in Ordnung war. Er drückte die Taste der Gegensprechanlage und ließ seine Sekretärin wissen, daß er nicht gestört werden wollte. Palmer holte seinen Funkstörsender aus der Tasche, schaltete ihn ein und stellte ihn auf den Tisch. „Was ist los, Charles?", fragte der Präsident mit gerunzelter Stirn. „Wir haben ein Problem!", legte dieser los, „unser Mann in Afrika hat offensichtlich völlig versagt. Dieser Techniker - Krieger - und Jessica Slade sind wieder aufgetaucht. Extrem theatralisch. Jeder in der EDCO hat es mitbekommen." „Verdammt!", kommentierte Strauss, während Palmer fortfuhr: „Einige übereifrige Freunde haben sogar noch versucht, sie mit einem gekaperten Combot zu erledigen, als man sie bereits gesehen hatte. Das war natürlich alles andere als clever. Ich habe jetzt veranlaßt, daß die beiden so lange es geht aufgehalten werden, aber das wird nicht all zu viel bringen. Es wird uns nichts Anderes übrig bleiben, als sofort zu handeln!" „Sie meinen Ikarus starten?", zweifelte der Präsident, „das ist unmöglich! Wir sind noch nicht so weit." „Nichts ist unmöglich!", entgegnete Palmer patzig, „dann wird es eben weniger elegant. Wollen Sie riskieren, daß die ganze Sache auffliegt? Denn genau das wird sonst geschehen!" „Das gefällt mir nicht", wetterte der Präsident, „ich habe Ihnen vertraut, Charles! Sie haben gesagt, Sie hätten alles im Griff, es sei alles perfekt geplant und nichts könnte uns aufhalten. So eine überstürzte Aktion - wenn da irgendetwas schief geht, dann sind wir geliefert. Ich mache da nicht mit."

Palmer begann zu lächeln. Strauss sah ihn mit fester Miene an, um seinem Standpunkt Nachdruck zu verleihen, doch Palmer ließ sich nicht beeindrucken. Sanft versuchte er, den Präsidenten zu beschwichtigen: „Lassen Sie uns doch jetzt nicht streiten. Wir müssen am selben Strang ziehen. Das hat uns all die Jahre erfolgreich gemacht. Vertrauen Sie mir - so wie immer!" Doch das füllige Staatsoberhaupt ließ sich nicht beruhigen. Vehement schüttelte Strauss den Kopf: „Oh nein, Charles, es schient mir, als ob ich Ihnen viel zu leicht und viel zu oft vertraut habe! Ich bin immer noch der Präsident der europäischen Allianz, vergessen Sie das nicht!" „Na dann denken Sie besser darüber nach, ob Sie nächste Woche auch noch auf diesem Stuhl sitzen möchten, *Mister President* der europäischen Allianz!", grollte Palmer und warf dem Präsidenten einen verächtlichen Blick zu. Ohne weitere Worte verließ er das Büro.

Endlich duschen! Noch nie in seinem Leben hatte Krieger eine Dusche so genossen, wie in diesem Augenblick. Genüßlich ließ er das angenehm temperierte Naß über seinen geschundenen Körper plätschern. Jessica und er waren von dem Rettungsteam nach Gibraltar gebracht worden, wo sie abgeschirmt im militärischen Teil des Flughafens versorgt worden waren. Wie mußte Jessica das, als Frau, jetzt nur genießen? Jessica! Er war erst seit wenigen Minuten von ihr getrennt, und schon konnte er nur noch an sie denken. Er stellte das Wasser ab. Aus dem Damenwaschraum nebenan hörte er ihre vertraute Stimme - singen! Sie sang unter der Dusche?! Der Ingenieur schloß die Augen, hörte einfach ihrer Stimme zu und genoß den Moment. Er kannte das Lied nicht, aber er würde es immer wieder hören wollen. Hoffentlich, schoß es ihm durch den Kopf, wurde der Chip in ihrem künstlichen Fuß nicht naß. Aber den hatte er ja gewissenhaft verpackt. Genau - der Chip. Sie mußten zur EDCO! Sofort! Zügig trocknete er sich ab. Man hatte ihm eine Freizeituniform der Marine in seiner Größe gegeben. Auch ein kurzes Hemd und Unterwäsche hatten sich gefunden und am Waschbecken fand er: Eine Zahnbürste und Rasierzeug! Einige Minuten später verließ ein deutlich zivilisierterer Krieger den Waschraum. Wie ein Tiger rannte er unruhig auf dem Gang auf und ab, bis endlich auch Jessica so weit war. Mit ihrer braungebrannten Haut wirkte sie entspannt wie nach einem langen Urlaub. Auch sie hatte eine Damenuniform erhalten, ein schneeweißes Sommermodell, die ihr sogar recht gut stand. Nur ihre verschlissenen, ehemals schwarzen Schuhe wollten so gar nicht zu dem eleganten Bild passen - doch sie hätte sie für nichts in der Welt hergegeben. Sie gaben sich einen schnellen Kuß, dann machten sich die beiden zurück auf den Weg in den Mannschaftsbereich, wo man sie zuerst versorgt hatte. Sie erreichten diesen jedoch gar nicht erst, denn ein schneidiger, junger Offiziersanwärter fing sie bereits im Flur ab: „Herr Krieger, Mrs. Slade!?", sprach er sie an, „bitte folgen Sie mir in den medizinischen Bereich." Krieger und Jessica sahen sich an, dann zuckten sie mit den Schultern und folgten dem Soldaten. Auf ihrem Weg mußten sie mehrere Sicherheitsschleusen passieren. Jessia fiel auf, daß die Fenster in diesem Bereich alle geschlossen und vergittert waren. „Das ist ja fast wie in einem Gefängnis hier", raunte sie Krieger zu. Wenig später wurden sie in ein Behandlungszimmer gebeten, wo sie ein Militärarzt und eine Ärztin erwarteten. Die beiden Mediziner stellten sich freundlich vor und erklärten Krieger und Jessica, daß sie leider gezwungen wären, einige Untersuchungen an ihnen vorzunehmen. Vorher könne man sie nicht weiterreisen lassen. Nach so einem langen Aufenthalt auf dem afrikanischen Kontinent sei zwingend das Hygiene- und Quarantäneprotokoll zu beachten. Krieger wollte schon aufbegehren, doch leuchtete ihm das Ganze auch ein. Vermutlich würde es am schnellsten gehen, wenn sie bestmöglich kooperierten. Jessica wurde von der Ärztin in einen andern Behandlungsraum geführt und beide wurden von Kopf bis Fuß gründlich durchgecheckt. Ihnen wurde Blut abgenommen und ihre diversen Wunden wurden versorgt. Schließlich trafen sie sich in einer Art Wartezimmer wieder. Die Minuten schienen zu Stunden zu werden. Endlich kam der Arzt in den Raum und teilte ihnen das Ergebnis mit: „Ihr Gesundheitszustand scheint, angesichts der Strapazen, die hinter Ihnen liegen müssen, erstaunlich gut zu sein. Sie haben sich in Afrika jedoch beide mit einem gefährlichen Virus infiziert!" „Das Venturi-Virus!", nickte Jessica, „ja das wissen wir. Können Sie uns hier dagegen behandeln?" „Woher wissen sie..?", wunderte sich der Mediziner, aber Krieger schnitt ihm das Wort ab: "Bitte! Behandeln sie uns schnell und dann lassen sie uns gehen. Wir müssen sofort nach Stuttgart zur EDCO - es geht um die nationale Sicherheit!" „Die Behandlung ist nicht schwierig", antwortete der Arzt, „ein modernes Antibiotikum sollte genügen. Sie können jedoch diese Quarantänestation erst wieder verlassen, wenn keine Spuren des Virus mehr in ihrem Blut nachweisbar sind." „Wie bitte?", ärgerte sich auch Jessica, „und wie lange wird das dauern?" „Ich vermute ungefähr drei Tage", informierte der Mediziner, „meine Kollegin wird Ihnen gleich die Injektionen verabreichen, danach werden Sie ohnehin erst mal ziemlich müde werden. Oh - eine Sache noch: So lange der Virus noch aktiv ist, können wir nicht gestatten, daß Sie sich im selben Raum aufhalten - das könnte tödliche Folgen haben!" „Das ist vollkommen unmöglich!", brauste Krieger auf, „Drei Tage?! Haben Sie nicht verstanden, was ich Ihnen gesagt habe? Wir müssen *sofort* zur EDCO! Es geht um die nationale Sicherheit! Die europäische Allianz befindet sich in größter Gefahr! Und nebenbei bemerkt - wir werden uns NICHT trennen!" „Es tut mir leid", zuckte der Arzt mit den Schultern, „ich muß mich an das Protokoll halten." „Das werden wir ja sehen! Ich muß sofort telefonieren!", rief der Ingenieur aufgeregt. „Und ich will meine Sachen!", protestierte auch Jessica, „mein Rucksack - er muß noch im Mannschaftsbereich liegen ..."

Nach einer kurzen, hitzigen Debatte einigte man sich darauf, daß Krieger schnellstmöglich ein Telefon erhalten würde. Jessica und er sollten in nebeneinanderliegenden Quarantäne-Räumen untergebracht werden. So konnten sie sich zumindest durch Glas sehen und unterhalten. Nach Jessicas Rucksack wurde geschickt, aber er schien nicht mehr zu finden zu sein. Er war weg - und keiner wollte ihn gesehen haben.

Krieger war gerettet worden - das hatte sich in der EDCO schnell verbreitet. Man hatte ihn zusammen mit dieser Jessica Slade, die seine Mission ebenfalls begleitet hatte, nach Gibraltar gebracht und dort erst mal versorgt. Professor Schneider und General Brandt saßen im Besprechungsraum, um die jüngsten Geschehnisse zu erörtern. Gleichzeitig versuchten sowohl der Stab des Generals, als auch Schneiders Sekretariat eine Verbindung zu Krieger zu bekommen. Der General war sichtlich ungehalten darüber, daß dies so lange dauerte. Schneider überbrückte die Wartezeit mit einem Thema, das ebenso dramatisch zu sein schien, wie Kriegers plötzliche Auferstehung: "Woher konnten diese Verschwörer das wissen?", stellte der Professor die alles entscheidende Frage in den Raum, „wir hatten Krieger kaum entdeckt, da haben sie auch schon den Combot übernommen." Der General, ohnehin schon in schlechter Laune, schnaubte: „Dafür gibt es nur zwei Erklärungen: Entweder sie wußten schon vorher, wo Krieger auftauchen würde, oder ..." „Genau", unterbrach ihn der technische Leiter, „oder sie können sehen, was wir sehen." „Daran möchte ich nicht einmal denken!", grummelte Brandt. „Es ist jedoch leider die wahrscheinlichere Lösung", erklärte der Professor, „Welcher Combot wann zum Einsatz kommt, hängt von den Ladezyklen ab und die wiederum hängen vom Energieverbrauch ab. Der Energieverbrauch wird im Wesentlichen von Wind und Wetter bestimmt, welchen die einzelne Drohne ausgesetzt ist." „Das heißt", faßte der General zusammen, „wenn ich es richtig verstanden habe, konnte niemand vorher wissen, welche Drohne in diesem Moment zum Einsatz kommen würde?" „Genau so ist es!", bestätigte Schneider, „hätte Krieger seine Show 10 Minuten früher oder später abgezogen, wäre es vielleicht ein ganz anderer Combot gewesen!" Brandt atmete tief durch. Zerknirscht resümierte er: "Wir werden das 'Kino' auseinandernehmen müssen. Irgendwie zapfen die uns an." „Das wiederum ist für mich schwer vorstellbar", widersprach der Professor, „alle Daten werden verschlüsselt übertragen - selbst innerhalb des Hauses. 1024bit DAC Verschlüsselung! Die schnellsten Rechner der Welt könnten das nicht in Echtzeit entschlüsseln." Der General schüttelte den Kopf: „Aber irgendwie *müssen* die das doch machen!? Hoffentlich hat Ihr Krieger irgendwelche brauchbaren Informationen .... wo *zum Teufel* bleibt eigentlich meine Leitung!?"

In diesem Moment klingelte das rote Telefon im Besprechungsraum. Brandt nahm den Hörer ab. Ein Mitarbeiter seines Stabes meldete sich: „Herr General, ich habe hier diesen Krieger in der Leitung, aber er möchte nur mit Professor Schneider sprechen." Brandt verdrehte die Augen „Zivilisten!", dachte er laut und drückte Schneider den Hörer in die Hand. Die Erleichterung in der Miene des Professors war nahezu greifbar, als er endlich Kriegers Stimme hörte. Der sonst so souveräne Chief war den Tränen nahe: „Um Gottes willen Krieger! Sie Leben! Ich bin froh, Ihre Stimme zu hören!" Doch Krieger bremste den Professor ungeduldig aus: „Es tut auch gut Ihre Stimme zu hören, Chief, aber wir haben keine Zeit für Sentimentalitäten. Sind Sie alleine?" „Der General ist bei mir", antwortet der Professor. „Ich kann leider nicht offen sprechen, da ich befürchten muß, daß die Leitung abgehört wird", erklärte Krieger und erläuterte: „Ich denke, ich habe die Information, die wir brauchen. Aber ich kann hier niemandem vertrauen. Mir scheint, das halbe Militär ist irgendwie in die Sache verwickelt. Im Augenblick werden wir wegen eines angeblichen Quarantäneprotokolls hier festgehalten. Vielleicht kann ja der General etwas machen. Wenn nicht, dann schnappen Sie sich einen C3 Diagnosekoffer und kommen Sie damit persönlich hier her. Bringen Sie auch ein Multiinterface aus dem Labor mit!" „O.K.", stammelte der Professor völlig überfahren, „und wo finde ich Sie jetzt?" „Wir werden im medizinischen Trakt der Militärbasis auf Gibraltar festgehalten. Aber eigentlich müßte der General doch darüber informiert sein, oder?" „Das dachten wir auch", gab der Professor zu, „aber wir haben jetzt über eine Stunde versucht, Sie ans Telefon zu kriegen." „Verstehen Sie jetzt was ich meine?", warnte der Ingenieur, „ich glaube die Sache ist noch viel größer, als wir jemals befürchtet haben, und sie spielt sich nicht nur bei der EDCO ab, die Sache reicht bis in die höchsten Regierungskreise!" Schneider begann zu schwitzen. General Brandt schien vor Neugier fast zu platzen. „Eines noch", schob Krieger hinterher, „hier auf der Basis wurde uns ein kleiner, schwarzer Rucksack entwendet! Er enthielt etwas überaus Wichtiges. Vielleicht kann auch hier der General helfen. Ich habe den Verdacht, das Militär hat den Rucksack an sich genommen und hält ihn unter Verschluß." „Ich werde sehen, was sich machen läßt.", nickte Schneider.

Als Krieger aufgelegt hatte, sah der Professor General Brandt durchdringend an: „Das wird Ihnen nicht gefallen", begann er Brandt zu berichten. Tatsächlich änderte sich die Gesichtsfarbe des Generals, während Schneiders kurzer Erklärung, von puterrot zu kreidebleich und wieder zurück. „Wer auch immer dafür verantwortlich ist, die sollen was erleben!", poltere er lauthals, „Ich werde den Verteidigungsminister informieren - wenn es sein muß den Präsidenten persönlich!" „Nach Kriegers Andeutungen sollten Sie damit vielleicht noch warten, bis wir diese Informationen haben", gab Schneider zu bedenken. „Na gut", schnaubte Brandt, „aber den Jungs in Gibraltar werde ich mächtig den Kopf waschen, darauf können Sie sich verlassen!" Aufgebracht erhob sich der General und stapfte aus dem Raum.

Jessicas kleiner, schwarzer - und ziemlich staubiger Rucksack lag in diesem Moment auf dem Schreibtisch von Oberstleutnant Perez, Portugiese und Kommandeur der Garnison in Gibraltar. Mann, hatte sich dieser General Brandt aufgespielt. Natürlich hatte er ihm zugesichert, sich sofort höchst persönlich um die Angelegenheit zu kümmern und den Rucksack suchen zu lassen. Der General war auch nicht sonderlich erfreut darüber gewesen, daß Perez das Quarantäneprotokoll keinesfalls übergehen, und die Geretteten nicht umgehend zu ihm ausfliegen lassen konnte.

Der Portugiese mußte grinsen. Er strich sich über seinen Oberlippenbart, dann schüttelte er den Kopf. Was war an diesem Rucksack so wichtig, daß ihn jeder unbedingt haben wollte? Er öffnete ihn und sah sich erneut den Inhalt an. Das Handy weckte seine Aufmerksamkeit. Es hatte kaum noch Energie, aber es war zum Glück nicht gesperrt. Perez lehnte sich in seinem Sessel zurück und sah sich die letzten Bilder an. Ein kleiner Film schien in Afrika gedreht worden zu sein. Er zeigte diesen Krieger, wie er an einem Combot herumschraubte und anschließend triumphierend irgendetwas hoch in die Luft hielt. Es könnte diese Platine sein, die sich ebenfalls in dem Rucksack befand. Perez nahm sie in die Hand und betrachtete sie. Für den Oberstleutnant war es einfach nur irgendein Stück Technik. Er verstand nichts davon, aber sein Kontaktmann hatte explizit von technischen Geräten gesprochen. Perez griff zum Telefon und rief ihn an. Er berichtete, was er gefunden hatte und auch, daß ihn der General deswegen angerufen hatte. „Genau so etwas habe ich erwartet!", feixte die Stimme aus dem Hörer, „und diese Platine ist sicher auch in dem Rucksack?" „Ich habe sie hier in meiner Hand", bestätigte Perez. „Sehr gut!", freute sich sein Kontakt und befahl: „Vernichten Sie umgehend diesen Rucksack und den gesamten Inhalt! Vor dem General brauchen Sie keine Angst zu haben, der hat nicht mehr lange etwas zu sagen. Wenn Sie Ihre Sache gut machen, haben Sie vielleicht schon sehr bald selbst diese Sterne auf der Schulter!" „Ist schon so gut wie erledigt", grinste Perez.

Der nächste Morgen begann mit einem Paukenschlag. Ein Heer von Journalisten belagerte den Eingang des Eurotowers. Sie versuchten jede Person, die hinein wollte und die irgendwie wichtig aussah zu interviewen.

Im Amtszimmer des Präsidenten herrschte dicke Luft. Strauß knallte Palmer ein Exemplar der Tageszeitung auf den Tisch. „Da haben wir den Salat!", brüllte er, „aber Sie mußten es ja auf die Spitze treiben!" Auf der Titelseite befand sich ein Bild des toten Chevalier mit der großen Überschrift: "Rätsel um den Tod eines Polizisten". Schillers These hatte sich erhärtet. Mit Hochdruck hatten seine Kollegen die Recherchen vorangetrieben. Noch am Vorabend hatte ein eifriger Staatsanwalt eine umgehende Obduktion Chevaliers angeordnet. Diese hatte ergeben, daß der Polizeimeister keineswegs an seiner Kopfverletzung gestorben, sondern erdrosselt worden war. Das Blut, mit dem er verschmiert war, war Schweineblut gewesen. Der medienwirksam aufgebauschte Schwindel war mit Pauken und Trompeten aufgeflogen. Das darauf aufbauende, umgehend erlassene Dekret des Präsidenten ließ ihn nun in einem äußerst schlechten Licht erscheinen. Es wurden Parallelen zum ebenfalls rätselhaften Tod seiner ehemals engen Mitarbeiterin Jessica Slade gezogen, deren Leiche bis zum heutigen Datum nicht geborgen werden konnte.

Palmer zuckte mit den Schultern und sah den Präsidenten mitleidig an. „Ikarus wird nun Ihre Rettung werden - ob Sie es wollten oder nicht", sagte er mit kühler Stimme, „es sei denn natürlich, Sie ziehen es vor zurückzutreten."

„Und wie reagieren wir jetzt auf diesen ganzen Schlamassel?", ärgerte sich der Präsident. „Überhaupt nicht!", grinste ihn Palmer an, „morgen um diese Zeit wird niemand mehr über die Sache reden und der Präsident wird als großer Retter der Demokratie gefeiert werden. Glauben Sie doch nicht, daß mich die kurzfristige Vorverlegung der Aktion in Bedrängnis bringt. Meine Listen sind längst geschrieben. Schon morgen Abend besitzen wir die uneingeschränkte Macht. Oppositionelle, Militärs, Richter, Staatsanwälte - vor allem Journalisten - wer nicht auf unserer Seite steht, befindet sich in Kürze in Gewahrsam. Mit der Macht über die Combots halten wir die absolute Waffe in unserer Hand. Niemand wird es wagen, sich gegen uns aufzulehnen." „Niemand wird es überhaupt wollen!", grinste nun auch der Präsident, „schließlich retten wir das Volk ja vor einer Militärherrschaft." „Eben", bestätigte Palmer, mit hochgezogenen Brauen.

Viel geschlafen hatte der Chief nicht. General Brandt hatte dafür gesorgt, daß er schon am frühen Morgen an Bord einer Militärmaschine nach Gibraltar aufbrechen konnte. Den von Krieger angeforderten Diagnosekoffer und das Interface hatte er dabei. Ungeduldig saß er im Warteraum der medizinischen Abteilung und wartete darauf, endlich zu Krieger vorgelassen zu werden. Die Ärzte bestanden jedoch darauf, zunächst noch eine neue Blutuntersuchung an Jessica und Krieger durchzuführen um die Wirkung des verabreichten Antibiotikums zu prüfen. Die beiden hatten geschlafen wie die Murmeltiere. Müde von den Strapazen und zusätzlich noch von der Behandlung, brauchten sie eine Weile, um überhaupt wach zu werden. Eine Schwester versorgte sie mit Kaffee und einem Frühstück, nachdem sie ihnen Blut abgenommen hatte. Gierig griffen die Beiden zu. Sie sprachen nicht viel. Die sehnsüchtigen Blicke, die sie sich durch die gläserne Barriere von Zeit zu Zeit zuwarfen, sagten ohnehin schon alles. Endlich stand der Arzt, der sie schon am Vortag untersucht hatte, vor ihnen: „Mrs. Slade, Herr Krieger - ich habe gute Nachrichten für Sie! Der Virus in Ihrem Blut wurde neutralisiert. Er ist zwar noch nachweisbar, aber nicht mehr wirksam. Es ist daher nicht mehr notwendig, Sie in getrennten Bereichen unterzubringen."

„Dann können wir gehen?", fragte Jessica - urplötzlich hellwach.

„Leider noch nicht", verneinte der Mediziner, „gemäß dem Protokoll dürfen Sie den Quarantänebereich erst verlassen, wenn der Virus in Ihrem Blut nicht mehr nachgewiesen werden kann. Ich denke aber, das sollte spätestens morgen früh der Fall sein. Wir werden Sie heute Abend noch mal untersuchen." Mit diesen Worten öffnete der Mediziner die Schlösser der verglasten Kammern. Jessica hätte ihn fast über den Haufen gerannt. Einen Augenblick später standen sie und der Ingenieur eng umschlungen da und gaben sich einen nicht enden wollenden Kuß. „Amore, Amore", grinste der Arzt und ließ sie alleine, doch davon bekamen die Beiden nichts mit. Freudentränen kullerten Kriegers Wangen herunter. Endlich konnte er seine Jessica im Arm halten! Das Gefühl, welches jetzt dabei in ihm aufstieg, war das schönste, das er je erlebt hatte. Er wollte, daß es niemals endete. Jessicas Augen funkelten wie Sterne - auch sie würde ihn nie wieder loslassen!

Ein lautes Räuspern riß die beiden dann irgendwann doch von der Wolke7 in die Realität zurück. Mit breitem Grinsen stand der Chief neben ihnen. Krieger gab Jessica noch einen letzten Kuß auf die Stirn, dann wandte er sich dem Professor zu. „Ich möchte ja ungern stören", entschuldigte sich dieser, „ich dachte nur, wir wollten irgendwie die Welt retten - oder zumindest Europa?!"

Alle mußten lachen. Krieger umarmte seinen Chef, dann stellte er ihm Jessica vor. Zu ihr gewandt sagte er: „Jessica, das hier ist unser Chief, der technische Direktor der EDCO Professor Schneider - und der einzige Mann in dem Laden, dem ich uneingeschränkt vertraue." Schneider fühlte sich sichtlich geschmeichelt. Doch dann deutete er auf den Koffer, den er mitgebracht hatte:

314

„Diagnosekoffer C3 nebst Multiinterface! Aber was wollen wir damit untersuchen? Wurde Ihre Tasche wiedergefunden?" Krieger vergewisserte sich, daß sie wirklich alleine waren, dann erklärte er: „Nein, der Rucksack ist weg und ich glaube nicht, daß wir ihn jemals wiedersehen. Wir haben 381 gefunden und ich habe die Platine ausgebaut. Sie war intakt und ja - sie befand sich auch wirklich in dem Rucksack." „Das ist ja eine Katastrophe", jammerte der Professor bestürzt, „so nah dran und dann ..." Das breite Grinsen seines Ingenieurs ließ Schneider seinen Satz unterbrechen. „Das war ein Trick, habe ich Recht?", mutmaßte er und kniff die Brauen zusammen. „Wenn ich eines bei dieser Sache gelernt habe", flüsterte Krieger, „dann das: Vertraue Niemandem!" Dann wandte er sich an Jessica: „Liebling, dürfte ich dich um dein Ballerinenfüßchen bitten?" „Schon wieder?", grinste diese frech, „da habe ich mir wohl doch einen Fetischisten angelacht!" Sie setzte sich auf Kriegers Bett, zog den Schuh aus, löste die Prothese und gab sie Krieger. Mit spitzen Fingern angelte der Ingenieur das in Folie verpackte Päckchen aus dem Hohlraum. Während Jessica ihren künstlichen Fuß wieder anlegte, wickelte Krieger den Chip aus seiner Verpackung. „Ah, Sie haben den Speicherchip entfernt", grinste der Chief spitzbübisch. Schnell schoben sie die Stühle und Tische aus den Quarantäneräumen zusammen und bildeten eine Sitzgruppe. Schneider stellte den Koffer auf den Tisch und öffnete ihn. Krieger nahm den Laptop und das Interface heraus und schloß den Chip daran an. Zunächst führte er eine Diagnose durch. Der Chip war o.k.! Dann öffnete er das Logfile. Gespannt starrten Schneider und Jessica auf den Monitor, wobei Schneider weniger Ahnung von der Informatik hatte und Jessica überhaupt keine. „Aha", kommentierte der Ingenieur, „das ist ja interessant. Es ist gar kein Virus, nur eine Befehlsdatei. Sie versetzen den Combot in den Wartungsmodus. So haben sie die Möglichkeit die Firewall zu verändern und die Freund/Feind Erkennung abzuschalten. Und dann gibt es da noch dieses kleine Programm, das sie sinnvollerweise „kill" benannt haben. Was das bewirkt, kann ich mir vorstellen." „Sind die Firewalllogs auch auf dem Chip?", hakte der Professor nach. „Ich bin gerade dabei sie zu öffnen", informierte ihn Krieger. Plötzlich machte er ein Gesicht, als hätte er einen Geist gesehen. „Das ist doch nicht möglich!", rief er laut, „ich werd´verrückt!" „Was hast du gefunden?", drängelte Jessica neugierig. Der Ingenieur atmete durch, dann erklärte er den beiden, was er entdeckt hatte: „Offenbar wurde die Sequenz von MEINEM Platz aus auf den Combot überspielt. Und er wurde auch nicht irgendwie ferngesteuert, sondern die Kontrolle wurde auf einen bestimmten Pilotenplatz übertragen A14!" „Das ist ganz unten links am Rand, stimmt´s?", warf Schneider ein. „Genau", bestätigte Krieger, „danach wurde die gesamte Kommunikation mit dem System gesperrt, so daß nur noch der Pilot auf A14 Zugriff hatte." „Deswegen wurde er im System dann als ´offline` registriert - jetzt ist mir alles klar!", rief Schneider aufgeregt, „und deswegen konnten sie immer alles live sehen - sie waren mitten unter uns!" Eine zentnerschwere Last schien in diesem Augenblick von seiner Schulter zu fallen. Endlich war das Geheimnis gelüftet und die EDCO würden dem ganzen Spuk ein Ende setzen können. „Wir müssen sofort General Brandt informieren!", frohlockte er, doch Krieger bremste ihn aus: „Sind Sie wirklich ganz sicher, daß der General nicht mit drin steckt?", gab er zu bedenken. Doch der Chief schüttelte den Kopf: „Brandt mag ein wenig einfältig sein, aber ich halte ihn für loyal. Wir hatten viele Gespräche in letzter Zeit. Er hat abgenommen - auch wenn das sicher nicht jeder gleich sieht. Manchmal wirkt er unausgeschlafen. Nein, die Sache hat an ihm genau so sehr gezehrt wie an mir." „Dennoch können wir das nicht per Telefon machen", erinnerte Krieger, „denken Sie an die

Sache mit dem Rucksack! Wir können niemandem vertrauen. Sicher wird auch Ihr Handy inzwischen abgehört." „Ich glaube nach wie vor, daß Palmer hinter der Sache steckt!", mischte sich Jessica ein und erklärte dem Professor: „Charles Palmer ist der Stabschef des Präsidenten. Er hat es organisiert, daß ich mit auf die Bergungsaktion geschickt wurde. Vermutlich deshalb, weil ich den Präsidenten und ihn zuvor zufällig bei einem geheimen Gespräch belauscht habe. Es ging um ein Projekt, das sie Ikarus nannten. Palmer ist unglaublich mächtig. Er kennt viele wichtige Leute und hat beste Kontakte zu weiten Teilen des Militärs und vor allem zum Geheimdienst. Er zieht im Hintergrund die Fäden - jeder fürchtet ihn. Er manipuliert die Presse und geht, wenn es sein muß, auch über Leichen. Wenn wir nur bei der EDCO zuschlagen, wird er eine Möglichkeit finden, hinterher auch noch gestärkt aus der Sache hervorzugehen." „Und irgendwann findet man unsere Leichen im Fluß", nickte Krieger. „Was können wir tun, haben Sie eine Idee, Jessica?", fragte der Professor. Die hübsche Blonde mit dem falschen Fuß schüttelte nachdenklich den Kopf. „Noch nicht so genau", gab diese zu, „aber ich habe das Gefühl, als ob die Sache in Genf entschieden wird. Ich *muß* dort hin - das ist meine Bühne. Dummerweise sitzt Palmer dort wie die Spinne im Netz. Wenn ich mich darin verfange, bin ich verloren." „Haben Sie keine Freunde dort, die Ihnen vielleicht helfen könnten?", regte Schneider an, doch Jessica schüttelte nur den Kopf.

Ein Augenblick nachdenklicher Stille machte sich in ihrem Zimmer im Quarantänebereich breit. Irgendwann überlegte Jessica laut: „Wir können sie nur schlagen, wenn wir sie Live, vor laufenden Fernsehkameras bloß stellen." „Wie willst du das anstellen?", hakte Krieger nach. „Ich weiß es noch nicht", gab Jessica zu, „aber wenn es geht, dann nur so! Einen Vorteil haben wir: Der Präsident hat eine Schwäche für Livesendungen. Er macht alles live! Ich glaube, er braucht das Gefühl, daß millionen Menschen nur auf ihn sehen."

„Eine Pressekonferenz?!", überlegte Schneider. „Tom!" Krieger hatte einen Geistesblitz und rief den Namen seines Freundes geradewegs hinaus. Der Professor und Jessica sahen ihn fragend an. „Tom Schiller - ein guter Freund von mir und freier Journalist", erklärte er, „bestimmt hat er die notwendigen Kontakte. Er muß uns helfen!"

Zwei Stunden später betrat Professor Schneider erneut den Quarantäneraum. Er war in der Stadt gewesen. Krieger und Jessica hatten nicht das geringste Problem damit gehabt, sich inzwischen die Zeit zu vertreiben. Doch konnten sich beide nicht richtig fallenlassen. Zu wichtig waren die Aufgaben, die vor ihnen lagen, zu ungewiß erneut, das was kommen würde. Sie begrüßten den Professor, der sich noch mal vergewisserte, daß die Türe hinter ihm auch wirklich geschlossen war. Dann griff er in seine Tasche und zog ein Handy heraus. „Tut mir leid, daß es so lange gedauert hat", entschuldigte er sich, „Es war nicht ganz so einfach einen Händler zu finden, der sich drauf eingelassen hat, das Gerät erst heute Abend auf meine ID zu buchen - war auch nicht gerade billig." „Wenn das alles vorbei ist", hat sich die Investition hoffentlich gelohnt", kommentierte Krieger und sah sich das Gerät an. Dummerweise wußte er Schillers Nummer nicht auswendig. Daher rief er dessen Mutter an, die ihm bereitwillig Auskunft gab. Aufgeregt wählte Krieger die Nummer. Es klingelte - und klingelte - und klingelte, doch niemand nahm den Anruf entgegen. „Verdammt!", ärgerte sich der Ingenieur, „wo steckt der bloß?" Plötzlich klingelte das neue Handy. Alle sahen sich verwundert an. Es war eine deutsche Nummer, die keinem von ihnen etwas sagte. Schließlich nahm Krieger das Gespräch entgegen: „Ja?!" Eine vertraute Stimme sprach zu ihm: „Guten Tag, mein Name ist

Thomas Schiller - sie haben gerade versucht, mich zu erreichen?"
„Tom! Martin hier. Gott sei Dank rufst du zurück! Wie geht es
dir?" Am anderen Ende der Leitung herrschte kurz Stille.
Ungeduldig hakte Krieger nach: „Tom? Bist du da?" „Martin? Bist
Du´s wirklich? Du lebst!?", stammelte Schiller völlig baff. Der
Journalist war total perplex: „Wo steckst du denn? Ähm, geht es dir
gut?" „Ja, mir geht es gut - was ist denn los? Du tust ja gerade so,
als hättest du einen Geist gesehen?", lachte Krieger. „Na das habe
ich ja wohl auch!", rief Schiller außer sich, „immerhin hat man
dich schon vor über einer Woche für tot erklärt! Du kannst dir nicht
vorstellen, was ich alles erlebt habe! Oh, und du mußt deine Eltern
anrufen - die denken auch, daß du tot bist!" „Das muß leider
warten, genau wie längere Erklärungen. Ich erzähle dir dann alles
später. Im Augenblick gibt es Wichtigeres! Ich brauche deine Hilfe.
WIR brauchen deine Hilfe!"

Der Ingenieur klärte Schiller über die wichtigsten Fakten und
Zusammenhänge und vor allem über ihren Plan auf. Zu Kriegers
großer Überraschung, stellte sich heraus, daß Schiller offenbar
ohnehin schon irgendwie an der Sache dran war. Nur der
Zusammenhang mit der EDCO und die Thematik mit den Combots
war ihm natürlich neu. Sie verabredeten, daß sich der Journalist in
Genf mit Jessica treffen sollte, während Krieger und der Professor
in Stuttgart versuchen würden, das Problem in der EDCO in den
Griff zu kriegen.

Es war kaum überraschend, daß sich auch bei der abendlichen
Untersuchung noch geringe Spuren des Virus in Jessicas und
Kriegers Blut nachweisen ließen. Am nächsten Morgen jedoch war
es endlich so weit. In aller Frühe verließen die beiden die Garnison.
Der Professor wartete bereits in der Maschine. Kurz darauf hoben
sie ab und nahmen mit Höchstgeschwindigkeit Kurs auf Genf.

Vollendete Tatsachen

Wie jeden Morgen seit vielen Jahren stand zwischen 8.00 und 9.00 Uhr der Wachwechsel an. Die Frühschicht übergab mit einer Stunde Überlappung im Kino der EDCO die Plätze an die Tagschicht. Oberst Schulz - wie immer überpünktlich - war schon ein wenig früher da gewesen. Er wunderte sich über die Zusammenstellung der heutigen Tagschicht. Immer mehr der Gesichter, die da auftauchten, kamen ihm unbekannt vor. Er wollte gerade Erkan Serafoglu fragen, der bereits auf dem Platz des leitenden Technikers Platz genommen hatte, da ertönte ein schriller Alarm. „Was ist das denn jetzt?", brummte der Befehlshaber. An allen Plätzen blinkten rote Warnlampen und ein unangenehmer Geruch breitete sich im „Kino" aus. „Feuer!", rief irgendeiner der Soldaten. „Combots auf Automatikmodus", befahl Schulz lautstark, „alle verlassen den Saal! Keine Panik!" Doch im Nu herrschte dichtes Gedränge bei den Doppelschleusen, die alle Mitarbeiter einzeln passieren mußten. An Schleuse drei gerieten einige der drängelnden Soldaten in Streit. Der Offizier kämpfte sich zu ihnen durch und zerrte die Streithähne auseinander. „Raus jetzt mit Ihnen!", brüllte er - selbst schon leicht in Panik geratend, „einer nach dem anderen! Es kommen alle raus!" Dann warf er noch mal einen Blick ins „Kino". Er sah niemanden mehr hinter sich, darum begab auch er sich schließlich selbst, als Letzter in die Schleuse.

Erkan Serafoglu, der sich, genau wie ein gutes Dutzend Soldaten, hinter die Tische geduckt hatte, klappte den modifizierten Kugelschreiber zu, aus dem er den Rauch auf den Sensor der Brandmeldeanlage geblasen hatte. Fluchs gab an an seinem Terminal ein paar Befehle ein und riegelte das „Kino" ab.

Projekt Ikarus war gestartet. Kurze Zeit später schwebten Combots vor allen wichtigen Regierungsbehörden. Soldaten begannen damit, Minister, oppositionelle Spitzenpolitiker, einige Polizeipräsidenten und bekannte Journalisten zu verhaften.

Schiller, der noch in der Nacht nach Genf geeilt war, hatte Jessica inzwischen am Flughafen abgeholt und sich mit ihr zusammen zur Redaktion der Netzzeitung begeben. Sein Telefon war die Nacht über nicht still gestanden. Immer mehr seiner Mitstreiter trafen dort ein. Die Ereignisse überschlugen sich. Überall in der Stadt waren Sirenen zu hören. Der Verkehr und die öffentliche Ordnung kamen zunehmend zum Erliegen. Plötzlich marschierte ein Trupp Soldaten in das Redaktionsgebäude ein. Mit grimmiger Miene verhafteten sie, ohne Angabe von Gründen, den Chefredakteur und warnten alle Anwesenden, sich ruhig zu verhalten.

Vor dem Eurotower waren vier Combots in Stellung gegangen. Außerdem schwebten dort mehrere Kameradrohnen um die Situation aus jeder erdenklichen Perspektive zu filmen. Über die Bildschirme, überall auf der Welt, flimmerten die Bilder begleitend zur „Breaking News": Militärputsch in Europa!

Auch vor der Zentrale der EDCO waren Combots in Stellung gegangen, ebenso Kameradrohnen. Große Aufregung herrschte bei den Mitarbeitern, die sich alle vor dem Haupteingang versammelt hatten. Dahinter mehrere Löschzüge mit ratlosen Feuerwehrleuten, die von Soldaten daran gehindert wurden, überhaupt nur aus ihren Fahrzeugen zu steigen. Krieger und der Professor hatten Schwierigkeiten, sich zum Eingang durch die Menge zu drängen. In dem Moment, als sie es fast geschafft hatten, kam ein Trupp Soldaten aus dem Hauteingang. Mit den Sturmgewehren im Anschlag trieben sie General Brandt, Oberst Schulz und ein paar andere Soldaten und Stabsmitarbeiter, ihre Hände hinter dem Kopf verschränkt haltend, vor sich her. Abrupt stoppten Krieger und der Professor und starrten gebannt auf die medienwirksam inszenierte Verhaftung. „So viel zu Brandts Loyalität", raunte Schneider seinem Ingenieur zu. „Wir müssen sofort hier weg", raunte Krieger zurück, „bevor sie uns sehen und womöglich auch verhaften." Geduckt, auf den Boden starrend, drängelten die beiden zurück durch die Menge. „Was machen wir jetzt?", fragte der Professor aufgeregt, als sie die Menschentraube hinter sich gelassen hatten. „Wir müssen da irgendwie reinkommen!", fluchte Krieger. Sie umrundeten das gut gesicherte Gebäude. Zu ihrem Erstaunen waren an der Lieferantenrampe keine Soldaten postiert. Schneider gelang es, mit seiner Autorisation die Sperre des Feueralarms zu überwinden. „Das ging ja fast zu einfach", merkte Krieger an, während sie die Lagerhalle zur Sicherheitsschleuse hin durchschritten. Schneider passierte die Schleuse zuerst, dann war Krieger an der Reihe. Mit klopfendem Herzen betrat er sie. Wenn seine ID als „Toter" mittlerweile gelöscht worden war, dann würde er gleich gefangen sein und ein Alarm wäre die Folge. Zum Glück hatte man diese Maßnahme offenbar nicht für sonderlich vordringlich gehalten. „Identifikation Positiv: Krieger, Martin, Bereich Technik. Gesundheitszustand: Positiv. Bitte nehmen Sie Ihre Identplakette!", säuselte die Computerstimme und das Gerät spukte Kriegers Plakette aus. In den Gängen patrouillierten paarweise Soldaten, ansonsten war das - sonst so geschäftig bevölkerte - Gebäude offenbar menschenleer. Zum Glück kannten es die beiden wie ihre Westentasche. So fiel es den „Eindringlingen" nicht all zu schwer, sich an den Patrouillen vorbei zu mogeln. An den Eingängen des „Kinos" war es damit jedoch vorbei. Rot blinkend, zeigten die Einzelschleusen ihren Sperrzustand an und zwei Soldaten bewachten sie zusätzlich. Linker Hand führte ein Eingang zum Wartungsraum, welcher sich unter den Reihen des „Kinos" befand. Leider war auch dieser von den Wachen einsehbar. Krieger und der Professor standen hinter einer Ecke und spickten zu den gelangweilt wirkenden Soldaten herüber. Sie mußten eine Entscheidung treffen. Jeden Moment könnte die Patrouille im Gang zurückkommen und sie entdecken. „Sie müssen die beiden ablenken!", flüsterte Krieger. Der Professor nickte und warf seinem Ingenieur noch ein „viel Glück!" zu. Dann lief er mit festem Schritt in Richtung der überraschten Soldaten. Sofort begann er damit, die beiden zu beschimpfen, was das Ganze hier sollte. Mit der Bemerkung, daß er sich beim General beschweren werde lief der Aufgebrachte zielstrebig in eine andere Richtung davon. Die Wachsoldaten eilten ihm hinterher. Das war Kriegers Chance. Er schlich aus seiner Deckung und betrat die Schleuse zum Wartungsraum. Auch diese war wegen des Feueralarms gesperrt, jedoch genügte Kriegers Autorisation, um die Sperre zu übergehen. Im letzten Moment, bevor die Wachsoldaten mit einem wild zeternden Professor im Schlepptau zu ihrem Posten zurückkehrten, schloß sich die Schleuse hinter ihm wieder. Der Ingenieur atmete durch. Der Wartungsraum war angefüllt mit Technik. Tausende Kabel verliefen überall an der schrägen Decke und an den Wänden und verbanden die Terminals im „Kino" mit dem System. In der Mitte des Raumes befanden sich mehrere, mannshohe Verteilerschränke. Daneben befand sich ein Kotrollpult. Krieger schaltete die Monitore ein und rief die Bilder der Überwachungskameras im „Kino" auf. An den Terminals saßen ein gutes Dutzend Piloten, die offenbar sehr konzentriert ihre Arbeit versahen. Am Platz des technischen Leiters saß - entspannt zurückgelehnt - Erkan Serafoglu. „Du Ratte", zischte Krieger, „aber dir werde ich die Suppe versalzen!"

In Genf spitze sich die Lage derweil weiter dramatisch zu. Durch den Eingang des Eurotowers wurde eine Menschentraube ins Freie getrieben. Mitarbeiterinnen und Mitarbeiter, Staatssekretäre, allen voran der Präsident. Auch Charles Palmer befand sich in der Menge. Würdevoll schritt der Präsident die Stufen hinunter zum Platz der europäischen Einheit. Die Menge wurde von Soldaten mit Sturmgewehren flankiert, die darauf achteten, daß sich niemand entfernte. Auf der anderen Seite des Platzes war eine weitere Einheit Soldaten in Stellung gegangen. Sie nutzten jede erdenkliche Art der Deckung. Wieder waren die Tische des Cafés umgeworfen worden, doch diesmal hatten sich Soldaten dahinter verschanzt. Panzer waren aufgefahren. Über allem schwebten die Combots und hielten ihre Raketen auf die Panzer gerichtet.

Urplötzlich drehten sich die Combots um und feuerten ohne Vorwarnung auf die überraschten Soldaten, welche die Menschentraube begleitete. Die Leute schrien und warfen sich auf den Boden. Gleichzeitig rückte die Einheit, die sich auf der anderen Seite des Platzes in Stellung gebracht hatte vor. Im kurzen, heftigen Gefecht wurden alle verbleibenden Soldaten, welche die Menge herausgetrieben hatten, getötet. Der Kommandeur der angreifenden Einheit rannte zum Präsidenten, um diesen zu schützen. Die Soldaten halfen den Leuten auf und drängten sie zurück in das Gebäude. Die Combots schwebten herunter und drehten sich wieder um, um den Eingang zu verteidigen.

Gebannt starrten die in der Redaktion der Netzzeitung versammelten Journalisten auf den großen Monitor im Meetingraum. Was war da eben geschehen? Alle Nachrichtenagenturen rätselten, von was die Welt da eben live Zeuge geworden war - die Situation war absolut ungewiß. In der Redaktion klingelten die Telefone wild durcheinander. Jessica gewann als eine der Ersten ihre Fassung zurück. „Ich glaube, das war's!", sagte sie laut und eindringlich. „Wie meinst du das", zweifelte Schiller, „warum soll es das jetzt gewesen sein?" „Weil es eine perfekte Inszenierung war!", unterstrich die PR-Expertin und wandte sich an alle: „Überlegt mal - selbst mit Hilfe der Combots ließe sich die öffentliche Ordnung nicht dauerhaft aufrecht erhalten. Nein, sie brauchen die Legitimation! Ihr werdet sehen: In Kürze wird es eine Presseerklärung des Präsidenten geben, daß man den Putsch, mit Hilfe loyaler Truppen erfolgreich vereitelt habe. Und dann werden alle Leute, die nicht auf Linie des Präsidenten sind, als Verschwörer verhaftet werden."

Ein Mitarbeiter der Netzzeitung stürzte aufgeregt hinzu: „Sie haben Recht", rief er, „gerade kam eine Nachricht aus Stuttgart rein, daß ranghohe Befehlshaber bei der EDCO von loyalen Truppen verhaftet wurden und die Gewalt über die Combots zurückgewonnen worden sei!" Ein anderer Mitarbeiter, der eben ein Telefon abgenommen hatte, hob die Hand und rief: „Das war die Pressestelle des Eurotowers. Es besteht keine Gefahr mehr! Die Putschisten werden jetzt überall verhaftet. Für 11.00 Uhr ist eine Pressekonferenz angesetzt!"

Jeder bekommt, was er verdient

Von all dem bekam Krieger im Wartungsraum des „Kinos" bei der EDCO natürlich nichts mit. Weiterhin befanden sich die Piloten über ihm einsatzbereit an ihren Bildschirmen. Aufs höchste konzentriert, saß der Ingenieur an dem Wartungsterminal im Technikraum. Es hatte eine Weile gedauert von hier aus die notwendigen Systeme zu erreichen, aber jetzt war er fertig. Grinsend hob er theatralisch den Finger und schickte seinen Befehl ab. „So, jetzt ist Feierabend!", kommentierte er laut seine Aktion. Dann stand er auf und schaltete den Strom in den Verteilerschränken aus.

Irritiertes Raunen machte sich im „Kino" breit. Fassungslos saß Erkan Serafoglu vor seinem Terminal, das - wie alle anderen - nur noch groß „offline" anzeigte. Schnell war ihm klar, daß dies eine technische Ursache haben mußte. „Moment, das habe ich gleich!", rief er aufgeregt und stürzte die Treppen herunter. An der Schleuse angekommen besann er sich kurz, lief zurück und ließ sich von einem der Piloten eine Pistole geben. Wenig später trat er durch die Schleuse in den Wartungsraum. Das Licht war eingeschaltet und auch der Wartungsterminal war in Betrieb. Ein Blick in die Verteilerschränke zeigte dem abtrünnigen Techniker, daß die Stromversorgung abgeschaltet war. Hastig öffnete er den ersten Schrank und wollte eben den Strom wieder einschalten, da hörte er Kriegers Stimme hinter sich: „Warum?" Serafoglu fuhr herum und sah Krieger hinter sich stehen. Sofort richtet er seine Waffe auf ihn. Unbeeindruckt fragte dieser noch mal: „Warum Erkan? Warum machst du bei so einer Sache mit?" Serafoglu versuchte, sich nicht ablenken zu lassen. Während er mit der einen Hand weiterhin die Waffe auf Krieger richtete, versuchte er mit der anderen, den Strom wieder einzuschalten, was ihm schließlich auch gelang. Den Blick nicht von seinem Ziel abwendend tastete sich der Abtrünnige hinterrücks zum nächsten Verteilerschrank vor. Kriegers durchdringender Blick nötigte ihn letztlich doch, zu antworten: „Warum ich hier mitmache? Das fragst ausgerechnet du? Der Liebling des Chiefs? Everybody's Darling? Der Ingenieur, der immer irgendwie alles hinbekommt? Ganz einfach! Weil ich hier Teil von etwas Großem sein kann! Was hätte ich denn hier in der EDCO noch für Chancen gehabt? Ich bin genau so gut wie du! Aber das hat hier ja niemanden interessiert. Immer nur Krieger, Krieger, Krieger! Krieger hier, Krieger da, Krieger hat's mal wieder hingekriegt!" Während seiner Tirade hatte es Serafoglu geschafft nun auch im zweiten Schrank den Strom wieder zu aktivieren. Zufrieden hörte er, wie die Ventilatoren ansprangen. „Aber diesmal nicht!", setzte er seinen Monolog fort, „diesmal hast du's nicht hingekriegt! Du wirst uns nicht aufhalten! Gleich ist die Technik wieder hochgefahren und du wirst als Verräter in den Bau gehen, bis du alt und grau bist. Da kannst du ja dann vielleicht Wasserleitungen reparieren, während ich hier als technischer Direktor in meinem sonnigen Büro sitze!"

„Ich glaube, das mit den Wasserleitungen wird wohl doch eher dein Job werden", grinste Krieger bis über beide Ohren und warf einen verstohlenen Blick auf den Monitor des Wartungsterminals. „Was hast du getan?", schrie Serafoglu verunsichert und sah genauer auf den Bildschirm. Blitzschnell entriß ihm Krieger die Waffe und richtete diese nun seinerseits auf den abtrünnigen Techniker. „Du hättest dir die Mühe machen sollen, deine Befehlssequenz zu verschlüsseln", kostete er seinen Triumph aus, „Da hast du mal wieder gepfuscht. Hast mal wieder den einfachsten Weg gewählt. Genau das ist nämlich der Grund, warum du niemals im sonnigen Büro des Technikchefs sitzen wirst! Aber eines muß ich dir lassen - dieser 'Killbefehl' ist cool!" Mit weit aufgerissenen Augen starrte

Erkan Serafoglu auf den Monitor. Alle aktiven Combots hatten den Killbefehl erhalten und waren damit außer Gefecht gesetzt. „Neiiiin", schrie er so laut, daß es selbst der letzte, nutzlos gewordene Combotpilot im „Kino" hörte. Verzweifelt sank der abtrünnige Techniker vor dem Wartungsterminal auf die Knie. Krieger konnte es nicht lassen ihm noch ein letztes Mal freundschaftlich auf die Schulter zu klopfen: „Es wird mir ein Vergnügen sein, das wieder hin zu kriegen, während du Wasserleitungen reparierst."

Dicht an dicht drängten sich die Journalisten im Pressesaal des Eurotowers. Alle Kameras liefen bereits. Genau vor den Fenstern konnte man die Combots sehen, die dort bedrohlich in ihrer Position verharrten. Ein paar Schritte hinter dem Rednerpult standen Charles Palmer und der Verteidigungsminister. In den vorderen Reihen der Journalisten hatten sich Tom Schiller und Jessica Slade positioniert. Jessica hatte ihre Haare zu einem Pferdeschwanz zusammengebunden, sich einen Hut und eine große, verspiegelte Sonnenbrille geliehen, um nicht vorzeitig erkannt zu werden. Die Türen schwangen auf und, angestrahlt von allen Scheinwerfern, betrat Präsident Strauss den Saal. Beifall brandete auf. Mit langsamen, gediegenen Schritten näherte er sich dem Rednerpult, stellte sich dahinter und drückte das Mikrophon in Position. Mit einer huldvollen Geste bat er um Ruhe und der Applaus ebbte ab. Offensichtlich hatte man dafür gesorgt, daß sich hauptsächlich Anhänger des Präsidenten unter den Journalisten befanden. Dieser räusperte sich und begann zu sprechen:
„Liebe europäische Mitbürgerinnen und Mitbürger! Am heutigen Morgen haben sich Teile des Militärs und der Opposition gegen die gewählte Regierung erhoben. Unter ihnen auch der kommandierende General der EDCO. Unter Ausnutzung dieser

Macht haben die Putschisten versucht, die legitime Regierung zu stürzen und selbst die Macht zu übernehmen. Durch den beherzten Einsatz loyaler Truppen ist es uns gelungen, den Putsch zu vereiteln und auch die Herrschaft über die Combots zurückzugewinnen!"

Tosender Applaus erfüllte den Saal. Der Präsident sonnte sich im Licht der Scheinwerfer. Im Hintergrund grinste Charles Palmer, während der Verteidigungsminister mit versteinerter Miene auf den Boden sah. Strauss fuhr fort:

„In einzelnen Regierungs- und Militäreinrichtungen scheint es noch Kämpfe zu geben. Die Putschisten werden jedoch überall zurückgedrängt. Wir werden alles daran setzen, jeden Einzelnen von ihnen und auch ihre Unterstützer und Helfershelfer zu ermitteln, zu verhaften und einer gerechten Strafe zuzuführen. Aus diesem Grunde rufe ich hiermit bis auf weiteres den Ausnahmezustand aus und ordne an, die Combots bis auf weiteres, dort wo es zur Aufrechterhaltung der öffentlichen Ordnung notwendig ist, auch im Inland einzusetzen." Nach dem erneut auftosenden Beifall beendete der Präsident seine Erklärung. Der Verteidigungsminister trat ans Pult. Seine Erklärung war kurz. Als oberster Dienstherr des Militärs sei er zwar stolz darauf, daß die loyalen Truppen zuletzt obsiegt hätten, doch müßte er dennoch die politische Verantwortung dafür übernehmen, derartige Tendenzen in Teilen der Truppe nicht erkannt zu haben, und trete von seinem Amt zurück. Niedergeschlagen trat er auch vom Rednerpult zurück und Charles Palmer kam an die Reihe. Er verkündete eine Reihe von Maßnahmen, die vorübergehend im Zuge des Ausnahmezustands in Kraft treten würden, bis die Situation vollständig aufgeklärt sei. Die Polizei wurde bis auf weiteres dem Militär unterstellt. Militärtribunale sollten eingesetzt werden, um die Putschisten schnell aburteilen zu können. Auch die

Pressefreiheit wurde eingeschränkt. Zusätzlich wurde bis auf weiteres in einem Umkreis vom 5 Kilometern um jede Einrichtung des Militärs eine Ausgangssperre ab 21.00 Uhr verhängt.

Nachdem Palmer seine Ausführungen abgeschlossen hatte, wurden endlich auch Fragen zugelassen. Schiller bekam ein flaues Gefühl in der Magengegend. Gleich würde er vor den Augen aller Welt dem Präsidenten der europäischen Allianz vorwerfen, selbst der Verräter an der Demokratie zu sein. Ihm zitterten die Knie. Doch er kam und kam nicht zum Zuge. Immer wieder wurden nur die Journalisten aufgerufen, die zuvor am lautesten applaudiert hatten. Entsprechend einseitig fielen die Fragen aus. Palmer sah auffällig auf seine Uhr. Der Moderator ließ noch eine weitere Frage zu, dann schloß er mit dem Satz: „O.k., wenn es keine weiteren Fragen mehr gibt, dann erkläre ich diese Pressekonferenz hiermit für beendet." Schiller sprang auf. Er rief, so laut er konnte: „Herr Präsident, was sagen Sie zu den Gerüchten, daß Sie selbst diesen angeblichen Putsch inszeniert haben sollen?" Strauss zuckte kurz und kaum merklich, dann setzte der Politprofi noch mal sein zuversichtliches Lächeln auf und wollte ans Rednerpult treten. Charles Palmer schnitt ihm den Weg ab. Hastig beugte er sich nach vorne und erklärte: „Die Pressekonferenz ist beendet. Der Präsident hat jetzt keine Zeit dafür, sich mit sinnlosen Provokationen der Opposition auseinanderzusetzen." „Dann wird ja wohl was dran sein!", rief ein anderer Journalist brüsk. Und wieder ein anderer rief: „Lassen Sie doch mal die nicht geschmierten Journalisten zu Wort kommen, es gibt noch viele Fragen!" Jetzt schwenkten einige der Kameras, welche die ganze Zeit nur auf die Redner gerichtet waren auch auf die Pressevertreter. „Genau!", meldete sich noch ein Weiterer zu Wort, „soll das hier eine Pressekonferenz oder eine Fernsehshow sein?" Palmer versuchte, den Präsidenten zum Ausgang zu drängen, doch der eitle Politiker war sich sicher, allen Fragen standhalten zu können. Wie ein guter Landesvater beschwichtigte er Palmer und trat ans Pult: „Selbstverständlich werden wir alle Ihre Fragen beantworten. Aber bitte keine Polemik und schön der Reihe nach!" Das Lächeln war aus Palmers Gesicht verschwunden. Jessica mußte grinsen. Nun würde Palmer *die* tausend Tode sterben, die sie früher so oft bei den Liveauftritten des Präsidenten gestorben war. Nur hatte ER jetzt wirklich Grund dazu. Sie freute sich schon auf sein Gesicht, wenn sie sich zu erkennen gab. „Also dann beantworten Sie bitte meine Frage, Mr. President, ich glaube, ich war der Erste!", rief Schiller erneut und ließ sich unter den Augen der Welt offiziell das Mikro reichen. Ruhig und mit fester Stimme wiederholte er seine Frage: „Herr Präsident, was sagen Sie zu den Gerüchten, daß Sie selbst diesen angeblichen Putsch inszeniert haben sollen?" Gespannte Stille machte sich im Presseraum breit, dann antwortete der Strauss lächelnd: „Derartige Gerüchte sind mir nicht bekannt. Sie entbehren jeglicher Realität. Was sollte ich denn als amtierender Präsident für ein Interesse an einem Staatsstreich haben?" Gelächter machte sich im Saal breit und man wollte Schiller das Mikro wieder wegnehmen um es weiter zu reichen, doch der große Journalist mit den halblangen Haaren klammerte sich daran fest, als ging es um sein Leben, und brüllte hinein: „Sie meinen, was es Ihnen bringt? Außer der Tatsache, daß Sie mit den angekündigten Maßnahmen die Möglichkeit haben, praktisch die gesamte Opposition elegant aus dem Weg schaffen und die Presse mundtot machen zu können? Vielleicht das Wissen, daß sich Ihr großes Geheimnis nicht mehr lange verbergen läßt? Vielleicht weil langsam bekannt wird, daß in Ihrem Auftrag Menschen verschwinden, um Ihr Geheimnis zu bewahren?"

Der Präsident fühlte sich zu einem Lachen genötigt und ging tatsächlich auf Schiller ein: "Was für ein großes Geheimnis sollte das denn Ihrer Meinung nach sein, das ich da angeblich so krampfhaft zu vertuschen versuche? Kommen Sie, heraus damit! Viel zu lachen hatten wir heute leider noch nicht!"

Der Journalist stand auf. Niemand wollte im nun mehr das Mikrophon entreißen. Alle Kameras und Scheinwerfer waren auf ihn gerichtet. „Es geht um Afrika!", platze Schiller mit bebender Stimme heraus, „um einen Völkermord an Millionen von Menschen! Afrika ist keine Bedrohung mehr für uns und das schon seit Jahren nicht mehr. Die immer stärker werdende „Pro-Afrkia" Bewegung hätte das bis zur Wahl ans Licht gebracht! Bei Ihrer bisherigen Politik hätte Sie das mit ziemlicher Sicherheit Ihre Wiederwahl gekostet." Nun war Schiller richtig in Fahrt. Er ließ dem Präsidenten gar nicht erst Zeit zu antworten und fuhr fort: „Ihre Machtinstrumente da draußen vor dem Fenster - wir brauchen sie nicht mehr! Sie wollen Beweise? Bitteschön! Ich liefere sie! Denken Sie nur an Ihr Dekret von vorgestern, das quasi einem Verbot der ´Pro-Afrika` Bewegung gleich kommt. Aufgebaut auf den medienwirksam inszenierten Tod eines unschuldigen Polizisten. Alles gelogen, wie sich herausgestellt hat! Alles nur Show, um die Öffentlichkeit über Ihre wahren Absichten hinweg zu täuschen!"

Der Präsident fiel Schiller ins Wort: „Die Sache wird noch untersucht. Wenn sich Ihre Behauptung als wahr herausstellen sollte, dann bin ich ebenfalls ein Opfer dieser Täuschung geworden. Und was Ihre restlichen Behauptungen angeht - es dürfte Ihnen schwerfallen diese wirren Anschuldigungen irgendwie zu beweisen."

„Ihm schon, aber mir nicht!", rief Jessica und riß sich ihre Maskerade herunter. Sie schnappte sich Schillers Mikrophon und legte los: „Mein Name ist Jessica Slade! Viele von Ihnen kennen mich. Noch vor kurzem war ich eine der engsten Beraterinnen des

Präsidenten. Doch dann wurde ich zuerst nach Afrika geschickt um medienwirksam zu inszenieren, wie gefährlich die Menschen dort noch sind. Schon dabei wäre ich fast umgekommen. Danach hat mich der hier vor Ihnen stehende Stabschef Charles Palmer persönlich auf ein weiteres Himmelfahrtskommando nach Afrika geschickt und dort wie ein wildes Tier jagen lassen. Viele Menschen sind dabei gestorben. Und das alles nur, weil ich zufällig Zeugin eines geheimen Gesprächs zwischen ihm und dem Präsidenten geworden bin. Bei diesem Gespräch ging es um ein Komplott, mit dem sie die Herrschaft über die Combots an sich reißen wollten - was ihnen offensichtlich auch gelungen ist. Ich wurde gleich zwei mal von öffentlichen Institutionen für tot erklärt - dennoch stehe ich hier vor Ihnen um vor aller Welt die Wahrheit ans Licht zu bringen. Genau das wollten sie mit allen Mitteln verhindern! Sie werden es nicht schaffen, diese Wahrheit - wie sonst so gerne - zu verdrehen und unter den Teppich zu kehren: Sie und Palmer sind für all das hier verantwortlich! Ein Putsch hat niemals stattgefunden. All die Menschen sind nur für Ihre große Show gestorben, um Ihnen zur uneingeschränkten Macht zu verhelfen!"

Ein Raunen ging durch den Saal. Mit großen Augen sah Strauss seine ehemalige Lieblingsmitarbeiterin an. Er stammelte nur „Jessica!", dann brach er - von einem stechenden Schmerz in seiner Brust gelähmt - hinter dem Rednerpult zusammen. Palmer drängte sich mit wutverzerrtem Gesicht ans Mikrophon. Er hielt sein Handy hoch in die Luft, so daß es jeder sehen konnte. Bösartig drohte er: „Oh ja, ich habe die Herrschaft über die Combots! Ein Wort von mir genügt, und sie nehmen dieses Gebäude unter Beschuß und jeden, der mich verfolgt!" In diesem Moment stürzte draußen der erste - ohnehin durch Kriegers Befehl außer Gefecht gesetzte Combot mit leeren Energiezellen ab. Ein Zweiter folgte nahezu zeitgleich. Entsetzt und mit ungläubiger Miene mußte Palmer das Desaster mit ansehen und er wußte, er hatte verloren.

„...doch Ikarus flog zu hoch, er kam der Sonne zu nah! Seine Flügel schmolzen und er fiel ins Meer, wo ihn die Wellen verschlangen", philosophierte Jessica mit einem bitteren Lächeln im Gesicht. Palmer versuchte, sich zur Türe durchzudrängen, doch er wurde festgehalten und auf den Boden gedrückt. Irgendwann kamen Sicherheitskräfte und führten ihn ab. Präsident Strauss war noch im Saal seinem Herzinfarkt erlegen. Jessica liefen die Tränen herunter. Sie hatten es tatsächlich geschafft.

Epilog

Das Kartenhaus von Palmer und dem Präsidenten war in sich zusammen gefallen. Nun waren es die tatsächlichen Verschwörer, Unterstützer und Helfershelfer, die ermittelt, gesucht und verhaftet wurden. Manche waren von Palmer oder seinen Helfern vom Geheimdienst erpreßt worden, doch die meisten waren einfach Opportunisten, denen eine bessere Position, Geld und Einfluß versprochen worden war. Vor allem in den Rängen des Militärs war es Palmer leicht gefallen, Anhänger zu finden.

Tom Schiller und Jessica Slade waren in Minuten zu gefragten Prominenten geworden. Sie mußten nun ihrerseits Pressekonferenzen und Fernsehinterviews geben und wurden natürlich auch von der Staatsanwaltschaft vernommen. Krieger blieb dieses Los ebenso nicht erspart, nachdem seine maßgebliche Rolle bei der Vereitelung des Staatsstreichs bekannt geworden war.

Professor Schneider war wenige Tage nach dem überstandenen Abenteuer von seinem Amt zurückgetreten und hatte Krieger für seine Nachfolge vorgeschlagen. Ihm oblag nun die Aufgabe, die EDCO wieder arbeitsfähig zu machen, was dieser auch in kurzer Zeit erreichte. Wie der Professor, entschloß sich auch General Brandt zu einem Rücktritt. Das Militär, dem er angehörte, war nicht mehr das, für welches er zuvor gelebt hatte. Er hatte jegliches Vertrauen verloren.

Jessica Slade kehrte ihrem Job ebenfalls den Rücken. Der Präsident war nicht mehr da, und durch das Erlebte würde sie nie wieder einem Politiker genügend vertrauen können, um ihren Job wie früher zu erledigen. Politik kam ihr plötzlich ohnehin kleinbürgerlich und unbedeutend vor. Sie wollte sich in Zukunft für die Menschen in Afrika engagieren. Zu dieser Überzeugung gelangte sie in den Tagen, die sie in der Universitätsklinik verbringen mußte, um endlich wieder einen echten rechten Fuß zu haben. Schiller machte sie mit Dr. Bachmeier bekannt - die beiden verstanden sich auf Anhieb blendend. Der Journalist selbst konnte sich inzwischen vor Jobangeboten kaum noch retten. Unter anderem wurde ihm der Posten des Chefredakteurs bei seiner geliebten Netzzeitung angetragen - dem konnte er bei aller Freiheitsliebe nicht widerstehen.

Krieger hatte seinen Hausrat zurückbekommen. Als neuem technischen Direktor der EDCO stand ihm eine großzügige Dienstwohnung zu, die er zusammen mit Jessica bezog. Er wunderte sich etwas, wie viel Platz Jessica für ihre Schuhe einplante, aber sie versicherte ihm, daß sich das Regal schon füllen würde. Zum Einzug bereitete Jessica für die Beiden ein Überraschungsdinner vor. Krieger durfte nicht schauen, aber es roch köstlich. Schließlich saßen sie in der Abendsonne auf ihrem Balkon und stießen mit einem Glas Champagner an. Jessica hatte sich hübsch gemacht. Krieger konnte seine Augen gar nicht von ihr lassen. Doch dann mußte er sich diese zuhalten, während Jessica das Essen servierte. Als er die Augen endlich wieder öffnen durfte, stand vor ihm ein hübsch garnierter Teller. Die beiden mußten minutenlang lachen, als er sah, was Jessica darauf angerichtet hatte: Es war ihr abgestoßener Schuh, in dem noch ihre Prothese steckte. Zu seinem Glück kam darunter jedoch ein herrliches Steak mit Pommes frites und Kräuterbutter hervor. „Führe mich nicht in Versuchung!", flüsterte er seiner Freundin mit einem Zwinkern zu. „Doch! Jeden Tag aufs Neue!", flüsterte diese zurück und die Beiden gaben sich einen langen, inbrünstigen Kuß. Auch wenn Jessica das Essen mit noch so viel Liebe zubereitet hatte, es avancierte zur Nebensache. Das Paar konnte die Augen nicht voneinander lassen. Sie schafften es gerade noch, hinterher die Teller in die Küche zu räumen, bevor sie an Ort und Stelle übereinander herfielen. „Hast du eigentlich immer noch diese verrückten Phantasien?", hauchte Jessica, während Krieger sie mit leidenschaftlichen Händen entblätterte. „Das möchtest du gar nicht wissen!", hauchte Krieger mit verruchter Stimme zurück." „Paß bloß auf", sonst mache ich dir die Mara!", grinste Jessica und streckte ihre Hand andeutungsweise zum Messerblock auf der Arbeitsplatte aus. „Paß bloß DU auf, sonst hole ich mir von dir noch einen Nachtisch!", frotzelte Krieger lachend zurück, und tippte ihr mit seinem Fuß sanft auf ihre neuen Zehen. „Na da würde der Professor in der Uniklinik blöd schauen!", kicherte Jessica und zwinkerte ihrem Liebsten zu, bevor dieser seinen Mund erneut auf den ihren preßte. Küssend und fummelnd liebten sie sich durch das gesamte Appartement, über Kartons und Kisten, noch in Folie eingeschlagene Möbel bis sie irgendwann völlig geschafft und überglücklich nebeneinander auf dem Bett lagen.

Einen Monat später waren Jessica, Krieger und Schiller zu einer Ehrung nach Genf in den Eurotower geladen. Die warme Vormittagssonne lachte vom Himmel und ein sanfter Wind ließ die Blätter der Ahornbäume, die den Platz der europäischen Einheit vor dem Regierungsgebäude säumten, leise rauschen. Das Plätschern des Springbrunnens untermalte sanft die urbane Idylle. Krieger und Jessica trafen ein wenig vor ihrem Freund Schiller ein. „Laß uns doch hier auf ihn warten und noch einen Kaffee trinken", schlug Krieger vor und rückte Jessica einen Stuhl im „Café des nations Européen" zurecht. „Gute Idee!", willigte diese ein und nahm Platz. Die beiden hatten sich gerade einen Cappuccino bestellt, da sahen sie Schiller den Platz betreten. „Hallo Tom, hier drüben sind wir!", riefen sie ihm zu, als er näher gekommen war, und winkten ihm fröhlich. Damit hatte der verdutzte Kellner nicht gerechnet, als er ihnen im selben Moment von hinten den Kaffee servieren wollte. Zum Glück wurden Jessica und Krieger nicht von den heißen Getränken erwischt, die sie ihm versehentlich mit ihrem Winken vom Tablett gestoßen hatten, aber die Tassen mußten dran glauben und der Kellner bekam die ganze Ladung über sein Hemd. Zitternd und mit ungläubigem Blick stand er da und wußte nicht, ob er lachen oder weinen sollte. Schiller, der das Mißgeschick beim Näherkommen mit angesehen hatte, trat lachend hinzu und schlug dem Kellner mit erhobenem Zeigefinger vor: „Sie sollten hier wirklich dunkelbraune Hemden tragen!" „Pas moi!", schnaubte dieser verächtlich, „ich kündige!" Daraufhin zerrte er sich das versaute Hemd vom Körper, warf es auf den Boden, trampelte ein paar mal darauf herum und zog unter dem Gelächter der drei Freunde seiner Wege.

-- **Ende** --

Anmerkung des Autors:

Die Geschichte sowie alle in ihr handelnden Personen und deren Charaktereigenschaften sind frei erfunden, deren Nationalitäten zufällig gewählt. Ein Zusammenhang mit lebenden oder toten Personen sowie aktuellem oder vergangenem Zeitgeschehen besteht nicht. Eventuelle Ähnlichkeiten oder Namensgleichheiten sind absolut zufällig.

Ein kausaler Zusammenhang zwischen der Häufigkeit der Erwähnung von Kaffeegetränken und dem Konsumverhalten des Autors wird nicht geleugnet.

Inhaltsverzeichnis

www.ingramcontent.com/pod-product-compliance
Lightning Source LLC
Chambersburg PA
CBHW050546260626
47157CB00002B/458